U1012845

# 鑒誡錄校注

〔五代〕何光遠 撰
鄧星亮 鄔宗玲 楊梅 校注

四川出版集團
巴蜀書社

# 【目　录】

前　言 ……………………………………………………（1）
凡　例 ……………………………………………………（1）
鑒誡錄卷一 ………………………………………………（1）
　瑞應讖 …………………………………………………（1）
　誅利口 …………………………………………………（4）
　知機對 …………………………………………………（11）
　九轉驗 …………………………………………………（20）
　金統事 …………………………………………………（23）
　走車駕 …………………………………………………（26）
鑒誡錄卷二 ………………………………………………（30）
　御賜名 …………………………………………………（30）
　逸士諫 …………………………………………………（31）
　判木夾 …………………………………………………（34）

鬼傳書 …………………………………………………………… （57）
躭釋道 …………………………………………………………… （61）
灌鐵汁 …………………………………………………………… （63）
前定録 …………………………………………………………… （69）
**鑒誡録卷三** ……………………………………………………… （72）
語忌誡 …………………………………………………………… （72）
餌長虹 …………………………………………………………… （74）
落韻貶 …………………………………………………………… （77）
蜀上醫 …………………………………………………………… （80）
妖惑衆 …………………………………………………………… （83）
**鑒誡録卷四** ……………………………………………………… （88）
蜀門諷 …………………………………………………………… （88）
斥亂常 …………………………………………………………… （93）
許墓靈 …………………………………………………………… （94）
輕薄鑒 …………………………………………………………… （96）
危亂黜 …………………………………………………………… （99）
得夫地 …………………………………………………………… （100）
**鑒誡録卷五** ……………………………………………………… （105）
徐后事 …………………………………………………………… （105）
帝贈别 …………………………………………………………… （115）
容易格 …………………………………………………………… （116）
髙尚士 …………………………………………………………… （119）
禪月吟 …………………………………………………………… （128）
因詩辱 …………………………………………………………… （131）
武金山 …………………………………………………………… （134）
**鑒誡録卷六** ……………………………………………………… （136）

戲判作 …………………………………………………………… (136)
産麒麟 …………………………………………………………… (139)
鬼坐衙 …………………………………………………………… (141)
怪鳥應 …………………………………………………………… (143)
旌論衡 …………………………………………………………… (145)
神口開 …………………………………………………………… (151)
布燮朝 …………………………………………………………… (152)
**鑒誡録卷七** …………………………………………………… (158)
做十在 …………………………………………………………… (158)
亡國音 …………………………………………………………… (163)
雪廢主 …………………………………………………………… (165)
陪臣諫 …………………………………………………………… (166)
四公會 …………………………………………………………… (178)
贊舊詩 …………………………………………………………… (181)
釣巨鼇 …………………………………………………………… (183)
**鑒誡録卷八** …………………………………………………… (185)
衣錦歸 …………………………………………………………… (185)
非告勸 …………………………………………………………… (187)
改橋名 …………………………………………………………… (189)
作者同 …………………………………………………………… (190)
賈忤旨 …………………………………………………………… (193)
屈名儒 …………………………………………………………… (200)
錢唐秀 …………………………………………………………… (207)
走山魈 …………………………………………………………… (212)
**鑒誡録卷九** …………………………………………………… (215)
夢太白 …………………………………………………………… (215)

削古風 …………………………………………………………… (219)
分命錄 …………………………………………………………… (221)
卓絶篇 …………………………………………………………… (224)
改名達 …………………………………………………………… (225)
鑒寃辱 …………………………………………………………… (226)
鑒誡錄卷一〇 ……………………………………………………… (229)
歸生刺 …………………………………………………………… (229)
髙僧論 …………………………………………………………… (231)
魚還肉 …………………………………………………………… (241)
求冥婚 …………………………………………………………… (242)
見世報 …………………………………………………………… (244)
攻雜詠 …………………………………………………………… (247)
蜀才婦 …………………………………………………………… (250)
附錄一：五代十国年表 ……………………………………………… (254)
附錄二：知不足齋本・跋（一） ……………………………………… (259)
附錄三：知不足齋本・跋（二） ……………………………………… (261)
附錄四：學津討源本・跋 …………………………………………… (262)
附錄五：郡齋讀書志 ……………………………………………… (264)
附錄六：四庫全書總目提要 ………………………………………… (265)
附錄七：中國善本書提要 …………………………………………… (267)

# 【前　言】

《鑒誡録》十卷，五代後蜀何光遠撰。光遠字輝夫，生卒年無考，東海人（今江蘇連雲港人）。後蜀孟昶廣政初，官普州（今四川安嶽縣）軍事判官。何光遠另著有《廣政雜録》、《賓仙傳》等，惜多已亡佚，而《鑒誡録》非但能存留下來，還頗受研究者重視，足見其價值不菲。

宋人趙希弁於《郡齋讀書志·後志》云："纂輯唐以來君臣事跡可為世鑒者。"朱彝尊《書〈鑒誡録〉後》則云："今覽其書，多載可笑詩文，直小説家爾。"《四庫全書總目·集部·鑒誡録》云："趙希弁《讀書後志》以為'輯唐以來君臣事跡可為世鑒者'，似未睹其書，因其名而臆説也。"周中孚《鄭堂讀書記》云："其雜記唐及五代軼事，多詼嘲神怪之談，實無關於鑒戒，與其名殊不相稱。"吳焯亦云："至後數卷，又多採摭唐人詩話，與鑒誡命名之旨似無取焉。"

諸説對《鑒誡録》之"名不副實"頗有微詞，實則不然。觀是書條目諸如“逸士諫”、“妖惑眾”、“亡國音”、“歸生刺”等，於篇目即可見其勸誡之意。而諸人所詬病之神怪妄談，亦並非無鑒誡寓意者，其“神口開”、“現世報”等條目追求公正、宣揚因果報應等思想自不待言，且如卷五之“武金山”條，敘述張武因聽得異人建議，將其父之尸骨葬於武金山一風水寶地，後來誠如異人所言，張武年過八旬，位極三公而卒，然其兒女則果如異人所說，男皆貧困，女則為娼。此條雖就表面看乃因果報應故事，深思之，則充滿了選擇命運與把握機遇之艱難取捨。若把握機遇，則自身榮華富貴，但子孫福祚則被消耗殆盡；若為子孫計，則終此一生自己都無出人頭地之日。最終，張武選擇了自己位極三公。又“神口開”条，敘唐大中初，有任士元與宇文錯爭田，俱無公執，转而求神判断事，实诫劝世人正直，人间有公道。其留給後人之思索得不深耶？由此觀之，所謂有無鑒戒意味，恰如廬山之峰，遠近高低在乎讀者諸君一念之間也。

《鑒誡録》現存之祖本為南宋中期麻沙本。眾所周知，麻沙本在版刻史上名聲不佳，書賈初刻此書或因題名之“鑒誡”二字有利教化，或因其內容稍涉神怪能為大眾接受，但無論怎樣，此麻沙本在明清以降輾轉於各大藏書家之手，由所鈐之印即可見其為人之寶重：平江汪憲奎秋浦印記、憲奎、秋萍、項元汴印、墨林秘玩、墨林山人、項墨林文秘笈之印、項子京家珍藏、项墨林鑒賞章、子孫永保、子京、墨林父、子京所藏、平生真賞、項叔子、退密、天籟閣、若水軒、宋本、小畏首、竹垞藏本、朱彝尊印、竹垞老人、黃丕烈印、復翁、百宋一廛、蕘翁、士禮居藏、平陽汪氏藏書印、士禮、閬源父、汪德英印、珠林、臣兆柏印、干卿、晋賢鑒定、六部郎官、越國公四十四世孫、三十五峰園主人、南書房舊史官、費君直、翁同龢印等。

該書既為眾多藏書家收藏，亦有眾多抄本輾轉流傳，而於此流傳過程中，諸多校勘名家手自校讎，或朱批，或夾注，或題跋，使《鑒誡錄》漸臻精審。於是出現了張海鵬《學津討原》本，曹溶編、陶越增刪之《學海類編》本，鮑廷博《知不足齋叢書》本及光緒元年湖北崇文書局彙刻本等重要版本。

《鑒誡錄》一書既為部分學者嗤其無關鑒戒，又受眾多藏書家及學人如此青睞，除其宋本之版本價值外，其內容包羅之廣，可資參考者之多及材料之珍貴獨特，亦是其廣為流佈之重要原因。略述如下。

搜羅眾多詩文。唐末五代，亂世紛爭，典籍散亂，是書六十六條之中則有四十六條與詩文有關，故《全唐詩》採摭頗多。徐嘉炎跋語云"康熙己巳春日，華隱徐嘉炎從竹坨十兄借觀。時因編輯《全唐詩》，取資甚多"是其證也。《詩話總龜》也大量引用《鑒誡錄》，宋元詩話之興盛無疑彰顯了《鑒誡錄》之巨大價值且為其流傳起到了推動作用。

史料價值不菲。五代時期典籍散失，故而此書所載諸多史實足為他書旁證。就連四庫館臣在批判"其書多記唐及五代間事而蜀事為多，皆近俳諧之言"時也，"特以其為五代舊書，所載軼事遺文往往可資採掇，故仍錄之小說家焉"。朱彝尊有志注《新五代史》，對《鑒誡錄》之價值頗為重視，查嗣瑮跋云："歐陽公《五代史》較溫公《通鑒》反略。表兄竹坨先生盡搜十國遺書，仿裴氏注《三國志》。《鑒誡錄》其取材之一也。"吳任臣撰《十國春秋》於《鑒誡錄》所取亦多。

於文學與文學史研究有巨大價值。如賈島推敲遇韓愈、薛濤失寵賦十離均見於此書，書中涉及詩人多達八十二人，收錄詩歌一百八十八首，這些詩歌風格旨趣真實反映了唐末五代文壇詩風，其對文學與文學史研究之價值自不待言。書名《鑒誡錄》，書中所引詩歌又多以勸誡諷喻主旨為重，其對諷喻詩之研究亦有價值。

語言學價值。《鑒誡錄》一書雜採唐末五代詩文、故實，且多與蜀地有關，故語言學價值巨大。諸多大型辭書如《漢語大詞典》等據此書收錄並以書中用例為第一書證者每每有之，"布變"、"險竿"、"寒碎"之類是也。而其中諸多俗語俚諺亦有民俗研究價值，值得學者深入探究，"地囊"、"皂錢"、"肖波塊"、"白木毬"之類是也。

現實借鑒意義。閱讀全書，則五代之蜀國政治民俗、人物風情，躍然紙上。其鄉訶俚語，猶在耳旁；行狀世情，直呈面前。論邦國之策，有"判木夾"類；嘲裙帶之甚，則"非告勒"流；抑迷信之弊，"妖惑眾"爾爾；揚孝義之重，"歸生刺"云云。古人曰開卷有益，則今日諸君二三子閱之，豈云無益乎？

該書雖歷經名家校勘，但仍有諸多問題懸而未決，如"戲判作"條之"用修廟宇"當從四庫本作"用修廨宇"，"産麒麟"條之"孿躄"當作"攣躄"等。另外，此書已有兩個點校本：焦杰點校本，遼寧教育出版社 2000 年版；劉石校點本，杭州出版社 2004 年版。但两者重在點校，不曾作注，且二者雖以劉石點校本後出為精，仍有失校、誤衍、破句、徑改底本、出校欠謹，純粹作版本對勘，校記不加按語等諸多問題。故而笔者此次校注兼採二家之長，對於諸多遺留問題詳加考察，以期能得出可靠結論，而對於諸多詩文典故、名物故實也多加搜討，以降低讀者閱讀難度，為擴大《鑒誡錄》傳播與影響略盡綿薄之力。另外，四川師範大學陳勇與復旦大學吳晨撰有同題同時之碩士論文《〈鑒誡錄〉研究》，詳細闡述了《鑒誡錄》之版本流傳、研究價值等，吳晨還詳細考辨了"危亂黜"等十四條，解決了不少問題，此次校注於二者採摭頗多，特此感謝，限於篇幅與體例，在正文中恕不一一道明出處。

此次校注雖在眾多名家之校勘基礎和前修時賢之研究成果上進行，然限於笔者學識淺薄，難免有百密一疏、顧此失彼等問題，尚請讀者勿怪且不吝賜教。

# 【凡　例】

1. 底本：本次整理以嘉慶八年（1803）長塘鮑廷博刻本為底本（簡稱“鮑本”）。

2. 參校本：①民國十一年（1922）商務印書館影印清嘉慶張海鵬照曠閣校刻《學津討原》本（簡稱“學津本”）。②民國九年（1920）涵芬樓影印本《學海類編》本（簡稱“學海本”）。③光緒元年（1875）《崇文書局匯刻書》（簡稱“崇文本”）。另外，文淵閣《四庫全書》本雖然總體質量上略遜於此三個參校本，但某些地方仍然有參考價值，故祇在具體問題上單獨參考，不作全盤對校。

3. 本書校勘，凡底本錯訛衍脫及避諱字，可確定者一律改正或回改，並出校說明；尚難斷定者，保持原貌，出校略呈臆說；兩通者仍之。他本可資參考之異文，在校記中說明。一般筆誤，徑改不出校。引文中稍有出入而不影響原義者，不作訂正；引文出入較大者，則於校注中說明。

4. 本書注釋，力求勾稽所涉史實及典故，以便讀者省覽。多次出現之用典不重複注釋。部分詩文頗為費解者，略述梗概以便讀者理解。對於部分生僻字，於其後標注現代拼音，以《漢語大詞典》拼音為準並以小括號標識。

5. 原書底本與各參校本在人名與官爵及別號連用時，將姓氏、官職用正文字體，將名字與別號則或用正文字體或用注文字體，今統一用作正文字體。

6. 人名、地名、年代以出現之先後順序簡單作注，復出者不作注。部分不可考者亦不出注。

7. 與本書相關之序跋附錄於後，按撰時先後排列，以饗讀者。

8. 爲存原本之舊貌，本書在新舊字形、异體字上未做完全統一，在行文中仍有共存現象，請讀者識之。

# 【鑒誡録卷一】

## 瑞應讖

孟蜀高祖，頃者未臨西川，守北京[1]。蜀人競以擊拂之門，妙絶之稱，呼“頭入”為“孟入”，或云“此毬子從太原將來”[2]。又有工人孟德預起宫闈，上淩霄漢，雖般輸之妙無以加焉[3]。雖“德”與“得”之字體不同，音亦為祥矣。又王蜀後主元舅徐太師延瓊於錦水應聖橋西創置大第，狀若宫室，横亘數坊[4]。是時，内外皇親宣下悉令暖宅[5]。後主亦親幸，宴樂移時，忽於徐公堂中命筆，大書“孟”字。徐雖不測其義，尋以御札謝恩。至咸康，後主降唐，孟祖自北京除蜀[6]。莊宗憂大軍之後，制禦事多，立宣鑄印，離京奔騎赴鎮[7]。既而旌幢届蜀，以統軍興聖太子未歸，旋令將校改换宫闈[8]。孟祖乃權於徐公之第安下。覩紅綃所籠姓字，怪問前蜀臣寮，對曰：“王後主御札。”高祖歎曰：“疎狂天子，亦預知與吾交代乎？是知必有先應者也。”[9]

［1］孟蜀高祖，即孟知祥。詳見《舊五代史·僭偽傳·孟知祥傳》。

西川，唐分劍南為西川、東川。西川治成都，轄成都平原及其以西、以北之地。

北京，指太原府。在今山西太原市西南晉源鎮。唐和五代之唐、晉、漢皆發祥於此，因謂之北京。《舊五代史·漢書·高祖紀》：“［天福十二年夏五月］甲午，以判太原府事劉崇為北京留守。”

［2］“絕”下，鮑本、學津本、崇文本有一“者”字。

稱，鮑本、學津本、崇文本作“戲”，據學海本改。

“呼”上，鮑本、學海本、崇文本有一“於”字，據學津本改。

此，學海本無。

“頭入”為“孟入”，《十國春秋·後蜀·高祖紀》作“以初入為孟入”，並引《紀異錄》云：“先是蜀人打毬，一棒便入湖子者為猛入，語訛為孟入，得蔭一籌。”

按，呼“頭入”，應孟高祖入蜀地；“猛入”諧為“孟入”，亦應孟高祖入蜀地。二者皆通，俱為孟知詳據蜀之先應。

擊拂，指擊鞠之戲。古代一種在馬上打球之運動，古時多用來練兵，以强健士兵體魄。盛行於唐。唐皇甫枚《三水小牘·王知古》：“有王知古者……退遊於三川之上，以擊鞠飛觴為事，遨遊於南鄰北里間。”《舊唐書·德宗紀》：“寒食節，上與諸將擊鞠於内殿。”南唐劉崇遠《金華子雜編》卷上：“周侍中寶與高中令駢起家神策打毬軍將，而擊拂之妙，天下知名。”

按，《舊五代史·唐書·明宗紀》載“己未，賜文武百官驢馬各一。西都知府張錢進魏王繼岌打球馬七十二匹”；《舊五代史·梁書·宗室傳·密王友倫》載“及太祖東歸，留友倫宿衛京師。歲餘，因會賓擊鞠，墜馬而卒”，可旁證唐五代時，擊鞠之戲甚為盛行。

毬子，即毬。古代泛稱遊戲用球類。最初以毛糾結而成，後以皮為之，中實以毛或充以氣。南朝梁宗懔《荊楚歲時記》：“又為打毬、鞦韆之戲。按，劉向《别録》曰：‘寒食蹴鞠，黄帝所造，本兵勢也。’或云起於戰國。按，鞠與毬同。古人蹋蹴以為戲也。”

［3］般輸，即古代巧匠公輸般。《戰國策·宋策》：“公輸般為楚設機，將以攻宋。墨子聞之，百舍重繭，往見公輸般，謂之曰：‘吾自宋聞子。吾欲藉子殺王。’公輸般曰：‘吾義固不殺王。’墨子曰：‘聞公為雲梯，將以攻宋。宋何罪之有？義不殺王而攻國，是不殺少而殺眾。敢問宋何義也？’公輸般服焉，請見之王。”

［4］王蜀後主，即王衍，字化源，詳見《新五代史·前蜀世家·王衍》。

元舅，长舅。《詩·大雅·崧高》：“不顯申伯，王之元舅，文武是憲。”漢班固《封燕然山銘》：“有漢元舅，曰車騎將軍竇憲。”

徐延瓊，五代时人，詳見《十国春秋·前蜀·徐延瓊傳》。

［5］暖宅，也稱暖房或暖屋，舊俗稱備禮賀人住進新蓋之住宅。唐王建《八宮詞》之七四：“太儀前日煖房來，囑向昭陽乞藥栽。”宋周煇《清波别志》卷二：“里巷間有遷居者，鄰里醵金治具過之，名煖屋，乃古考室之義，或謂煖屋為俗語。”煖同“暖”。

［6］除，學海本、崇文本作“降”。按，作“降”误。《新五代史·後蜀世家·孟知祥》：“莊宗建號，以太原為北京，以知祥為太原尹、北京留守。魏王繼岌伐蜀，郭崇韜為招討使，崇韜臨訣白曰：‘即臣等平蜀，陛下擇帥以守西川，無如孟知祥者。’已而，唐兵破蜀，莊宗遂以知祥為成都尹、劍南西川節度副大使。”

［7］莊宗，後唐開國皇帝李存勖，詳見《舊五代史·唐書·莊宗紀》。

［8］興聖，鮑本作“聖興”，據學津本、學海本、崇文本改。

興聖太子，後唐莊宗之子李繼岌，詳見《新五代史·唐太祖家人傳·莊宗子繼岌》。

未歸，當作“東歸”。按，《新五代史·後蜀世家·孟知祥》：“同光四年正月戊辰，知祥至成都，而崇韜已死。魏王繼岌引軍東歸，先鋒康延孝反，攻破漢州。知祥遣大將李仁罕會任圜、董璋等兵擊破延孝，知祥得其將李肇、侯弘實及其兵數千以歸。而莊宗崩，魏王繼岌死，明宗入立。知祥乃訓練兵甲，陰有王蜀之志”。

改換宫闈，喻指孟知祥“乃訓練兵甲，陰有王蜀之志”。

［9］疎狂，即“疏狂”，豪放，不受拘束。唐白居易《代書詩寄微之》：“疏狂屬年少，閒散為官卑。”

按，王衍年少荒淫，喜畜狎客，故稱之為疎狂天子，可參閲後文“做十在”及《新五代史·前蜀世家·王衍》。

## 誅利口

同光初，莊宗滅梁，將行大禮[1]。蜀遣翰林學士歐陽彬持禮入洛，顧太尉逺為之副焉[2]。莊宗復遣李客省嚴衔厥命以通好[3]。嚴本辨士也，既而届蜀，亦稱臣焉。然於朝對之間，舉措輕易[4]。及置一笏記，廣敘興亡，詞旨鏗鏘，驚駭聞聽，蜀之文武卿咸伏其雄[5]。洎歸中朝，上策取蜀。及平蜀之後，莊宗命孟祖制臨。嚴又於明宗天成得位之初，復來臨護[6]。

［1］大禮，莊嚴隆重之典禮，此處指儲君即帝位之典禮。《晉書·廢帝海西公》：“興寧三年二月景申，哀帝崩，無嗣。丁酉，皇太后詔曰：‘帝遂不救厥疾，艱禍仍臻，遺緒泯然，哀慟切心。琅邪王奕，明德茂親，屬當儲嗣，宜奉祖宗，纂承大統。便速正大禮，以寧人神。’”

［2］持，學海本、崇文本作“將”。

歐陽彬，五代時人，詳見宋陶岳《五代史補·歐陽彬入蜀》。

顧太尉，即顧敻，詳見《十國春秋·後蜀·顧敻傳》。

［3］客省，古代官署名。《資治通鑒·宋文帝元嘉二十二年》：“其夜，呼曄（范曄）置客省。”胡三省注：“客省，凡四方之客入見者居之，屬典客令。”

李嚴，五代時人，詳見《舊五代史·唐書·李嚴傳》。

厥命，王命。《書·咸有一德》："今嗣王新服厥命，惟新厥德。"孔穎達正義："《説命》云：'王言惟作命。'成十八年《左傳》云：'人之求君，使出命也。'是言人君職在發命。'新服厥命'，新始服行王命，故云'其命，王命'也。"

[4] 舉措，舉動，行為。《管子·五輔》："故民必知權，然後舉錯得；舉錯得，則民和輯。"错通"措"。

輕易，輕視，簡慢。《列子·説符》："虞氏富樂之日久矣，而常有輕易人之志，吾不侵犯之，而乃辱我以腐鼠。"

[5] 笏記，按，《禮記·玉藻》："凡有指畫於君前，用笏；造受命於君前，則書於笏。"後世因之，以至有笏記之文體，《古今圖書集成》載明徐師曾《文體明辯》："使學者有攷，云宋人又有笏記，書詞於笏，以便宣奏，葢當時面表之詞也，故取以附焉。然表文書於牘，則其詞稍繁；笏記宣於廷，則其詞務簡，此又其體之別也。"

又按，《舊唐書·劉鄴传》："是日鄴押班宣麻竟，通事引鄴內殿謝，不及笏記，鄴自敍十餘句語云：'霖雨無功，深愧代天之用；煙霄失路，未知歸骨之期。'帝為之惻然。"則唐時臣僚面奏君王已有笏記之體，明也。

[6] 洎，至，到。《莊子·寓言》："吾及親仕，三釜而心樂；後仕，三千鍾而不洎，吾心悲。"成玄英注："洎，及也。"

制臨，稱制臨朝之省稱，指代行皇帝之職權。《漢書·高后紀》："惠帝崩，太子立為皇帝，年幼，太后臨朝稱制。"《魏书·禮志》："槐貴等五十人，議以為：'皇太后稱制臨朝，躬親庶政，郊天祭地，宗廟之禮，所乘之車，宜同至尊，不應更有製造。'"

明宗，即李嗣源，詳見《新五代史·唐本紀·明宗》。

臨護，按，即監軍。《新五代史·後蜀世家·孟知祥》："初，知祥鎮蜀，莊宗以宦者焦彥賓為監軍。明宗入立，悉誅宦者，罷諸道監軍。彥賓已罷，重誨復以客省使李嚴為監軍。嚴前使蜀，既歸而獻策伐蜀，蜀人皆惡之，而知祥亦怒曰：'焦彥賓以例罷，而諸道皆廢監軍，獨吾軍置之，是嚴欲以蜀再為功也。'"

孟祖加之禮，分賜從容，乃言曰："我聞利口之覆邦家，辨言之亂刑政。故少正卯言僞而辨，孔子誅之[1]。子今巧言如簧，弗矜細行，有大罪者五，自知之乎[2]？只知初與王朝，折箭為誓，及其降也，復又誅之，遂使天道惡盈，二國俱滅，其罪一也[3]。其次平蜀之際，先入禁闈，取内藏之珠金，選宮庭之嬪婇，其罪二也。頃者，詐諭三川，減釋兩税，及其得地，倍更加徵，其罪三也[4]。而又誑惑朝廷，妄陳利害，說三川之形勢，刱二鎮之節旄閬綿，控扼我咽喉，覬覦我土宇，其罪四也[5]。今又來為監護，坐握兵權，蹴我藩維，承我爵位，人神豈恕，天意爭容[6]。爾之再來，機亦知謬矣，其罪五也[7]。"言訖，遂令武士把下階簷，嚴亦蒼黃失其節操[8]，乃叩頭曰："嚴之五罪，一死宜然。願乞殘骸為洛中之鬼。"高祖不聽，命劍斬之。是時天下咸聞，皆稱妙算。

［1］利口之覆邦家，典出《論語·陽貨》："惡紫之奪朱也，惡鄭聲之亂雅樂也，惡利口之覆邦家者。"

辨言，巧僞之言。《書·太甲下》："君罔以辨言亂舊政，臣罔以寵利居成功。"

少正卯，春秋時魯國大夫。《荀子·宥坐》："孔子為魯攝相，朝七日而誅少正卯。門人進問曰：'夫少正卯，魯之聞人也。夫子為政而始誅之，得無失乎？'孔子曰：'居，吾語女其故。人有惡者五，而盜竊不與焉。一曰心達而險，二曰行辟而堅，三曰言僞而辯，四曰記醜而博，五曰順非而澤，此五者有一於人，則不得免於君子之誅。而少正卯兼有之，故居處足以聚徒成群，言談足以飾邪營衆，彊足以反是獨立，此小人之桀雄也，不可不誅也。"

［2］巧言如簧，語出《詩·小雅·巧言》："巧言如簧，顔之厚矣。"孔穎達正義："巧為言語，結構虚辭，使相符合，如笙中之簧，聲相應和。"

細行，小節；小事。《書・旅獒》：“不矜細行，終累大德。”孔穎達正義：“積小害毁大德，故君子慎其微。”

［3］天道惡盈，語出《周易・谦・彖上》：“天道虧盈而益謙，地道變盈而流謙，鬼神害盈而福謙，人道惡盈而好謙。”孔穎達正義：“‘虧’謂減損，減損盈滿而增益謙退。若日中則昃，月盈則食，是虧減其盈。盈者虧減，則謙者受益也……‘人道惡盈而好謙’者，盈溢驕慢，皆以惡之；謙退恭巽，悉皆好之。”

［4］三川，按，歷來“三川”意有多種，其一為三河之合稱，西周以涇、渭、洛為三川。東周以河、洛、伊為三川；其二指秦時三川郡；其三指洛陽。文中言李嚴“詐諭三川，減釋兩稅”，其事不見史載，故此處“三川”何謂不明。攷《新五代史・雜傳・康延孝傳》：“延孝遂擁其衆自劍州返入蜀，自稱西川節度、三川制置等使。馳檄蜀人，數日之間，衆至五萬”；《新五代史・唐臣・李嚴傳》：“（莊宗）於是決議伐蜀。冬，魏王繼岌西伐，以嚴為三川招討使，與康延孝以兵五千先行，所過州縣皆迎降。”是“三川制置使”、“三川招討使”之謂，明“三川”與蜀地大有關聯；《新五代史・職方考》：“至於周末，閩已先亡，而在者七國。自江以南二十一州為南唐，自劍以南及山南西道四十六州為蜀。”是劍以南及山南西道四十六州屬蜀国，古人之共識也。又攷《資治通鑒・唐順宗永貞元年》：“先時，劉闢以劍南支度副使將韋皋之意于叔文，求都領劍南三川。”胡三省注：“劍南東川、西川及山南西道為三川。”則劍南東川、西川及山南西道之地域統稱“三川”，早於五代時為普遍也。

兩稅，唐德宗建中元年（780）開始實行，是以戶稅和地稅來代替租庸調的新稅制。《通志・食貨略》：“至德宗時，相楊炎遂作兩稅法。夏輸無過六月，秋輸無過十一月，置兩稅使以總之，量出制入。”

［5］“說三川之形勢，刱二鎮之節旄”句，事见《新五代史・後蜀世家・孟知祥》：“自安重誨疑知祥有異志，聽言事者，用己所親信分守兩川。管內諸州每除守將則以精兵為其牙隊，多者二三千，少者不下五百人，以備緩急。……分東川之閬州為保寧軍，以李仁矩為節度使；又以武虔裕為綿州刺

史。仁矩與東川董璋有隙，而虔裕，重誨表兄，由是璋與知祥皆懼，以謂唐將致討。”

按，文中譴李嚴獻計、不利孟知祥，則知上引“言事者”為李嚴，是故孟知祥惱之。

節旄，原指旌節上所綴之氂牛尾飾物。《漢書·蘇武傳》：“（蘇武）杖漢節牧羊，臥起操持，節旄盡落。”又泛指旌節，使者所持之節，以為憑信。唐鄭愔《塞外》詩之二：“子卿猶奉使，恒向節旄看。”至唐玄宗时，置旌節之制。《旧唐书·職官志》：“旌節之制，命大將帥及遣使於四方，則請而佩之。旌以專賞，節以專殺。”後因以節旄指軍事專制之權。

［6］蹴，踩；踏。《孟子·告子上》：“蹴爾而與之，乞人不屑也。”趙歧注：“蹴，蹋也。以足踐蹋與之乞人，不潔之，亦由其小，故輕而不受也。”

藩維，《詩·大雅·板》：“价人維藩，大師維垣。”毛傳：“藩，屏也，垣，墻也。”後以“藩維”指藩國。南朝梁沈約《封授臨川等五王詔》：“藩維廣樹，經朔攸屬。”

［7］知，學津本、學海本作“如”。

“機亦知謬矣”句，按《舊五代史·唐書·李嚴傳》：“嚴之母，賢明婦人。初，嚴將赴蜀，母曰：‘汝前啓破蜀之謀，今又入蜀，將死報蜀人矣！與汝永訣。’既而果如其言。”則嚴母為知機之人，李嚴不及也。

［8］蒼黃，亦作“倉皇”、“倉惶”，指匆忙急迫。唐溫庭筠《湖陰曲》：“蒼黃追騎塵外歸，森索妖星陣前死。”唐獨孤授《運斤賦》：“利器見投，尚倉惶於麾下。”《舊唐書·李石傳》：“從者訛言兵至，百官朝退，倉惶駭散。”

其李嚴於王蜀所置笏記曰：“臣嚴等言：伏自朱溫肆逆，運屬昭宗[1]。三年痛別於西秦，一旦迫遷於東洛[2]。誅殘南北，焚爇宮闈[3]。雖列藩悉是其唐臣，無一處不從其僞命。由是大唐中興，皇帝念高祖、太宗之業，倏爾隳殘，憤朱溫、崔胤之徒同謀篡弑[4]。遂乃神機迴發，心鼎獨然。竭滄溟而誓戮鯨鯢，芟林莽而決除虎兕[5]。十年對壘，萬陣交鋒，虞久困於生靈，乃選挑其死士。纔過汶水，縛王彦章於馬前時號王鐵槍[6]；旋及夷門，斬朱友貞於樓上梁末主名[7]。劒霜未匣，槍雪猶揮。段凝領八萬雄師，倒戈伏死；趙喦知一人應運，引頸待誅[8]。遂使賊將寒心，謀夫拱手[9]。取乾坤衹勞於八日，救塗炭遂定於四維[10]。備振皇威，咸遵帝力。今則秦庭貢表，兩浙稱臣，淮南陳附拜之儀，回紇備朝天之禮[11]。纔安宇宙，便息干戈。未順梟凶，方議除翦[12]。豈謂蜀國皇帝柔遠懷邇，居安慮危[13]。喜帝祚於中興，群妖悉滅[14]。特遣蘇張之士，將追唐蜀之歡[15]。吾皇迴感於蜀皇，國禮遠酬於厚禮。臣等叨承玄造，獲奉皇華[16]。載馳得面於彤庭，戰汗實深於跼地[17]。臣等無任感恩荷聖，踴躍屏營之至[18]。”

[1] 朱溫，五代後梁太祖，詳見《舊五代史·梁書·太祖紀》。

昭宗，即李曄，詳見《舊唐書·昭宗紀》。

[2] 於，學海本、崇文本作“夫”。

西秦，指關中一帶秦之舊地；東洛，指洛陽。

按，“三年痛别於西秦，一旦迫遷於東洛”句，言乾寧三年鳳翔李茂貞軍犯京畿，唐昭宗避亂離京，輾轉遷於洛陽之事，詳見《舊唐書·昭宗紀》。

[3] 爇（ruò），烧也。《說文》：“然火曰爇。”

[4] 高祖、太宗之業，指唐高祖李淵建國稱帝，唐太宗李世民開創“貞觀之治”之功業。

隳殘，鮑本作“隳張”，據學津本、學海本、崇文本改。隳殘，衰敗殘破。晉郭璞《流寓賦》：“觀屋落之隳殘，顧徂見乎丘棗。”

崔胤，學津本作“崔允”，學海本作“崔涓”。崔胤，詳見《新唐書·姦臣·崔胤傳》。

[5] 鯨鯢，即鯨，雄曰鯨，雌曰鯢；兕，猛獸。《爾雅》云：“兕，似牛。”此處俱喻凶惡殘暴之敵。

[6] 汶水，學津本作“汴水”。按，作“汶水”為是，作“汴水”誤。

《資治通鑒·後唐莊宗同光元年》："王彦章引兵愈汶水……王彦章以數十騎走，龍武大將軍李紹奇單騎追之，識其聲，曰：'王鐵槍也。'拔槊刺之，彦章重傷，馬躓，遂擒之。"《舊五代史·唐書·莊宗紀》："戊辰，梁將王彦章率眾至汶河，李嗣源遣騎軍偵視，至遞公鎮，梁軍來挑戰，嗣源以精騎擊而敗之，生擒梁將任釗、田章等三百人，俘斬二百級，彦章引眾保於中都。"

王彦章，五代時人，詳見《舊五代史·梁書·王彦章傳》。

［7］貞，學津本、崇文本作"真"。朱友貞，後梁末帝。《新五代史·梁本紀·末帝》："末帝，太祖第三子，友貞也。為人美容貌，沉厚寡言，雅好儒士……戊寅，皇帝崩，年三十六，梁亡。"

夷門，大梁（開封）之別稱。唐唐堯客《大梁行》："舊國多狐兔，夷門荆棘生。"

［8］引頸，學海本、崇文本作"引領"。

段凝，五代時人，詳見《舊五代史·唐書·段凝傳》。

［9］拱手，猶束手。《魏書·天象志》："及齊王殂而西昌侯篡之，高武子孫所在棊布，皆拱手就戮。"

［10］塗炭，喻極困苦之境遇。《書·仲虺之誥》："有夏昏德，民墜塗炭。"孔傳："民之危險，若陷泥墜火。"

四維，古代以禮、義、廉、恥為治國之四綱，稱為"四維"。《管子·牧民》："國有四維……何謂四維？一曰禮，二曰義，三曰廉，四曰恥。"

［11］"今則秦庭貢表，兩浙稱臣，淮南陳附拜之儀，回紇備朝天之禮"句，言莊宗安定天下，四方咸伏。

［12］梟凶，凶惡。唐張祜《入關》詩："何事梟凶輩，干戈自不閒。"

［13］柔遠懷邇，懷柔遠方，安撫内地。《書·顧命》："柔遠能邇。"孔傳："柔，安；邇，近……言當安遠，乃能安近。"

［14］帝祚，猶帝位，皇位。《史記·秦楚之際月表》："撥亂誅暴，平定海内，卒踐帝祚，成於漢家。"

［15］蘇張，即蘇秦和張儀，戰國有名之縱横之士。詳見《史記·蘇秦列傳》和《史記·張儀列傳》。

［16］叨承，忝受；承受。唐李白《下途歸石門舊居》詩："此心鬱悵誰能論，有愧叨承國士恩。"

玄造，猶造化。南朝沈約《反舌賦》曰："咨玄造之大德，播含靈於無小。"

皇華，《詩·小雅》中之篇名。《序》謂："《皇皇者華》，君遣使臣也。送之以禮樂，言遠而有光華也。"《國語·魯語下》："《皇皇者華》，君教使臣曰：每懷靡及，諏、謀、度、詢，必咨於周。"此處指奉命出使。

［17］載馳，快馬加鞭往前跑。《詩·鄘風·載馳》："載馳載驅，歸唁衛侯。"

彤庭，漢代宮廷，因以朱漆塗飾，故稱。後泛指皇宮。唐杜甫《自京赴奉先縣詠懷五百字》詩："彤庭所分帛，本自寒女出。"

戰汗，恐懼出汗。《舊唐書·僕固懷恩傳》："鄙臣愚慮，不顧死亡，輕觸天威，戰汗無地。"唐柳宗元《上西川武元衡相公謝撫問啓》："拜伏無路，不勝惶惕。輕冒威重，戰汗交深。"

跼（jú）地，语出《詩·小雅·正月》："謂天蓋高，不敢不局，謂地蓋厚，不敢不蹐。"毛傳："局，曲也。"後以"蹐地跼天"形容戒慎小心。唐白居易《為宰相請上尊號第二表》："蹐地跼天，不勝大願。"亦作"跼天蹐地"，三國魏曹植《卞太后誄》："恭事神祇，昭奉百靈；跼天蹐地，祗畏神明；敬惟慎獨，執禮幽冥。"

［18］踴躍，猶跳躍。踴，踊之俗字。漢王逸《九思·悼亂》："惶悸兮失氣，踊躍兮距跳。"三國魏嵇康《琴賦》："天吳踊躍於重淵，王喬披雲而下墜。"唐張鷟《朝野僉載》卷四："周夏官侍郎侯知一年老，敕放致仕。上表不伏，於朝堂踴躍馳走，以示輕便。"

屏營，惶恐；彷徨。《國語·吳語》："王親獨行，屏營彷徨於山林之中。"

按，此句謂不勝皇恩浩蕩，心中惶恐如跳如躍。

## 知機對

長興初，孟蜀高祖與東川董太尉璋初為睦隣之知，後結姻親之國[1]。兵車不間，玉帛交馳[2]。縱有是非，未至深信。因請節度副使趙僕射季良持禮至彼，探其機宜[3]。董與趙有寄託之知，懷魏都之舊[4]。及節副詐陳衷素，董公盡罄血誠[5]。既而西歸，備得其事。高祖問曰："公度董公作略畢竟如何？"節副對曰："董公為人，犲狼之聲，狗鼠之行，横徵暴斂，好殺惡生[6]。其志剛强，不量人事。用兵好勝，不達天時。余聞犲狼常有野心，狗鼠亦無定度。横徵暴斂，事急則逃；好殺惡生，物極則返。故曰'强良者不得其死，好勝者必遇其敵'，此之是也[7]。而且朝令夕改，坐喜立嗔。兵有鬬心，將無戰意。方令以小謀大，弊民惠奸[8]。有窺四海之心，終作西川之患[9]。而又宫中取事，語下失機[10]。料其訓練兵師，完葺城壘，招我將健，挫我使臣，必行雷電之機，不顧山河之誓[11]。"高祖聞所敷陳，深納其言。

[1] 董璋，五代時人，詳見《新五代史·雜傳·董璋傳》。

[2] 間，學海本、崇文本作"見"。按，據上下文意，作"見"義長。

玉帛，古代諸侯會盟執玉帛，故又用以表示和好。《左傳·僖公十五年》："上天降災，使我兩君匪以玉帛相見，而以興戎。"

[3] 是非，指辨别是非。《孟子·公孫丑上》："無是非之心，非人也。"

趙季良，五代時人，詳見《十國春秋·後蜀·趙季良傳》。

[4] 有寄託之知，懷魏都之舊，俟考。

[5] 衷素，亦作"衷愫"。内心真情。南唐李煜《菩薩蠻》詞之三："雨雲深綉戶，來便諧衷素。"

血誠，猶赤誠，謂極其真誠之心意。唐白居易《為宰相讓官表》："此所以重陳手疏，再瀝血誠，乞迴此官，别授能者。"《宋書·謝晦傳》："去年送女遣兒，闔家俱下，血誠如此，未知所愧。"

[6] 横，鮑本作"卒"，據學海本、崇文本改。

[7] 强良，又作"强梁"，强暴凶狠。《老子》第四十二章："强梁者不得

其死。”劉向《說苑·敬慎》：“强梁者不得其死，好勝者必遇其敵。”

［8］令，學津本、學海本作“今”。

［9］西，學海本作“兩”。按，作“西”義長。唐分劍南為西川、東川。西川治成都，轄成都平原及其以西、以北之地。東川治梓州（今四川三台）轄境約當今四川盆地中部。五代時，孟據成都，董據梓州，故趙言“（董）終作西川之患”。

［10］宮，學津本作“言”。按，“言中”對“語下”，作“言”義長。

［11］城，鮑本、崇文本作“珹”，據學津本、學海本改。

至長興三年四月二十八日，果興狂孽，直犯漢川[1]。是時，高祖親統全師，合戰於踪橋之野[2]。董璋大敗，我將軍趙廷隱擒其將元璝、董光演等八十餘員[3]，奪甲馬五百餘疋，斬首一萬，獲其九城，梓、綿、龍、劍、普、果、閬、蓬、渠是也。梓帥與其子光嗣拊膺而哭，欲堅故壘[4]。賊將王暉獻其首級，遂定方隅[5]。明宗遣供奉官李僕射馳騎入川賜高祖[6]，詔曰：“朕知卿近與逆賊董璋小鬪交兵，已勑軍前，俾其掎角[7]。”高祖復請記室李昊修其章奏，備陳本末，事聞上聽，宣示百僚[8]。中外咸知，莫不驚駭。

［1］漢川，秦惠王立漢中郡。後周末改郡曰漢川，隋開皇初郡廢，大業初州廢，復置漢川郡。轄境相當於今漢中和川北地區。

［2］踪橋，其他史籍皆作雞蹤橋，位於漢州東彌牟鎮五侯津。《蜀鑒》卷八《克漢州》：“孟知祥遣趙廷隱拒董璋，知祥出與璋戰。璋遁走，廷隱將三萬人拒之。知祥留趙季良守成都，自將兵八千趨漢州。至彌牟鎮，趙廷隱陳於鎮北。遲明，廷隱陳於雞蹤橋。”顧祖禹《讀史方輿紀要》：“雞蹤橋，在縣北三十五里。舊《志》云，彌牟鎮有雞蹤橋。後唐長興三年，孟知祥以董璋克漢州，將兵赴援，至彌牟鎮，趙廷隱陣於鎮北。明日，陳於雞蹤橋，别將張公鐸陳於其後，董璋陳於武侯廟下。知祥登高冢督战，大敗東川兵，即此

橋也。今湮。"

［3］趙廷隱，五代時人，詳見《十國春秋·後蜀·趙廷隱傳》。

元璝，五代吳越人，詳見《十國春秋·吳越·寧明王元傳》。

［4］拊，學海本作"拍"。

哭，學海本作"奔"。

光嗣，即董光嗣，五代時人，詳見《新五代史·後蜀世家·孟知祥》。

拊膺，拍胸，亦作撫膺、搏膺。多表示哀痛、悲憤。裴松之注《三國志·魏志·袁紹傳》引《先賢行狀》："（紹）軍之敗也，土崩奔北，師徒略盡，軍皆拊膺而泣曰：'向令田豐在此，不至於是也。'"

［5］獻，崇文本"獻"字下衍一"獻"字。"其"，鮑本、學海本、崇文本作"於"，據學津本改。

王暉，五代時人，詳見《十國春秋·前屬·王暉傳》。

方隅，邊境四隘。《三國志·魏志·陳思王植傳》："疆埸騷動，方隅內侵，沒軍喪衆，干戈不息者，邊將之憂也。"

［6］李僕射，即李懷，孟知祥之甥，其事跡詳見《舊五代史·唐書·明宗紀》。

［7］閒，鮑本作"簡"，據學海本、崇文本改。

掎角，分兵牽制或夾擊敵人。《左傳·襄公十四年》："譬如捕鹿，晉人角之，諸戎掎之，與晉掊之。"正義："角之謂執其角也；掎之言戾其足也。"

［8］李昊，五代時後蜀大臣，詳見《十國春秋·後蜀·李昊傳》，其云："前蜀降唐，昊草其表；後主之降也，其表亦昊所為。蜀人潛署其門曰'世修降表'。"

其奏狀曰：伏以故東川節度使董璋與臣為隣，從初不睦，常厚誣於表疏，每深間於朝廷。欲竊兵權，來併土宇。及審聖聽不惑，物論難從。臣合此時奮激驍雄，驅除奸宄[1]。尋屬陛下，翠華外駐，黃屋未安[2]，捨亦何傷，剋之不武。於是益勞宵旰，因議寢停[3]。雖隱忍以累年，且參商而終日[4]。其後毫不自誨，恃承君寵，恣弄國權[5]。窺劒外之有萌，示寰中之無畏[6]。因而竊料聖君之意，必推亡以固存[7]。其如倖臣之言，恐怒甲而遷乙[8]。由是與董璋愛以暫合，和而不同[9]。雖玉帛交馳，豈心貌之相類[10]。誠知藴蓄，且務包容。儻敢飛颺，必當掃殄[11]。

[1] 驅除，鮑本闕二字，據學津本、學海本、崇文本補。

物論，衆人之議論，輿論。《晉書・謝安傳》："是時桓沖既卒，荆江二州並缺，物論以玄勛望，宜以授之。"《舊唐書・哀帝紀》："（蘇）楷，禮部尚書循之子，凡劣無藝。乾寧二年應進士登第後，物論以為濫，昭宗命翰林學士陸扆、秘書監馮渥覆試黜落，永不許人舉場。"

驍雄，勇猛威武。《史記・韓長孺列傳》："衛尉李廣為驍騎將軍。"裴駰集解引張晏曰："驍，勇也。"《三國志・吴志・吕蒙傳》："與關羽分土接境，知羽驍雄，有並兼心。"

奸宄，違法作亂之人。奸通"姦"。《史記・吴王濞列傳》："絕先帝功臣，進任姦宄，詿亂天下，欲危社稷。"《三國志・魏志・武帝紀》："禁斷淫祀，姦宄逃竄，郡界肅然。"

[2] 翠華，天子儀仗中以翠羽為飾之旗幟或車蓋，亦御車或帝王之代稱。南朝梁沈約《九日侍宴樂游苑》詩："虹旌迢遞，翠華葳蕤。"唐陳鴻《長恨歌傳》："潼關不守，翠華南幸。"

黄屋，古代帝王專用之黄繒車蓋，借指帝王權位。《史記・秦始皇本紀》："子嬰度次得嗣，冠玉冠，佩華紱，車黄屋。"裴駰集解引蔡邕曰："黄屋者，蓋以黄為裏。"《北史・魏諸宗室傳論》："至如神武之不事黄屋，高揖萬乘，義感鄰國，祚隆帝統。"

[3] 於是，鮑本闕此二字，據學津本、崇文本補。

宵旰，猶日夜。《舊唐書・憲宗紀》："杜黄裳對曰：帝王之務，在於修己簡易，擇賢委任，宵旰以求民瘼，捨己從人以厚下，固不宜怠肆安逸。"《舊唐書・文宗紀》："庚申，詔：如聞諸道水旱害人，疾疫相繼，宵旰罪己，興寢疚懷。今長吏奏申，劄瘥猶甚。"

寢停，猶言停罷。《舊唐書·令狐楚傳附令狐定》："此名已聞於日下，不必更立碑頌，乞賜寢停。"

［4］參商，二星名。參在西，商在東，此出彼沒，永不相見。後因以喻彼此對立，不和睦。唐陳子昂《為義興公求拜掃表》："兄弟無故，並為參商。"

［5］毫不自誨，原作"故□□誨"，據學津本、崇文本改。

［6］劒外，指四川劒閣以南地區，泛指蜀地。唐杜甫《聞官軍收河南河北》詩："劒外忽傳收薊北，初聞涕淚滿衣裳。"宋王銍《補侍兒小名錄》："自祿山之亂，父倉皇劒外，母程氏乃流落襄陽。"

寰中，宇內，天下。晉孫綽《喻道論》："焉復睹夫方外之妙趣、寰中之玄照乎?"唐王勃《拜南郊頌序》："天下黎人，知四海之安樂；寰中殊域，奉三靈之康泰。"

［7］"料"上，鮑本闕三字，據學津本、學海本、崇文本補。

推亡固存，推翻行亡道之國，鞏固行存道之邦。《書·仲虺之誥》："兼弱攻昧，取亂侮亡，推亡固存，邦乃其昌。"正義："有亡道則推而亡之，有存道則輔而固之。"

［8］"而"下，鮑本闕二字，據學津本、學海本、崇文本補。

［9］"是"上，鮑本闕一字，據學津本、學海本、崇文本補。

和而不同，謂和衷相濟，而又各有所見，不苟同於人。《論語·子路》："子曰：'君子和而不同，小人同而不和。'"何晏集解："君子心和，然其所見各異，故曰不同。小人所嗜好者同，然各爭利，故曰不和。"

［10］"帛"下，學海本、崇文本有一"之"字。

［11］飛颺，飄揚；飄蕩。從風雨而飛颺，喻無志操也，此處喻二心於明宗。《楚辭·九辯》："何曾華之無實兮，從風雨而飛颺。"

掃殄，消滅。高適《賀收城表》："臣某言：閏正月十六日，中使郭羅至，伏奉勑書，示臣聖略，收復瀍洛，掃殄兇徒。"

按，此四句謂：孟蜀高祖希望明宗明白他與董璋修好之衷曲，敬請包容，如有二心，必當殄滅，類似今日之賭咒發誓。

其董璋至今年四月二十八日，暴興兵甲，五月一日，驟入漢川[1]。臣其日先差昭武軍節度兵馬留後、兼左廂步軍都指揮使趙廷隱總領三萬人騎，發次新都[2]。臣自統領衙内親軍二萬人騎繼之，俱列營於彌牟鎮[3]。北至三日，詰旦，結其大陣，俟勦元兇[4]。其董璋至午時，敢領妖徒來當鋒鋭[5]。臣則親驅戈甲，趙廷隱手奮鼓旗[6]。一擊而魚潰鳥離，四合而豕分蛇斷[7]。斬首一萬餘級，執俘八千餘人。生擒賊中都指揮使元璝、衙内副都指揮使董光演及已下都頭八十餘員，奪下甲馬五百餘匹，收獲衣甲器械十萬餘事[8]。其餘逆漏之徒，尋令搜捉並盡。

[1] 川，鮑本作“州”，據學津本、學海本、崇文本改。

[2] 新都，縣名，在今成都近郊。漢置，隋改曰興樂，後又併入成都，唐武德二年復置。

[3] 彌牟鎮，舊屬新都縣，有諸葛武侯之八陣圖。《四川通志・關隘・成都府》：“彌牟鎮，在新都縣北三十里。”楊慎《新都縣八陣圖記》：“諸葛武侯八陣圖在蜀者二，一在夔州之永安宫，一在新都之彌牟鎮。”

[4] 北，學海本、崇文本作“比”。

結，學海本作“詰”。按，作“詰”義長。詰旦，平明，清晨。《舊唐書・李密傳》：“牝雞鳴於詰旦，雄雉恣其群飛，衵衣戲陳侯之朝，穹廬同冒頓之寢。”《舊唐書・呂温傳》：“吉甫以疾在第，召醫人陳登診視，夜宿於安邑里第。溫伺知之，詰旦，令吏捕登鞫問之，又奏劾吉甫交通術士。”

[5] 妖，鮑本作“袄”，據學津本、崇文本改。

[6] 驅，學海本、崇文本作“馳”。

[7] 魚，學海本作“蟻”。鳥，學津本作“馬”。

魚潰鳥離，指像魚腐爛鳥潰散，喻迅速崩潰，完全失敗。《周書・武帝紀》：“王威既振，魚潰鳥離，破竹更難，建瓴非易。”

豕分蛇斷，喻支離破碎。

［8］都頭，軍職名。都將之別稱。唐末田令孜募神策新軍委五十四都，諸都以都將率領，亦稱都頭。五代沿之。《新唐書·兵志》："僖宗幸蜀，田令孜募神策新軍為五十四都……以左右神策大將軍為左右神策諸都指揮使，諸都又領以都將，亦曰'都頭'。"《舊五代史·梁書·李重胤傳》："（李重胤）率衆來降。太祖素識之，拔用不次，署為先鋒步軍都頭。"

其董璋只與親男衙内都指揮使董光嗣並從騎二人，磬馬而奔，棄甲而遁[1]。撫隻輪而掩泣，視亂轍以咸哀[2]。烏江之死所不遙，赤壁之慙顔更厚[3]。臣幸以疾雷之勢，破其急電之機。臣便統領大軍，壓背追襲。其董璋至四日巳時走入東川。至午時，有前陵州刺史王暉，知窠巢之已傾，驗城池之不守。梟斬董璋父子首級，相次迎獻軍門。徑進師徒，收下城壘。平定一方之衆，止於四日之間。莫不遐仗皇威，戡除隣患[4]。臣方以自違君命，未達臣誠。捷音雖審其風馳，奏疏未遑於羽插[5]。豈謂皇帝陛下纔聆動静，遽軫憂勞[6]。遄降使臣，特頒明詔。諭董璋之奸罪，勉微臣以削平。仍勑軍前，俾施犄角。並得暗合睿略，顯應神機[7]。更無唇齒之虞，永荷股肱之寄[8]。所以舉子勾龍逢獻《賀捷詩》曰，"唇齒論交歲月長，豈期率意忽顛狂。元戎統領三軍戰，巨孽奔衝一陣亡。莫訝潼江剛入寇，都緣錦浦合興王[9]。武功蓋世光前後，堪向青編萬古揚[10]"。

［1］磬馬，放馬疾馳。《詩·鄭風·大叔於田》："抑磬控忌。"毛傳："騁馬曰磬，止馬曰控。"

［2］咸，學海本、崇文本作"感"。按，據上下文意，作"感"義長。

［3］烏江之死，"西楚霸王"項羽兵敗後，在烏江自刎而死。《史記·項羽本紀》："於是項王乃慾東渡烏江。烏江亭長艤船待……項王乃曰：'吾聞漢

購我頭千金，邑萬戶，吾為若德。’乃自刎而死。”

赤壁之慙，指漢獻帝建安十三年（208）孫權與劉備聯軍在赤壁大破曹操軍隊之事。《三國志·吳志·孫權傳》：“（周）瑜、（程）普為左右督，各領萬人，與備俱進，遇於赤壁，大破曹公軍。”

［4］仗，學海本作“望”。

［5］於，學津本作“其”。

［6］軫，犹軫恤，深切顧念和憐憫。《舊五代史·梁書·太祖紀》：“史載葬枯，用彰軫恤；禮稱掩骼，將致和平。”

［7］睿略，學海本作“方略”。按，作“睿略”義長。睿略，聖明的謀略。唐顧非熊《武宗挽歌詞》之一：“睿略皇威遠，英風帝業開。”方略，權謀；策略。《荀子·王霸》：“鄉方略，審勞佚，謹畜積，脩戰備，齺然上下相信，而天下莫之敢當。”

［8］唇齒之虞，即“唇亡齒寒”之憂。《左傳·僖公五年》：“晉侯復假道於虞以伐虢。宮之奇諫曰：虢，虞之表也；虢亡，虞必從之……諺所謂‘輔車相依，唇亡齒寒’者，其虞虢之謂也。”

荷，承受；承蒙。《左傳·昭公三年》：“伯石之汰也，一為禮於晉，猶荷其祿，況以禮終始乎！”三國魏曹操《請爵荀彧表》：“而臣前後獨荷異寵，心所不安。”唐韓愈《元日酬蔡州馬十二尚書去年蔡州元日見寄之什》：“元日新詩已去年，蔡州遙寄荷相憐。”

股肱，大腿和胳膊，喻左右輔佐之臣。《書·說命下》：“股肱惟人，良臣惟聖。”孔傳：“手足具乃成人，有良臣乃成聖。”

［9］潼江，又名梓江、潼水、五婦水等，在梓潼縣。《太平寰宇記·劍南東道》：“潼江水在（梓潼）縣西南四里，源出平陰縣馬閣山，來至五婦山西七曲山下，名潼水。”

錦浦，為唐五代成都著名遊樂景點。韋莊《河傳》之三：“錦浦春女，繡衣金縷。霧薄雲輕，花深柳暗，時節正是清明，雨初晴。”

按，五代時董璋據東川梓潼，孟知祥據西川成都，此以“潼江”、“錦浦”代稱董、孟也。

［10］青編，用青絲聯綴成的竹簡書。泛指古代史冊。《類說》卷二："齊建元中，盜發楚王塚，獲玉鏡、玉屐；又得古書青絲簡編。"

## 九轉驗會昌末

武宗皇帝酷求長生之道，訪九轉之丹[1]。茅山道士杜元陽製藥既成，白日輕舉[2]。弟子馬全真得殘藥，詣京表進。上因餌之，徧體生瘡，鬚髮俱脱，十日而崩。此《唐實錄》隱而不書[3]。又梁朝方山道人自號龐九經，身長七尺，不知年幾百歲，每於石室修氣，經年絶食[4]。太祖往往遣使賜乳頭香及茶藥而已[5]。

［1］武宗，詳見《舊唐書・武宗紀》。

九轉之丹，道教謂丹之煉製有一轉至九轉之别，而以九轉為貴。晉葛洪《抱朴子・内篇・金丹》："一轉之丹，服之三年得僊。二轉之丹，服之二年得僊。三轉之丹，服之一年得僊。四轉之丹，服之半年得僊。五轉之丹，服之百日得僊。六轉之丹，服之四十日得僊。七轉之丹，服之二十日得僊。八轉之丹，服之十日得僊。九轉之丹，服之三日得僊。"

［2］茅山，山名。在江蘇句容縣東南，原名句曲山。傳説漢茅盈與弟衷固，得道於此，世號三茅君，因名山為茅山，也稱三茅山。南朝梁陶弘景曾隱於華陽洞。《南史・隱逸傳・陶弘景》："止於句容之句曲山，恒曰：'……昔漢有三茅君得道，來掌此山，故謂之茅山。'"

輕舉，輕身升起，飛升登仙。《楚辭・遠遊》："悲時俗之迫阨兮，願輕舉而遠遊。"王逸注："高翔避世，求道真也。"三國魏曹植《六仙人篇》："萬里不足步，輕舉淩太虚。"

［3］《唐實錄》，實錄體史書之定型作。劉知幾《史通・外篇・説唐書》："惟唐之受命也，義寧、武德間，工部尚書溫大雅首撰《創業起居注》三篇。

自是司空房玄齡、給事中許敬宗、著作郎敬播相與自立編年體，號為‘實録’，迄乎三帝，世有其書。……蓋屬詞比事，以月繫年，為史氏之根本，作生人之耳目者，略盡於斯矣。”

[4] 方山，山名。在今江蘇省南京市東南。《元和郡縣志·江南道》：“方山在（上元）縣東南七十里。秦鑿金陵，以斷其勢。方石山𡰯，是所斷之處也。”《景定建康志·山川志》：“方山，一名天印山。在城東南四十五里，高一百一十六丈，周迴二十七里，四面方如城。……《丹陽記》‘形如方印，故曰方山，亦名天印山’……吳大帝為仙者葛玄，立觀於此山。”

[5] 乳頭香，即乳香。《香譜》“乳香”條：“《廣志》云即南海波斯國松樹脂，有紫赤櫻桃者，名乳香，蓋薰陸之類也。仙方多用辟邪。”

忽一日詔入内殿，求延生之術，麗奏曰：“夫神仙之法，亦因積學而成，先須息萬慮於人間，棲一身於岩穴，與天地合德，與鳥獸同群，斷其喜怒悲哀，去其滋味淫慾，然後存神養氣，辟穀休糧，欲究還丹，審窮爻象，故曰‘内真外應，其丹自來’，而又功滿三千方得羽化[1]。今陛下身居九有，心役萬幾，孽毒三軍，誅殘百姓，怨滿天下，恩唯一家，豈同軒后清静，自化鼎湖上昇者哉[2]？”太祖怒曰：“知卿是麗勛本身，朕欲問卿行止，何得妄指難易，非斥朕乎[3]？”麗度太祖言，深慮遭其誅責，復奏曰：“臣有靈丹，可延九五之數，儻放臣棲隱，即敢進之[4]。”上復笑曰：“朕不希白日上昇，只希更得三五十年在位，是朕願也。”麗乃於肘後解一青瓢子，取金丹二粒，進曰：“望陛下清素守真，百日方可餌之，不然者，反惡耳[5]。”上既深信，麗得歸山。後帝久患石淋，忽宣至藥服食，眉髮立墮，頭背生癰[6]。及至彌留，為潁王所弑[7]。乃知九轉非誤一君，其次諸侯遇之死者無數。非丹有損，而人不真[8]。或曰：“武宗因拆寺，患癩而崩，實為庸說也。”

［1］與天地合德，即與天地同德。《淮南子·泰族》："故大人者，與天地合德，日月合明，與鬼神合靈，與四時合信。"

與鳥獸同群，指隱居避世。《論語·微子》："夫子憮然，曰：'鳥獸不可與同群，吾非斯人之徒與而誰與?'"邢昺疏："曰'鳥獸不可與同群'者，孔子言其不可隱居避世之意也。山林多鳥獸，不可與同群。若隱於山林，是同群也。"

辟穀，古稱行導引之術，不食五穀，可以長生。道家方士，乃附會為神仙入道之術。《史記·留侯世家》："（張良）乃學辟穀，導引輕身。"

休糧，謂停食穀物。晉葛洪《抱朴子·仙藥》："朮餌，令人肥健，可以負重涉險，但不及黃精甘美易食，凶年可以與老小休粮，人不能別之，謂為米脯也。"

還丹，道家合九轉丹與朱砂再次提煉而成之仙丹。自稱服後可以即刻成仙。晉葛洪《抱朴子·金丹》："若取九轉之丹，内神鼎中，夏至之後，爆之鼎熱，内朱兒一斤於蓋下。伏伺之，候日精照之。須臾，翕然俱起，煌煌煇煇，神光五色，即化為還丹。取而服之一刀圭，即白日升天。"

羽化，指飛升成仙。《晉書·許邁傳》："（許）玄自後莫測所終，好道者皆謂之羽化矣。"

［2］唯，學海本、崇文本作"庇"。

后，學海本作"居"。按，作"后"義長。軒后，即黃帝軒轅氏。唐魏徵《奉和正日臨朝應詔》："百靈侍軒后，萬國會塗山。"

鼎湖，地名。古代傳說黃帝在鼎湖乘龍升天。唐顧況《悲歌》之三："軒轅皇帝初得仙，鼎湖一去三千年。"

［3］指，學海本、崇文本作"談"，學津本作"議"。

本身，猶本性。《列子·黃帝》："且必有感也，搖而本身，又無謂也。"楊伯峻集釋引王重民曰："身有性義，蓋身性古通用，本身猶本性也。"

［4］九五，《易》卦爻位名。九，謂陽爻；五，第五爻，指卦象自下而上第五位。《易·乾》："九五，飛龍在天，利見大人。"孔穎達正義："言九五，陽氣盛至於天，故云'飛龍在天'。此自然之象，猶若聖人有龍德，飛騰而居

天位。”

按，以下文觀之，此處“九五”之數指皇帝在位年數。

[5] 反，鮑本作“灰”，據學海本、崇文本改。

[6] 石淋，病名。隋巢元方《巢氏諸病源候總論·石淋候》：“石淋者，淋而出石也。腎主水，水結則化為石，故腎容沙石。腎虚為熱所乘，熱則成淋。其病之狀，小便則莖裏痛，尿不能卒出，痛引小腹，膀胱裏急，沙石從小便道出，甚者塞痛令悶絶。”

癰（yōng），腫瘍。《莊子·列禦寇》：“秦王有病召醫，破癰潰痤者得車一乘。”

[7] 穎王，學津本作“郢王”。郢王，唐宣宗之子威王李侃，咸通六年封郢王，十年改封今王。事見《舊唐書·懿宗八子·威王侃》。

[8] 非丹，學海本、崇文本作“丹非”。

真，學海本、崇文本作“知”。

## 金統事

僖宗乾符中，靖陵雨血三日[1]。丹鳳樓前赤蟻、黄蟻聚鬬七日，掃盡復生[2]。己亥歲，天瀉血流，大地俱赤[3]。是夜長虹貫斗星，奔西南[4]。明年，黄寇犯闕，翠華奔幸之兆也[5]。辛丑年，黄巢在京，尚讓為相，改乾符之號為金統元年[6]。見在百司，並令仍舊。忽一日，有人潛書七言四韻，帖在都堂南門，譏諷頗深[7]。偽相大怒，應堂門子及省院官並令剜眼倒懸，以令三省[8]。又奏請宣下諸軍，大隊内收得文官會吟詩者，宜令就營屏除[9]。如祇是識字者，宜令將内役使。是時，京城内外，殺戮三千餘人。百司驚惶，皆悉逃竄。其七言《四韻詩》曰[10]：“自從大駕去奔西，貴落深坑賤出泥[11]。邑號盡封元諒母，郡君變作士和妻[12]。扶犁黑手翻持笏，食肉朱唇却喫虀[13]。唯有一般平不得，南山依舊與天齊。”

［1］僖宗，即李儇，詳見《新唐書·僖宗紀》。

靖陵，《新唐書·德宗紀》：“［貞元三年］甲申，葬昭德皇后於靖陵。”

雨血，古代一種天候現象，被認為是一種凶兆，與國家之大動亂有關。唐瞿曇悉達《唐開元占經·天占》“天雨血”條：“京房曰：‘天雨血，兹謂不親，黔首怨之，不出三年，亡其宗人。’《尚書·中候》曰：‘夏桀無道，天雨血。’《天鏡》曰：‘天雨血，是謂天見其妖，不正者不得久處其位，不三年，兵起。’《演孔圖》曰：‘君過滿七九，則雨血。’《運斗樞》曰：‘偏任不移，雨血漂流。’京房《易傳》曰：‘王者不顧骨肉，不親九族，天雨血二日。’又曰：‘血自天墮，三年，大兵。’……《漢書·五行志》又曰：‘哀帝建平四年，山陽胡陵雨血，廣三尺，長五尺，大者如錢，小者如麻。後三年，王莽專朝，誅貴戚。’”

［2］丹鳳樓，為唐長安宫廷之著名樓閣。宋王應麟《玉海·唐丹鳳樓大赦》：“至德二年十二月戊午，御丹鳳樓，大赦天下。乾元元年二月丁未，御明鳳門，大赦。建中元年正月辛未，有事南郊，還，御丹鳳樓，大赦。貞元四年正月庚戌朔，御丹鳳樓，大赦。元和二年正月辛卯，有事於南郊，御丹鳳樓，大赦。”

赤蟻、黄蟻聚鬭，按，螞蟻聚鬭為國家將出現動亂之預兆。《太平御覽·蟲豸部》：“《古今五行記》曰：‘後魏顯宗天安元年六月，兖州有黑蟻與赤蟻交鬭，長六十步，廣四寸，赤蟻斷頭而死。黑主北，赤主南。時齊明帝殺少帝之子業而自立，大為魏軍所破。’”

［3］己亥歲，即唐僖宗广明元年（880）。

［4］斗星，指北斗星，為人君之象。唐瞿曇悉達《唐開元占經·北斗星占》：“《黄帝占》曰：‘北斗為帝車，運於中央，臨制四方，分别陰陽，建於四時，均立五行，移應節度，定諸紀綱，太一之事也。配於二十八宿，天所以發其時，地所以成，萬物諸侯屬焉。’”按，“長虹貫斗星”則是天子奔幸之兆也。

［5］犯闕，指舉兵入犯朝廷。唐李德裕《次柳氏舊聞》："時天下無事，號太平者垂五十年。及羯胡犯闕，乘傳遽以告。"

［6］辛丑年，崇文本無"年"字。按，金統元年為庚子，"辛丑"誤。

黃巢，詳見《新唐書·逆臣·黃巢傳》。

尚讓，黃巢軍之重要人物，其事詳見《舊唐書·黃巢傳》和《舊唐書·時溥傳》。

［7］都堂，唐五代尚書省之總辦公處。《通志·職官略·尚書省》："尚書省都堂居中，左右分司。堂之東有吏部、戶部、禮部三行，每行四司，左司統之；都堂之西有兵部、刑部、工部三行，每行四司，右司統之。"

［8］三省，指中書省、門下省、尚書省。自南北朝至唐，三省同為最高政務機構。《新唐書·百官志》："初，唐因隋制，以三省之長中書令、待中、尚書令共議國政，此宰相職也。"

［9］大隊，鮑本作"火隊"，據學津本、學海本、崇文本改。古軍隊編制名稱。宋章如愚《群書考索後集·兵門》"兵法"條云："置陣之法，以結隊為先。按，李靖法五十人為一隊，每三人自相得意者，結為一小隊；合三小隊為一中隊，合五中隊為一大隊。"

［10］按，此詩譏諷黃巢起義軍建立之大齊政權，與韋莊《秦婦吟》中之詩句有相似之處。如《秦婦吟》云："內庫燒為錦繡灰，天街踏盡公卿骨。"又"柏臺多半是狐精，蘭省諸郎皆鼠魅。還將短髮戴華簪，不脫朝衣纏繡被。翻持象笏作三公，倒佩金魚為兩史"。

［11］坑，學海本作"沈"。

大駕，此處指唐僖宗。

［12］元諒，即唐人李元諒，詳見《舊唐書·李元諒傳》，其云："李元諒，本駱元光，姓安氏，其先安息人也。少為宦官駱奉先所養，冒姓駱氏。……帝念其勛勞，又賜姓李氏，改名元諒。"

"邑號盡封元諒母"句，指原本出身貧窮、少為宦官所養之駱元光因軍功被唐德宗賞識，賜姓李氏之事。暗合"賤出泥"之意。

按，"郡君變作士和妻"句，不明出處，蓋謂達官貴人之妻變成平民之妻，即“貴落深坑”之意。

［13］韲（jī），用醋、醬拌合，切成碎末之菜或肉。《周禮·天官·醢人》：“以五齊、七醢、七菹、三臡實之。”漢鄭玄注：“齊，當為齏……凡醯醬所和，細切為齏。”孫詒讓正義：“齏為切和細碎之名，故菜、肉之細切者通謂之齏。”韲同“齏”。

按，據文意，韲蓋泛指尋常百姓食物。

## 走車駕

昭宗之代，岐王茂貞本姓宋，昭宗賜姓，號曰“西府太子”、華州韓建、邠州王行瑜等始為亂階，焚爇宮闈，動搖四海，斬刈百官[1]。是時，駕幸三峰，抛離九廟，諸侯悉罷職貢，各養强兵[2]。天復初，車駕走幸石門，絶糧數日，左街沙門懷寶進蕎麪燒餅，奉宣賜紫宮人[3]。楊舞頭失其名進裛淚手帕子，奉宣加楚國夫人[4]。二年，岐州天雨蕎麥，人收食之，悉遭疫癘[5]。是歲雷劈牛馬，頻擾宮城，拔出街西古槐，揚下殿東鴟吻[6]。故昭宗御製詩曰：“衹解劈牛兼劈樹，不能誅惡復誅兇。”

［1］“王”下學海本有“李”字。

韓建，五代時人。詳見《舊五代史·梁書·韓建傳》。

王行瑜，唐末將領。詳見《新唐書·王行瑜傳》。

亂階，禍端；禍根。《詩·小雅·巧言》：“無拳無勇，職為亂階。”《三國志·蜀志·劉備傳》：“曩者，董卓造為亂階，自是之後，群兇縱横，殘剥海内。”

［2］三峰，在唐代指華州，治所在今華縣。唐趙嘏《華州座中獻盧給事》：“送迎皆到三峰下，滿面煙霜滿馬塵。”

九廟，指帝王之宗廟。古時帝王立廟祭祀祖先，有先祖廟及三昭廟、三穆廟，共七廟。王莽增為祖廟五、親廟四，共九廟。後歷朝皆沿此制。詳見《漢書·王莽傳》。

職貢，古代稱藩屬對於朝廷按時所上之貢納。《左傳·襄公二十九年》："魯之於晉也，職貢不乏，玩好時至。"

［3］石門，是古長安通往巴蜀之重要關隘，在今藍田縣湯峪鎮。《陝西通志》卷九《山川·西安府蓝田縣》："石門谷，在縣西南四十里，即唐昭宗所幸處。"

賜紫，唐制，三品以上官公服為紫色，五品以上緋色，官位不及而有大功，或為皇帝所寵愛者，准許服紫服或服緋，以示尊崇，稱賜紫或賜緋。《舊唐書·魯炅傳》："（魯炅）後以隴右破吐蕃跳盪功，累授右領軍大將軍同正員，賜紫金魚袋。"

［4］裛（yì），沾濕。唐戎昱《閨情》："寳鏡窺妝影，紅衫裛淚痕。"

［5］岐州，後魏太延二年於雍縣置平秦郡，太和十一年兼置岐州，西魏改郡曰岐山。隋開皇三年郡廢，大業初改州為扶風郡。唐武德初復曰岐州，天寳元年復曰扶風郡，至德元載改曰鳳翔郡。五代曰岐州。轄境約當於今陝西鳳翔縣南。

天雨蕎麥，古籍上多有"天雨稻"、"天雨粟"、"天雨穀"等奇異天象記載。《太平廣記》卷四一二"雨稻"條引《述異記》云："夏禹時，天雨稻。古詩云'安得天雨稻，飼我天下民'。""雨麥"條："漢武帝時，廣陽縣雨麥。""雨穀"條引《述異記》云："漢宣帝時，江淮饑饉，人相食。天雨穀三日，秦魏地奏亡穀二千頃。"

［6］出，學海本、崇文本作"去"。

揚下，學海本、崇文本作"楊樹"。

鴟吻，學海本作"嘲風"。鴟吻與嘲風，皆為古代宮殿之裝飾物，一在殿脊，一在殿角。唐蘇鶚《蘇氏演義》卷上："蚩者，海獸也。漢武帝作柏梁殿。有上疏者云：'蚩尾水之精，能辟火災，可置之堂殿。'今人多作鴟字，見其吻如鴟鳶，遂呼之為鴟吻，顏之推亦作此鴟。"明董斯張《廣博物志·蟲魚》："蚩吻好吞，殿脊之獸。嘲風好險，殿角之獸。"

三年，梁太祖將迎大駕之前，岐山二菩薩身中自然有箭，老聃廟土人移步，神馬夜嘶[1]。後昭宗有困，守岐陽，迫遷東洛之兆也[2]。初，拾遺張道古貢《五危二亂表》，黜居於蜀[3]。後聞駕走西岐，又遷東洛，皆契五危之事，悉歸二亂之源[4]。因吟一章《上蜀王八丈》，詩曰："封章才達冕旒前，黜詔俄離玉座端[5]。二亂豈由明主用，五危終被佞臣彈[6]。西巡鳳府非為固，東播鑾輿卒未安[7]。諫疏至今如可在，誰能更與讀書看。"

[1] 岐山，山名。在今陝西省岐山縣境。

老聃，《史記·老子列傳》："老子者，楚苦縣厲鄉曲仁里人也。姓李氏，名耳，字伯陽，謚曰聃。"

土人，土偶，泥塑之神像。《南史·梁宗室·蕭猷傳》："當此時，廟中請祈無驗。十餘日，乃見侍衛土偶皆泥濕如汗者。"

[2] 岐陽，岐山之南。《詩·魯頌·閟宫》："后稷之孫，實維大王，居岐之陽，實始翦商。"鄭玄箋："大王自豳徙居岐陽。"

[3] 張道古，唐末五代人。唐孫光憲《北夢瑣言·張道古題墓》："唐天復中張道古，滄州蒲臺縣人，擢進士第，拜左補闕，文學甚富，介僻不群。因上《五危二亂表》，左授施掾，爾後入蜀。"

《五危二亂表》，此疏指出唐昭宗不懂為君馭臣之道，將遭遇覆國之險。詳見《通鑒紀事本末·藩鎮之亂》。

[4] 西岐，古邑名。在今陝西省岐山縣東北。

二亂，《北夢瑣言·張道古題墓》："所陳《二亂疏》云：'祇今劉備、孫權已生於世矣。'"用刘备、孙权作为"二乱"的代表，影射唐末嚴重的藩镇割據。

[5] 達，學海本、崇文本作"進"。

封章，言機密事之章奏皆用皂囊重封以進，故名封章。亦稱封事。漢揚雄《趙充國頌》："營平守節，屢奏封章。"

冕旒，皇冠。顶有延，前有旒，故曰"冕旒"。天子之冕十二旒。借指皇帝。南朝梁沈約《勸農訪民所疾苦詔》："冕旒屬念，無忘夙興。"

［6］二，學海本作"三"，誤。

［7］鳳府，即鳳翔。

播，流亡；遷徙。《書·大誥》："予惟以爾庶邦，于伐殷逋播臣。"《後漢書·獻帝紀讚》："獻生不辰，身播國屯。"李賢注："播，遷也。"

# 【鑒誡録卷二】

## 御賜名

朱太祖統四鎮，呼中令日名温，與崔相國連構大事[1]。崔每奏太祖忠赤，委之闗東，國無患矣[2]。昭宗遽勅太祖改名全忠[3]。議者曰："全字人王也，又在中心，其不可也[4]。"近臣亦奏。上方悔焉。勅命既行，追之弗及[5]。後果有大梁王帝之號[6]。是時，四分天下，其在中心，乃賜名之應也[7]。

［1］呼，《古今圖書集成·名字部紀事》引《鑒誡録》"朱太祖統四鎮，除中令日名温"作"除"。按，呼、除二字，義皆可通。

四鎮，即宣武、宣義、天平、護國四鎮。《新五代史·梁家人傳·友倫傳》："（朱）太祖即位，以故所領宣武、宣義、天平、護國四鎮徵賦，置建昌宫總之。"

［2］闗，同"關"。關東，唐代指洛陽。駱賓王《疇昔篇》："忽聞驛使發

闕東，傳道天波萬里通。”陳熙晉注：“顯慶二年，置東都。則天改為神都。唐都關内，故以洛城為闕東。”

[3] 按，《舊唐書》、《資治通鑒》、《舊五代史》、《新五代史》皆作僖宗賜名全忠，惟本書云昭宗賜名，其說與諸史異，蓋傳聞之不同爾。

[4] 其，學海本、崇文本作“甚”。

[5] 弗，學海本、崇文本作“勿”。

[6] 王，崇文本作“皇”。

[7] 其在中心，後梁定都開封，而其時前蜀、吳越、閩皆割據西南或南方，故後梁處於天下之中心地位。

## 逸士諫

天復中，昭宗播岐時，梁太祖與秦王茂貞羽檄交馳，欲迎車駕[1]。何皇后東川人，恃其深寵，不顧阽危，酷好畋遊，放弄於兩舍之外傳三十里為一舍，踐蹋苗稼，百里飛埃[2]。有成州同谷山逸人，戴一巨笠，跨一青牛，琴袋酒壺俱在牛上，因稱同谷子，不顯姓名，直詣行朝，上書兩卷，論十代興亡之事，敘四方理亂之源[3]。帝覽其書，數日減膳，宣王驃騎侪賜之酒食，審彼賢愚[4]。同谷子唯吟太康失政之詩，又說褒姒惑君之事[5]。何皇后慮失恩旨，潛令秦王誅之，其事未行，預已奔去。後梁太祖舉四鎮之衆，迫脅岐城，大駕無依，遂遷東洛。議者以君王失政，妃后禽荒，逸士上書採而不用，時將盡矣，天使其然[6]。

[1] 播，見“走車駕”條注。

秦王，即李茂貞，詳見《新五代史·雜傳·李茂貞傳》。

羽檄，古代軍事文書，插鳥羽以示緊急，必須迅速傳遞。《史記·盧綰列傳》："陳豨反，邯鄲以北皆豨有，吾以羽檄徵天下兵，未有至者，今唯獨邯鄲中兵耳。"裴駰集解："魏武帝《奏事》曰：'令邊有小警，輒露檄插羽，飛羽檄之意也。'推其言，則以鳥羽插檄書，謂之羽檄，取其急速若飛鳥也。"

［2］何皇后，梓州人，詳見《新唐書·后妃·何皇后傳》。

阽危，臨近危險。《三國志·魏志·和洽傳》："昏世之主，不可黷近，久而阽危。"裴松之注云："阽音鹽，如屋簷，近邊欲墜之意也。"

放弄，即田獵之戲。

［3］成州同谷，今甘肅禮縣西南。《新唐書·地理志》："成州同谷郡，下。本漢陽郡，治上祿，天寶元年更名，寶應元年沒吐蕃，貞元五年，於同谷之西境泥公山權置行州，咸通七年復置，徙治寶井堡，後徙治同谷。"

十代，即西漢、東漢、魏、西晉、東晉、宋、南齊、梁、陳、隋等十個朝代。《舊唐書·朱敬則傳》："（朱）敬則嘗採魏晉以來君臣成敗之事，著《十代興亡論》。"《舊五代史·樂志》："漢至隋，垂十代，凡數百年，所存者黄鐘之宫一調而已。"

理亂，治與亂。《管子·霸言》："堯舜之人，非生而理也；桀紂之人，非生而亂也。故理亂在上也。"

［4］佮，學津本作"存確"；學海本闕一字。

［5］太康失政之詩，夏王朝第二任君主太康因不理民事，去洛水遊獵時，為后羿奪去國政，史稱"太康失政"。其五個弟弟見兄長不回，就作了《五子之歌》。《書·五子之歌》曰："太康失邦，昆弟五人須於洛汭，作《五子之歌》。太康尸位，以逸豫滅厥德，黎民咸貳。乃盤遊無度，畋於有洛之表，十旬弗返。有窮后羿因民弗忍，據於河。厥弟五人，御其母以從，徯於洛之汭。五子咸怨，述大禹之戒以作歌。"

褒姒，西周幽王之寵妃，詳見《史記·周本紀》。

［6］禽荒，沉迷於田獵。《書·五子之歌》："內作色荒，外作禽荒。"蔡沈集傳："禽荒，耽遊畋也；荒者，迷亂之謂。"

按，此言何皇后"酷好畋遊"，似與史實不符。据《新五代史·雜傳·李茂貞傳》："天復元年，……梁軍至同州，全誨等懼，與繼筠刼昭宗幸鳳翔。

梁軍圍之逾年，茂貞每戰輒敗，閉壁不敢出。城中薪食俱盡。……天子於宮中設小磨，遣宮人自屑豆麥以供御，自後宮、諸王十六宅，凍餒而死者日三四。”昭宗與后妃皆困守鳳翔，處於受凍挨餓之慘境，何皇后畋遊不合常理。《四庫全書總目提要》卷一四〇《鑒誡錄》提要即謂：“至“逸士鑒”一條稱昭宗何后荒於從禽，考《新唐書·后妃列傳》，昭宗奔播岐、梁間，后侍膳，無須臾去。《舊唐書》亦云‘后於蒙塵薄狩之中，嘗侍膳御，不離左右’，安得有畋遊之事？且昭宗寄命强藩，不能自保，又安能縱后畋遊，恒至六十里外？殊為誣誕。”

同谷子《詠五子之歌》詩曰[1]：“邦惟固本自安寧，臨下常須馭朽驚。何事十旬遊不返，禍胎從此構殷兵。”又曰：“酒色聲禽號四荒，那堪峻宇又彫牆[2]。静思今古為君者，未或因兹不滅亡。”又曰：“唯彼陶唐有冀方，少年都不解思量[3]。如今算得當時事，首為盤遊亂紀綱[4]。”又曰：“明明我祖萬邦君，典則貽將示子孫[5]。惆悵太康荒墜後，覆宗絶祀滅其門[6]。”又曰：“仇讎萬姓遂無依，顔厚何曾解忸怩[7]。五子既歌邦已失，一場前事悔難追。”

[1] 按，以下各詩是對《五子之歌》之改編。《書·五子之歌》云：“其一曰：皇祖有訓，民可近，不可下；民惟邦本，本固邦寧。予視天下，愚夫愚婦，一能勝予。一人三失，怨豈在明？不見是圖。予臨兆民，凛乎若朽索之御六馬。為人上者，奈何不敬？其二曰：訓有之，内作色荒，外作禽荒；甘酒嗜音，峻宇雕墻。有一於此，未或不亡。其三曰：惟彼陶唐，有此冀方。今失厥道，亂其綱紀，乃底滅亡。其四曰：明明我祖，萬邦之君。有典有則，貽厥子孫。關石和鈞，王府則有。荒墜厥緒，覆宗絕祀。其五曰：嗚呼曷歸？予懷之悲。萬姓仇予，予將疇依？郁陶乎予心，顔厚有忸怩。弗慎厥德，雖悔可追？”《五子之歌》和同谷子《詠五子之歌》，語言和字句上雖稍有變化，但主旨一致：以帝堯之賢明有治對照五子之失道亂政，以此證明以民為本之

重要性。

［2］酒色聲禽，即聲色犬馬。指古代統治階層之娛樂方式，如歌舞、女色、玩狗、跑馬燈。《北史・隋宗室諸王傳・文帝四王・齊王暕》云："（齊王）暕頗驕恣，昵近小人，所行多不法。遣喬令則、劉虔安、裴該、皇甫諶、庫狄仲錡、陳智偉等採求聲色狗馬。"

四荒，四方荒遠之地。《楚辭・離騷》："忽反顧以遊目兮，將往觀乎四荒。"朱熹集注："故復反顧而將往觀乎四方絕遠之國。"

［3］陶唐，古帝名。即唐堯，帝嚳之子，姓伊祁，名放勛。初封於陶，後徙於唐。《孔子家語・五帝德》："宰我曰：'請問帝堯。'孔子曰：'高辛氏之子，曰陶唐，其仁如天，其智如神，就之如日，望之如雲。'"

冀方，古泛指中原地區。《書・五子之歌》："有此冀方。"蔡沈集傳："堯授舜，舜授禹，皆都冀州。言冀方者，舉中以包外也。"《日知錄》卷二"惟彼陶唐有冀方"條："堯、舜、禹皆都河北，故曰'冀方'。"

［4］盤遊，遊樂。《書・五子之歌》："（太康）乃盤遊無度。"孔傳："盤樂遊逸無法度。"

［5］典則，典章法則，準則。《書・五子之歌》："有典有則，貽厥子孫。"孔傳："典，謂經籍；則，法。"

［6］覆宗絶祀，毀敗宗族；滅族。《書・五子之歌》："荒墜厥緒，覆宗絶祀。"

［7］忸怩，有愧。《書・五子之歌》："郁陶乎予心，顏厚有忸怩。"孔傳："忸怩，心慚。"

## 判木夾

西山八國，敻古已來為中國西南之患也[1]。自蜀武侯擒縱之後，方通誠款[2]。唐鮮于仲通將領博海等軍六萬衆，歿於鬼主之謀，遂致姚蜑生心，數侵黎巂，量由非才也[3]。近又李福尚書鎮西川，牛叢為貳車日，南蠻直犯梓潼，役陶匠二十萬燒塼，欲塞劍門[4]。蜀有五丈天王者，寶歷中所置也[5]。是時，見大僧形於錦城之隅，蠻人百萬之衆，悉皆奔竄[6]。後高相公駢統臨益部，兼號征南，蠻𣈆聞名，預自屏跡矣[7]。然時飛一木夾，其中惟誇兵革犀象，欲借綿錦之江飲馬濯足而已[8]。高相公於是經營版築，置防城勇士八千，命胡記室曾以檄破之，仍判迴木夾[9]。故胡曾破之數聯，天下稱為奇絶[10]。

［1］西山八國，地處西山（即今康藏高原）之八個羌人部落。宋王應麟《小學紺珠・地理類》："西山八國，女、訶陵、南水、白狗、逋租、弱水、清遠、咄霸。"

敻古，遠古。《晉書・后妃傳序》："爰自敻古，是謂元妃；降及中年，乃稱王后。"

［2］蜀武侯擒縱，指三國時諸葛亮出兵南方，曾七次生擒、七次釋放孟獲之事。《三國志・蜀志・諸葛亮傳》："亮率衆南征，其秋悉平。"裴松之注引《漢晉春秋》："亮至南中，所在戰捷。聞孟獲者，為夷、漢所服，募生致之。既得，使觀於營陣之間，問曰：'此軍何如？'獲對曰：'向者不知虚實，故敗。今蒙賜觀看營陣，若祇如此，即定易勝耳。'亮笑，縱使更戰，七縱七擒，而亮猶遣獲。獲止不去，曰：'公，天威也，南人不復反矣。'"

誠款，忠誠；真誠。《三國志・蜀志・鄧芝傳》："權大笑曰：'君之誠款，乃當爾邪！'"

［3］致，鮑本、學海本作"至"，據學津本、崇文本改。

鬼主，崇文本作"鬼王"。唐宋時分佈在雲南東部、貴州西部、四川南部烏蠻及兩爨部落首領之稱號。《新唐書・南蠻・兩爨蠻傳》："大部落有大鬼主，百家則置小鬼主。"

鮮于仲通，漁陽人，詳見顔真卿《中散大夫京兆尹漢陽郡太守贈太子少保鮮于公神道碑銘》和《舊唐書·玄宗紀》。

姚，即姚州。《舊唐書·地理志》："武德四年，安撫大使李英以此州内人多姓姚，故置姚州，管州二十二。麟德元年，移姚州治於弄棟川，自是朝貢不絶。天寶末，楊國忠用事，蜀帥撫慰不謹，蠻王閤羅鳳不恭，國忠命鮮于仲通興師十萬，渡瀘討之，大為羅鳳所敗。鎮蜀，蠻帥異牟尋歸國，遂以韋皐為雲南安撫大使，命使冊拜，謂之南詔。"轄境約當於今雲南姚安一帶。

蜑（dàn），又作蜒、誕、蛋，形近音通。舊時南方少數民族之一。《華陽國志·蜀志》"涪陵條"載："土地山險水灘，人多戇勇，多獽、蜑之民。"唐韓愈《房公墓碣銘》："林蠻洞蜒，守條死要，不相漁劫。"

黎，即黎州。大足元年，割漢源、飛越二縣及嶲州之陽山置黎州。天寶元年，改為洪源郡。乾元元年，復為黎州，領羈縻五十五州。即今四川漢源縣。

嶲，即越嶲。本南夷，故邛都國。漢武帝開之，置越嶲郡。東漢、晉、宋皆因之。唐武德元年，改曰嶲州。太和五年，為蠻寇所破。六年，李德裕徙州治臺登縣，南至姚州，北至黎州。轄境約當於今四川西昌。

［4］李福，唐末人，詳見《新唐書·桓彥範傳》。

牛叢，牛僧孺之子，詳見《舊唐書·牛僧孺傳附牛叢》。

貳車，副車。《國語·魯語下》："大夫有貳車，備承事也。"韋昭注："貳，副也。"此處喻指牛叢任劍南西川節度副大使。

［5］五丈天王，在成都寶歷寺。宋黄休復《益州名畫錄》卷上"房從真"："今寶歷寺五丈天王閣下天王部屬諸神，並從真筆，後人重粧已損，蒲師訓因再修之。"

［6］錦城，亦稱"錦官城"。城名。故址在今四川成都南。成都舊有大城、少城。少城為掌織錦官員之官署，因稱"錦官城"。《初學記》卷二七引晉任豫《益州記》："錦城在益州南笮橋東流江南岸，蜀時故錦官也。"

［7］蠻陬，學海本、崇文本作"蠻人"。泛指南方邊遠地區人民聚居處。《文選·左思〈魏都賦〉》："蠻陬夷落，譯導而通。"劉淵林注："陬落，蠻夷之居處名也。一名聚居為陬。"

高駢，字千里，為畢師鐸所殺，詳見《舊唐書·高駢傳》。

屏跡，避匿；斂跡。《晉書·卞壺傳》："轉御史中丞，忠於事上，權貴屏跡。"此處指"蠻人"不敢出兵侵犯西南地區。

［8］木夾，古代傳遞並保護文書所用之木製夾板。《資治通鑒·唐僖宗乾符三年》："蠻遣瑤還，遞木夾以遺駢。"胡三省注："遞牒以木夾之，故云木夾。"

［9］經營，籌畫營造。漢揚雄《法言·五百》："經營然後知幹楨之克立也。"李軌注："言經營宮室，立城郭，然後知幹楨之能有所立也。"

版築，指土牆類之工事或圍牆。《左傳·僖公三十年》："朝濟而夕設版焉。"杜預注："朝濟河而夕設版築以距秦。"

胡曾，唐末詩人。宋祝穆《方輿勝覽》卷二六《寶慶府》："胡曾，居邵之永成鄉。有《詠史詩》一百首。"《文獻通考·經籍考》："《詠史詩》三卷。陳氏曰：'唐邵陽胡曾撰，凡一百五十首。曾咸通末為漢南從事。'"

［10］故，鮑本原闕，據學海本、崇文本補。

數聯，學海本、崇文本作"聲聯"。

其辭云："欲慕平交，妄希抗禮，何異持衡秤地，舉尺量天[1]。"又答云："越巂新州牂牁故地，不在周封之内，非居禹跡之中[2]。曩日邊將邀勛，妄圖吞併，得之如手加駢拇，失之若頷去贅瘤，九牛之落一毛，六馬之亡半蠢，何足喻哉[3]？"是以南蠻議曰："成都近有良將，未可圖焉。"於是烽燧無虞，誠款繼至。高公稍恃功業，以致驕矜，凡刱規模，有劉焉李特之志[4]。朝廷議奏遂除江陵，復自江陵遷於淮海，首冠諸侯，有唐已來，可謂英雄者矣[5]。

［1］希，鮑本作"稀"，據學海本改。

平交，平等之交。南朝陳徐陵《為貞陽侯重與裴之橫書》："衛青故人，多懷彼此，豈可文辭簡略，禮等平交？"

抗禮，行對等之禮；以平等之禮節相待。《史記·貨殖列傳》："子貢結駟連騎，束帛之幣以聘享諸侯，所至，國君無不分庭與之抗禮。"

［2］牂牁，古水名和古地名。即今貴州省大部及廣西、雲南部分地區。《初學記》卷八《州郡部》："牂牁，漢武帝平南夷，置牂牁郡。"

禹跡，相傳夏禹治水，足跡遍於九州，後稱中國的疆域為禹跡。《書·立政》："其克詰爾戎兵，以陟禹之跡。"孔傳："以升禹治水之舊跡。"

［3］曩日，往日，以前。漢趙曄《吳越春秋·勾踐伐吳外傳》："意者猶以今日之姑胥，曩日之會稽也。"

邀勛，企求功勛。唐王維《送張判官赴河西》詩："單車曾出塞，報國敢邀勛。"

駢拇，喻指多餘無用之物。《莊子·駢拇》："駢拇枝指，出乎性哉，而侈於德。"成玄英疏："駢，合也，大也，謂足大拇指與第二指相連合為一指也；枝指者，謂手大拇指傍枝生一指成六指也。"

贅瘤，猶贅疣。比喻多餘無用之物。三國魏嵇康《答難養生論》："蓋將以名位為贅瘤，資財為塵垢也。"

按，此處連用多個比喻强調"西山八國"地位之微，不足與中原政權抗衡。

［4］以，學海本作"似"。

刱，開創，始造。《戰國策·秦策》："大夫種為越王墾草刱邑。"

劉焉，東漢末年之益州牧。為漢末群雄之一，詳見《後漢書·劉焉傳》。

李特，字玄休。十六國時成漢武帝李雄之父，詳見《晉書·李特傳》。

按，"有劉焉李特之志"句，指高駢欲稱霸一方。

［5］江陵，又名荊州城。在今湖北省。《太平寰宇記·山南東道·荊州》："江陵縣，舊十二鄉，今十七鄉。漢舊縣，屬南郡。《史記》曰：'江陵故郡，郡西通巴巫，有雲夢之饒。秦昭王二十九年，白起伐楚，取郢，置南郡，分為江陵縣。漢景帝改郡為國。'故《荊州記》云：'昔荊州城掘地得石函，有鐵契云楚都郢邑。'"

首冠，第一。唐劉禹錫《唐故相國贈司空令狐公集紀》："公為宰相，奉詔撰憲宗聖神章武孝皇帝哀册文，時稱乾陵崔文公之比，今考之而信，故以為首冠，尊重事也。”

判木夾云：辭天出塞陣雲空，霧卷霞開萬里通[1]。親受虎符安宇宙，誓將龍劍定英雄[2]。殘霜敢冒高懸日，秋葉爭禁大段風。為報南蠻須屏跡，不同蜀將武侯公。

破木夾云：牒前件木夾，萬里離南，一朝至北[3]。開緘捧讀，辭藻煥然[4]。獎飾過多，欣慰何極[5]。實以乍回邊鎮，纔到藩籬，且按此朝之舊儀，未委彼國之新制[6]。不知鶺拓，唯認苴咩，尚呼南詔之佳名，豈見大朝之美號[7]。要從微耗，且是所宜。伏承驃信王化風行，君德雲被[8]。彫題屈膝，鴃舌折腰[9]。卉服來庭，毳裘入貢[10]。蓋以深明豹略，精究龍韜，波伏西天，草偃南土者[11]。然侵軼我華夏，無乃不可乎[12]。將為我皇帝有所負於彼邦，邊臣有所負於彼國。慮彼直我曲、獲罪於天，是陳木夾申懷，用貯榮報，及披迴示，已見事根，止於囚繫，使人放歸彼國。始乎小怨，終此深讎，吞噬我朗寧，虔劉我交趾，取我越巂，犯我益州[13]。若報東門，何乃再四[14]。

[1] 陣雲，濃重厚積形似戰陣之雲，古人以為戰爭之兆。《史記・天官書》："陣雲如立垣。"

[2] 虎符，古代帝王授予臣下兵權和調發軍隊之信物，為虎形。初時以玉為之，後改用銅。背有銘文，剖為兩半，右半留中央，左半給予地方官吏或統兵之將帥。調發軍隊時，朝廷使臣須持符驗對，符合，始能發兵。此制盛行於戰國、秦、漢，直至隋代。到了唐代始改用魚符。

龍劍，古有寶劍名龍淵、龍泉。後因稱寶劍為"龍劍"。晉郭璞《蚍蜉賦》："虎賁比而不懾，龍劍揮而不恐。"

[3] 牒，古代可供書寫之簡札。《左傳・昭公二十五年》："右師不敢對，

受牒而退。”正義：“牒，札也。於時號令輸王粟具戍人。宋之所出人粟之數書之於牒。”

［4］開緘，開拆（函件等）。唐李白《久别離》詩：“況有錦字書，開緘使人嗟。”

［5］獎飾，猶獎譽、稱譽。裴松之注《三國志·吳志·孫權傳》引《魏略》載孫權《與魏王箋》：“昔承父兄成軍之緒，得為先王所見獎飾，遂因國恩，撫綏東土。”

［6］回，學津本作“同”；學海本、崇文本作“司”。按，作“司”義長。司，主管；職掌。《書·高宗肜日》：“嗚呼！王司敬民，罔非天胤，典祀無豐於昵。”孔傳：“王者主民，當敬民事。”

藩籬，邊界；屏障。漢賈誼《過秦論》：“乃使蒙恬北築長城而守藩籬。”

［7］鶴拓、苴咩，唐時南詔之别名。《新唐書·南蠻·南詔》：“南詔，或曰鶴拓，曰龍尾，曰苴咩，曰陽劒。”

［8］驃信，學海本作“驄信”，誤。指古南蠻諸國之國君。《新唐書·南蠻·南詔》：“子尋閤勸立，或謂夢湊，自稱‘驃信’，夷語君也。”

按，“要從微秏，且是所宜。伏承驃信王化風行”句義不可通，疑“驃信”竄亂，似當為“要從微秏，且是驃信所宜。伏承王化風行”；另，“微秏”於此義不可解，疑指微末、微眇義，地位卑下之意。如此，則前後文意順暢。

［9］彫題，在額上刺花紋，古代南方少數民族的一種習俗。《禮記·王制》：“南方曰蠻，雕題交趾，有不火食者矣。”鄭玄注：“雕文，謂刻其肌以丹青涅之。”正義：“彫謂刻也，題謂額也，謂以丹青彫刻其額。”

鴃舌，鴃，即伯勞。原為孟子譏笑楚人許行說話如鳥語。後用以譏笑說南方方言之人。《孟子·滕文公上》：“今也南蠻鴃舌之人，非先王之道。”趙岐注：“鴃，博勞鳥也。”

［10］卉服，絺葛所做之衣服。《書·禹貢》：“島夷卉服。”孔傳：“南海島夷，草服葛越。”正義：“舍人曰：‘凡百草一名卉。’知卉服是草服，葛越也。葛越，南方布名，用葛為之。”

毳裘，毛皮衣服。

按，驃信、彫題、駃舌、卉服者，皆遠方蠻夷之邦。

［11］豹略，古代兵書《六韜》中有《豹韜》篇，後因以“豹略”指用兵韜略。北周庾信《從駕觀講武》詩：“豹略推全勝，龍圖揖所長。”

龍韜，太公望兵法《六韜》之一。泛指兵法、戰略。南朝梁江淹《讓太傅揚州牧表》：“既罕《龍韜》、《金匱》之効，又乏樞閭帷中之績。”

草偃，《論語·顔淵》：“君子之德風，小人之德草，草上之風，必偃。”比喻在上者能以德化民，則民之向化，猶風吹草仆，相率從善。

［12］侵軼，侵犯襲擊。《左傳·隱公九年》：“北戎侵鄭。鄭伯禦之，患戎師，曰：‘彼徒我車，懼其侵軼我也。’”杜預注：“軼，突也。”

［13］虔劉，鮑本作“虔乾”，據學津本、學海本、崇文本改。虔劉，劫掠；殺戮。《左傳·成公十三年》：“芟夷我農功，虔劉我邊陲。”

“吞噬”句，指唐咸通五年南詔之進犯。《舊唐書·懿宗紀》：“［咸通五年五月］獨惟南蠻姦宄不率，侵陷交趾，突犯朗寧，爰及嶲州。亦用攘寇，勞我士卒，興吾甲兵，騷動黎元，役力飛輓。”

朗寧，縣名。本漢增食縣地，武德五年分置。舊屬南晉州，改屬嶺南道之邕州。

交趾，原為古地區名，泛指五嶺以南。漢武帝時所置，轄境相當今廣東、廣西大部和越南之北部、中部。

［14］“若報東門”句，典出《左傳》。《左傳·隱公四年》：“宋公、陳侯、蔡人、衛人伐鄭，圍其東門，五日而還。”又“鄭人侵衛牧，以報東門之役”。

夫物居中者，尊也。處外者，卑也。是以衆星拱之北辰，百谷趍之東海[1]。天地尚不能違，而況於人乎？我國家居天之心，宅地之腹，四方八表莫不輻湊，亦猶北辰之與東海也[2]。誠知土地山河歸於有德，雖云有德，亦須相時[3]。苟無其時，安可妄動。明公博識多聞，豈不見仲尼乎[4]？仲尼之聖踰堯舜，顔子之賢過虵龍，六合茫茫，無立錐之地者，葢無其時也[5]。適使仲尼生於秦末，乘胡亥之亂，用顏回、閔損為宰相，子路、冉有領將軍，子貢、宰我充行人，子夏、言偃典書檄，雖六合鼎沸，可期月而定也[6]。當此之時，劉、項只可都頭，韓、彭不過一將耳[7]。

［1］“是以眾星”句，典出《論語·為政》：“子曰：‘為政以德，譬如北辰，居其所而衆星共之。’”皇侃疏：“辰者，北極紫微星也，所猶地也。衆星，謂五星及二宿以下之星也。北辰鎮居一地而不移動，故衆星共宗之，以為主也。譬人君若無為而御民以德，則民共尊奉之而不違背，猶如衆星之共尊北辰也。”

［2］八表，八方之外，指極遠之地。三國魏明帝《苦寒行五解》之四：“遺化布四海，八表以肅清。”

輻湊，亦作“輻輳”，集中；聚集。《管子·任法》：“群臣修通輻湊以事其主，百姓輯睦聽令道法以從其事。”

［3］相時，觀察時機。漢賈誼《新書·立後義》：“夫帝王者，莫不相時而立儀，度務而制事，以馴其時也。”

［4］明公，此處禮稱南蠻之首領。

［5］虵龍，學津本作“夔龍”；學海本、崇文本作“皋夔”。按，作“夔龍”義長。夔龍，相傳舜的二賢臣。夔為樂官，龍為諫官。《書·舜典》：“伯拜稽首，讓於夔龍。”孔傳：“夔龍，二臣名。”後用以喻指輔弼良臣。唐杜甫《奉贈蕭二十使君》詩：“巢許山林志，夔龍廊廟珍。”

顏子，即顏回。詳見《史記·仲尼弟子列傳》。

六合，天下。漢賈誼《過秦論》：“吞二周而亡諸侯，履至尊而制六合，執敲扑而鞭笞天下，威振四海。”

［6］適使，學津本、學海本、崇文本作“設使”。

胡亥，即秦二世。詳見《史記·秦本紀》。

閔損、子路、冉有、子貢、子夏、言偃、宰我，俱孔子弟子。詳見《史記·仲尼弟子列傳》。

行人，官名，掌管朝覲聘問之官。《周禮·秋官·訝士》：“邦有賓客，則與行人送逆之。”

鼎沸，比喻形勢紛擾動亂。《漢書·霍光傳》：“今群下鼎沸，社稷將傾。”

[7] 都頭，學海本、崇文本作“諸侯”。

一，鮑本作“十”，據學津本、學海本、崇文本改。

聖人雖有帝天下之德，而無帝天下之時，終不妄動。及子路慾使門人為臣，以為欺天乎[1]。及自歎曰：鳳鳥不至，河不出圖，吾已矣[2]。夫止於負手曳杖，逍遙倚門告終而已[3]。王莽不識天時，苻堅不知歷數，妄恃强富爭帝乾坤[4]。莽以百萬鋭師來襲，後漢光武以五千之衆破於昆陽[5]。苻以六十萬精兵寇於東晉[6]，謝玄以八千之卒敗於壽春[7]。豈不為欺天罔地所致者也[8]？國富兵彊，何足恃也？周主杖箠於岐山，漢祖脱褐於泗水，我高祖起自隴州[9]。葢明公祇知其一未知其二，見其形未知其兆也[10]。今與明公陳之，望審參焉。

[1] “及子路慾使”句，語本《論語·子罕》：“子疾病，子路使門人為臣。病間，曰：‘久矣哉，由之行詐也。無臣而為有臣。吾誰欺？欺天乎？且予與其死於臣之手也，無寧死於二三子之手乎？且予縱不得大葬，予死於道路乎？’”

[2] “鳳鳥不至”數句，亦出自《論語·子罕》：“子曰：‘鳳鳥不至，河不出圖，吾已矣夫。’”鳳鳥指鳳凰，河圖指黄河中出現河圖，皆吉祥之象徵。“鳳鳥不至”、“河不出圖”則喻指天下不太平，政治不清明。

[3] 曳，學海本、崇文本作“拽”。拽同“曳”。牽引；拖；拉。《易·既濟》：“曳其輪，濡其尾，无咎。”高亨注：“曳，以手引之。”

“夫止於負手曳杖”二句，出自《禮記·檀弓上》：“孔子蚤作，負手曳杖，消摇於門，歌曰：‘泰山其頽乎？梁木其壞乎？哲人其萎乎？’既歌而入，當戶而坐。”

［4］王莽，詳見《漢書·王莽傳》。

苻堅，十六國時前秦之皇帝。詳見《晉書·苻堅載記》。

歷數，指古代帝王繼承之次序。古代認為帝位相承和天象運行次序相應。《論語·堯曰》："堯曰：'咨！爾舜，天之歷數在爾躬。'"

［5］後漢光武，東漢開國之君。詳見《後漢書·光武帝紀》。

昆陽，即今葉縣。《河南通志》卷五二《古跡·河南府》："昆陽城，在葉縣城南。漢縣，屬潁川郡，光武破王尋於此。晉屬襄城郡。"

"莽以百萬"二句，指公元23年之昆陽大戰，光武帝大敗新朝百萬大軍。詳見《漢書·王莽傳》。

［6］"苻"，學海本、崇文本"苻"下有"堅"字。

寇，鮑本作"扣"，據學津本、學海本、崇文本改。

［7］謝玄，學海本作"謝安"。按，謝玄為確，作"謝安"誤，詳見《晉書·謝玄傳》。

壽春，考烈王二十二年，與諸侯共伐秦，不利而去。楚東徙都壽春，命曰郢。尋為秦所滅，以壽春為縣，屬九江郡。東晉以鄭皇后諱，改為壽陽，隋復之。轄境約當於今安徽壽縣。

"苻以六十萬"二句，指東晉太元八年（383）的淝水之戰，詳見《晉書·苻堅載記》。

［8］欺天罔地，欺騙天地。極言人之背離昧心。

［9］杖箠，指杖刑。《新唐書·裴潾傳》："杖棰者，官得施所部，非所部，雖有罪，必請有司，明不可擅也。"此處意謂周王具有掌管杖刑之權，即喻周王踐君主之位。

"漢祖脱褐於泗水"句，言漢高祖劉邦發達前行跡。《史記·高祖本紀》："（高祖）及壯，試為吏，為泗水亭長。"張守節正義："《括地志》云：'泗水亭在徐州沛縣東一百步，有高祖廟也。'"

隴州，此處指隴西，即今隴縣。

按，杖箠、脱褐、起者，皆發跡之意也。

［10］"見其形未知其兆"句，學海本、崇文本"形"作"影"，"知"作

“見”，“兆”作“形”。

昔周王承公劉之德，遇殷紂之暴[1]。刳剔孕婦，塗炭生靈[2]。剖賢人之心，斮朝涉之脛[3]。三分天下而二歸，周文王率諸侯而朝之[4]。至於武王，觀兵孟津，八百諸侯不期而會[5]，尚曰：彼有人焉，未可圖也[6]，退歸修德。觀乎聖人去就，豈容易者哉？及微子去，比干剖，箕子奴[7]。民不聊生，皇天厭之，國人棄之。武王方援旗誓衆，一舉而滅紂者，蓋天奪殷而與周也[8]。

[1] 公劉，古代周祖之領袖。《詩·大雅·公劉》：“篤公劉，匪居匪康。迺埸迺疆，迺積迺倉，迺裹餱糧，于橐於囊。思輯用光，弓矢斯張，干戈戚揚，爰方啟行。”

[2] 刳剔，剖殺，割剝。《書·泰誓上》：“焚炙忠良，刳剔孕婦，皇天震怒。”孔穎達正義：“刳剔謂割剥也。”

塗炭，使民眾陷入困苦境地。

[3]“剖賢人之心，斮朝涉之脛”句，語出《書·泰誓下》：“今商王受，狎侮五常，荒怠弗敬。自絶於天，結怨於民。斮朝涉之脛，剖賢人之心。作威殺戮，毒痡四海。”孔穎達正義：“冬月見朝涉水者，謂其脛耐寒……斬而視之。……比干……以死爭，乃强諫，……紂謂比干心異於人，剖而視之。”

斮（zhuó），《說文》：“斮，斬也。從斤，昔聲。衺斬曰斫，正斬曰斮。”

[4]“三分天下而二歸”句，出自《史記·齊太公世家》：“天下三分，其二歸周者，太公之謀計居多。”

周文王，即殷商西伯。詳見《史記·周本紀》。

[5] 武王，即姬發。詳見《史記·周本紀》。

觀兵，顯示兵力。《左傳·宣公十二年》：“觀兵以威諸侯。”

孟津，古黄河津渡名。在今河南省孟津縣東北、孟縣東南。周武王在此盟會諸侯並渡河，故一名盟津。一說本作盟津，後訛作孟津。為歷代兵家爭戰要地。《史記·周本紀》："九年，武王上祭於畢。東觀兵，至於盟津。……是時，諸侯不期而會盟津者八百諸侯。"

［6］"尚曰"數句，語本《史記·殷本紀》："西伯既卒，周武王之東伐，至盟津，諸侯叛殷會周者八百。諸侯皆曰：'紂可伐矣。'武王曰：'爾未知天命。'乃復歸。"

［7］微子、箕子，殷紂之時有節操之士。詳見《史記·宋微子世家》。

［8］誓，軍中發佈有關告誡、約束將士之號令。《左傳·閔公二年》："夫帥師，專行謀，誓軍旅，君與國政之所圖也。"杜預注："宣號令也。"

我皇方宵衣旰食，肩堯踵舜，父事三老，兄友百僚，推赤心於比干腹中，懸白日於微子頭上，諸侯合德，百姓歡心[1]。非天下有人聖如周王，家有姬旦，戶生呂望者乎[2]。漢祖承帝堯之德，遇秦王無道。併吞六國，恃宇宙一家。焚燒詩書，坑滅賢哲[3]。築長城於紫塞，造阿房於皇州[4]。鬼母哭蛇，人臣指鹿[5]。民不聊生，皇天厭之，國人棄之。是以陳勝一呼，天下響應[6]。漢祖西入，五星都聚，蓋天奪秦而與漢也[7]。

［1］三老，指國三老，多以致仕三公任之。《逸周書·大匡》："王乃召冢卿、三老、三吏、大夫、百執事之人，朝於大庭。"朱右曾校釋："三老，國老也。謂致仕者。"

［2］非，原本作"唯"，據學津本、學海本、崇文本改。

姬旦，即周公旦，後多作聖賢之典範。詳見《史記·魯周公世家》。

呂望，姜姓，字子牙，尊稱為太公望。詳見《史記·齊太公世家》。

［3］焚燒詩書、坑滅賢哲，即秦始皇焚書坑儒之暴虐。詳見《史記·秦始皇本紀》。

［4］紫塞，北方邊塞。晉崔豹《古今注·都邑》："秦所築長城，土色皆紫，漢亦然，故云紫塞也。"

皇州，帝都；京城。南朝宋鮑照《侍宴覆舟山》詩之二："繁霜飛玉闥，愛景麗皇州。"

[5] 鬼母哭蛇，指劉邦斬蛇事。《史記·高祖本紀》："高祖被酒，夜徑澤中，令一人行前。行前者還報曰：'前有大蛇當徑，願還。'高祖醉，曰：'壯士行，何畏！'乃前，拔劍擊斬蛇。蛇遂分為兩，徑開。行數里，醉，因臥。後人來至蛇所，有一老嫗夜哭。人問：'何哭?'嫗曰：'人殺吾子，故哭之。'人曰：'嫗子何為見殺?'嫗曰：'吾子，白帝子也，化為蛇，當道，今為赤帝子斬之，故哭。'人乃以嫗為不誠，欲笞之，嫗因忽不見。"

指鹿，即趙高指鹿為馬事。詳見《史記·秦始皇本紀》。

[6] 陳勝，秦末起義軍首領，事見《史記·陳涉世家》。

[7] 五星都聚，又名五星連珠。即金、木、水、火、土五行星運轉到天空的同一個方位。由於這種情況極為罕見，古代占星術將其看成是新舊朝代交替或是天下將要出現明主之象，為祥瑞之兆。《史記·張耳陳餘列傳》："甘公曰：'漢王之入關，五星聚東井。東井者，秦分也，先至必霸，楚雖彊，後必屬漢。'"《宋史·陶穀列传》："穀頗工歷數，謂同輩曰：'西南五星連珠，漢地當有王者出。契丹主必不得歸國。'"

我皇帝方崇詩書，任賢哲。卑宮室，卹黔黎[1]。野無歌鳳之人，朝有問牛之傑[2]。非天下有人英如漢祖，家有韓信，戶生張良者乎[3]。我高祖承玄元之德，遇隋煬荒淫，徭役不常，徵斂無度，竭生民之財産，為巡幸之資糧[4]；虎噬群賢，猱烝庶母[5]；浮沈遼海，疏鑿汴河[6]；今年東征，明年西伐，民不聊生，皇天厭之，國人棄之。是以我高祖應天順地，奄有四海者，葢天奪隋而與唐也。

[1] 黔黎，黔首黎民。指百姓。漢應劭《風俗通義·怪神·城陽景王祠》："死生有命，吉凶由人，哀哉黔黎，漸染迷謬，豈樂也哉?"

[2] 歌鳳，《論語·微子》："楚狂接輿歌而過孔子曰：'鳳兮鳳兮！何德

之衰？往者不可諫，來者猶可追。已而，已而！今之從政者殆而！'”後遂以“歌鳳”為避世隱居之典。

問牛，《漢書·丙吉傳》載：丙吉為相，見人逐牛，牛喘吐舌。吉問牛行幾里。或謂牛喘為細事。吉曰：“方春少陽用事，未可大熱，恐牛近行，用暑故喘，此時氣失節，恐有所傷害也。三公典調和陰陽，職當憂，是以問之。”後以“問牛”為稱頌官員關心民間疾苦之典。

按，“野無歌鳳”二句，意指國家政治開明，野無遺賢而朝有良臣。

[3] 非，鮑本闕，據學海本補。學津本“非”與前“傑”字皆為小號字體。

張良，西漢開國元勛，事見《史記·留侯世家》。

[4] 玄元，指老子。唐初追號老子為“太上玄元皇帝”，簡稱“玄元”。唐韓愈《順宗實錄五》：“伏惟太上皇帝陛下，道繼玄元，業纘皇極。”

資糧，糧食。泛指錢糧。《左傳·僖公四年》：“若出於陳鄭之間，共其資糧屝屨，其可也。”楊伯峻注：“資糧，同義連綿詞，資亦糧也。”

[5] 烝，下淫上，指與母輩通姦。《左傳·桓公十六年》：“衛宣公烝於夷姜。”杜預注：“夷姜，宣公之庶母也。上淫曰烝。”

庶母，父之妾。《儀禮·士昏禮》：“庶母及門内施鞶，申之以父母之命。”鄭玄注：“庶母，父之妾也。”

[6] 遼海，泛指遼河以東沿海東區。晉桓溫《薦譙元彥表》：“雖園綺之棲商洛，管寧之默遼海，方之於（譙）秀，殆無以過。”

我皇帝方淡薄聲，杜絶巡遊，夢卜宰輔，倚注藩屏，思成垂拱，惡習干戈，皇天方贊，國人方歡[1]。非天下有人雄如唐祖，家有敬德，戶生玄齡者乎[2]。而況越嶲新州，牂牁故地，不在周封之內，非居禹跡之中[3]。曩日，邊將邀勛，妄圖吞併，得之如手加騈拇，失之若頷去贅瘤，九牛之落一毛，六馬之亡半毳，何足喻哉！僕雖自絳紗，素躭黃石[4]。既探師律，固識兵機，奉詔鎮壓三巴，撫安百姓[5]。思敦禮樂，恥用干戈[6]。每傷虞芮之爭田，永念姬周之讓路[7]。既不獲已，即須訓戎[8]。且蜀地闊數千里，郡列五十城。戶口至多，士卒之衆。可以揮汗成雨，吐氣成雲。葢緣從前元戎皆是儒者，有昧見幾而作[9]，但守昇平之元規，雖分帝憂，不教民戰[10]。是以彼國得以深入，無備故也。

[1] 夢卜，古代有殷高宗因夢見傅說，周文王占卜得呂尚之說，後以"夢卜"比喻帝王求得良相。唐杜牧《上周相公啓》："先哲王之德也，有求必至，有開必先。是以傅呂得於夢卜，申甫降於山嶽。"

倚注，依賴器重。《舊唐書·哀帝紀》："朕獲以眇躬，重興丕運，凡關制度，必法舊章，實仗勛賢，永安宗社。副元帥梁王正守太尉、中書令，忠武軍節度使、河南尹張全義亦正守中書令，俱深倚注，咸正台衡。"唐白居易《祭中書韋相公文》："惟公忠貞大節，輔弼嘉謨，倚注深恩，哀榮盛禮，伏見冊贈制中已詳。"

藩屏，喻衛國之重臣。唐元稹《論教本書》："選用賢良，樹為藩屏。"

垂拱，即垂拱之治。語出《書·武成》："惇信明義，崇德報功，垂拱而天下治。"孔穎達正義："謂所任得人，人皆稱職，手無所營，下垂其拱。"

[2] 非，鮑本作"縱"，據學津本、學海本、崇文本改。

敬德，即尉遲恭，唐淩煙閣二十四功臣之一，詳見《新唐書·尉遲敬德傳》。

玄齡，即房玄齡，唐代之良相，詳見《新唐書·房玄齡傳》。

[3] 中，學海本作"先"，誤。

[4] 絳紗，典出《後漢書·馬融傳》："（融）常坐高堂，施絳紗帳，前授生徒，後列女樂。"後因以"絳紗"、"絳帳"為師門、講席之敬稱。如李商隱《李衛公》："絳紗弟子音塵絕，鸞鏡佳人舊會稀。"皮日休《吳中言怀寄南海二同年》："三年漫被鱸魚累，不得橫經侍絳紗。""仆雖自絳紗"表明業習經典，出自儒門。

按，絳紗，也指絳紗服，多为文官之服。可與後文"僕官是宰衡，位當侯伯。被堅執鋭，雖則未曾”互參。

黄石，即黄石公，秦漢時授张良兵法之人。詳見《史記·留侯世家》。

[5] 鎮壓，鮑本作“填壓”，據學津本、學海本、崇文本改。鎮壓，猶鎮守。唐劉禹錫《將赴汝州途出浚下留辭李相公表臣》詩：“夷門天下之咽喉，昔時往往生瘡疣，聯翩舊相來鎮壓，四海吐納皆通流。”

師律，语出《易·師》：“象曰：師出以律，失律，凶也。”後以指軍隊紀律。《南史·徐勉傳》：“軍旅不以禮，則致亂於師律。”

三巴，古地名。巴郡、巴東、巴西之合稱，相當今四川嘉陵江和綦江流域以東之大部地區。晉常璩《華陽國志·巴志》：“建安六年，魚復蹇允白璋爭巴名，璋乃改永寧為巴郡，以固陵為巴東，徙羲為巴西太守，是為三巴。”

[6] 敦，崇尚，注重。《左傳·僖公二十七年》：“說禮、樂而敦《詩》《書》。”正義：“說，謂愛樂之；敦，謂厚重之。”

[7]“虞芮之爭田，姬周之讓路”，典出《史記·周本紀》：“於是虞、芮之人有獄不能決，乃如周。入界，耕者皆讓畔，民俗皆讓長。虞、芮之人未見西伯，皆慙，相謂曰：‘吾所爭，周人所恥，何往為，祇取辱耳。’遂還，俱讓而去。”

[8] 訓戎，整飭武備。唐李納《授盧弘正韋讓等徐滑節度使制》：“於戲！訓戎撫俗，節用厚生，政苟有經，人自知禁，為邦之道，豈易於斯。”

[9] 元戎，主將，統帥。南朝陳徐陵《移齊文》：“我之元戎上將，協力同心，承稟朝謨，致行明罰。”

[10] 元，學海本無。

帝，鮑本作“常”。據學津本、學海本、崇文本改。

僕示之以三令，教之以八陣[1]。鼓聲而進，鉦動而退[3]。甘與之共，苦與之均。義等塤篪，情由瓜葛[3]。閱禮樂而敦詩書，務耕桑而聚穀帛[4]。使家藏甲冑，户貯干戈。賞罰並行，公私共貫。既識三略，便可七擒[5]。不唯喝倒不周，亦可劈開太華[6]。況彼國自長慶以來，搔擾益部。殺人之父，孤人之母。掠人之妻，鰥人之聳[7]。焚人之廬舍，使人暴露[8]。剪人之桑麻，使人寒涷。蜀人怨恨，痛入骨髓。僕乘其衆怒之勢，示其報怨之門。況抱雞搏狸，不由人教；乳犬敵虎，自是物情。既仗宗廟之威靈，兼統華夏之精鋭。若乘流縱棹，下坂推車，豈勞力哉？

［1］三令，即“三令五申”，古代軍紀之簡稱。出自《史記·孫子列傳》：“孫子曰：‘約束不明，申令不熟，將之罪也。’復三令五申而鼓之左，婦人復大笑。”

八陣，古代作戰之陣法。銀雀山漢墓竹簡《孫臏兵法·八陣》：“用八陣戰者，因地之利，用八陣之宜。”

［2］鉦，古代一種樂器。行軍時用以節制步伐。《詩·小雅·採芑》“鉦人伐鼓”毛傳：“鉦以静之，鼓以動之。”孔穎達正義：“《說文》云：‘鉦，鐃也。似鈴，柄中上下通。’然則鉦即鐃也。”陳奂傳疏：“《詩》言誓師，則鉦即《大司馬》之鐸、鐲、鐃矣……鄭司農注《周禮》亦以鐸、鐲、鐃謂鉦之屬，然則鉦其大名也。”

［3］塤篪，塤、篪皆古代樂器，二者合奏時聲音相應和。因常以“塤篪”比喻兄弟般親密和睦。《詩·小雅·何人斯》：“伯氏吹塤，仲氏吹篪。”毛傳：“土曰塤，竹曰篪。”鄭玄箋：“伯仲，謂兄弟也。我與女恩如兄弟，其相應和如塤篪，以言俱為王臣，宜相親愛。”孔穎達正義：“其恩亦當如伯仲之為兄弟，其情志亦當如塤篪之相應和。”

瓜葛，瓜與葛。皆蔓生植物。比喻輾轉相連之親戚關係或社會關係。漢蔡邕《獨斷》卷下：“四姓小侯，諸侯家婦，凡與先帝先后有瓜葛者，皆會尚書官屬陛西除下。”

［4］閲，學津本、學海本、崇文本作“說”。

［5］三略，古兵書名。相傳為漢初黄石公作，全書分上略、中略、下略。《隋書·經籍志》有《黄石公三略》三卷，已佚。今存者為後人依託成篇，收入《武經七書》中。亦泛指兵書及作戰之謀略。

七擒，即諸葛亮用智謀七擒七縱孟獲之事。

[6] 不周，即不周山。據説在崑崙山西北。《楚辭·離騷》："路不周以左轉兮，指西海以為期。"王逸注："不周，山名，在崑崙西北。"

太華，山名。即西嶽華山，在陝西省華陰縣南，因其西有少華山，故稱太華。《山海經·西山經》："又西六十里，曰太華之山，削成而四方，其高五千仞，其廣十里，鳥獸莫居。"

[7] 聟，同"婿"。學海本、崇文本作"夫"。

[8] 露，鮑本作"怒"，據學津本、學海本、崇文本改。

僕官是宰衡，位當侯伯[1]。被堅執鋭，雖則未曾。濟河焚舟，平生所貯[2]。彼國將帥之强弱，邦國之盈虚，坐可酌量，何煩詢謗[3]。且六合之外，舟車不及，聖人不言。彼國在聖人不言之鄉，舟車不及之地，縱主上英哲，人臣俊乂，亦猶燭龍銜耀，只可照於一方[4]；春雷振聲，不能過於百里。天與不取，談何容易。夫天有五賊，見之者昌[5]。彼國縱曉六韜，未閒五賊，而欲泥封函谷，水灌晉陽，何其謬哉[6]！

[1] 宰衡，《漢書·平帝紀》："夏，皇后見於高廟，加安漢公號曰'宰衡'。"顔師古注引應劭曰："周公為太宰，伊尹為阿衡，採伊周之尊以加莽。"此處指宰相。

[2] 濟河焚舟，猶破釜沉舟，語出《左傳·文公三年》："秦伯伐晉，濟河焚舟。"

[3] 詢謗，學津本、學海本、崇文本作"訓訪"。

[4] 俊乂，才德出眾。《書·皋陶謨》："翕受敷施，九德咸事，俊乂在官。"孔穎達正義："謂天子如此，則俊德治能之士竝在官。"孔穎達正義："乂，訓為'治'，故云'治能'。馬、王、鄭皆云，才德過千人為俊，百人為乂。"

燭龍銜耀，燭龍為古代神話中神名，傳説其張目（亦有謂其駕日、銜燭或珠）能照耀天下。《山海經・大荒北經》："西北海之外，赤水之北，有章尾山。有神，人面蛇身而赤，直目正乘，其瞑乃晦，其視乃明，不食不寢不息，風雨是謁。是燭九陰，是謂燭龍。"

［5］有，學海本作"冇"，誤。

五贼，猶五行。《古今图书集成・五行部雜錄》："五行，漢書謂之五勝，言交相勝也。淮南子謂五度，所謂音氣不戾、八風詘伸、不誤五度是也。又謂之五殺，所謂善用兵者，持五殺以應是也。陰符經竊其意而變其辭曰：'天有五賊，見之者昌。'五賊卽五殺之說也。"

［6］開，知晓。《荀子・勸學篇》："多見曰閒。"

六韜，兵書名。舊題周呂望撰，分文韜、武韜、龍韜、虎韜、豹韜、犬韜六卷。《莊子・徐無鬼》："吾所以說吾君者，横說之則以《詩》《書》《禮》《樂》，從說之則以《金板》《六弢》。"司馬崔云："《金版》《六弢》，皆《周書》篇名。或曰祕讖也。本又作《六韜》，謂太公六韜，文武虎豹龍犬也。"

泥封函谷，典出《後漢書・隗囂傳》："（王）元請以一丸泥為大王東封函谷關，此萬世一時也。"此謂守關如封泥，後因以"封泥"喻據守雄關。

水灌晉陽，典出《韓非子・十過》："至於期日之夜，趙氏殺其守堤之吏而決其水灌知伯軍。知伯軍救水而亂，韓、魏翼而擊之，襄子將卒犯其前，大敗知伯之軍而擒知伯。知伯身死軍破，國分為三，為天下笑。"此處喻決一雌雄。

五賊者，夏桀張羅，殷湯祝網，是以仁而賊不仁也[1]。殷紂剖生人，周文葬枯骨，是以德而賊不德也[2]。齊國厚徵薄貸，魯國厚貸薄徵，是以恩而賊不恩也[3]。項羽殺義帝，漢高祖舉哀，是以義而賊不義也[4]。陳後主驕奢，隋文帝恭儉，是以道而賊不道也[5]。能行五賊，兼曉六韜，方可奪人山河，傾人社稷。我朝未有五失，而彼國徒自陸梁[6]，以此推之，興亡可鑒，何勞遠離庭戶，始識安危[7]；久習韜鈐，方明勝負[8]。而妄要姑息，不務通和；迴示荒唐，一何乖戾。罔念孔顔之知命，翻效莽堅之履車[9]。交趾喪亡，可知人事。新都失律，足見天時[10]。若望降尊，便希抗禮[11]，但百谷不趍東海，衆星不拱北辰，則不可議也[12]。苟未如是，則不可改圖。

[1] 夏桀，夏朝末代君王；殷湯，商朝開國之君。

張羅，謂張設法網。《後漢書·寇恂傳附寇榮》："張羅海内，設置萬里。"

祝網，《史記·殷本紀》："湯出，見野張網四面，祝曰：'自天下四方，皆入吾網。'湯曰：'嘻，盡之矣！'乃去其三面，祝曰：'欲左，左；欲右，右；不用命，乃入吾網。'"後因以"祝網"為帝王施行仁德之典。

[2] "周文葬枯骨"，指周文王修靈臺澤及枯骨之事。漢劉向《新序·雜事》："周文王作靈臺，及為池沼，掘地得死人之骨，吏以聞於文王。文王曰：'更葬之。'吏曰：'此無主矣。'文王曰：'有天下者，天下之主也；有一國者，一國之主也。寡人固其主，又安求主。'遂令吏以衣棺更葬之。天下聞之，皆曰：'文王賢矣，澤及朽骨，又況於人乎。'或得寶以危國，文王得朽骨以喻其意，而天下歸心焉。"

[3] "齊國厚徵薄貸"，事出《史記·齊太公世家》："是時景公好治宫室，聚狗馬，奢侈，厚賦重刑。"

[4] "項羽殺義帝"，事出《史記·項羽本紀》："項王出之國，使人徙義帝，曰：'古之帝者地方千里，必居上游。'乃使使徙義帝長沙郴縣。趣義帝行，其群臣稍稍背叛之，乃陰令衡山、臨江王殺之江中。"

"漢高祖舉哀"，事出《史記·高祖本紀》："漢王聞之，袒而大哭。遂為義帝發喪，臨三日。發使者告諸侯曰：'天下共立義帝，北面事之。今項羽放殺義帝於江南，大逆無道。寡人親為發喪，諸侯皆縞素。悉發關内兵，收三河士，南浮江漢以下，愿從諸侯王擊楚之殺義帝者。'"

[5] 陳後主，南朝之末主；隋文帝，隋朝之開國君。

[6] 陸梁，囂張，猖獗。《後漢書·皇甫規傳》："後先零諸種陸梁，覆没營塢。"

［7］“何勞遠離庭戶”句，語本《老子》第四十七章：“不出戶，知天下。不窺牖，見天道。其出彌遠，其知彌少。”

［8］韜鈐，古代兵書《六韜》《玉鈐篇》的並稱。此處指戰事。《舊唐書·懿宗紀》：“河東節度使康承訓，將門瑣質，戎壘微才，曾不知兵，謬膺重祿。忝韜鈐以效任，畜奸惡以事君，幾授鉞於戎藩，嘗執金以徼道，謂其盡節，委以專征。”

［9］知命，學津本、學海本、崇文本作“知禮”。按，作“知命”義長。知命，指懂得事物生滅變化都由天命決定之道理。《論語·堯曰》：“孔子曰：‘不知命，無以為君子也；不知禮，無以立也；不知信，無以知人也。’”

姑息，無原則之寬容。唐李肇《唐國史補》卷中：“德宗自復京闕，常恐生事，一郡一鎮，有兵必姑息之。”

罔念，謂不思。《書·多方》：“惟聖罔念作狂，惟狂克念作聖。”孔傳：“惟聖人無念於善則為狂人，惟狂人能念於善則為聖人。”

履車，即前車之履，後車之鑒之簡稱。比喻以往之失敗，應該拿來當做教訓。《晉書·苻堅載記》：“前車之覆軌，後車之明鑒。”

［10］新都，本漢舊縣，屬廣漢郡。後置新都郡。太康中，又為縣。隋移於此治。唐隸屬於劍南西道之益州。今位於成都市北郊。

失律，指戰事失利。《宋書·張茂度傳附張永》：“（張永）以北討失律，固求自貶，降號左將軍。”

［11］抗禮，學海本作“撫禮”，誤。

［12］不，學海本作“無”。

昔管仲入周，不受上卿之禮[1]；蘇武在虜，無虧中國之儀[2]。事有前規，固難更易。況小不事大，春秋所誅[3]。若彼直我曲，恐招天殃。既彼傲我謙，何患神怒見已。訓齊士卒，調集糗糧[4]。或玉露垂槐，金風動柳[5]。建鼓數里，命車指南[6]。涉巂弔民，渡瀘會獵[7]。繼齊魯之夾谷，紹秦趙之澠池[8]。便是行人，豈遺往策[9]。皇帝聖旨，以具前緘奏聞，不復多談，恐乖忠告，謹牒[10]。”此《答木夾書》，元是胡曾與路岩相公鎮蜀日修之，非為高駢相公也。何光遠悞述[11]。

［1］管仲，齐国人，詳見《史記·管晏列傳》。

不受上卿之禮，典出《史記·周本紀》：“齊桓公使管仲平戎於周，使隰朋平戎於晉。王以上卿禮管仲。管仲辭曰：‘臣賤有司也，有天子之二守國、高在。若節春秋來承王命，何以禮焉？陪臣敢辭。’王曰：‘舅氏，余嘉乃勛，毋逆朕命。’管仲卒受下卿之禮而還。”

［2］蘇武，汉朝人，詳見《漢書·蘇武傳》。

［3］“況小不事大”二句，《文選·孫楚〈為石苞與孫皓書〉》：“蓋聞見機而作，《周易》所貴；小不事大，春秋所誅。此乃吉凶之萌兆，榮辱之所由生也。”李善注：“《左氏傳》曰：‘楚子伐鄭。’子展曰：‘小所以事大，信也。小國無信，兵亂日至，亡無日矣。’”

［4］訓齊，訓練整治。唐陸贄《論緣邊守備事宜狀》：“擇將吏以撫寧衆庶，修紀律以訓齊師徒。”

［5］玉露，指秋露。南朝齊謝朓《泛水曲》：“玉露沾翠葉，金風鳴素枝。”

金風，秋風。《文選·張協〈雜詩〉》：“金風扇素節，丹霞啓陰期。”李善注：“西方為秋而主金，故秋風曰金風也。”

［6］建鼓，古時軍隊作戰，立晉鼓以指揮進退，謂之建鼓。《左傳·哀公十三年》：“日旰矣，大事未成，二臣之罪也。建鼓整列，二臣死之，長幼必可知也。”孔穎達正義：“建，立也。立鼓擊之與戰也。”

命車，天子所賜之車。《禮記·王制》：“有圭璧金璋，不粥於市；命服命車，不粥於市。”鄭玄注：“尊物非民所宜有。”。

［7］弔民，撫慰百姓。《孟子·梁惠王下》：“誅其君兒弔其民，若時雨降，民大悅。”

瀘，水名。瀘水，即金沙江。在今四川宜賓以上、雲南與四川交界處之一段。三國蜀諸葛亮《前出師表》：“故五月渡瀘，深入不毛。”

會獵，猶會戰。裴松之注《三國志·吳志·孫權傳》引《江表傳》載三國魏曹操《與孫權書》："今治水軍八十萬衆，方與將軍會獵於吳。"

[8] 齊魯之夾谷，即齊魯夾谷之會，在定公十年。《史記·魯周公世家》："十年，定公與齊景公會於夾谷，孔子行相事。齊欲襲魯君，孔子以禮歷階，誅齊淫樂，齊侯懼，乃止，歸魯侵地而謝過。"

秦趙之澠池，即澠池之會。《史記·廉頗藺相如列傳》："秦王使使者告趙王，欲與趙王會於西河外澠池。……王許之，遂與秦王會澠池。……秦王竟酒，終不能加勝於趙。趙亦盛設兵以待秦，秦不敢動。"

[9] 往，鮑本、崇文本作"佳"，據學海本、學津本改。

[10] 具，學海本作"其"。

[11] 觀《答木夾書》，胡曾究為誰作，似在兩可之間。然按《新唐書·路岩傳》言："俄罷岩為劒南西川節度使，承蠻盜邊後，岩力拊循，置定邊軍於邛州，扼大度，治故關，取壇丁子弟教擊刺，使補屯籍，由是西山八國來朝。"又攷《古今圖書集成·辟署部藝文一·文》載胡曾《劒門寄上路相公啟》云："某啟。某蓽戶庸人，荷衣賤子，……方嗟碌碌之生，忽忝戔戔之幸。……既蒙蜀顧，敢望秦留，即遂面走鹿頭，背馳鶉首。……伏惟相公神資重器，天縱偉才。……今則暫辭龍闕，來鎮龜城。……曾實慚孤陋，叨沐招延。……披霧非遙，拜塵在即，無任感戀之至。"則胡曾效力路岩之事，史、文暗合，故若云《答木夾書》為高駢而作，實何光遠之誤述。

## 鬼傳書

西川高相公駢版築羅城，日遣諸指揮分擘地界，開掘古塚，取塼甃城[1]。獨滄州守禦指揮使姜知古卓旗[2]，占得西南肖波塊若凷反[3]。蜀人呼老弱為波，墳塚為塊。其塊即趙畚相公墳也，年代深遠，碑文磨滅，走腳損缺，肖字存焉[4]。姜君號令將健，俟曉開之。是夜二更以來，忽聞墓上清嘯數聲，良久有人云："冥司趙相公遣使送書。"姜君驚曰："既是聖者送書，容某穿靴祗候[5]。"鬼使曰："冥司小鬼，何敢當之。"姜君呼其僕，使鋪排净蓆[6]，焚香於庭，匍匐拜迎，虔心祝曰："某負何罪，聖者降臨?"鬼使出曰："雖顯晦有殊，奉命差遣，欲陳之懇，容面咨祈[7]。"乃持出一緘，展開數幅，並無文字[8]。鬼使曰："但挑燈半滅，燈影看之，即可見也[9]。"

［1］羅城，即今成都城。《四川通志》卷四《城池·成都府》："秦惠王二十七年，張儀築大城，周十二里。隋時，楊秀附舊城西南二隅，增築少城，廣十里。唐僖宗時高駢築羅城，周二十五里，高二丈六尺外，繞長堤二十六里。其後程戡、盧法原、王剛中、范成大先後修葺。"

分擘，猶分配。《太平廣記》卷一二四"郝溥"條引《儆誡錄》："明年，縣司分擘百姓。"

甃（zhòu），修築。唐杜荀鶴《旅泊遇郡中叛亂示同志》詩："古寺拆為修寨木，荒墳掘作甃城磚。"

［2］滄州，漢渤海郡。隋因之。武德元年，改為滄州。因瀕臨渤海而得名。

卓旗，古代召集士卒方法之一種。宋曾公亮《武經總要前集》卷二《制度》："旗例，凡掉而招旗，則衆皆集；一點卓旗，則隊頭集；二點卓旗，則百人將集；三點卓旗，則五百人將集。一點一招，則千人將集。"唐吳融《赴闕次留獻荆南成相公三十韻》："卓旗雲夢澤，撲火細腰宮。"

［3］若㞢，學海本作"苦因"。

［4］走脚，按，依文意此墓为趙畚相公墳，因年代久远，碑文止留"肖"字，则"走脚"乃"趙"字偏旁"走"之谓也。

［5］祗候，恭候。唐張鷟《遊仙窟》："承聞此處有神仙之窟宅，故來祗候。"

［6］鋪排，部署；安排。《通雅》卷四九："鋪排，鋪音敷，今謂治辦。鋪設亦有鋪扮、鋪排之語，是其轉聲。"

［7］容，學津本作"願"；學海本作"頌"。

［8］持，學津本、學海本作"特"。

［9］即，學海本、崇文本作"其"。

既而細視之，果見文翰流美，徵古述今，詞旨感傷，書盡復有一篇，比諷悽惻，因召鬼使就席[1]，談吐分明。自云姓何，名滅沒。黃衣束帶，骨瘦喙長，與姜君對飲數巡，對食數味。乃贈錢十千，退讓再三，曰："人間重錢，陰府何用，希皁錢一帖，即敢捧當[2]。"姜君遣僕立買皁錢，仍修迴狀。鬼使倏然不見，酒食並已存焉。姜君至曉，持神鬼使所送到書並詩，面聞元戎，遽絶諸軍開斸古塚，仍差大將往彼祭焉[3]。其詩與慕容垂所吟事皆相似[4]。王蜀韋文靖莊嘗與著作[5]。房鶚悲歎此詩，歷觀史書，未之聞也。

［1］召，學津本作"名"，誤。

［2］敢，學海本、崇文本作"取"。

皁錢，燒給鬼之紙錢。

［3］斸（zhú），鋤；挖。《爾雅》："斸，鋤也。"

［4］慕容垂，十六國時後燕之建立者，詳見《晉書·慕容垂載記》。《太平廣記》卷三二八《慕容垂》引《靈怪集》："唐太宗征遼，行至定州。路側有一鬼，衣黃衣，立高冢，上神彩特異。太宗遣使問之，答曰：'我昔勝君昔，君今勝我今。榮華各異代，何用苦追尋。'言訖，不見。問之，乃慕容垂墓。"

［5］韋莊，《全唐詩》卷六九五："韋莊，字端已，杜陵人，見素之後。疎曠不拘小節。乾寧元年第進士，授校書郎，轉補闕。李詢為兩川宣諭和協使，辟為判官。以中原多故，潛欲依王建。建辟為掌書記，尋召為起居舍人。

建表留之，後相建為平章事。"

其書曰："冥司趙畚，謹以幽昧致書於守禦指揮端公閣下，切以趙氏之冤，搏膺入夢，良夫之枉，披髮叫天[1]。是以有怨必讎，無道則見，此則流於柱史，載自前文[2]。如畚者一介遊魂，九泉罔象[3]。德不勝享，禱不勝人。無廟貌於世間，遂堙沈於泉壤[4]。自蒙天譴，使掌冥司。雖叨正直之官，未達聰明之理。未嘗以威伏衆，唯知以禮依人。頃在本朝，叨為上相。不無濫德，敢有害盈。今者伏審渤海高公令君毀畚墳闕。況畚謫居幽府，天賜佳城。平生無戰伐之讎，邂逅起誅夷之釁[5]。得不撫銘旌而憤志，託觚染以申懷[6]。伏希端公俯念無依，迴垂有鑒，特於方雉，免此一坏[7]。儻全馬鬣之封，敢忘龍頭之庇[8]。謹吟絶句，後幅上聞，不勝望德之至。謹白。"其詩曰："我昔勝君昔，君今勝我今。人生一世事，何用苦相侵。"

［1］端，鮑本、學津本作"靖"，據學海本、崇文本改。

幽昧，昏暗不明，自謙之稱。《楚辭·離騷》："惟夫黨人之偷樂兮，路幽昧以險隘。"王逸注："幽昧，不明也。"

［2］柱，學津本無。

柱史，柱下史之簡稱，周秦官名，即漢以後之御史。因其常侍立殿柱之下，故名。《史記·張丞相列傳》："張丞相蒼者，陽武人也。好書律曆。秦時为御史，主柱下方書。"司馬貞索隱："周秦皆有柱下史，謂御史也。所掌及侍立恒在殿柱之下。"此處指藏書之所。

［3］罔象，古代傳說中水怪，或謂木石之怪。《國語·魯語下》："水之怪曰龍、罔象。"韋昭注："或曰罔象食人，一名沐腫。"《莊子·達生》："水有罔象。"陸德明釋文："司馬本作'無傷'。云：狀如小兒，赤黑色，赤爪，大耳，長臂。一云：水神名。"此處泛指鬼神，與前文"遊魂"對。

［4］廟貌，《詩・周頌・清廟序》鄭玄箋：“廟之言貌也，死者精神不可得而見，但以生時之居，立宮室象貌為之耳。”因稱廟宇及神像為廟貌。

泉壤，猶泉下，地下。指墓穴。晉潘岳《寡婦賦》：“上瞻兮遺象，下臨兮泉壤。”

［5］釁（xìn），禍患。《後漢書・隗囂傳論》：“夫功全則譽顯，業謝則釁生。”

［6］銘旌，豎在靈柩前標誌死者官職和姓名之旗幡。多用絳帛粉書。品官則借銜題寫曰某官某公之柩，士或平民則稱顯考顯妣。另紙書題死者姓名粘於旌下。大殮後，以竹杠懸之依靈右。葬時取下加於柩上。

觚染，指文書。觚，木簡，古人用以書寫或記事；染，用筆書寫或描繪渲染。

［7］方，學津本、學海本、崇文本作“萬”。按，作“方”義長。方，古謂掘土成穴為方。《三國志・魏志・明帝紀》：“己未，有司奏文昭皇后立廟京都。”裴松之注引《魏略》：“而使（群臣）穿方舉土，面目垢黑……甚非謂也。”《資治通鑒・魏明帝景初元年》引此文，胡三省注曰：“方，穴土為方也。”

［8］馬鬣，墳墓封土之一種形狀，亦指墳墓。唐李白《上留田行》：“蓬科馬鬣今已平，昔之弟死兄不葬。”

龍頭，堪輿家語。氣脈如龍之山脈主峰。唐張約《相崔巽墓》：“安龍頭，枕龍角。不三年，自消鑠。”

## 躭釋道

裴休相公性慕禪林，往往掛衲，所生兒女多名師女僧兒，潛令嬖妾承事禪師，留其聖種，當時士族無不惡之[1]。李德裕相公惟好玄門，往往冠褐，修彭祖房中之術，求茅君點化之功，沙汰緇徒，超昇術士，但無所就，身死朱崖[2]。議者以裴、李二公累代台鉉，不守諸儒之行，各迷二教之宗，翻成點汚空門，妖婬玄教[3]。自莊老之後，彭黃已來，未有因少女以長生，皆向陰丹而損壽矣[4]。蓋心之難制，氣之難防者也[5]。至若心中造業，身外求真，梁武帝為寺家奴，豈禳囚死[6]。長孫后號觀音婢唐長孫皇后小字，難懺產亡[7]。所謂善不可不修，財不可不捨，惑之與黨者，非也。近以二公之行，識者笑焉。所以時人譏晉公曰[8]："趙氏女皆尼氏女，師翁兒即晉公兒。卻教術士難推算，胎月分張與阿誰[9]。"

[1] 裴休，唐朝名相。詳見《新唐書·裴休傳》。

掛衲，披上僧衣。唐戴叔倫《贈鶴林上人》："歸来挂衲高林下，自翦芭蕉寫佛經。"

[2] 李德裕，晚唐宰相。詳見《舊唐書·李德裕傳》。

玄門，道教。《老子》："玄之又玄，衆妙之門。"後因以指道教。《梁嗣鼎墓誌》："其人孝敬慈善，志尚玄門。"

彭祖，道教傳說中人物。詳見漢劉向《列仙傳·彭祖》。

房中之術，古代道士、方士關於節欲養生保氣之術。《漢書·藝文志》："房中八家，百八十六卷。房中者，情性之極，至道之際，是以聖王制外樂以禁内情，而為之節文。《傳》曰：'先王之作樂，所以節百事也。'樂而有節，則和平壽考。及迷者弗顧，以生疾而隕性命。"房中八家，其書皆佚，後世方士，造為邪術，總名"房中術"。

茅君，傳說中在句容句曲山修道成仙之茅氏兄弟。詳見晉葛洪《神仙傳·茅君》。

沙汰緇徒，淘汰僧尼。《唐護法沙門法琳别傳》："帝乃赫然斯怒，沙汰僧尼，敕遣緇徒並依遺教。"

超昇，按，以上下文謂推崇。

朱崖，今雷州半島、海南島一帶。

［3］台鉉，猶台鼎。鉉，鼎耳，以代鼎。鼎三足，有三公之象，故以喻宰輔重臣。《晉書·韓伯傳》："王湛門資台鉉，地處膏腴，識表鄰機，才惟王佐。"

［4］矣，學海本無。

彭黃，即彭祖和黃帝，道教所尊崇之神仙。

"因少女以長生"，指道教"御女術"。《黃帝素女經》云："彭祖曰：'幸多後宮，宜知交接之法，法之要者，在於多御少女而莫教泄精，使人身輕，百病消除也。'"

陰丹，道士煉出之丹藥。唐呂岩《憶江南》詞之四："彭祖得之年八百，世人因此轉傷殘。誰是識陰丹？"

［5］之，學津本、學海本、崇文本作"亦"。

［6］按，梁武帝多次捨身出家，再由群臣用巨額錢物將之贖回，侯景之亂中餓死台城。詳見《梁書·武帝紀》。

［7］號，崇文本作"為"。

按，長孫皇后難產而亡事，史書不載，其事跡詳見《舊唐書·后妃傳》。

［8］按，此詩主旨是嘲笑裴休到寺院借種之諂佛行為。

［9］分張，分配；分施。《南齊書·張岱傳》："岱初作遺命，分張家財，封置箱中，家業張減，隨復改易，如此十數年。"

阿誰，疑問代詞。猶言誰，何人。《樂府詩集·橫吹曲辭·紫騮馬》："十五從軍征，八十始得歸。道逢鄉里人：'家中有阿誰？'"

## 灌鐵汁

唐末徐州廉使時太師溥，忽於公暇設寢，夢到太山府君殿前，見領出一人，云是許州押衙秦宗權[1]。府君曰："君為國賊否？"宗權對曰："職小力微，慮違天道。"府君怒曰："運數使爾，夫何違耶。”遂令壯士拉之[2]，宗權亦云不得。遂呼一鬼將曰：“取鐵汁來。”俄頃之間，鐵汁即至。有鬼數輩頓宗權坐，分其髮，以鐵汁自頂門灌[3]。其聲爆烈，烟燄勃然[4]。灌訖，又問之。宗權大叫“反”字者三，府君遂捨之。令時公相見，府君謂溥曰：“異日，宗權作亂，卿可助之。”時與秦一齊拜謝次，颯然寤焉[5]。溥於是以其夢有異，書於密室楹上。

[1] 時溥，唐末五代人，詳見《舊唐書·時溥傳》。

太山府君，指泰山神，俗稱東嶽大帝。魏晉以來，道教說人死後魂皆歸泰山，以泰山神為地下之主。於佛家為《十王經》所說十王之第七閻魔王之書記，記人善惡。晉干寶《搜神記》卷四：“（胡母班）曾至泰山之側，忽於樹間逢一絳衣騶，呼班云：‘泰山府君召。’”

押衙，即押牙。唐宋官名。管領儀仗侍衛。牙，後訛變為“衙”。唐李匡乂《資暇集》卷中：“武職令有押衙之目。衙宜作‘牙’，此職名，非押其衙府也，蓋押牙旗者。”

秦宗權，唐末五代人，詳見《新唐書·逆臣·秦宗權傳》。

[2] 拉，學津本、學海本、崇文本作“掠”。

[3]“輩”下崇文本有“掠”字。頓，學海本作“掠”。

[4] 勃然，興起貌。《韓詩外傳》卷八：“喻德教，舉遺士，海内翕然向風。故百姓勃然詠宣王之德。”許維遹集釋引郝懿行云：“勃然，興起。《傳》曰：‘興曰勃然。’”

[5] 颯然，迅疾貌。唐杜甫《牽牛織女》詩：“颯然精靈合，何必秋遂通！”

後數年，許州差秦宗權持禮而至，溥因覩所申入境狀中姓名，與往年夢中冥契，因厚迎待之，從容之間，屏去左右，問之，各符所夢[1]。遂引宗權密室楹上觀看所記之事，因歃血為盟[2]。後值上蔡為叛蔡是許支郡，許帥委都押衙劉火頭失其名差大將一人往彼安慰。火頭遂差宗權充使，元戎以為不可，火頭堅有保持。宗權既蒙差行，喜遂其志，矯其軍制，遂滅蔡人，卻起狂謀，自據城壘[3]。時太師發兵三萬，勁入蔡州，兼助糧儲，以副所夢[4]。旌旗一舉，剋復許田[5]。其後宗權兵勢轉强，與梁太祖日有相持。數年之間，方克擒得[6]。太祖遣通引官寇彥卿諭之[7]。宗權對曰："英雄不兩立，彼勝則我敗。故君子禍至不懼，福至不喜[8]，公何喜耶?"太祖甚嘉其言，因檻送上都，津致頗厚[9]。

[1] 冥契，暗相投合。《晉書·慕容垂載記》："寵踰宗舊，任齊懿藩，自古君臣冥契之重，豈甚此邪?"

[2] 歃血，古代盟會儀式之一種，盟約宣讀後，參加者用口微吸所殺牲之血，以示誠意。一説，以指蘸血，塗於口旁。《史記·平原君虞卿列傳》："毛遂謂楚王之左右曰：'取雞狗馬之血來。'毛遂奉銅盤而跪進之楚王曰：'王當歃血而定從。'"司馬貞索隱："盟之所用牲貴賤不同，天子用牛及馬，諸侯用犬及豭，大夫已下用雞。今此總言盟之用血，故云'取雞狗馬之血來'耳。"

[3] 矯，假託；詐稱。《公羊傳·僖公三十三年》："弦高者，鄭商人，遇之殽，矯以鄭伯之命而犒師焉。"何休注："詐稱曰矯。"

軍制，軍隊之法令制度。《荀子·議兵》："臨武君曰：'善！請問王者之軍制?'"

[4] 勁，學海本、崇文本作"助"。

[5] 剋復，用武力收復。《晉書·王導傳》："導愀然變色曰：'當共戮力王室，剋復神州，何至作楚囚相對泣邪?'"

[6] 克，學津本、學海本作"遂"。

[7] 諭，學海本、崇文本作"詰"。

通引官，衙役名。宋趙彥衛《云麓漫鈔》卷七："下至吏胥則有通引官、專知官、孔目官、直省官。”

寇彦卿，五代時人，詳見《舊五代史·梁書·寇彦卿傳》。

[8]“故君子禍至不懼”二句，語本《史記·孔子世家》：“定公十四年，孔子年五十六，由大司寇行攝相事，有喜色。門人曰：‘聞君子禍至不懼，福至不喜。’孔子曰：‘有是言也。不曰：樂其以貴下人乎？’”

[9]津致，犹資助，補貼。唐羅袞《謝江陵津致赴闕啟》：“袞啟，伏蒙令公念以赴闕奔馳，臨途窘罄，特頒厚賜，用備促裝。……伏惟令公韜世量弘，濟人心侈，組駢縚繸，委彼貨泉七百里以趨程，茲辰頓贍二十萬之為贈，今代所稀，得不泣類鮫人，慚同劒客。”《舊五代史·梁書·太祖紀》：“癸亥，詔以前朝官僚，譴逐南荒，積年未經昭雪，其間有懷抱材器為時所嫉者，深負冤抑。仍令錄其名姓，盡復官資，兼告諭諸道令津致赴闕。”南宋《大慧普覺禪師語錄》：“且謂子必見圜悟師，吾助子往。遂津致行李來京師。”

時太師既而失利，卻歸徐州。然常有好道之心，接士略無厭倦。忽一日，有一道士姓郭名端，直詣公衙，自云玄州而至[1]。溥延迎數日，問有何求。端曰：“知君道情，故來相謁。”溥曰：“本非好道，別有愚誠。蓋緣所據藩方，封圻不遠，養兵數萬，闕少贍軍，欲求利術一門，以裨帑藏[2]。”端曰：“道在其中矣。”遂索一鐵杵，杵至，可重三十餘斤。端於衣帶間取藥一粟許，碾碎以酒調之，塗於兩頭，以大火百斤已來鍛之，自午至申[3]。水沃取出，其杵一頭則赤色然，麗水一頭雪爾，藥平中心五寸以來，宛然是鐵[4]。溥甚忻訝，敬為上仙。端遂請朱砂一斤，泥爐於大廳養藥，令太師自看火候，約一月而成[5]。端則請命一賓相伴，出市飲酒。溥乃差藥院官元邵南齎其酒價，朝夕隨之[6]。端飲百杯，邵南只禁十盞[7]。至夜酩酊，所在宿焉。端謂邵南曰：“我與爾開其酒戶，匪唯飲酒，兼益壽齡[8]。”邵南因餌其丹，逐日陪奉，飲至五十餘盞，所患疝氣亦痊。

［1］自云，學津本、崇文本作“云自”。

玄州，學海本作“亥州”。唐無亥州，誤。玄州，隋開皇初置，處契丹李去閭部落。萬歲通天二年，移於徐、宋州安置。神龍元年，復舊。轄境約當於今天津薊縣。

［2］封圻，封畿，指疆域。《漢書·文帝紀》：“封圻之内，勤勞不處。”顔師古注：“圻亦畿字。王畿千里。”

贍軍，供給軍隊之用，此處動詞用作名詞，為軍隊所需之給養。《金史·世宗紀》：“丁巳，出内府金銀器物贍軍，吏民出財物佐官用者甚衆。”

裨，增加；增補。《國語·鄭語》：“若以同裨同，盡乃棄矣。”韋昭注：“裨，益也。”

帑藏，國庫。《漢書·王莽傳》：“長樂御府、中御府及都内、平準帑藏錢帛珠玉財物甚眾。”《後漢書·楊秉傳》：“帑藏空虛，浮食者眾。”

［3］粟，學海本、崇文本作“粒”。按，依文意，作“粒”義長。

［4］赤，學海本作“養”。按，“赤”對“雪”，“養”誤。

沃，疑作“沸”。

藥，鮑本作“樂”，據學海本改。

麗，施；加。《荀子·宥坐》：“官致良工，因麗節文。”王先謙集解引王念孫曰：“麗者，施也。言因良材而施之以節文也。”

［5］養藥，培養丹藥。《古今圖書集成·醫部彙考》載“遐齡萬壽丹”云：“詩曰：遐齡萬壽丹，服食魂魄安。養藥雞抱卵，日期要周全。”同書《翰林院部紀事·湘山野露》云：“世上何人最得閒，司諫拂衣歸華山。蓋種放得告還山，養藥之時也。”

［6］齎其酒價，崇文本作“具飲價”。

［7］禁，勝任；忍受。北魏賈思勰《齊民要術·笨麴並酒》：“先能飲好酒一斗者，唯禁得升半，飲三升大醉。”唐杜牧《邊上聞笳》詩之一：“遊人一聽頭堪白，蘇武爭禁十九年？”

［8］酒戶，酒量。古稱酒量大者為大戶或上戶，不能多飲者稱小戶或下戶。唐元稹《春遊》詩：“酒戶年年減，山行漸漸難。”宋陸游《深居》詩：

“病來酒戶何妨小，老去詩名不厭低。”錢仲聯校注：“戶，唐人語，指酒量。”

匪唯，亦作“匪惟”，非但；不衹。漢蔡邕《郭有道碑文》：“禮樂是悅，詩書是敦，匪惟摭華，乃尋厥根。”

端至一月歸衙，開爐取藥，結成一塊，香氣馥人，透掌光明，如紅玉之狀。謂溥曰：“此藥所須在意，號曰太乙丹砂。知太師不住人間，遂來救護[1]。”溥但悲感而已，卻未知救護因由[2]。忽見一猧兒，遂敲藥少許，搵餅與食[3]。其犬須臾之間化為烈燄一團，騰空而去。是歲，梁太祖舉四鎮之衆，攻伐其城，堅守數旬，闕乏糧料[4]。端與時公一宅骨肉二百餘口，俱上燕子樓[5]。元邵南亦欲隨之，端不令上樓，謂邵南曰：“子未合登此。”須臾樓中發火，紅燄亘天，色若虹蜺，段段飛去[6]。及至火歇，灰燼亦無。軍民異之，謂之火解也[7]。燕子樓至今存焉。元邵南雖不得上樓，顔色轉少，行如兑馬，終日醺酣[8]。至梁末帝之時，猶在翰林院祗應，其時年九十[9]。後亦不知存亡。感德之祚祚，長官儁知其事祚祚二字有誤[10]。

[1] 遂，學海本作“遠”。皆通。

[2] 知，崇文本作“識”。皆通。

[3] 搵，鮑本作“榅”，據學海本改。搵，浸入；浸沒。《說文·手部》：“搵，没也。”段玉裁注：“没者，湛也，謂湛浸於中也。”

猧兒，即猧子，小狗。唐段成式《酉陽雜俎·忠志》：“上夏日嘗與親王棋，令賀懷智獨彈琵琶，貴妃立於局前觀之。上數枰子將輸，貴妃放康國猧子於坐側。猧子乃上局，局子亂，上大悅。”

[4] 糧料，廩祿給養。唐韓愈《論鹽法事宜狀》：“請量閑劇留官吏於倉場，勾當要害守捉；少置人數，優恤糧料，嚴加把捉。”

[5] 燕子樓，唐貞元年間，武寧節度使張建封鎮守徐州時建。《大清一統

志》卷六九《徐州府》：“燕子樓，在銅山縣西北隅。唐貞元中，尚書張建封鎮徐州，築此樓以居愛妾盼盼。建封卒，盼盼樓居十五年，不嫁不食而卒。景福二年節度使徐溥守徐州，為朱溫所攻，登此樓自焚死。”

［6］發火，學津本、崇文本作“火發”。

虹蜺，今所謂彩虹也。

段段，猶片片。前蜀韋莊《乞彩箋歌》：“不使紅霓段段飛，一時驅上丹霞壁。”

［7］火解，學海本、崇文本作“火宅解”。

［8］兑，學津本作“説”；學海本、崇文本作“馳”。按，“兑馬”義不可解，作“馳馬”義稍通，蓋謂元邵南行動敏捷，不顯老態，正與文中“顔色轉少”契合。

［9］至梁末帝之時，原作“至梁邵於帝之時”，據學海本、崇文本改。

祗應，指伺候，照應。北周時設祗應司，掌給宫中諸色工作。此處猶供職。宋范仲淹《奏乞在京並諸道醫學教授生徒》：“取醫道精深高等者，方得入翰林院祗應。”

［10］祚，學津本、崇文本作“祈”。按，作“祈”義長。祈祈，言徐緩貌。《詩·小雅·大田》：“有渰萋萋，興雨祈祈。”毛傳：“祈祈，徐也。”鄭玄箋：“古者陰陽和，風雨時，其來祈祈然而不暴疾。”漢班固《靈臺詩》：“習習祥風，祈祈甘雨。”

倩，疑作“備”。

“祚祚二字有誤”，學津本、學海本無此小注。

## 前定錄

梁太祖篡位之初，宰臣薛貽矩自御史大夫百日拜相，性懷忠正，臨莅端明，公事之間每加寬憫[1]。太祖忽因入閤，怪之曰：“卿為天子郎官，何得不親政事[2]？”薛奏曰：“臣少年之時，曾任封丘主簿，在官之日嘗與僧悟因相知[3]。每日公暇之時，便到其院，此僧預知臣至，先在院門等臣，以是殷勤。直至三年考滿，替人將至，或一日，其僧不出院内，臣怒僧世情，以言責問[4]。僧云：'今日實不知簿公訪及，有闕迎門。'臣因問每日又何知之，僧曰：'每日微僧齋後略睡，便有神人報云薛相公來，微僧狼忙驚起，披挂出院迎待，果是簿公臨門[5]。今日神人不來相報，有誤迎接，非是世情。'臣遂請僧結壇持念，乞其警戒[6]。其僧果見神人相報云：'薛主簿為曲斷公事一件，取錢五緡，卻不得宰相也[7]。若正其公事，却還其錢，即可牽復[8]。不然者，無計矣。'僧因報臣警戒，遂省其非尋，便還錢，改正公事，其神人果又報僧曰：'薛公名字在宰相夾中。'臣自後不敢欺公，每事審細，大凡公事，豈宜造次而行。"太祖睿知通州，悅其所奏，賜金百兩，尋加吏部尚書[9]。後扈從太祖鑾輿，自洛還汴，熒惑三犯上相，得疾而薨[10]。是知悟因名亦前定矣。

[1] 薛貽矩，後梁開國元勛，詳見《舊五代史·梁書·薛貽矩傳》。

臨莅，學海本、崇文本作"臨事"。臨莅，來到、來臨，指即位理政。《莊子·在宥》："故君子不得已而臨莅天下，莫若無為。"臨事，指處理政事。《管子·立政》："臨事不信於民者，則不可使任大官。"二者皆可。

端明，正直聰明。南朝齊王儉《褚淵碑文》："宋文帝端明臨朝，鑒賞無昧。"

[2] 郎官，秦代置郎中令，為皇帝左右親近之高級官員。西漢因秦制不變。東漢以尚書台為行政中樞。其分曹任事者為尚書郎，職權範圍擴大。唐六部郎官，郎中之外，更置員外郎。唐以後郎官設置，基本上無大變革。

[3] 封丘，今河南省封丘縣。《太平寰宇記》卷一《河南道·開封府》："封邱縣，北六十里，二十鄉，今七鄉，古封國之地。"

主簿，官名。《通典》卷二五《職官·諸卿》"太常卿"條："主簿，漢有之，魏晉亦有焉。梁天監七年，十二卿各置主簿一人。陳因之。北齊有功曹五官，主簿二人。大唐置二人，掌付事勾稽，省署抄目，監印給紙筆等事。”

［4］考滿，舊時指官吏考績期限已滿。一考或數考為一任，故考滿亦常為任滿。宋王溥《唐會要·考上》：“開元三年正月五日敕，内外官考滿，所司預補替人，名為守闕，特宜禁斷，縱後有闕，所由不得令上。”

世情，勢利之謂也。

［5］狼忙，學海本、崇文本作“蒼忙”。狼忙，即急忙，匆忙。唐李中《離家》：“月生江上鄉心動，投宿狼忙近酒家。”蒼忙，猶倉皇；匆忙。唐張彥遠《歷代名畫記·張璪》：“值朱泚亂，京城騷擾，璪亦登時逃去，家人見畫在幀，蒼忙掣落。”二者皆通。

［6］持念，謂僧徒念誦經咒。《舊五代史·唐書·末帝紀》：“每年誕節，諸州府奏薦僧道，其僧尼欲立講論科……持念科。”

［7］曲斷，枉法判決。唐張鷟《朝野僉載》卷二：“法曹曲斷，府司科罪。”

緡，量詞。古代通常以一千文為一緡。晉王嘉《拾遺記·晉時事》：“因墀國獻五足獸，狀如師子；玉錢千緡，其形如環。”

［8］牽復，謂復官；復原。唐杜牧《張直方貶恩州司戶制》：“俟其拉拭舊痕，湔洗前過，必欲牽復，用存始終。”

［9］睿知，學海本、崇文本作“眷之知”。

通州，即今江蘇省南通市通州區。《新五代史·職方考》：“通州，本海陵之東境，南唐置靜海制置院。周世宗克淮南，升為靜海軍，後置通州，分其地置靜海、海門二縣為屬，而治靜海。”

［10］扈從，隨從皇帝出巡。《北齊書·楊愔傳》：“（楊）侃雖奉迎車駕北渡，而潛欲南奔，愔固諫止之，遂相與扈從達建州。”

鑾輿，即鑾駕，天子車駕。漢班固《西都賦》：“於是乘鑾輿，備法駕。”

熒惑，古指火星。因隱顯不定，令人迷惑，故名。《文選·揚雄〈羽獵賦〉》：“熒惑司命，天弧發射。”李善注引張晏曰：“熒惑法使，司命不祥。”

上相，對宰相的尊稱。《史記·酈生陸賈列傳》：“足下位為上相，食三萬戶侯，可謂極富貴無欲矣。”

# 【鑒誡録卷三】

## 語忌誡

劉仁遇嘗與梁太祖葉戲[1]。一日或遇頑盆，仁遇行伍出身，語多方拙，謂太祖曰："得則洪溝[2]。"太祖應之曰："縱得未可。"時太祖方據四鎮，仁遇復在偏裨[3]。雖是親家復王太岳，太祖竟為語忌。後太祖一居南面，仁遇久在西班，累乞一藩，終不俞允[4]。既而年邁寢疾在牀，新婦屢有奏聞[5]。太祖猶徵語忌，至於悲泣哀告，方除兖州[6]，未及赴官，疾亟而卒。是知凡事為誡，寧不書紳而記之乎[7]。

[1] 葉戲，即葉子戲、葉子格，後或衍變為骰子格，骰子選格，古代一種以葉子格或骰子格為用具之博戲。宋歐陽修《歸田録》卷二："葉子格者，自唐中世以後有之……唐世士人宴聚，風行葉子格，五代、國初猶然，後漸廢不傳。"

按，其具體玩法不詳，由歷世文獻觀之，則略知一二：宋王闢之《澠水燕談錄》："唐太宗問一行世數。禪師製葉子格進之。'葉子'言二十世李也。當時士大夫宴集皆為之。其後有柴氏趙氏，其格不一，蜀人以紅鶴格為貴，禁中則以花蟲為宗。近世職方員外郎曹穀損益舊本，撰舊歡新格，尤為詳密。其法用區骰子六隻，犀牙師子十事，自盆帖而下分十五門，門各有說，凡名彩二百二十七，逸彩二百四十七，總四百七十四彩。"唐房千里《骰子選格序》："開成三年春，予自海上北徙。舟行次洞庭之陽，有風甚急，繫船野浦下三日。遇二三子號進士者，以六骼雙雙為戲，更投局上，以數多少為進身職官之差數，豐貴而約賤。卒局，座客有為尉掾而止者，有貴為相臣將臣者，有連得美名而後不振者，有始甚微而欻升於上位者。"《五代史闕文》："全昱，梁祖之兄也。既受禪，宮中開宴，惟親王得與。因為博戲，全昱酒酣，忽起取骰子擊盆迸散，大呼梁祖曰：'朱三，汝碭山一民，因天下饑荒，入黃巢作賊，天子用汝為四鎮節度使，富貴足矣，何故滅他李家三百年社稷，稱王稱朕，吾不忍見血吾族矣，安用博為！'"

［2］頑盆，學海本作"頑盈"。

行伍，我國古代兵制，五人為伍，五伍為行，因以指軍隊。唐封演《封氏聞見記・遷善》："神功武將，起自行伍，不知朝廷禮數。"

方拙，學海本作"劣拙"。

洪溝，即鸿沟，古運河名。在今河南省。楚漢相爭時曾劃鴻溝為界。《史记・项羽本纪》："項王乃與漢約：中分天下，割鴻溝以西者為漢，鴻溝而東者為楚。"

"得則洪溝"，劉仁遇此話有與梁太祖平分天下之嫌，故梁太祖忌諱之。

［3］偏裨，偏將，裨將，將佐之通稱。《漢書・馮奉世傳》："典屬國任立、護軍都尉韓昌為偏裨，到隴西，分屯三處。"

［4］南面，古代以坐北朝南為尊位，古帝王諸侯見群臣，或卿大夫見僚屬，皆面向南而坐，因用以指帝王之位。《易・說卦》："聖人南面而聽天下，嚮明而治。"

西班，指武官。《資治通鑒・唐懿宗咸通元年》："浙東山海幽阻，可以計取，難以力攻。西班中無可語者。”胡三省注：“唐凡朝會，文官班於東，武官班於西，故謂武臣為西班。”

俞允，《書·堯典》：“帝曰：‘俞。’”俞，應諾之詞，後即稱允諾為“俞允”，多用於君主。

[5] 寢疾，臥病。《左傳·昭公七年》：“寡君寢疾病，於今三月矣。”

[6] 徵，通“懲”，警戒。《荀子·正論》：“凡刑人之本，禁暴惡惡，且徵其未也。”楊倞注：“徵，讀為懲。”

兖州，今山東省西南部。《舊唐書·地理志》：“兖州上都督府，隋郡。武德五年，平徐圓朗，置兖州，領任城、瑕丘、平陸、龔丘、曲阜、鄒、泗水七縣。”

[7] 書紳，把要牢記之話寫在紳帶上，後亦稱牢記他人之話為書紳。語本《論語·衛靈公》：“子張書諸紳。”邢昺疏：“紳，大帶也。子張以孔子之言書之紳帶，意其佩服無忽忘也。”

## 餌長虹

孟蜀侯侍中宏實，本蒲坂人也[1]。幼而家貧，長為軍外子弟。年方十三歲，困寐於屋簷下。是月炎蒸，天將大雨，有長虹自河飲水黃河也，俄而貫於童兒之口[2]。惟其母見，不敢驚之，欲窺其變異。侯母可謂賢也。良久，虹自天没於童兒之口，不復出矣。母俟其睡覺，問其子曰：“夢中有所覩否?”對曰：“適夢人河飲水，飽足而歸。”母聞其言，知子必貴。後數月，有一行脚蜀僧[3]，詣門求齋，侯母竭力供養。僧臨去謂侯母曰：“女弟子當九九，後福合得兒子氣力[4]。”侯母呼其子出，請僧相之，僧視之曰：“此兒龍也，即非真龍，乃蛟螭之輩也[5]。但離鄉别井，直近江海客官[6]，方有顯榮。”又曰：“此子孽毒[7]，當食血肉，為生靈之患，倘敬信三寶[8]，即得令終。”言訖而去。

[1] 侯宏實，五代時人，詳見《十國春秋·後蜀·侯宏實傳》。

蒲坂，在蒲州東五里。晉文公以蒲賂秦，後還蒲。魏人喜其反，因名其地曰蒲坂。轄境約當於今山西永濟市。

[2] 而，學津本、學海本無。

炎蒸，暑熱熏蒸。北周庾信《奉和夏日應令》："五月炎蒸氣，三時刻漏長。"

[3] 行脚，禪僧為修行旅行也。《祖庭事苑》卷八："行脚者，謂遠離鄉曲，脚行天下，脱情捐累，尋訪師友，求法證悟也。所以學無常師，徧歷為尚，善財南求，常啼東請，蓋先聖之求法也。"

[4] 氣力，權勢，勢力。晉葛洪《抱朴子·疾謬》："或有不治清德以取敬，而仗氣力以求畏。"

[5] 蛟螭，猶蛟龍。亦泛指水族。漢揚雄《羽獵賦》："探巖排碕，薄索蛟螭。"

[6] 客官，到異地做官。東漢趙曄《吳越春秋·勾踐入臣外傳》："吾聞父死子代，君亡臣親。今事棄諸大夫，客官於吳，委國歸民，以付二三子，吾之由也，亦子之憂也。"

[7] 孽毒，凶狠惡毒。

[8] 三寶，佛教語。指佛、法、僧。《釋氏要覽·三宝》："三寶，謂佛、法、僧。"

侯後果自行伍出身，至於將領。同光三年，從興聖太子魏王繼岌收蜀，及平蜀之後，不隨太子而還。無何，與陜府節度使康延孝，率河中、同華等軍為叛，堅守廣漢城[1]。是時，孟高祖悉發守禦指揮使韓德遇、本州都指揮使李仁罕等破之，活擒康延孝，表送駕前，侯亦面縛麾下[2]。高祖赦罪，令主領親軍，軍令威嚴，頗有聲譽。及高祖南面，自眉州刺史，節度夔州，復自江寧遷於黔府，一州二鎮，皆近大江，果至官崇[3]。酷信三寶，遍於禪院開轉藏經[4]。然於理務之間，孽毒之甚，廣興第宅，竟獲善終[5]。是知蜀僧所言，其不謬矣。

[1] 率，學海本作“平”。

康延孝，五代時後唐大將，詳見《新五代史·雜傳·康延孝傳》。

河中，《舊唐書·地理志》：“河中府，隋河東郡。武德元年，置蒲州。……開元八年，置中都，改蒲州為河中府。”

廣漢，漢初置廣漢郡，治廣漢縣。東晉改置遂寧郡，宋因之。唐隸屬劍南道成都府。今屬四川省德陽市。

[2] 李仁罕，後蜀開國功臣，詳見《十國春秋·後蜀·仁罕傳》。

面縛，雙手反綁於背而面向前，古代用以表示投降。《史記·宋微子世家》：“周武王伐紂克殷，微子乃持其祭器造於軍門，肉袒面縛，左牽羊，右把茅，膝行而前以告。”司馬貞索隱：“面縛者，縛手於背而面向前也。”

麾下，謂將旗之下。《史記·魏其武安侯列傳》：“獨二人及從奴十數騎馳入吳軍，至吳將麾下，所殺傷數十人。”

[3] 眉州，《禹貢》為梁州之域，古夜郎地。漢武帝開西南邊，立為犍為郡，其地接焉。

唐武德二年割嘉州之通義、丹稜、洪雅、青城、南安，置眉州。天寶元年，改為通義。乾元元年，復為眉州。約當於今四川省樂山市。

夔州，春秋時為夔子國，其後為楚滅，故其地歸楚。後秦滅楚，置三十六郡，此地為巴郡。天寶元年，改為雲安郡。至德元年，於雲安置七州防禦使。乾元元年，復為夔州。按郡城臨江而險，蓋據三峽之上。今約當於重慶市奉節縣。

黔府，即黔州。隋黔安郡。武德元年，改為黔州。乾元元年，以黔中郡為黔州都督府。轄境約當於今貴州。

官崇，學海本、崇文本作“崇官”。官崇，即官位貴顯。《舊唐書·李石傳》:“若宰相亦走，則中外亂矣。必若繼亂，走亦何逃？任重官崇，人心所屬，不可忽也。”

［4］轉藏，佛寺中一種可以回轉之佛經書架，又稱轉輪藏。將書架做成八角形書棚，中心立軸，使書棚得以旋轉，俾能使撿出所需經卷。《神僧傳》卷四載：“初大士在日，常以經目繁多，人或不能遍閲，乃就山中建大層龕，一柱八面，實以諸經運行不礙，謂之輪藏。……從勸世人有發於菩提心者，能推輪藏，是人即持誦諸經功德無異。今天下所建輪藏皆設大士像，實始於此。”

［5］理務，處理政務。《宋書・柳元景傳》:“元景起自將帥，及當朝理務，雖非所長，而有弘雅之美。”

## 落韻貶

戸部李侍郎如賓者，本梁朝清直之士也[1]。均王名友貞在東宮時，李以筆硯佐之，及均王即位，不得居密司焉，李常深恨之[2]。及見帝黜剥賢良，見用奸詐，每俟間方欲折檻諫之[3]。或一日，李侍帝祭，帝問李曰：“卿知天子見誰補服[4]?”李奏曰：“人臣所補。”帝曰：“朕地據三川，位尊九有，若非天意所補，人臣又何補焉[5]?”李曰：“太祖出身行伍，歷職卑微，萬戰千征，九生十死，方得節居四鎮，位處一人。陛下生在深宮，長居富貴，披承餘蔭，嗣守萬方，豈知王業艱難，人臣共致，固須理不忘亂，居安思危，臨泉履冰，責躬省過[6]。況吳門强盛，蜀國繁華，太原有殺兄之讎，秦庭懷負國之怨，得失頃刻，豈是天補者哉[7]？若是天補為君，只合自天降下，喫天人之食，受天人之衣，方今血使三軍，膿食萬姓，自喜天補，豈不非耶？陛下如此發言，為覆餗之禍耳[8]。”上曰：“憨老漢不足與語耳[9]。”

［1］李如實，五代時人，詳見《十國春秋·後蜀·李如實傳》。

［2］東宫，太子所居之地。《詩·衛風·碩人》："碩人其頎，衣錦褧衣。齊侯之子，衛侯之妻。東宫之妹，邢侯之姨。"後世以東宫指太子。

筆硯，指文墨書寫之事。北齊顔之推《顔氏家訓·雜藝》："猶以書工，崎嶇碑碣之間，辛苦筆硯之役。"

密司，疑當為"樞密"。樞密，中樞官署之統稱。唐張説《齊黄門侍郎盧思道碑》："太子監國於晉陽，公留綜宫朝，兼典樞密。"

［3］俟，學津本、崇文本作"侍"。

間，學海本無。

折，學津本無。

折檻，漢槐里令朱雲朝見成帝時，請賜劍以斬佞臣安昌侯張禹。成帝大怒，命將朱雲拉下斬首。雲攀殿檻，抗聲不止，檻為之折，雲始得免。後修檻時，成帝命保留折檻原貌，以表彰直諫之臣，詳見《漢書·朱雲傳》。後用為直言諫諍之典故。唐李嘉佑《故燕國相公挽歌》之二："共美持衡日，皆言折檻時。"

［4］侍，鮑本作"在"，據學津本、學海本、崇文本改。

見，用在動詞前面表示被動，相當於被，受到。《孟子·梁惠王上》："百姓之不見保，為不用恩焉。"唐韓愈《駑驥》詩："有能必見用，有德必見收。"

［5］九，鮑本作"力"，據學津本、學海本、崇文本改。

［6］餘蔭，喻前輩惠及子孫之恩澤。《陳書·虞荔傳附虞寄》："寄氣力綿微，餘蔭無幾。"

臨泉履冰，即履薄臨深。《詩·小雅·小旻》："戰戰兢兢，如臨深淵，如履薄冰。"後以"履薄臨深"比喻身處險境，必須十分謹慎。

［7］按，後梁定都開封，而其時西有前蜀，南有吳越，北有晉，西北有舊唐之部，四周列强林立，如不居安思危，則得失頃刻，故李如實以為天子之位，乃人臣所補。

［8］覆餗，《易·鼎》："鼎折足，覆公餗。"謂傾覆鼎中珍饌，後因以"覆餗"喻力不勝任而敗事。晉葛洪《抱朴子·臣節》："君必度能而授者，備乎覆餗之敗；臣必量才而受者，故無流放之禍。"

［9］語，學海本、崇文本作"言"。

老漢，對老年男子之稱。宋張齊賢《洛陽搢紳舊聞記·安中令大度》："大都是這老漢死日到，罪過淫亂得你如此。"《景德傳燈錄·法會禪師》："且去，待老漢上堂時出來，與汝證明。"

李即日有鄭州之拜[1]。再宿，貶汝州副使[2]。至汝州，置一臥車子，常於車子中安酒一瓢、琴一張、書數策，遣小童十餘輩，載而入謁，長街朗詠，觀者笑焉[3]。李恨朝廷久無牽復之命，裁《落韻詩》以譏之[4]。後入蜀，遇孟高祖之知。及開霸初，拜戶部侍郎而卒。《落韻詩》曰："路傍傷羸牛，羸牛身已老。兩眼不能開，四蹄行欲倒。牛曾少壯時，歲歲耕田早。耕却春秋田，駕車長安道。今日領頭穿，無人飼水草。喘也不能喘，問也沒人問[5]。"又曰："炎蒸不可度，倏爾生涼風[6]。在物誠非器，於人還有功[7]。殷勤九夏內，寂寞三秋中[8]。想君應有語，棄我如秋扇。"

［1］鄭州，《禹貢》為豫州之域，星分氐宿，古軒轅所都之地。隋開皇三年，改滎州為鄭州。今在河南省境內。

［2］汝州，隋襄城郡。武德四年平王世充，改為伊州。貞觀八年，改伊州為汝州。今處河南省中西部。

［3］輩，學海本作"人"。

朗詠，高聲吟誦。《文選·孫綽〈游天台山賦〉》："凝思幽巖，朗詠長川。"李周翰注："朗，高也。凝思坐於幽巖，高詠臨於長川。"

［4］裁，創作；寫作。南朝宋鮑照《代白紵舞歌詞啓》："謹竭庸陋，裁為四曲。"

落韻，出韻，不押韻。《舊五代史・晉書・盧質列傳》："會覆試進士，質以'后從諫則聖'為賦題，以'堯、舜、禹、湯傾心求過'為韻，舊例賦韻四平四側，質所出韻乃五平三側，由是大為識者所誚。"

［5］領頭，其義不明，俟攷。

［6］倏，鮑本作"執"，據學海本、崇文本改。

［7］誠，學津本作"成"。

［8］九夏，夏季，夏天。晉陶潛《草木》詩序："日月推遷，已復九夏。"三秋，指秋季。七月稱孟秋，八月稱仲秋，九月稱季秋，合稱三秋。《文選・王融〈永明十一年策秀才文〉》："四境無虞，三秋式稔。"李善注："秋有三月，故曰三秋。"

## 蜀上醫

昔秦醫在晉，知膏肓之病難醫[1]。楚療於申，辨血氣之容是詐[2]。其次劉根召鬼，不為無神[3]。文摯封人，顯彰有術[4]。虞少卿洮，蜀之上醫也[5]。長興初，佐蜀董太尉璋久患渴疾，遣押衙李彥求醫。孟蜀祖遣虞卿而往。虞卿既至，董公曰："璋之所患，經百名醫而無徵差者，何也[6]？"虞卿對曰："君之疾，非唯渴漿而似渴士，得其多士，不勞藥石而自愈矣[7]。"董公大悅。時董公有南面之志，虞卿故以此言譏之[8]。

［1］秦醫，春秋時期，秦國醫學處於領先地位，有"秦多名醫"之譽。《左傳・成公十年》："公疾病，求醫於秦，秦伯使醫緩為之。未至，公夢疾為二豎子，曰：'彼良醫也。懼傷我，焉逃之？'其一曰：'居肓之上，膏之下，若我何？'醫至，曰：'疾不可為也，在肓之上，膏之下，攻之不可，達之不及，藥不至焉，不可為也。'公曰：'良醫也！'厚為之禮而歸之。"

膏肓，古代醫學以心尖脂肪為膏，心臟與膈膜之間為肓，後遂用以稱病之難治者。

[2]“楚療於申”二句，指襄公二十一年申叔以疾為由拒見楚子，楚子使醫視探之事。《左傳紀事本末》卷四六：“（襄公）二十一年夏，楚子庚卒。楚子使薳子馮為令尹，訪於申叔豫，叔豫曰：‘國多寵而王弱，國不可為也。’遂以疾辭。方暑，闕地下冰而牀焉。重繭衣裘，鮮食而寢。楚子使醫視之，復曰：‘瘠則甚矣，而血氣未動。’乃使子南為令尹。”

[3]劉根召鬼，典出《後漢書・劉根傳》：“劉根者，潁川人也，隱居嵩山中。諸好事者自遠而至，就根學道。太守史祈以根為妖妄，乃收執詣郡，數之曰：‘汝有何術而誣惑百姓？若果有神，可顯一驗事。不爾，立死矣。’根曰：‘實無它異，頗能令人見鬼耳。’祈曰：‘促召之，使太守目覩，爾乃為明。’根於是左顧而嘯，有頃，祈之亡父祖近親數十人皆反縛在前，向根叩頭曰：‘小兒無狀，分當萬坐。’顧而叱祈曰：‘汝為子孫，不能有益先人，而反累辱亡靈，可叩頭為吾陳謝。’祈驚懼悲哀，頓首流血，請自甘罪坐。根嘿而不應。忽然俱去。不知所在。”

[4]文摯封人，按，“封人”與上句“召鬼”相對，其義不明，疑作“望人”。《列子・仲尼》：“龍叔謂文摯曰：‘子之術微矣，吾有疾，子能已乎？’文摯曰：‘唯命所聽，然先言子所病之證。’龍叔曰……文摯乃命龍叔背明而立，文摯自後向明而望之。既而，曰：‘嘻，吾見子之心矣，方寸之地虛矣，幾聖人也！子心六孔流通，一孔不達。今以聖智為疾者，或由此乎？非吾淺術所能已也。’”

[5]虞洮，後蜀名醫，詳見《十國春秋・後蜀・虞洮傳》。

上醫，高明之醫生，語出《國語・晉語》：“文子曰：‘醫及國家乎？’對曰：‘上醫醫國，其次疾人，固醫官也。’”

[6]徵，學海本、崇文本作“微”。按，作“微”義長。微差，指病略微好轉。

[7]藥石，藥劑和砭石，泛指藥物。《列子・楊朱》：“及其病也，無藥石之儲；及其死也，無瘞埋之資。”漢枚乘《七發》：“今太子之病，可無藥石針

刺灸療而已，可以要言妙道說而去也。”《玄應音義》卷一八云：“藥石，攻病曰藥石，古人以石為針，今人以鐵，皆謂療病者也。”

［8］譏，學海本、崇文本作“諷”。

又曰：“洮聞天有六氣，降為六淫，淫生六疾，害於六腑。六氣者，陰、陽、風、雨、晦、明也，是以六淫隨焉。六疾者，寒、熱、末、腹、惑、心也，是以六腑隨焉[1]。故心為離宮，腎為水臟，晦明勞役，百疾生焉[2]。大凡視聽至煩，皆有所損。心煩則亂，事煩則變，機煩則失，兵煩則反，五音煩而損耳，五色煩而損目，滋味煩而生疾，男女煩而減壽[3]。古者君子莫不誡之。君今日有萬思，時有萬機，樂淫於外，女淫於内，渴之難療，其由此乎。”虞卿之在東蜀也，如處賊圍，節食假寐[4]。董公疾既平復，於是厚禮歸之，乃知蜀之上醫有知稽古者也[5]。

［1］洮聞，學海本、崇文本無。

末、腹，學海本、崇文本作“來、復”。惑，學津本、學海本作“感”。皆誤。

按，“天有六氣”等句主旨是講天時與疾病之感應關係，是中醫理論之先聲。最早見於《左傳·昭公元年》：“天有六氣，降生五味，發為五色，徵為五聲，淫生六疾。六氣曰陰、陽、風、雨、晦、明也。分為四時，序為五節，過則為災。陰淫寒疾，陽淫熱疾，風淫末疾，雨淫腹疾，晦淫惑疾，明淫心疾。女，陽物而晦時，淫則生内熱惑蠱之疾。今君不節不時，能無及此乎?”

［2］心為離宮，中醫理論認為心屬火，而離為火卦像，故心為離宮。孫思邈《備急千金方》卷四〇“心臟方心臟脉論”云：“心主神。神者，五臟專精之本也，為帝王監領四方。夏王七十二日，位在南方，離宮火也。”

腎為水臟，中醫理論認為腎為水之源，因為腎屬水。《史記·扁鵲倉公列傳》：“腎氣有時間濁，在太陰脈口而希，是水氣也。”

［3］五音，古代五聲音階中之五音級，即宫、商、角、徵、羽。《孟子·離婁上》："不以六律，不能正五音。"趙岐注："五音，宫、商、角、徵、羽。"此處指音樂。

五色，青、赤、白、黑、黄五种颜色。古代以此五者為正色。《書·益稷》："以五采彰施於五色，作服，汝明。"孫星衍疏："五色，東方謂之青，南方謂之赤，西方謂之白，北方謂之黑，天謂之玄，地謂之黄，玄出於黑，故六者有黄無玄為五也。"此處泛指各种颜色。

［4］假寐，學海本作"假寂"，誤。假寐，謂和衣打盹。《詩·小雅·小弁》："假寐永歎，維憂用老。"鄭玄箋："不脱冠衣而寐曰假寐。"高亨注："假寐，不脱衣帽打盹。"

［5］平復，痊愈；復原。《韓詩外傳》卷一〇："諸扶輿而來者，皆平復如故。"《三國志·魏志·后妃傳·文昭甄皇后》："裴松之注引《魏略》后得武宣皇后還書，説疾已平復，后乃歡悦。"

稽古，考察古事。《書·堯典》："曰若稽古，帝堯曰放勛。"孔傳："若，順；稽，考。"《晉書·裴秀傳附裴頠》："博學稽古，自少知名。"

## 妖惑衆

明宗朝，有術士楊遷郎者，善使鬼神，觸物變化，是時見者稱為竒人，及就誅夷，一無靈異[1]。王蜀有楊遷郎叔楊勛者，自號僕射，能於空中請自然還丹，其丹立降[2]。又能召九天玄女、后土夫人，悉入簾帷，經宿而去[3]。及折其一足，西市斬之，藥亦無徵，術亦無驗，屍骸臭穢，觀者笑焉[4]。彭州僧號曰"醋頭"，長髭垂髪，以功德燈像納為三衣，狀若佯狂，妖言惑衆，蜀之聾俗莫不皈依[5]。明德中，故田特進敬全典九隴日，辟賈侍御鶚倅職彭門及權郡事[6]。

［1］遷，學海本作“廷”。楊遷郎，按《十國春秋・前蜀・楊勛傳》作“楊遷即”，謂其為楊勛從子。

誅夷，殺戮，誅殺。《史記・封禪書》：“人有上書告新垣平所言氣神事皆詐也。下平吏治，誅夷新垣平。”

［2］請，學海本、崇文本作“施”。

其丹，學海本、崇文本無。

楊勛，五代時術士，詳見《十國春秋・前蜀・楊勛傳》。

僕射，官名。秦始置，漢以後因之。漢成帝建始四年，初置尚書五人，一人為僕射，位僅次尚書令，職權漸重。漢獻帝建安四年，置左右僕射。唐宋左右僕射為宰相之職。《漢書・百官公卿表》：“僕射，秦官，自侍中、尚書、博士、郎皆有。古者重武官，有主射以督課之。”

自然還丹，《雲笈七籤》卷六六《大還丹宗旨》：“亦有自然還丹，生太陽背陰向陽之山。丹砂皆生南方，不生北方地。自然還丹，自流汞抱金公而孕也。有丹砂處皆有鉛及銀，四千三百二十年丹成。……丹是仙人、天人、聖人取食之。今修者象而成之，大千之數服之，亦長生羽化，與天同功。”

［3］九天玄女，道家傳說中女神，謂為黃帝之師，聖母元君弟子，曾助黃帝滅蚩尤。《太平廣記》卷五六《西王母》引《集仙錄》：“王母乃命一婦人，人首鳥身，謂帝曰：‘我九天玄女也。’授帝以三宮五意陰陽之略，太乙遁甲六壬步斗之術，陰符之機，靈寶五符五勝之文，遂克蚩尤於中冀。”

后土夫人，唐人有《后土夫人傳》，記夫人訪嫁韋郎故事。唐羅隱《后土廟》詩：“九天玄女猶無聖，后土夫人豈有靈。”元和中，高駢為淮南節度使，部將呂用之誑造后土夫人有靈異，勸說高駢割據一方，唐郭廷誨《廣陵妖亂志》詳載其事。

［4］西市，古時帝都西部商賈聚集貿易之商市。《漢書・惠帝紀》：“［六年夏六月］起長安西市，修敖倉。”

［5］彭州，後周垂拱二年，分益州之九隴等四縣置彭州，取古天彭闕為名。天寶元年，改為濛陽郡。乾元元年，為彭州。今位於成都市西北部。

三衣，佛教比丘之三種衣服。一種叫僧伽黎，即大衣或名眾聚時衣，在大眾集會或行授戒禮時穿著；一種叫鬱多羅僧，即上衣，禮誦、聽講、說戒時穿著；一種叫安陀會，日常作業或安寢時穿用，即內衣。亦泛指僧衣。《摩訶僧祇律》卷八云："出家離第一樂，而隨所住處，常三衣俱，持鉢乞食，譬如鳥之兩翼，恒與身俱。"

聾俗，愚昧無知之人。晉趙至《與嵇茂齊書》："今將植橘柚於玄朔，蒂華藕於修陵，表龍章於裸壤，奏《韶舞》於聾俗，固難以取貴矣。"唐孟浩然《贈道士參廖》詩："知音徒自惜，聾俗本相輕。"

［6］全，學海本作"金"。

特進，官名。《通典》卷三四《職官・文散官》"特進"條："漢制，諸侯功德優盛、朝廷所敬異者，賜位特進，位在三公下……隋文帝以為散官，不理事。煬帝即位，廢特進官。大唐為文散官。"

田敬全，五代時人，詳見《十國春秋・後蜀・後主紀》。

典，住持；任職。《書・多方》："克堪用德，惟典神天。"

九隴，《太平寰宇記》卷七三《劍南西道・彭州》："九隴，以九隴山為名。隋初，於縣東二里置濛州，大業省。唐武德三年，又置濛州，領九隴、綿竹、導江三縣。貞觀初省縣，属益州。垂拱二年，於縣置彭州。"

辟，徵召；薦舉。《管子・輕重》："滕魯之粟釜百，則使吾國之粟釜千；滕魯之粟四流而歸我，若下深谷者，非歲凶而民饑也。辟之以號令，引之以徐疾，施平，其歸我若流水。"馬非百新詮引安井衡曰："辟，召也。"《漢書・鮑宣傳》："大司馬衛將軍王商辟宣，薦為議郎，後以病去。"《舊唐書・韋思謙傳附韋嗣立》："古者取人，必先採鄉曲之譽，然後辟於州郡；州郡有聲，然後辟於五府；才著五府，然後昇之天朝。"

賈鶚，五代時人，詳見《十國春秋・後蜀・賈鶚傳》。

倅职，指擔任副職。唐元稹《盧士玫知京兆尹制》："日者，景陵將建……尔尝倅职，应其供求。"

賈本青社人也，為理公清，性憎佞媚[1]。郡縣僚屬視若冰霜。

是時，醋頭不敢入境。後郡人思共瞻禮，詣賈判狀請歸[2]。賈亦多才，判其狀曰："出家長頭，未除煩惱，為衣挂像，豈敬慈尊，向禪室以邪淫，發妖言而惑衆，妄裁歷數，上侮朝廷，謾述災殃，下迷聾俗[3]。況今有漏，未證無生，將修功德以為名，積聚私財而作賈[4]。但以正人惜事，君子含宏，未議翦除，致兹猖熾[5]。所嗟鄙俚，競信妖稱，列狀詣衙，欲希迎請。須行嚴令，以絶風情，付司散帖所由，如入界，把捉申送[6]。候到，決脊奏聞[7]。"醋頭知之，便越隣境而去矣。

[1] 性，學津本、崇文本作"僻"。

青社，祀東方土神處，借指東方之地。《史記·三王世家》："維六年四月乙巳，皇帝使御史大夫湯廟立子閎為齊王。曰：於戲！小子閎，受兹青社。"司馬貞索隱："蔡邕《獨斷》云：'皇子封為王，受天子太社之土，若封東方諸侯，則割青土，藉以白茅，授之以立社，謂之茅土。'齊在東方，故云青社。"

[2] 共，學津本作"其"。

判狀，猶今之判決書。唐柳宗元《段太尉逸事狀》："（農）且飢死，無以償，即告太尉。太尉判狀辭甚巽。"

[3] 向，學海本、崇文本作"面"。

[4] 有漏，為"無漏"之對稱，為煩惱之異名。漏，乃流失、漏泄之意。《百喻經·毗舍闍鬼喻》："諸魔外道諍競者，喻於有漏中强求果報，空無所得。"

無生，佛教語，又作無起。謂諸法之實相無生滅，與"無生滅"或"無生無滅"同義。所有存在之諸法無實體，是空，故無生滅變化可言。然凡夫迷此無生之理，起生滅之煩惱，故流轉生死；若依諸經論觀無生之理，可破除生滅之煩惱。

[5] 惜事，其義不明，疑"惜"為"息"之音誤。按，後漢有"息事寧

人”、“憂民息事”之仁，謂刑罰不施加於春夏之際，生養萬物之時，以順時節，育成萬物，則天地以和，刑罰以清。文中謂未議翦除醋頭，正因為正人息事，君子包弘，其意於此契合，故作“息事”為佳。《後漢書·肅宗孝章帝紀》：“又詔三公曰：‘方春生養，萬物莩甲，宜助萌陽，以育時物。其令有司，罪非殊死，且勿案驗；及吏人條書相告，不得聽受，冀以息事寧人，敬奉天氣。立秋如故。’”《後漢書·魯恭傳》：“恭上疏諫曰：‘臣伏見詔書，敬若天時，憂念萬民，為崇和氣，罪非殊死，且勿案驗。進柔良，退貪殘，奉時令。所以助仁德，順昊天，致和氣，利黎民者也。舊制：至立秋乃行薄刑。自永元十五年以來，改用孟夏，而刺吏、太守不深惟憂民息事之原，進良退殘之化，因以盛夏徵召農人，拘對考驗，連滯無已。司隸典司京師，四方是則，而近於春月分行諸部，託言勞來貧人，而無隱惻之實，煩擾郡縣，廉考非急，逮捕一人，罪延十數，上逆時氣，下傷農業。……臣愚以為今孟夏之制，可從此令，其決獄案考，皆以立秋為斷，以順時節，育成萬物，則天地以和，刑罰以清矣。’”

含宏，即含弘，包容博厚。《易·坤》：“（彖曰）至哉坤元，萬物資生……含弘光大，品物咸亨。”正義：“包含宏厚，光著盛大，故品類之物皆得亨通。”此處指恩德廣被，寬厚仁慈。

［6］風情，指風氣。

申送，上報。《北史·盧同傳》：“勛簿之法，征還之日，即應申送。”

［7］脊，古時一種施於背部之杖刑。韓愈《論變鹽法事宜狀》引唐張平叔所奏《鹽法條件》：“連狀聚衆人等，各決脊杖二十。”

# 【鑒誡錄卷四】

## 蜀門諷

蔣貽恭，本江淮人，無媚世之諂，有詠人之才，全蜀士流莫不畏憚[1]。初見則言詞清楚，不稱是非，後來則脣吻張皇，便分醜美[2]。干忤時相，數遭流讁，亦慷慨之士也[3]。自孟祖霸蜀，搜訪遺材，蔣亦遇時，數蒙見用。故言者無罪，聞者自防[4]。錄之數篇，用知鼎味[5]。《詠蠶》詩曰："辛勤得繭不盈筐，燈下繰絲怨恨長。著處不知來處苦，但貪衣上繡鴛鴦[6]。"又《詠金剛》："揚眉斗目惡精神，捏合將來恰似真[7]。剛被時流借拳勢，不知身自是泥人[8]。"《詠傴背子》[9]曰："出得門來背拄天，同行難可與差肩[10]。若教倚向閒窗下，恰似箜篌不著弦[11]。"

[1] 蔣貽恭，《姑蘇志》卷五五："蔣貽恭，吳人，流落入蜀。性耿直，

有逸才，每一吟詠，率多諷刺。時蜀主季年臣僚多尚權勢，侈敖無節，因為詩以諷之。蜀主知其不避，曰敢言之士也。特授雅州名山令，又善隸篆，賜銀緋。”五代孫光憲《北夢瑣言》卷十“張翱輕傲”條：“又有蔣貽恭者，好嘲詠，頻以此痛遭檟楚，竟不能改。蜀中士子好著襪頭褲，蔣謂之曰：‘仁賢既裹將仕郎頭，為何作散子將腳。’他皆類此。”

［2］脣吻，指口；嘴。漢王充《論衡·率性》：“揚脣吻之音，聒賢聖之耳。”此处比喻議論、口才。《墨子·非命下》：“今天下之君子之為文學，出言談也，非將勤勞其惟舌，而利其脣吻也，中實將欲為其國家邑里萬民刑政者也。”

張皇，勢盛貌。柳宗元《詠三良》：“霸基弊不振，晉楚更張皇。”

［3］仵，學津本、學海本、崇文本作“忤”。

流譴，學海本、崇文本作“譴流”。

［4］者，學海本、崇文本作“之”。按，作“者”佳。

［5］鼎味，指鼎中湯的味道，此處蓋用俗語“嘗一勺湯而知鼎中味”之意，謂觀此數篇詩文即可見一斑。

［6］上，學海本作“食”。按，作“食”誤，此處言衣，與食無關。

［7］揑，學海本作“裹”，誤。

［8］拳，學海本作“權”。

［9］傴（yǔ），傴背即駝背。《淮南子·說山》：“文王汙膺，鮑申傴背，以成楚國之治。”傴背子指駝背的人。

［10］拄，學津本、學海本、崇文本作“柱”。按，柱亦有支撐之意，漢王符《潛夫論·釋難》：“故大屋移傾，則下之人不待告令，各爭其柱之。”

差肩，比肩。《管子·輕重》：“管子差肩而問曰：‘吾不籍吾民，何以奉車革？’”

［11］閒，學海本作“南”。

箜篌，古代弦樂器，有豎式與臥式兩種。豎式者，形如彎弓，七弦。此處即指豎式箜篌，不著弦則祇有弓，故用以比喻駝背。

又《詠安仁宰搗蒜》[1]："安仁縣令好誅求，百姓脂膏滿面流[2]。半破磁缸成醋酒，死牛腸肚作饅頭。長生歲取飡三頓，鄉老盤庚犯五甌[3]。半醉半醒齊出縣，共傷塗炭不勝愁。"又《五門街望有題》曰："我皇開國十餘年，一輩超昇炙手歡。閒向五門樓下望，銜官騎馬使銜官。"又《謝郎中惠茶》曰："三斤緑茗賜貽恭，一種頒霑事不同[4]。料想肺懷無答處，披毛戴角謝郎中[5]。"《詠蝦蟇》[6]曰："坐臥兼行惣一般，向人努眼太無端[7]。欲知自己形骸小，試就涔蹄照影看[8]。"又《貽恭住名山日陳情上府主高太保知柔詩》[9]曰："名山主簿實堪愁，難咬他家大骨頭。米納功曹錢納府，衹看江面水東流[10]。"

[1] 安仁，古縣名，唐武德三年（620）置，治今四川省大邑縣安仁鎮東南，後幾經廢置，於元至元二十一年（1284）撤銷。

[2] 誅求，需索；强制徵收。《左傳·襄公三十一年》："以敝邑褊小，介於大國，誅求無時，是以不敢寧居，悉索敝賦，以來會時事。"杜預注："誅，責也。"

[3] 長，學津本、學海本作"悵"。按，作"悵"誤，此處長生與鄉老為對，或指年長之人。

庚，學津本作"唐"，誤。庚，賠償，償還。《禮記·檀弓下》："季子臯葬其妻，犯人之禾，申祥以告，曰：'請庚之。'"陸德明釋文："庚，古衡反，償。"此處"盤庚"、"歲取"與卷六"戲判作"條之"令佐盤庚，典押歲取"用法同。

飡，《廣韻·寒韻》："餐，《説文》：'吞也。'七安切，三。湌，上同。俗作飡。"

[4] 頒，學海本、崇文本作"須"。按，作"頒"佳，頒者，賞賜；霑者，受益、沾光，此處指自己受到郎中的贈送，像受到賞賜一般。

[5] 料想，學海本、崇文本作"想料"，義同；學津本作"相料"，誤。

肺懷，本指內心，胸懷，此處指肺腑真情。

披毛戴角，指畜生類，《天台四教儀》："二畜生道，亦云旁生。此道遍在諸處：披毛戴角，鱗甲羽毛，四足多足，有足無足，水陸空行。互相吞噉，受苦無窮。"也專指牛，《撫州曹山元證禪師語録》："問：未審此水牯牛還解耕稼否？曰：灼然。是什麼類？曰：披毛戴角者。"此處意謂做牛做馬。

[6] 蝦蟇，即蛤蟆，青蛙與蟾蜍的統稱。

[7] 惣，學海本作"酒"，誤。按，《五音集韻·董韻》："總、揔，作孔切。聚束也，合也，皆也，衆也。三十字。惣，俗。"則惣為總之俗字。

眼，學海本作"力"，誤。按，努眼者，瞪眼也。《舊唐書·黄巢傳》："先有謠言云：'金色蝦蟆爭努眼，翻卻曹州天下反。'"

[8] 涔（cén）蹄，《淮南子·俶真訓》："夫牛蹏之涔，無尺之鯉；塊阜之山，無丈之材。"高誘注："涔，潦水也。"蹏同"蹄"。涔蹄即路上蹄跡中的積水。形容極少的水量。庾信《為杞公讓宗師驃騎表》："況復一枝蹺曲，終危九層之臺；一股涔蹄，必傷千里之駕。"

[9] 名山，此處指名山縣，在四川省中部偏西，今雅安市境內。

[10] 功曹，鮑本作"功南"，不詞，據學津本、學海本改；崇文本作"江南"，誤。按，功曹，官名，漢代郡守有功曹史，簡稱功曹，除掌人事外，得以參預一郡的政務。唐時，在府的稱為功曹參軍，在州的稱為司功。

又蜀有鄭秀才雲從《詠人祀聖君》詩曰[1]："禍福從來豈自由，俗情淫祀也堪愁[2]。拜時何用頻偷眼，未必泥人解點頭。"又行軍司馬向僕射瓚《詠乘煙觀蔣鍊師》——蔣甚偉，非婦人之狀[3]："怪得蹣跚不上昇，白雲蹋綻紫雲崩。龍腰鳳背猶嫌軟，須問麻姑借大鵬[4]。"又令狐祕書嶠匪唯善禮，兼有卒才，小小篇章，亦多譏調[5]。《因明慶節散後贈左右西街命服僧玄》詩[6]曰："却羨僧門與道門，元年今日紫衣新[7]。可憐州縣袮評事，盡向荷衣老却身[8]。"又《詠有年官健》曰："六十休論少壯時，尉遲功業擬奚為[9]。高聲念佛尋街者，盡是拘停老健兒[10]。”

［1］雲從，學海本闕。

［2］淫祀，《禮記·曲禮下》：“非其所祭而祭之，名曰淫祀。”孫希旦集解：“淫，過也。或其神不在祀典，如宋襄公祭次睢之社；或越分而祭，如魯季氏之旅泰山，皆淫祀也。”此處指為求富貴，不管哪路神仙，逢著就拜。

［3］行軍司馬，始建於三國魏元帝咸熙元年（264），職務相當於軍諮祭酒。至唐代在出征將帥及節度使下皆置此職，類今之參謀長。《新唐書·百官志》：“行軍司馬，掌弼戎政。居則習蒐狩，有役則申戰守之法，器械、糧糒、軍籍、賜予皆專焉。”

向僕射瓚，詳見《十國春秋·前蜀·向瓚傳》。

鍊師，道姑。陸心源《皕宋樓藏書志》卷二六引吳焯手跋云：“鍊師者，女冠之稱，非道流通稱。讀此亦可證後來沿襲之誤。”

非，學海本作“作”，誤。按，學海本作“作”，蓋因視“鍊師”為導流之通稱。此處譏誚蔣鍊師雖為婦人卻有男人之威儀。

［4］麻姑，舊題葛洪《神仙傳》卷三之“王遠”條有記載，但不見其座駕為大鵬或馴養有大鵬之事。按，宋鄭文寶《南唐近事》卷二言廬山九天使者廟有道士一天見兩隻白鶴從天而降，以為是上天派使者迎接他升天成仙，於是抓住白鶴勉强踩到白鶴背上，結果把白鶴壓死了，處士陳沆聞之，作絶句以諷刺之：“啗肉先生欲上升，黄雲踏破紫雲崩。龍腰鶴背無多力，傳語麻姑借大鵬。”二人所述詩文頗類，蓋小説家轉相比附也。

［5］禮，鮑本作“札”，誤，據學海本、崇文本改。按，《重修玉篇·示部》：“禮，力底切，體也，理也。礼，古文。”則“礼”為“禮”之古文，他本作“禮”或因“礼”、“札”形近而誤。善札當指文筆佳，善為筆札。

卒，學津本、學海本、崇文本作“辨”。按，作“卒才”不知何義，作“辨才”者，“辨”通“辯”，指有能説會道的好口才，或當從學津本等。然不知致誤之由，故不妄改鮑本。

令狐祕書嶠，詳見《十國春秋·前蜀·令狐嶠傳》。

［6］明慶節，後蜀後主王衍的生日。《十國春秋·後蜀·後主紀》："（王衍）以誕生日為明慶節，帝幸佛寺，散香。"

［7］元年，即王衍廣政元年，公元938年。

［8］祁評事，於此處義甚費解，四庫本作"祈禳事"，或是。後文之荷衣本指高人、隱士之衣，如《楚辭·九歌·少司命》："荷衣兮蕙帶，儵而來兮忽而逝。"此處與前之"紫衣"為對，當指普通老百姓的粗布衣服，或以其色如乾枯之荷葉而稱之也。則此詩諷刺王衍，言因明慶節而大肆賞賜僧道華麗的衣服，哪知道那些進入寺觀祈禱的老百姓，祇是要求一輩子都有著粗布衣服穿！

［9］尉遲，此處或指唐初名將尉遲敬德，其曾協助李世民掃平群雄登上帝位，在玄武門事變中起了關鍵作用。詳見《舊唐書·尉遲敬德傳》。

［10］拘停，指不為軍隊所用。

## 斥亂常

賓貢李珣，字德潤，本蜀中土生波斯也[1]。少小苦心，屢稱賓貢，所吟詩句往往動人。尹校書鶚者，錦城煙月之士[2]。與李生常為善友，遽因戲遇嘲之，李生文章掃地而盡。詩曰："異域從來不亂常，李波斯强學文章。假饒折得東堂桂，胡臭薰來也不香[3]。"

［1］賓貢，他國推舉而來之賢者。《宋史·外國傳·高麗》："貢士三等，王城曰土貢，郡邑曰鄉貢，他國人曰賓貢。"

李珣，五代時人，詳見《十國春秋·前蜀·李珣傳》。

［2］尹鶚，五代時人，詳見《十國春秋·前蜀·尹鶚傳》。

［3］東堂桂，科舉及第之謂也。《晉書·郤詵傳》載："（郤詵）以對策上第，拜議郎。……累遷雍州刺史。武帝於東堂會送，問詵曰：'卿自以為何

如?’詵對曰：‘臣舉賢良對策，為天下第一，猶桂林之一枝，崑山之片玉。’帝笑。侍中奏免詵官。帝曰：‘吾與之戲耳，不足怪也。’”齊己《贈孫生》詩：“待折東堂桂，歸來更苦辛。”

胡臭，狐臭之謂也。據陳寅恪先生《胡臭與胡臭》一文考證，謂“腋氣本由西胡種人得名”。而李珣乃波斯種人，故統謂之胡。此處尹鶚以詩戲之，因其出自胡人，故云“胡臭薰來也不香”。

## 許墓靈

《左傳》：神降於莘有神人聲似接人。惠王問諸内史曰：“是何故也?”對曰：“國之將興，明神降之，監其德也。國之將亡，神又降之，觀其惡也。故得神以興，亦又以亡[1]。”王蜀太祖與晉太師暉共為契友，悉生許下，長而貧乏，姓名無聞[2]。潛攻許昌縣民家。事發，太祖與晉俱遁武陽縣名古墓中[3]。是時潁川設無遮齋會，至夜有數人呼墓曰：“潁川大會，得無同行[4]?”俄聞墓中應之曰：“蜀王在此，不得相隨。”太祖與晉祇聞其聲，不見其人，則莫知蜀王誰是[5]。晉謂太祖曰：“八哥識遠謀，大小子所不能及。”太祖忻然稱讓，但懷内喜[6]。

[1] 神降於莘，事見《左傳·莊公三十二年》，此段文字與《左傳》原文小異。

[2] 契，鮑本作“恶”，據學津本、學海本、崇文本改。

王蜀太祖，指王建，陳州項城（今河南沈州縣）人，《舊五代史》有傳。

晉暉，詳見《十國春秋·前蜀·晉暉傳》。

許下，即許昌縣，在今河南許昌市東。

[3] 武陽縣，所指不一，據時間和地理位置來看，當指北魏時改東武陽

縣而置之武陽，治所在今山東莘縣西南之朝城。五代唐時復改名朝城。

［4］川，學海本作“州”。

潁川，在今河南登封縣東，潁水以北。

無遮齋會，佛教以佈施為主要內容之法會，每五年一次。無遮，指寬容一切，解脫諸惡，不分貴賤、僧俗、智愚、善惡，一律平等看待。《梁書·武帝紀》：“［中大通元年九月］癸巳，輿駕幸同泰寺，設四部無遮大會，因捨身。公卿以下，以錢一億萬奉贖。”

［5］聲，學津本、學海本、崇文本作“說”。

［6］忻（xīn）然，喜悅愉快貌。《史記·周本紀》：“姜原出野，見巨人跡，心忻然說，欲踐之，踐之而身動如孕者。”

良久，看會鬼迴，謂墓鬼曰：“知此有客，今將飯三分來，內二分獻王，一分獻公。”墓中窸窣，似有人承接[1]。飯三分，各在太祖及晉前[2]。雖馨香不殊，而太祖前品味頗異。謂太祖曰：“祇此是御飯矣。”二人潛笑。既脫斯難，因隨黃巢，各為將領而已矣。太祖自利、閬舉兵收蜀，勛業既大，遂封蜀王，晉亦終於太師[3]。是知武陽墓鬼通靈，先知公王者也。

［1］窸窣（xīsū），象聲詞。形容輕微細碎之聲。杜甫《自京赴奉先縣詠懷五百字》：“河梁幸未拆，枝撑聲窸窣。”

［2］三，鮑本作“二”，據學津本改。

各，學津本作“擱”；學海本作“閣”。

［3］利、閬舉兵，《舊五代史·僭偽傳·王建傳》：“（王）建不安其郡，因招合溪洞豪猾，有衆八千，寇閬州，陷之；復攻利州，刺史王珙棄城而去。”利州即今四川廣元市，閬州即今四川閬中市。

晉，學海本、崇文本前有“而”字。

## 輕薄鑒

前蜀馮大夫涓恃其學富，所為輕薄[1]。然於清苦直諫，比諷箴規，章奏悉於教化[2]，所著文章迴超群品，諸儒稱之為大手筆矣。王蜀太祖問擊檜之戲，剏自誰人[3]？大夫對曰：丘八所置。上為大笑。又與相座王司空鍇等小酌，巡"故"字[4]令。鍇舉一字三呼，兩物相似[5]。鍇令曰："樂樂樂，冷淘似餺飥[6]。"涓曰："已已已，驢糞似馬屎。"合座大咍[7]。涓獨不笑。但仰視長嘯而已。凡所舉措，譏誚多如此焉[8]。太祖為蜀王時，方搆大業，莫不賦輿增益，轉運煩苛，百姓困窮，無敢言者[9]。因太祖生辰，大夫獨獻一謌[10]。先紀王功，後陳生聚[11]。太祖曰："如卿忠讜，寡人王業何憂。"遂賜黃金十斤，以旌禮諫[12]。於是徭役稍減矣。

［1］馮涓，唐末五代人，字信之，登唐大中四年宏辭科進士。昭宗時官祠部郎中，擢眉州刺史。王建分藩西川，表涓為節度判官。詳見《十國春秋·前蜀·馮涓傳》。

［2］悉於，崇文本作"悉合"。

［3］蜀，鮑本闕，據學海本、崇文本補。檜，崇文本作"擒"。

按，擊檜，疑當作"擊拂"，見"瑞應讖"條注，為擊鞠之戲。古代一種在馬上打球的運動，古時多用來練兵，以强健士兵體魄，故下文所答"丘八所置"。

［4］王鍇，唐末五代人，詳見《十國春秋·前蜀·王鍇傳》。

［5］鍇，學海本、四庫本作"錯"。

［6］冷淘，古時之一種麵食。杜甫有《槐葉冷淘》詩。仇兆鼇注："朱曰：以槐葉汁和麪為冷淘。"王溥《唐會要·光祿寺》："冬月，量造湯餅及黍

臛，夏月冷淘、粉粥、棗、栗、茘支、桃、梨、榴、柑、柿等。”

餺飥，湯餅之別名。賈思勰《齊民要術·餅法·水引餺飩法》：“餺飥，挼如大指許，二寸一斷，著水盆中浸。宜以手向盆旁挼使極薄，皆急火逐沸熟煮。非直光白可愛，亦自滑美殊常。”宋歐陽修《歸田錄》卷二：“湯餅，唐人謂之‘不託’，今俗謂之餺飥矣。”

[7] 咍，學海本、崇文本作“嗤”。按，作“譏笑”義講，二者同。

[8] 措，學海本、崇文本作“指”。

[9] 輿，學海本、崇文本作“役”。

賦輿，此謂賦稅。《全唐文》卷八二五黃滔《大唐福州報恩定光多寶塔碑記》：“二之年，陳耒耜，均賦輿。”

[10] 謌，同歌。《玉篇·言部》：“謌，亦作歌。”《史記·孟嘗君傳》：“馮驩彈劍而謌。”

[11] 生聚，學海本、崇文本作“衆困”。按，據前“百姓困窮，無敢言者”及後文“如卿忠讜”，作“衆困”佳。

生聚，謂人力財力之生殖積聚。《左傳·哀公元年》：“（伍員）退而告人曰：‘越十年生聚，而十年教訓，二十年之外，吳其為沼乎！’”杜預注：“生民聚財，富而後教之。”《梁書·賀琛傳》：“擾其民而欲求生聚殷阜，不可得矣。”

[12]“諫”上學海本、崇文本有一“諷”字。

議者以君臣道合，黎庶泰來。苟非明王，何以採納。《生日謌》略云：“百姓富，軍食足，百姓足，軍民歡。爭那生靈飢且寒，吾王有術應不難[1]。但令一斗徵一斗，自然百姓富於官。”大夫又著《檄龍文》、《大蟲牓》、《嶮竿歌》，無非比諷，為世所稱。文字繁云，不復盡錄[2]。《嶮竿謌》云：“山險驚摧車，水嶮怕覆舟。奈何平地不肎立，沿上百尺高竿頭[3]。我不知爾是人耶猿耶復猱耶？教我見爾為爾長嘆嗟。我聞孝子不許國，我聞忠臣不憂家。爾即輕命重黄金，忠孝全虧徒爾誇。常將嶮藝悦君目，終日貪心媚君祿。百尺高竿百度沿，一足參差一家哭[4]。嶮竿兒，聽我語，更有嶮竿嶮於汝。解從上處失君恩，落向天涯海邊去。嶮竿兒，爾須知，嶮處欲往宜爾思[5]。上得欲下下不得，我謂此輩嶮於嶮竿兒。"

［1］王，學海本作"上"。"應不難"下學海本多"應不難"三字。

［2］云，學津本、學海本、崇文本作"多"。按，作"多"佳。

［3］肎，同"肯"。《玉篇·肉部》："肎，可也。今作肯。"《書·多方》："有夏誕厥逸，不肎慼言於民。"

嶮竿，即險竿，雜技名。爬上高竿，並在高竿上做各種雜技表演。唐顧況《險竿歌》："宛陵女儿擘飛手，長竿横空上下走。已能輕險若平地，豈肯身為一家婦。宛陵將士天下雄，一下定卻長稍弓。翻身掛影恣騰蹋，反綰頭髻盤旋風。盤旋風，撇飛鳥，驚猨繞，樹枝裹。頭上打鼓不聞時，手蹉脚跌蜘蛛絲，忽雷掣斷流星尾，矐睒划破蚩尤旗。若不隨仙作仙女，即應嫁賊生賊兒。中丞方略通變化，外戶不扃從女嫁。"唐柳曾《險竿行》："山險驚摧輈，水險能覆舟。奈何平地不肯立，走上百尺高竿頭。我不知爾是人耶復猱耶，使我為爾長嘆嗟。我聞孝子不許國，忠臣不愛家。爾今輕命重黄金，忠孝兩虧徒爾夸。始以險技悦君目，終以貪心媚君祿。百尺高竿百度緣，一足參差一家哭。險竿兒，听我語，更有險徒險於汝。重於權者失君恩，落向天涯海邊去。險竿兒，爾須知，險途欲往爾可思。上得不下下不得，我謂此輩險於險竿兒。"

按，此處錄馮涓《嶮竿歌》，其文與柳曾之《險竿行》略無分別，當是作者誤舉。

［4］沿，學海本作"松"。

［5］處，學津本作"去"。

## 危亂黜

昭宗之代，張拾遺道古因貢《五危二亂表》，敘興廢之事，遂黜於蜀[1]。時王太祖辟為安撫判官，張所為古僻，不徇時情，遂在導江縣名賣卜遣日[2]。及太祖登極，每思其賢，遣使詔之，屢徵不起。復上章疏，詞旨是非。帝遂誅之，瘞於五墓之地[3]。鄭雲叟在華山聞之，吟詩哭曰[4]："曾陳章疏忤昭皇，撲落西南事可傷[5]。豈使諫臣終屈辱，直疑天道惡忠良。生前賣卜居三蜀，死後馳名徧大唐。誰是亂來脩史者，說君須到筆頭忙。"又西岳僧貫休哭之曰[6]："清河逝水太忩忩，東觀無人失至公[7]。天上君恩三載隔，鏡中鸞影一時空妻亦尋卒[8]。塵生苦霧蒼茫外，門掩諸孤寂寞中[9]。惆悵斯人又如此，一聲羌笛滿江風[10]。"據《禪月詩集》中，此詩乃哭涪州張侍郎，非張拾遺，何光遠錯舉證也[11]。

[1] 張道古，《新唐書·藝文志》"張道古兵論一卷"注云："字子美，景福進士第。"另，張道古上《五危二亂表》亦見於《資治通鑒·昭宗乾寧四年》："右拾遺張道古上疏，稱國家有五危二亂：'昔漢文帝即位，未幾明習國家事。今陛下登極已十年，而曾不知為君馭臣之道。太宗内安中原，外開四夷，海表之國莫不入臣。今先朝封域日蹙幾盡，臣雖微賤，竊傷陛下朝廷社稷始為奸臣所弄，終為賊臣所有也。'上怒，貶道古施州司戶，仍下詔罪狀道古，宣示諫官。道古，青州人也。"

[2] 遂，學津本作"逐"。

王太祖辟為安撫判官，《舊五代史·僭偽傳·王建傳》："明年春，制授檢校太傅、成都尹、西川節度副大使知節度事、管内觀察處置、雲南八國招撫等使，時龍紀元年也。"

導江縣，今都江堰市東。

［3］五墓之地，明萬民英《三命通會》卷一一："八孤五墓，為僧道破祖飄蓬孤獨人。"注云："五墓多為破祖孤獨飄蓬之人，九流之命。"則五墓之地指古人認為專門埋葬孤獨飄蓬之人的風水不好的地方。

［4］鄭雲叟，詳見《舊五代史·晉書·鄭雲叟傳》。

［5］揆，學海本作"帝"。

［6］貫休，詳見《十國春秋·前蜀·僧貫休傳》。

［7］忩，《廣韻·東韻》："怱，速也。倉紅切。十五。忩，俗。"則"忩"為"怱"之俗字。

東觀，東漢洛陽南宮內觀名。明帝詔班固等修撰《漢記》於此，書成名為《東觀漢記》。章、和二帝時為皇宮藏書之府。後因以稱國史修撰之所。

［8］鸞影，比喻女子身影。唐顧況《晉公魏國夫人柳氏挽歌》："魚軒海上遙，鸞影月中銷。"

［9］門掩諸孤寂寞中，四庫本《禪月集》、《全唐詩》、宋計有功《唐詩紀事》等皆作"門掩寒雲寂寞中"，按，寒雲與苦霧為對，當作寒雲。

［10］羌笛，《禪月集》、《全唐詩》、《唐詩紀事》等作"蠻笛"。

［11］此條注釋，不知出自何人之手，但四庫本《禪月集》及《全唐詩》、《唐詩紀事》等皆云此詩乃貫休哭張道古之作，知此注非是。

## 得夫地

王蜀普慈公主出降秦州節度使李中令繼崇，即秦王茂貞之猶子也[1]。初，王太祖欲興師取天水[2]，而計未成。因問大夫馮涓，涓對曰："臣聞興師者，殘兵力，虛府庫，弊群畜，損弓甲，壞桑農，棄德義[3]，興詐偽。故損國害人，莫先於用兵也。方今梁王朱全忠霸盛[4]，强據兩京，料其先取河東。河東，梁之敵國也，勢不兩立[5]。儻一虎為雄，率天下之衆一舉西來，縱葛亮重生，五丁復出，無以泥封大散，石鏁劒門[6]。今秦庭實蜀之巨屏也，去其屏，窺見庭館焉。莫若與秦王和親，稍稍以麻布茗草給之。不傷於大義，濟之以小利。蜀但訓兵秣馬，固敵料强，足可以保天祿於三川，固子孫於萬葉[7]。潛令公主探其機密，窺彼室家，俟便攻之，一舉而獲可也[8]。"帝曰："甚善。"

[1] 普慈公主，詳見《十國春秋・前蜀・普慈公主傳》。

秦王茂貞，詳見《舊五代史・世襲傳・李茂貞傳》。

猶子，謂從子，即侄子之謂也。《禮記・檀弓上》："喪服，兄弟之子猶子也，蓋引而進之也。"任昉《為齊明帝讓宣城郡公第一表》："太祖高皇帝篤猶子之愛，降家人之慈；世祖武帝情等布衣，寄深同氣。"

[2] 天水，學海本作"天下"。按，據後文紀事，當為"天水"，作"天下"者誤。

[3] 壞桑農，棄德義，鮑本作"攘農桑，動德義"，據學海本、崇文本改。

[4] 朱全忠，姓朱，諱晃，本名溫，宋州碭山人。僖宗時詔授左金吾衛大將軍充河中行營副招討使，仍賜名全忠。五代後梁太祖。詳見《舊五代史・梁書・太祖紀》。

[5] 勢，學海本、崇文本作"其勢"。

[6] 虎，學海本作"處"。

舉，崇文本其下有"而"字。

縱，學海本、崇文本作"雖"。

五丁，傳說古蜀之大力士。《華陽國志》卷三："[開明] 時蜀有五丁力士，能移山，舉萬鈞，每王薨，輒立大石長三丈重千鈞為墓志。"

大散，指大散關。在寶雞市南。

石，學海本作"萬"，誤。

鏁，鎖之俗字。《廣韻·果韻》："鎖，鐵鎖也。俗作'鏁'，蘇果切。"

［7］蜀，學海本其上有"而"字。

［8］獲可，學津本作"後可"，學海本作"穫"。

是時秦王遣使求親，遂以普慈公主而許之[1]。於是成其姻好。公主出降也，小宮一帑之資以為粧奩服玩之飾，而導從華麗，已逾千里[2]。秦王以隴右之地貧薄，不産絲麻，請西向稱臣，希六萬衆春冬之賜。太祖又用馮涓之計，許之茶布，請自備人力而迎。秦王大喜，率强丁及驢馬悉遣入蜀般取[3]。其來也，載青鹽紫草，蜀得其厚利焉[4]。其去也，載白布黄茶，秦得麄貨矣。每來駐泊周歲而還，閣道崎嶇，江溪壅滯，人畜疲乏，踣臥道塗。是時，秦卒太半不還，遂止西來之役[5]。

［1］而，學津本闕。

［2］主，學海本、崇文本其下有"之"字。

小，學海本作"內"。

飾，學海本、崇文本作"設"。

［3］取，學津本作"拔"；學海本作"役"。

［4］青鹽，鹽之屬，出秦、隴及川蜀之鹽井、鹽池，大而青白，故名。庾信《周太子太保步陸逞神道碑》："其為郡也，惟取赤土封書；其為州也，惟以青鹽換粟。"《元和郡縣圖志·關內道·夏州朔方縣》："（什賁故城）城西南有二鹽池，大而青白，青者名曰青鹽，一名戎，入藥分也。"

紫草，亦名茈草。古時多以此染色。《爾雅翼·釋草》："茈草，《釋草》云：'藐，茈草。'郭氏曰：'可以染紫，一名茈莀。'《說文》亦曰：'茈藐，紫草。'蓋茈即紫也，以其可染紫，故名茈。"

［5］卒，學海本無。

李駙馬繼崇久鎮天水，與季父秦王常持兩端。普慈公主密使閹人宋内侍光嗣絹書封事而達太祖，備述駙馬常驕矜，每多沈湎[1]。或淫誅嬖妾，或醉害賢良，兵力方微，民心思亂，願歸侍省，免死危邦。事達宸聰，六宮慟哭[2]。太祖遂許以后薨，遣使暫迎公主。公主既至，不復歸秦。蜀遣大將軍許太師宗播將兵五萬，與秦人戰於金沙地名，秦人大敗[3]。於是獲其城邑，遂迎駙馬，及降無敵王劉知俊，並戰將郭守遷、郭守存、李彦德、聶璜、孫禮、陳彦詞、毛昌業、邵雲等五十餘員大將[4]。馬三千餘匹，兵士九千，戶六萬悉歸於蜀。至同光三年，秦賓後唐，蜀遂亡國，蜀咸康元年是唐同光三年。是無巨屏矣[5]。乃知馮君之口，信不虚開矣。

[1] 太祖，鮑本作“太子”，據學海本、崇文本改。

宋光嗣，福州人，宦官，唐末侍奉昭宗女普寧公主。後隨公主至成都，前蜀高祖留為閉門南院使。前蜀高祖光天元年（918），轉宣徽南院使。前蜀高祖臨終時，進樞密使，受顧命輔佐前蜀後主王衍。前蜀後主即位後，以其判態軍諸衛事。其後柄國政七年，與權宦上下行私，多所朋比，政事日衰。前蜀後主成康元年（925），後唐軍入蜀。宋光嗣為王宗弼所殺。詳見《十國春秋·前蜀·宋光嗣傳》。

[2] 宸聰，謂帝王之聽聞。白居易《與元九書》：“僕當此日，擢在翰林，身是諫官，月請諫紙，啓奏之外，有可以救濟人病，裨補時闕，而難以指言者，輒詠歌之，欲稍稍遞進聞於上，上以廣宸聰，副憂勤；次以酬恩獎，塞言責；下以復吾平生之志。”

[3] 許宗播，唐末五代時人，詳見《十國春秋·前蜀·王宗播傳》。

[4] 劉知俊，詳見《舊五代史·梁書·劉知俊傳》。

戰將，學海本、崇文本、四庫本作“戰俘”。按，其後亦有“大將”一詞，則此處作“戰俘”佳。

李彦德，五代時人，詳見《十國春秋·前蜀·李彦德傳》。其餘諸將事跡不可考也。

大將，學津本作“大踏”，則當與下句“馬”字連成一詞，然無大踏馬一詞，故不從學津本。

［5］秦，學海本作“泰”，誤。

無，學海本、崇文本作“去”。

# 【鑒誡録卷五】

## 徐后事

《左傳·昭公二十八年》：叔向之母曰："子靈之妻殺三大夫、陳御叔、楚襄老、申公子靈是三大夫。一君、一子，君，靈公也；一子，徵舒。而亡一國、兩卿矣，孔寧、行儀父。可無懲乎[1]？吾聞之：'甚美，必有甚惡[2]。'"此《春秋》為深誡矣。前蜀徐公耕二女美而奇艷，初，太祖搜求國色，亦不知徐公有女焉[3]。徐寫其女真以惑太祖[4]。太祖遂納之，各有子焉。長曰翊聖太妃，生彭王；次曰順聖太后，生後主[5]。後主性多狂率，不守宗祧，頻歲省方[6]。政歸國母，多行教令，婬戮重臣。頃者，姊妹以巡遊聖境為名，恣風月煙花之性，駕輜軿於緑野，擁金翠於青山，倍役生靈，頗銷經費[7]。凡經過之所，宴寢之宫，悉有篇章刋於玉石[8]。自秦漢以來，妃后省巡，未有富貴如玆之盛者也。

［1］子靈之妻殺三大夫，按，“三大夫”當作“三夫”，夾注之“三大夫”亦如是。楊伯峻《春秋左傳注·昭公二十八年》云：“子靈即巫臣，其妻即夏姬。成二年《傳》巫臣謂夏姬‘夭子蠻，殺御叔’，則子蠻是其初嫁夫，御叔是其再嫁夫，巫臣則其三嫁夫。”

楚襄老，鮑本作“茹襄老”，誤。據學海本、崇文本改。按，楚襄老即連尹襄老，《春秋左傳注·成公二年》云，楚國討伐陳夏氏，楚莊王欲納夏姬，申公巫臣諫止之，莊王放棄此念後，子反又欲取之，巫臣復諫止之，子反放棄後，莊王賜夏姬於連尹襄老，連尹襄老死後，巫臣聘夏姬為妻。

申公子靈是三大夫，學海本、崇文本作“申公巫臣”。

君，靈公也；一子，徵舒，崇文本作“君，靈公；徵舒”。按，靈公指陳靈公，徵舒指夏姬的兒子夏徵舒。

行儀父，鮑本無“行”字，據學海本、崇文本即《左傳》補。

［2］甚美，學海本、崇文本作“甚美者”。按，《左傳》無此“者”字。

［3］徐耕，《資治通鑒·唐昭宗大順二年》：“内外都指揮使眉州刺史成都徐耕性仁恕，所全活數千人。”

［4］徐，學海本作“徐公”。

［5］關於太祖納二女事，宋張唐英《蜀檮杌》卷上云：“徐氏父名耕，成都人，生二女皆有國色。耕教為詩，有藻思。耕家甚貧，有相者謂之曰：‘公不久當大富貴。’耕因使相其二女。相者曰：‘青城山有王氣，每夜徹天者一紀矣。不十年後有真人乘運，此二子當作妃后。君之貴由二女致也。’及建入城，聞有姿色，納於後房。姊生彭王，妹生衍。建即位，姊為淑妃，妹為貴妃，耕為驃騎大將軍。衍即位，册貴妃為順聖太后，淑妃為翊聖太妃。”衍即後主王衍。

［6］宗祧，即宗廟。《左傳·襄公二十三年》：“紇不佞，失守宗祧，敢告不吊。紇之罪，不及不祀。”杜預注：“遠祖廟為祧。”

省方，巡視四方。《易·觀·象傳》：“觀，先王以省方觀民設教。”孔穎達正義：“省視萬方，觀看民之風俗以設於教，非諸侯之所為，故云‘先王’也。”

[7] 聖，學海本、崇文本作“勝”。

輜軿，有布幔遮罩之車。《資治通鑒·晉孝武帝太元十一年》：“秦主登立世祖神主於軍中，載以輜軿，建黄旗青蓋，以虎賁三百人衛之，凡所欲為，必啓主而後行。”胡三省注：“車四面有遮罩者曰輜軿。”

野，學海本作“草”。

頗銷，學海本、崇文本作“頻增”。

[8] 刋於玉石，學海本、崇文本作“刻於立石”。

刋，“刊”之訛字。《字彙·刀部》：“刋，俗為雕刊字，誤。”

順聖皇太后《題青城丈人觀》云[1]：“早與元妃慕至玄，同躋靈岳訪真仙。當時信有壺中境，此日親來洞裏天[2]。儀仗影交寥廓外，金絲聲揭翠微巔。唯慚未致華胥理，徒祝昇平卜萬年[3]。”翊聖皇太妃繼曰：“獲陪翠輦喜殊常，同陟仙程豈厭長。不羨乘鸞入烟霧，此中便是五雲鄉[4]。”順聖又《題謁丈人觀先帝聖容》云[5]：“舜帝歸梧野，躬來謁聖顔[6]。旋登三境路，似陟九疑山[7]。日照堆嵐迥，雲横積翠開。期修封禪禮，方俟再躋攀[8]。”翊聖繼曰：“共謁御容儀，還同在禁闈。笙篁喧寶殿，綵仗耀金徽。清淚沾羅袂，紅霞拂繡衣。九疑山水遠，無路繼湘妃[9]。”

[1] 青城丈人觀，《資治通鑒·後唐莊宗同光二年》：“九月，蜀主與太后、太妃遊青城山，歷丈人觀、上清宫。青城山在蜀州青城縣北三十三里。杜光庭曰：‘岷山連峰接岫，千里不絶，青城山乃第一峰也。’丈人觀在青城北二十里，上清宫在高臺山丈人祠之側。高臺山在岷山，上有天池。晉朝立天宫於上，號上清宫。遂至彭州陽平化、彭州濛陽縣北四十里有葛仙山，二十四化之第五化也。漢州三學山而還。”

[2] 壺中，傳説東漢費長房為市掾時，市中有老翁賣藥，懸一壺於肆頭，市罷，跳入壺中。長房於樓上見之，知為非常人。次日復詣翁，翁與俱入壺

中，唯見玉堂嚴麗，旨酒甘肴盈衍其中，共飲畢而出。事見《後漢書·方術傳·費長房》。後即以壺中謂仙境、勝境。

洞裏天，即洞天，道教稱神仙的居處，意謂洞中别有天地。後常泛指風景勝地。唐陳子昂《送中嶽二三真人序》："楊仙翁玄默洞天，賈上士幽棲牝谷。"

［3］華胥，《列子·黄帝》："（黄帝）晝寢，而夢遊於華胥氏之國。華胥氏之國在弇州之西，台州之北，不知斯齊國幾千萬里。蓋非舟車足力之所及，神遊而已。其國無帥長，自然而已；其民無嗜欲，自然而已……黄帝既寤，怡然自得。"後用以指理想之安樂和平之境。此聯説順聖皇太后很慚愧沒有辦法讓蜀國達到華胥國之盛世景象，祇能虔心祈禱蜀國萬世太平。

［4］乘鸞，即乘鳳成仙。傳説春秋時秦有蕭史善吹簫，穆公女弄玉慕之，穆公遂以女妻之。史教玉學簫作鳳鳴聲，後鳳凰飛止其家，穆公為作鳳台。一日，夫婦俱乘鳳凰升天而去。見漢劉向《列仙傳》。

五雲鄉，指神仙居住之地方，仙境。五雲指五色祥雲，神仙居住之所有五色祥雲，故以五雲鄉指仙境。

［5］先，學海本無。

［6］舜帝歸梧野，舜，姚姓，有虞氏，名重華，史稱虞舜或舜。相傳受堯禪讓，後禪位於禹，死在蒼梧。參閲《書·堯典》、《史記·五帝本紀》。

［7］境，學海本、崇文本作"徑"。按，三境指道教"玉清、上清、太清"三清境，三徑指隱士所居之處，作"三境"是。

九疑山，即九嶷山，又名蒼梧山，在湖南永州市寧遠縣境内，《史記·五帝本紀》："舜南巡崩於蒼梧之野，葬於江南九嶷。"

［8］封禪禮，古代帝王祭天地之大典。在泰山上築土為壇，報天之功，稱封；在泰山下之梁父山上辟場祭地，報地之德，稱禪。《史記·封禪書》："自古受命帝王，曷嘗不封禪。"據此聯，則蜀國若行封禪禮，當是在青城山，與古代慣例不同。

［9］九疑山水遠，無路繼湘妃，傳説中舜死於蒼梧山後，其妃娥皇、女英曾追尋至湘水，後二妃死，為湘妃。

順聖又《題玄都觀》云[1]：“千尋緑嶂夾流溪，登眺因知衆岳低[2]。瀑布迸舂青石碎，輪茵横翦翠峰齊[3]。步黏苔蘚龍橋滑，目閃煙嵐鳥徑迷[4]。莫道穹天無路到，此山便是碧雲梯。”翊聖和：“登尋丹壑到玄都，接日紅霞照座隅[5]。即向周迴岩上看，似開曾進畫圖無[6]。”順聖又《題金華宫》云：“再到金華頂，玄都訪道迴。雲披分景象，黛斂顯樓臺[7]。雨滌前山浄，風吹去路開。翠屏夾流水，何必羨蓬萊。”翊聖繼曰：“蒼煙紅霧撲人衣，宿露沾苔石徑危[8]。風巧解吹松上蝶，體嬌頻採臉邊脂[9]。同尋僻境思攜手，暗指遥山學畫眉。好把身心清浄處，角冠霞帔事希夷[10]。”

[1] 玄都觀，明曹學佺《蜀中廣記》卷一〇二：“徐翈，成都人，生二女，皆國色。教之為詩，有藻思。王建入蜀，聞之，納於後房，生衍。及衍嗣位，尊為太后、太妃，同衍禱青城山，遊丈人觀、玄都觀、金華宫、丹景山、至德寺，各有倡和詩刻石。”

[2] 千尋，尋，古代長度單位。一般為八尺。《詩·魯頌·閟宫》：“是斷是度，是尋是尺。”鄭玄箋：“八尺曰尋。”千尋，此處為虚指，形容山高。

夾流溪，學海本作“奔流峻”。

[3] 輪茵，茵，成片之嫩草，唐段成式《和徐商賀盧員外賜緋》：“莫辭倒載吟歸去，看欲東山又吐茵。”輪茵者，蓋謂大片的嫩草。

[4] 苔，學海本作“茗”，形近而誤。

龍橋，所指甚夥，據後之“鳥徑”來看，恐非實指。或因橋如長龍、臥龍而稱之。

閃，學海本作“閉”。按，作“閉”佳。

鳥徑，指險絶之山間小徑。唐杜荀鶴《遊茅山》：“步步入山門，仙家鳥徑分。”

[5] 丹，原作“舟”，據學海本、崇文本改。按，丹指南方。古代五行説

以五色配五方，南方屬火，火色丹，故稱。《雲笈七籤》卷六三：“丹者，南方之異名。”故有“丹野”指南方之野，如陸雲《盛德頌》：“神母哀號，厎命丹野。”又有“丹冥”，《文選·張協〈七命〉》：“丹冥投烽，青徼釋警。”李善注：“丹，南方朱冥也。”張銑注：“丹冥，南方遠處，謂蜀也。”丹壑與之類似。舟壑者，《庄子·大宗师》：“夫藏舟於壑，藏山於澤，謂之固矣。然而夜半有力者負之而走，昧者不知也。”後借舟壑指世事，於此文意不合。且“丹壑”與“紅霞”為對，故改之。

［6］似開曾進畫圖無，“開”，四庫本作“聞”，《全唐詩》、《五代詩話》作“看”，或作“看”是。

［7］黛，青黑色，此處指青霧。

［8］蒼，學海本、崇文本作“曉”。按，曉煙與宿露為對，作“曉”佳。

［9］蝶，學津本、學海本、崇文本作“笛”。按，作“蝶”佳，一者無人掛笛於松上，二者風吹風鈴尚可，吹響笛子恐不現實，就整個這一聯來看，青松、粉腮皆天然素净之物，蝶、脂為其點綴裝飾也，故作“蝶”佳。

採，學海本作“抹”。按，作“抹”是。

［10］角冠，道冠。唐張蕭遠《送宮人入道》詩：“師主與收珠翠後，君王看戴角冠時。”

霞帔，《新唐書·司馬承禎傳》：“（司馬承禎）對曰：‘國猶身也，故遊心於淡，合氣於漠，與物自然而無私焉，而天下治。’帝嗟味曰：‘廣成之言也。’錫寶琴、霞紋帔，還之。”後遂以“霞帔”稱道士服。

希夷，《老子道德經·贊玄》：“視之不見名曰夷，聽之不聞名曰希。”河上公章句：“無色曰夷，言一無采色不可得視而見之；無聲曰希，言一無音聲不可得聽而聞之。”後因以“希夷”指虛寂玄妙。此處指道術。

順聖又《題丹景山至德寺》云：“周迴雲水遊丹景，因與真妃眺上方。晴日曉昇金照耀，寒泉夜落玉丁當。松梢月轉禽棲影，栢徑風牽麝食香。虔揲六銖冥禱祝，唯期祚歷保遐昌[1]。”翊聖繼曰：“丹景山頭宿梵宮，玉軒金輅駐遥空。軍持無水注寒碧，蘭若有花開晚紅[2]。武士盡排青嶂下，内人皆在講筵中。我家帝子專王業，積善終期四海同[3]。”順聖又《題彭州陽平化》云[4]：“尋真遊勝境，巡禮到陽平。水逺波瀾碧，山高氣象清。殿嚴孫氏號，碑暗祖師名[5]。夜醮古壇月，松風森磬聲。”翊聖繼曰：“雲浮翠輦届陽平，直似驂鸞至上清。風起半崖聞虎嘯，雨來當面見龍行。晚尋水澗聽松韻，夜上星壇看月明。長恐前身居此境，玉皇教向錦城生。”

[1] 褋（dié），折疊。唐劉駕《長門怨》：“閒褋舞衣歸未得，夜來砧杵六宫秋。”

六銖，指六銖衣，佛經稱忉利天衣重六銖，謂其輕而薄。見《長阿含經·世紀經·忉利天品》。後稱佛、仙之衣為“六銖衣”。

遐昌，久盛不衰。唐陳子良《隋新城郡東曹掾蕭平仲誄》序：“赤眉作梗，黄屋云亡，有媯之後，應運遐昌。”

[2] 軍持，又作君持、君遲、軍遲、軍挺、捃稚迦等。意譯為瓶、澡瓶、水瓶。僧人遊方時攜帶之，貯水以備飲用及凈手。唐賈島《訪鑒玄師侄》詩：“我有軍持憑弟子，岳陽溪裏汲寒流。”

蘭若，即阿蘭若。又作阿練茹、阿練若、阿蘭那、阿蘭攘、阿蘭拏。略稱蘭若、練若。譯為山林、荒野。指適合於出家人修行與居住之僻靜場所。後亦用以稱一般佛寺。杜甫《謁真諦寺禪師》：“蘭若山高處，煙霞嶂幾重。”

[3] 善，學海本、崇文本作“累”。

[4] 陽平化，即陽平治，清沈自南《藝林匯考·棟宇篇》卷六云：“今按，道室稱治，猶今之觀也。又奉道之室曰化，蜀有文昌二十四化，又有主簿化。化也，治也，猶今之曰宫、曰觀耳。”又《雲笈七籤》卷二八：“第一陽平治。治在蜀郡彭州九隴縣，去成都一百八十里。道由羅江水兩岐山口入，水路四十里。治道東有龍門拒守神水，二栢生其上。西南有大泉，決水歸東。治應角宿，貴人發之，治王始終。嗣師，天師子也，諱衡，字靈真。為人廣智，志節高亮，隱習仙業。漢孝靈帝徵為郎中，不就，以光和二年正月十五

日已巳於山昇仙，立治碑一雙在門，名曰嗣師治也。”

［5］號，學海本作“白”，四庫本作“句”，《五代詩話》、《全唐詩》等作“貌”。

順聖又《題漢州三學山夜看聖燈》云：“虔禱遊靈境，元妃夙志同。玉香焚静夜，銀燭炫遼空。泉漱雲根月，鐘敲檜杪風。印金標聖跡，飛石顯神功[1]。滿望天涯極，平臨日脚窮。猿來齋室上，僧集講筵中。頓覺超三界，渾疑證六通[2]。願成修偃化，社稷保延洪[3]。”翊聖繼曰：“聖燈千萬炬，旋向碧空生。細雨溼不暗，好風吹更明。磬敲金地響，僧唱梵天聲。若説無心法，此光如有情[4]。”順聖《又題天迴驛》云[5]：“周遊靈境散幽情，千里江山暫得行。所恨煙光看未足，却驅金翠入龜城[6]。”翊聖繼曰：“翠驛紅亭近玉京，夢魂猶自在青城[7]。比來出看江山境，盡被江山看出行。”

［1］標，學海本作“漂”。按，作“標”者，標榜，彰顯也，與後之“顯”對文，作“漂”誤。

［2］六通，指六神通，為佛菩薩依定慧力所示現之六種無礙自在之妙用。即：神足通、天耳通、他心通、宿命通、天眼通、漏盡智證通。

［3］修偃化，指修文偃武之教化。此聯説希望能夠達成修文偃武之太平盛世狀態，讓國家社稷永遠昌盛。

［4］法，學海本作“説”，誤。

［5］天迴驛，在今成都天回鎮。

［6］驅，學海本、崇文本作“隨”。

龜城，即龜化城，成都之别稱。晉干寶《搜神記》卷一三：“秦惠王二十七年，使張儀築成都城，屢頹。忽有大龜浮於江，至東子城東南隅而斃。儀以問巫。巫曰：‘依龜築之。’便就。故名‘龜化城’。”

［7］玉京，指帝都。唐孟郊《長安旅情》：“玉京十二樓，峨峨倚青翠。”

議者以翰墨文章之能，非婦人女子之事，所以謝女無長城之志，空振才名；班姬有團扇之詞，亦彰婬思[1]。今徐氏逞乎妖志，飾自倖臣，假以風騷，庇其遊佚，取女史一時之美，為遊人曠代之嗤[2]。唐朝興弔伐之師，遇蜀國有荒婬之主，三軍不戰，束手而降，良由子母盤遊，君臣淩替之所致也[3]。於是亡一君，後主名衍。破一國，殺九子彭王宗鼎、雅王宗輅、褒王宗紀、興王宗澤、榮王宗獻、忠王宗賢、資王宗霸，後主所生二子，長曰承祧，次曰承祀[4]。誅十臣齊王宗弼、宋光嗣、王宗渥、王宗勛、歐陽晃、景潤澄、李輅周、王承休、韓昭、蕭懷武[5]。殄滅萬家，流移百辟，其次六宮嬪御，挫紅綠於征途，十宅公王，碎金珠於逆旅[6]。子靈之室，何以比方？故興聖太子隨軍王承旨失名有《詠後主出降》詩曰[7]：“蜀朝昏主出降時，銜璧牽羊倒繫旗[8]。二十萬軍齊拱手，更無一個是男兒。”又蜀僧遠公有《傷廢國》詩曰：“樂極悲來數有涯，歌聲才歇便興嗟。牽羊廢主尋傾國，指鹿奸臣盡喪家[9]。丹禁夜凉空鏁月，後庭春老漫開花[10]。兩朝帝業都成夢，陵樹蒼蒼噪暮鴉。”

[1] 謝女，指晉安西將軍謝奕之女謝道韞，謝奕貴為將軍，雖云虎父無犬子，但謝道韞於兵法、征戰之事不甚了了，倒是才思敏捷。《晉書》本傳云：“又嘗内集，俄而雪驟下。安曰：‘何所似也？’安兄子朗曰：‘散鹽空中差可擬。’道韞曰：‘未若柳絮因風起。’安大悦。”

班姬有團扇之詞，指班婕妤作《怨歌行》。《文選·班婕妤〈怨歌行〉》：“新裂齊紈素，皎絜如霜雪。裁為合歡扇，團團似明月。出入君懷袖，動搖微風發。常恐秋節至，涼風奪炎熱。棄捐篋笥中，恩情中道絶。”

思，學海本、崇文本作“鬼”，誤。

[2] 女史，古代女官名，以知書婦女充任，掌管有關王后禮儀等事。《周禮·天官·女史》：“女史掌王后之禮職，掌内治之貳，以詔后治内政。”此處

是說徐氏二女之行為在女史眼中或是一時之美談，但在後來遊覽青城山之人看來就是笑柄了。

［3］“唐”上學津本有一“及”字。

遇，學海本、崇文本作“遏”。

淩替，衰落；衰敗。三國魏阮籍《通易論》：“陰皆乘陽，陽剛淩替。君臣易位，亂而不已。”

［4］雅，鮑本作“推”，誤，據學津本、學海本改。按，《資治通鑒·後梁太祖開平四年》：“蜀主更太子宗懿名曰元坦。庚戌，立假子宗裕為通王，宗範為夔王，宗鐬為昌王，宗壽為嘉王，宗翰為集王；立其子宗仁為普王，宗輅為雅王，宗紀為褒王，宗智為榮王，宗澤為興王，宗鼎為彭王，宗傑為信王，宗衍為鄭王。”

［5］晃，鮑本作“冕”，據學津本、學海本等改。按，《舊五代史·唐書·莊宗紀》：“辛亥魏王至德陽，偽六軍使王宗弼報王衍舉家遷於西宅，宗弼權稱西川兵馬留後。又報偽樞密使宋光嗣、景潤澄、宣徽使李周輅、歐陽晃同有異謀，惑亂蜀主，已梟斬訖。”可證當為歐陽晃。另，後之“景潤澄”，鮑本原作“景潤登”，亦據改。

蕭，鮑本作“肅”，據學津本、學海本改。按，《錦裏耆舊傳》卷二、《十國春秋》卷三七、《太平廣記》卷一二六等均作“蕭懷武”，鮑本蓋形近而誤。

［6］移，學海本、崇文本作“離”。

［7］王承旨，《五代詩話》謂之為王仁裕，其說是。《新五代史·雜傳·王仁裕傳》：“王仁裕，字德輦，天水人也。少不知書，以狗馬彈射為樂，年二十五始就學，而為人俊秀，以文辭知名秦、隴間。秦帥辟為秦州節度判官。秦州入於蜀，仁裕因事蜀為中書舍人、翰林學士。唐莊宗平蜀，仁裕事唐，復為秦州節度判官。王思同鎮興元，辟為從事。思同留守西京，以為判官。廢帝舉兵鳳翔，思同戰敗，廢帝得仁裕，聞其名不殺，置之軍中。自廢帝起事，至其入立，馳檄諸鎮，詔書、告命皆仁裕為之。久之，以都官郎中充翰林學士。晉高祖入立，罷職為郎中，歷司封左司郎中、諫議大夫。漢高祖時，復為翰林學士承旨，累遷戶部尚書，罷為兵部尚書、太子少保。顯德三年

卒。”按，此篇文字錄自王仁裕之傳奇《蜀石》，涵芬樓本《說郛》卷三四《豪異秘纂》亦收此文。

［8］銜璧，《左傳・僖公六年》：“許男面縛銜璧，大夫衰絰，士輿櫬。”杜預注：“縛手於後，唯見其面，以璧為贄，手縛故銜之。”後因稱國君投降為“銜璧”。

牽羊，《史記・宋微子世家》：“周武王伐紂克殷，微子乃持其祭器造於軍門，肉袒面縛，左牽羊，右把茅，膝行而前以告。於是武王及釋微子，復其位如故。”後以“牽羊”表示降服。

［9］指鹿，指鹿為馬之省，用趙高事。《史記・秦始皇本紀》：“趙高欲為亂，恐群臣不聽，乃先設驗，持鹿獻於二世，曰：‘馬也。’二世笑曰：‘丞相誤耶？謂鹿為馬。’問左右，左右或默，或言馬以阿順趙高。或言鹿，高因陰中諸言鹿者以法。後群臣皆畏高。”

［10］鏁，鎖之俗字。《廣韻・果韻》：“鎖，鐵鎖也。俗作鏁，蘇果切。”

後庭春老漫開花，此句用《玉樹後庭花》之典。南唐後主李煜作《玉樹後庭花》，後人以為亡國之音。《隋書・五行志》：“禎明初，後主作新歌，詞甚哀怨，令後宮美人習而歌之，其詞曰：‘玉樹後庭花，花開不復久。’時人以歌讖，此其不久兆也。”

## 帝贈別

王太祖自利閬兵，以至益州為帝。唐太師道襲，閬苑人也，美眉目，足機智，自童年親事太祖，及太祖得蜀，遂主樞衡，勛業既高，恩寵彌厚[1]。是時，太祖與秦庭李大王茂貞方結姻好，遽因小間交兵，遂選腹心以安梁漢，唐公於是出鎮焉。帝御大安樓親送，及見唐公將別，帝頗動容，侍從宮娥無不彈淚。太祖御製贈別以賜唐公，議者以魚水之歡，無出於此[2]。詩曰：“卅歲便將為肘腋，二紀何曾離一日[3]。更深猶尚立案前，敷奏柔和不傷物。今朝榮貴慰我心，雙旌引向重城出[4]。褒斜舊地委勲賢，從此生靈永泰息[5]。"

［1］苑，學海本作"死"，誤。

道襲，唐末五代人，詳見《十國春秋·前蜀·唐道襲傳》。

閬苑，郡名，即閬州，治所在今閬中。《方輿勝覽》卷六七："閬苑，唐時魯王靈夔、滕王元嬰以衙中卑陋，遂脩餙宏大之，擬於宮苑，是之謂隆苑。其後以明皇諱隆基，改曰閬苑。"

［2］議，鮑本作"御"，據學津本改。

魚水之歡，謂人之相得。《三國志·蜀志·諸葛亮傳》："於是與亮情好日密。關羽、張飛等不悅。先主解之曰：'孤之有孔明，猶魚之有水也。願諸君勿復言。'"《唐大詔令集·鄭畋平章事制》："魚水之懽，盡在君臣之契。"

［3］丱（guàn），古時兒童束髮成兩角樣。《詩·齊風·甫田》："婉兮孌兮，總角丱兮。"丱歲指很小的時候。

肘腋，比喻親信、助手。白居易《夏州軍將二人授侍御史制》："或千里移鎮，從為紀綱；或十乘啓行，倚為肘腋。"

［4］向重城出，學海本作"出四重城"。

［5］褒斜，《元和郡縣圖志·山南道·興元府襃城縣》："襃水源出縣西衙嶺川，斜水與襃水同源而派分。"襃同"褒"。此"褒斜舊地"或在褒城縣附近。

息，學海本作"恩"。按，泰息者，泰平安息也，作"恩"者或形近致誤。

## 容易格

王蜀盧侍郎延讓，吟詩多著尋常容易言語，時輩稱之為高格[1]。至如《送周太保赴浙西》云[2]："臂鷹健卒懸氊帽，騎馬佳人著畫衫[3]。"又《寄友人》云："每過私第邀看鶴，長著公裳送上驢[4]。"此容易之甚矣。然於數篇見境尤妙，有《松門寺》云[5]："山寺取涼當夏夜，共僧蹲坐石階前。兩三條電欲為雨，七八箇星猶在天。衣汗稍停牀上扇，茶香時潑澗中泉。通宵聽論蓮華義，不藉松窗半覺眠。"又《苦吟》云："莫話詩中事，詩中難更無。吟安一箇字，撚斷數莖鬚。險覓天應悶，狂搜海亦枯[6]。不同文賦易，為著者之乎。"又《贈僧》云："浮世浮華一段空，偶抛煩惱到蓮宮[7]。高僧解語牙無水，老鶴能飛骨有風。野色吟餘生竹外，山陰坐久入池中。禪師莫問求名苦，滋味過於食蓼蟲[8]。"

[1] 盧延讓，詳見《唐才子傳·盧延讓》。

[2] 至，學海本無。

[3] 臂鷹，臂，名詞作動詞，指把鷹架在手臂上。

[4] 鶴，學海本作"畫"。

[5] 尤，各本作"尢"，誤。按，尢與尤形近，古籍刻本或鈔本常因漏掉一點而將"尤"訛成"尢"，今徑改。尢，《重修玉篇·尢部》："尢，烏光切，跛曲脛也。又僂也，短小也，俗作尣。"

[6] 險覓，學海本作"覓句"。

[7] 蓮宮，指寺廟。唐皇甫冉《望南山雪懷山寺普上人》："夜夜夢蓮宮，無由見遠公。"

[8] 食蓼蟲，寄生於蓼間之蟲。《楚辭·東方朔〈七諫·怨世〉》："桂蠹不知所淹留兮，蓼蟲不知徙乎葵菜。"王逸注："言蓼蟲處辛烈，食苦惡，不能知徙於葵菜，食甘美，終以困苦而膢瘦也。"蓼（liǎo），一種水草，味辛辣，可做調料。詳見《爾雅翼·釋草·蓼》。

盧曾獻太祖卷中有"栗爆燒氊破，猫跳觸鼎翻"。後太祖冬夜與潘樞密峭在内殿平章邊事，旋令宫人於火爐中煨栗子[1]。俄有數栗爆出，燒損繡褥子。時太祖多疑，常於爐中燒金鼎子，命徐妃二姊妹親侍茶湯而已。是夜，宫猫相戲，誤觸鼎翻。太祖良久曰："'栗爆燒氈破，猫跳觸鼎翻。'憶得盧延讓卷有此一聯。"乃知先輩裁詩，信無虚境。來日遂有六行之拜，自給事拜工部[2]。議者以傅說棲岩自應武丁之夢，太公釣渭俄遇周文之知[3]。君子窮通，實由命分。如盧所吟容易之句，發境於一人之前，可謂道合矣。

[1] 潘峭，詳見《十國春秋·前蜀·潘峭傳》。

平章，商酌。漢蔡邕《上封事陳政要七事》："宜追定八使，糾舉非法，更選忠清，平章賞罰。"

[2] 六行，指唐代尚書省下屬之吏、禮、户、工、刑、兵六部。唐張籍《寄梅處士》詩："擾擾人間是與非，官閒自覺省心機；六行班裏身常下，九列符中事亦稀。"

部，學海本作"科"，誤。

[3] 傅，鮑本作"傳"，據學津本、崇文本改。

傅說棲岩自應武丁之夢，《史記·殷本紀》："帝武丁即位，思復興殷而未得其佐。三年不言，政事決定於冢宰，以觀國風。武丁夜夢得聖人，名曰說。以夢所見視群臣百吏，皆非也。於是廼使百工營求之野，得說於傅險中。是時說為胥靡，築於傅險。見於武丁，武丁曰：'是也。'得而與之語，果聖人。舉以為相，殷國大治。故遂以傅險姓之，號曰傅說。"

太公釣渭俄遇周文之知，《文選·東方朔〈非有先生論〉》："太公釣於渭水之陽，以見文王。"李善注："《六韜》曰：'文王卜田史扁為卜曰："於渭之陽將大得焉。非熊非羆，非虎非狼，兆得公侯，天遺女師。"文王齋戒三日，田於渭陽，卒見呂尚坐茅以漁。'"

## 高尚士

王蜀廣德杜先生光庭，學海千潯，詞林萬葉，凡所著述與樂天齊肩[1]。僖宗朝，與華山鄭徵君雲叟同應百篇，兩戰不勝，遂各挂羽服[2]。鄭則後唐三詔不起，杜則王蜀九命不從。可謂高尚隱逸之士也。鄭徵君為詩皆袪淫靡，迥絶囂塵[3]。如《富貴曲》云："美人梳洗時，滿頭間珠翠。豈知兩片雲，戴却兩鄉税[4]。"又《詠西施》云："素面已云妖，更著花鈿飾。臉横一寸波，浸破吳王國。"又七言《傷時》："帆力劈開滄海浪，馬蹄踏破亂山青。浮名浮利過於酒，醉得人心死不醒。"又《題霍山秦尊師》："老鶴玄猿伴採芝，有時長嘆獨移時。翠娥紅粉嬋娟劍，殺盡世人人不知。"

[1] 杜光庭，唐末五代時人，道教重要人物，詳見《十國春秋·前蜀·杜光庭傳》。

[2] 羽服，謂仙人或道士之袍服。《黄庭内景經·隱影》："倏遊遨無遺憂，羽服一整八風驅。控駕三素乘晨霞，金輦正立從玉輿。"梁丘子注："上清寶文仙人有五色羽衣。"沈約《郊居賦》："飡嘉食而卻老，振羽服於清都。"

[3] 袪，學海本作"遠反"，崇文本作"斥"。

囂塵，塵世之謂也。謝朓《之宣城出新林浦向版橋》："踟塵自兹隔，賞心於此遇；雖無玄豹姿，終隱南山霧。"白居易《期李二十文略王十八質夫不至獨宿仙遊寺》："文略也從牽吏役，質夫何故戀囂塵？"

[4] 兩，學津本、崇文本作"數"。

又《偶題》："似鶴如雲一個身，不憂家國不憂貧。擬將枕上日高睡，賣與世間榮貴人。"又《思山詠》："因賣丹砂下白雲，鹿裘懼惹九衢塵[1]。不如將耳入山去，萬是千非愁殺人。”又《景福中作》：“悶見戈鋋匝四溟，恨無奇策救生靈[2]。如何飲酒得長醉，直到太平時節醒。”又《招友人遊春》：“難把長繩繫日烏，芳時偷取醉功夫[3]。任堆金璧摩星斗，買得花枝不老無?”又《山居》云：“悶見有人尋，移庵更入深。落花流澗水，明月照松林。醉勸頭陀酒，閒教孺子吟。身同雲外鶴，斷得世塵侵。”又詩：“冥心棲太室，散髮浸流泉[4]。採栢時逢麝，看雲忽見仙。夏狂衝雨戲，春醉戴花眠。絶頂登雲望，東都一點煙。”又詩：“不求朝野知，臥看歲華移。採藥歸侵夜，聽松飯過時。荷竿尋水釣，背局上岩棋。祭廟人來說，中原正亂離。”

[1] 懼，底本作“惟”，據學津本、學海本、崇文本改。

九衢，即縱横之大道。《楚辭·天問》：“靡蓱九衢，枲華安居。”王逸注：“九交道曰衢。”韋應物《長安道》：“歸來甲第拱皇居，朱門峨峨臨九衢。”

[2] 戈鋋，本謂戈與鋋，此處謂戰爭。杜光庭《溫江縣招賢觀衆齋詞》：“一方昭泰，四境乂安，疫毒無侵，戈鋋不作。”

匝，滿也，遍也。沈佺期《寒食》：“普天皆滅焰，匝地盡藏煙。”《舊唐書·崔慎由傳附崔胤》：“果見兵纏輦轂，火照宫闈，煙塵漲天，干戈匝野。”

四溟，《文選·張協〈雜詩〉之十》：“雲根臨八極，雨足灑四溟。”李善注：“四溟，四海也。”唐秦韜玉《問古》：“深作四溟何浩渺，高為五嶽太崢嶸。”

[3] 日烏，即太陽，嘗言日中有三足乌，故名。南朝陳徐陵《與楊僕射書》：“昔分鼇命鳫之世，觀河拜洛之年，則有日烏流災，風禽騁暴，天傾西北，地缺東南，盛旱坼三川，長波含五嶽。”唐方干《感時》詩之二：“日烏往返無休息，朝出扶桑暮卻迴。”

[4] 太室，山名，即嵩山。在今河南省登封縣北。《左傳·昭公四年》：“四嶽、三塗、陽城、大室、荊山、中南，九州之險也，是不一姓。”陸德明

釋文："大室即中嶽嵩山也，在豫州。"《史記・楚世家》："幽王為太室之盟。"裴駰集解引杜預曰："太室，中嶽也。"杜光庭嘗隱於此，故有此聯。

杜先生為詩悉去浮遊，迥為標準，區分理本，實契真筌[1]。如《山居百韻》云："丹竈河車休矻矻，蚌胎龜息且緜緜[2]。馭景必能趍日域，騎箕終擬躡星躔[3]。又"返朴還淳皆至理，遺形忘性盡真詮。"玄妙之門，實為奇句。又吟一言至十五言《紀道德》、《懷古今》兩篇，不唯體依風雅，抑且言徵典謨，名公之中，可謂大製者也。

[1] 真筌，即後之"真詮"，猶真諦。盧藏用《衡嶽十八高僧序》："然而年代攸邈，故老或遺；真詮細微，後生何述?"劉禹錫《大唐曹溪第六祖大鑒禪師第二碑》："我立真筌，揭起南國。無修而修，無得而得。"

[2] 丹竈，即丹爐，道士煉丹所用。江淹《別賦》："守丹竈而不顧，鍊金鼎而方堅。"李白《謁老君廟》："流沙丹竈滅，關路紫烟沈。"

河車，即鉛，煉丹所用。李白《金陵與諸賢送權十一序》："嘗採姹女於江華，收河車於清溪，與天水權昭夷，服勤爐火之業久矣。"王琦注："姹女，汞也。河車，鉛也。皆煉丹藥物。"

矻(kū)矻，堅硬貌。《玉篇・石部》："硈，堅也。矻，同上。"

蚌胎，《呂氏春秋・精通》："月望則蚌蛤實，群陰盈；月晦則蚌蛤虛，群陰虧。"《文選・揚雄〈羽獵賦〉》："方椎夜光之流離，剖明月之珠胎。"李善注："明月珠，蚌子珠，為蚌所懷，曰胎。"

龜息，謂調息如龜，以求長生。葛洪《抱朴子・對俗》："《仙經》象龜之息，豈不有以乎?"李白《代壽山答孟少府移文書》："乃虬蟠龜息，遁乎此山。"

[3] 趍，學海本作"遊"。

景，同"影"。

日域，謂日出之處。盧照鄰《病梨樹賦》："挺芳桂於月輪，横扶桑於日域。"

騎箕，即騎箕尾。傅説一星，在箕星尾星之間，傳為傅説所化。後世因以指遊仙。《莊子·大宗師》："傅説得之，以相武丁，奄有天下，乘東維，騎箕尾，而比於列星。"

星躔，日月星辰所行之度次。蕭衍《閶闔篇》："長旗掃月窟，鳳跡輾星躔。"《舊唐書·文宗紀》："德有所未至，信有所未孚，災氣上騰，天文謫見，再週期月，重擾星躔。"

《紀道德》云："道，德。清虚，玄默。生帝先，為聖則[1]。聽之不聞，搏之不得[2]。至德本無為，人中多自惑。在洗心而息慮，亦知白而守黑[3]。百姓日用而不知，上士勤行而必克[4]。既鼓鑄於乾坤品物，信充仞乎東西南北[5]。三皇高拱兮任以自然，五帝垂衣兮脩之不忒[6]。以心體之者為四海之主，以身案之者為萬夫之特[7]。有皓齒青娥者為伐命之斧，蘊奇謀廣智者為盜國之賊[8]。曾未若軒后順風兮清静自化，曾未若臯陶邁種兮温恭允塞[9]。故可以越圓清方濁兮不始不終，何止乎居九流五常兮理家理國[10]。豈不聞乎天地於道德也無以清寧，豈不聞乎天地於道德也有踰繩墨[11]。語不云乎仲尼有言'朝聞道夕死可矣'，所以垂萬古歷百王不敢離之於頃刻[12]。"

[1] 生帝先，《老子》第四章："道沖，而用之久不盈。淵兮，似萬物之宗。挫其鋭，解其紛，和其光，同其塵，湛兮似或存。吾不知誰之子，象帝之先。"

[2] 聽之不聞，搏之不得，《老子》第十四章："視之不見名曰夷，聽之不聞名曰希，搏之不得名曰微，此三者不可致詰，故混而為一。"

[3] 知白而守黑，《老子》第二十八章："知其雄，守其雌，為天下谿。

為天下谿，常德不離，復歸於嬰兒。知其白，守其黑，為天下式。為天下式，常德不忒，復歸於無極。知其榮，守其辱，為天下谷。為天下谷，常德乃足，復歸於朴。朴散則為器，聖人用之則為官長。故大制不割。”

［4］百姓日用而不知，《周易・災辭上》：“一陰一陽之謂道，繼之者善也，成之者性也。仁者見之謂之仁，知者見之謂之知。百姓日用而不知，故君子之道鮮矣。”

上士勤行而必克，《老子》第四十一章：“上士闻道勤而行之。中士闻道若存若亡。下士闻道大笑之。不笑不足以为道。”

［5］充仞，充滿。《史記・殷本紀》：“（紂）益收狗馬奇物，充仞宮室。”

［6］皇，學津本作“星”。

三皇，即上古之三帝王，其說紛紜。孔安國《書序》云：“伏犧、神農、黃帝之書謂之《三墳》。”《呂氏春秋・用眾》：“此三皇五帝之所以大立功名也。”高誘注：“三皇，伏羲、神農、女媧也。”班固《白虎通・德論上・號》：“三皇者，何謂也？謂伏羲、神農、燧人也。”班固《白虎通・號》：“《禮》曰：伏羲、神農、祝融，三皇也。”《史記・秦始皇本紀》：“古有天皇、有地皇、有泰皇。泰皇最貴。”《藝文類聚》卷一一引《春秋緯》：“天皇、地皇、人皇，兄弟九人，分九州，長天下也。”

五帝，上古傳說之五位帝王。《史記・五帝本紀》張守節正義：“太史公依《世本》、《大戴禮》，以黃帝、顓頊、帝嚳、唐堯、虞舜為五帝。譙周、應劭、宋均皆同。”皇甫謐《帝王世紀》：“伏羲、神農、黃帝為三皇，少昊、高陽、高辛、唐、虞為五帝。”《周禮・春官・小宗伯》：“兆五帝於四郊，四望、四類亦如之。”鄭玄注：“五帝，蒼曰靈威仰，太昊食焉；赤曰赤熛怒，炎帝食焉；黃曰含樞紐，黃帝食焉；白曰白招拒，少昊食焉；黑曰汁光紀，顓頊食焉。”

［7］案，學津本、學海本作“率”。

［8］伐命，戕害性命。葛洪《抱朴子外篇・譏惑》：“忍痛苦之藥石者，所以除伐命之疾。”

［9］軒后，即黃帝軒轅氏。魏徵《奉和正日臨朝應詔》：“百靈侍軒后，

萬國會塗山。"《舊唐書·玄宗紀》:"留連軒后之文,舞詠伯陽之說。"

軒后順風,《莊子·在宥》:"黄帝立為天子十九年,令行天下,聞廣成子在於空同之上,故往見之。曰:'我聞吾子達於至道,敢問至道之精。吾欲取天地之精,以佐五穀,以養民人。吾又欲官陰陽,以遂群生,為之奈何?'廣成子曰:'而所欲問者,物之質也;而所欲官者,物之殘也。自而治天下,雲氣不待族而雨,草木不待黄而落,日月之光益以荒矣。而佞人之心翦翦者,又奚足以語至道!'黄帝退,捐天下,築特室,席白茅,間居三月,復往邀之。廣成子南首而臥,黄帝順下風,膝行而進,再拜稽首而問曰:'聞吾子達於至道,敢問,治身奈何而可以長久?'廣成子蹶然而起,曰:'善哉問乎!來!吾語女至道。至道之精,窈窈冥冥;至道之極,昏昏默默。無視無聽,抱神以静,行將至正。必静必清,無勞女形,無搖女精,乃可以長生。目無所見,耳無所聞,心無所知,女神將守形,形乃長生。慎女内,閉女外,多知為敗。我為女遂於大明之上矣,至彼至陽之原也。為女入於窈冥之門矣,至彼至陰之原也。天地有官,陰陽有藏;慎守女身,物將自壯。我守其一以處其和,故我修身千二百歲矣,吾形未常衰。'黄帝再拜稽首,曰:'廣成子之謂天矣!'"

皋陶邁種,《書·大禹謨》:"禹曰:'朕德罔克,民不依;皋陶邁種德,德乃降,黎民懷之。帝念哉!念茲在茲,釋茲在茲;名言茲在茲,允出茲在茲。惟帝念功!'"邁種,即勉勵樹德之謂也。

[10] 故,學海本作"政"。

九流,謂各種品德。五常,仁、義、禮、智、信之謂也。

[11] 無,學海本作"元"。按,"有"、"無"相對,作"元"者或為"無"之簡體而形近致誤。

天地於道德也,崇文本作"道德於天地也"。

[12] 仲尼有言,《論語·里仁》:"子曰:'朝聞道,夕死可矣。'"

垂,鮑本作"乘",據學津本、崇文本改。按,作"乘"者乃形近而誤,《全唐詩》、《歷代賦彙》等亦作"垂"。

《懷古今》云：“古，今。感事，傷心。驚得喪，歎浮沈。風馳寒暑，川注光陰[1]。始衒朱顔麗，俄悲白髮侵。嗟四豪之不返，痛七貴以難尋[2]。夸父興懷於落照，田文起怨於鳴琴[3]。雁足淒涼兮傳恨緒，鳳臺寂寞兮有遺音[4]。朔漠幽囚兮天長地久，瀟湘隔別兮水濶煙深[5]。誰能絶勝韜賢湌芝餌朮，誰能含光遁世鍊石燒金[6]。君不見屈大夫紉蘭而發諫，君不見賈太傅忌鵩而愁吟[7]。君不見四皓避秦峩峩戀商嶺，君不見二疏辭漢飄飄歸故林[8]。胡為乎冒進貪名踐危途與傾轍，胡為乎護權恃寵顧華飾與彫簪。我所以思抗跡忘機用虚無為師範，吾所以思去奢滅慾保道德為規箴。不能勞神傚蘇子張生兮干時而縱辯，不能勞神傚楊朱墨翟兮揮涕以沾襟[9]。”

［1］馳，鮑本作“驅”，據學海本、崇文本改。按，此句説寒暑更替如風馳電掣之迅捷，光陰流逝如百川注海之不歸，故當作“馳”。

［2］四豪，即戰國四君子之謂也，即孟嘗君、平原君、信陵君、春申君四人。沈約《為東宫謝敕賜孟嘗君劍啟》：“田文重氣殉名，四豪莫及。”

七貴，世有兩説，或謂西漢之吕、霍、上官、丁、趙、傅、王。《文選·潘嶽〈西征賦〉》：“窺七貴於漢庭，譸一姓之或在。”李周翰注：“漢庭七貴：吕、霍、上官、丁、趙、傅、王，並后族也。”或謂隋末之段達、王世充、元文都、盧楚、皇甫無逸、郭文懿、趙長文。此處當泛謂權貴也。李白《流夜郎贈辛判官》：“昔在長安醉花柳，五侯七貴同杯酒。”

［3］夸父興懷於落照，《山海經·大荒北經》：“夸父不量力，欲追日景，逮之於禺谷。將飲河而不足也，將走大澤，未至，死於此。”

田文起怨於鳴琴，《説苑·善説》曰：“雍門子周以琴見乎孟嘗君。孟嘗君曰：‘先生鼓琴亦能令文悲乎？’雍門子周曰：‘臣何獨能令足下悲哉？臣之所能令悲者，有先貴而後賤，先富而後貧者也。不若身材高妙，適遭暴亂，無道之主，妄加不道之理焉；不若處勢隱絶，不及四鄰，詘折儐厭，襲於窮巷，無所告愬；不若交歡相愛無怨而生離，遠赴絶國，無復相見之時；不若少失二親，兄弟別離，家室不足，憂慼盈匈。當是之時也，固不可以聞飛鳥疾風之聲，窮窮焉固無樂已。凡若是者，臣一為之徽膠援琴而長太息，則流涕沾衿矣。今若足下千乘之君也，居則廣廈邃房，下羅帷，來清風，倡優侏儒處前迭進而諂諛；燕則鬬象棋而舞鄭女，激楚之切風，練色以淫目，流聲以虞耳；水遊則連方舟，載羽旗，鼓吹乎不測之淵；野遊則馳騁弋獵乎平原廣囿，格猛獸；入則撞鐘擊鼓乎深宮之中。方此之時，視天地曾不若一指，忘死與生，雖有善琴者，固未能令足下悲也。'孟嘗君曰：'否！否！文固以為不然。'雍門子周曰：'然臣之所為足下悲者一事也。夫聲敵帝而困秦者君也；連五國之約，南面而伐楚者又君也。天下未嘗無事，不從則横，從成則楚王，横成則秦帝。楚王秦帝，必報讎於薛矣。夫以秦、楚之强而報讎於弱薛，譬之猶摩蕭斧而伐朝菌也，必不留行矣。天下有識之士無不為足下寒心酸鼻者。千秋萬歲之後，廟堂必不血食矣。高臺既以壞，曲池既以漸，墳墓既以下而青廷矣。嬰兒豎子樵採薪蕘者，蹢躅其足而歌其上，衆人見之，無不愀焉，為足下悲之，曰："夫以孟嘗君尊貴乃可使若此乎？"'於是孟嘗君泫然泣涕，承睫而未殞，雍門子周引琴而鼓之，徐動宮徵，微揮羽角，切終而成曲，孟嘗君涕浪汗增，欷而就之曰：'先生之鼓琴令文立若破國亡邑之人也。'"

［4］雁足淒涼兮傳恨緒，《漢書·蘇武傳》："昭帝即位數年，匈奴與漢和親。漢求武等，匈奴詭言武死。後漢使復至匈奴，常惠請其守者與俱，得夜見漢使。具自陳過。教使者謂單于，言天子射上林中，得雁，足有繫帛書，言武等在荒澤中。使者大喜，如惠語以讓單于。單于視左右而驚，謝漢使曰：'武等實在。'"李白《蘇武》："蘇武在匈奴，十年持漢節。白雁上林飛，空傳一書劄。牧羊邊地苦，落日歸心絕。渴飲月窟水，飢餐天上雪。東還沙塞遠，北愴河梁別。泣把李陵衣，相看淚成血。"

鳳臺寂寞兮有遺音，《列仙傳·蕭史》："蕭史者，秦穆公時人也。善吹簫，能致孔雀白鶴於庭。穆公有女，字弄玉，好之，公遂以女妻焉。日教弄玉作鳳鳴，居數年，吹似鳳聲，鳳凰來止其屋。公為作鳳台，夫婦止其上，不下數年。一旦，皆隨鳳凰飛去。故秦人為作鳳女祠於雍宮中，時有簫聲而已。蕭史妙吹，鳳雀舞庭。嬴氏好合，乃習鳳聲。遂攀鳳翼，參翥高冥。女祠寄想，遺音載清。”

［5］朔漠幽囚兮天長地久，《樂府詩集·琴曲歌辭·王嫱〈昭君怨〉》：“高山峨峨，河水泱泱。父兮母兮，道里悠長。嗚呼哀哉，憂心惻傷。”

瀟湘隔別兮水濶煙深，《楚辭·九歌》：“帝子降兮北渚，目眇眇兮愁予；嫋嫋兮秋風，洞庭波兮木葉下。”《述異記》卷上：“湘水去岸三十里許，有相思宮、望帝臺。昔舜南巡而葬於蒼梧之野。堯之二女娥皇、女英追之不及，相與慟哭，淚下沾竹，竹文上為之斑斑然。”

［6］絶勝韜賢，絕聖棄智，韜光養晦之謂也。《老子》第十九章：“絕聖棄智，民利百倍。”《莊子·天地》：“君子明於此十者，則韜乎其事心之大也。”

湌芝餌术，湌，即餐也。《說文·食部》：“餐，或從水部。”芝，即靈芝之屬。《說文·艸部》：“芝，神艸也。”《論衡·驗符》：“芝草延年，仙者所食。”术，蒼术。嵇康《與山巨源絕交書》：“餌术黃金，令人久壽。”

［7］屈大夫紉蘭而發諫，屈大夫，即屈原，嘗為三閭大夫。《楚辭·離騷》：“扈江離與辟芷兮，紉秋蘭以為佩。”紉蘭，即品質高潔之喻。

賈太傅忌鵩而愁吟，《史記·屈原賈生列傳》：“賈生為長沙王太傅三年，有鴞飛入賈生舍，止於坐隅。楚人命鴞曰鵩。賈生既以適居長沙，長沙卑濕，自以為壽不得長，傷悼之，乃為賦以自廣。”

［8］四皓避秦峩峩戀商嶺，四皓，即東園公、甪里先生、綺里季、夏黃公，於秦末隱於商山，以四人鬚眉皆白，故名四皓。《漢書·張良傳》：“（張）良曰：此难以口舌爭也。顧上有所不能致者四人。”顏師古注：“四人，謂園公、綺里季、夏黃公、甪里先生，所謂商山四皓也。”

二疏辭漢飄飄歸故林，二疏，即宣帝時之疏廣與兄子受。《漢書·疏廣傳》：“疏廣字仲翁，東海蘭陵人也。……地節三年，立皇太子，選丙吉高太傅廣為少傅，數月，吉遷御史大夫，廣徙為太傅。廣兄子受，字公子，亦以賢良舉為太子家令。受好禮恭謹，敏而有辭。……頃之拜受為少傅。……太子每朝，因進見，太傅在前，少傅在後，父子並為師傅，朝廷以為榮。在位五歲，皇太子年十二，通《論語》、《孝經》。廣謂受曰：‘吾聞“知足不辱，知止不殆”，“功遂身退，天之道也”。今仕官至二千石，宦成名立，如此不去，懼有後悔，豈如父子歸老故鄉，以壽命終，不亦善乎?’受叩頭曰：‘史從大人議。’即日父子俱移病。滿三月即告，廣遂稱篤，上疏乞骸骨，上以其年篤老，皆許之。”

[9] 不能勞神傚蘇子張生兮，蘇子，即蘇秦，嘗主張合縱以抗秦。《史記·蘇秦列傳》：“蘇秦者，東周雒陽人也。東事師於齊，而習之於鬼谷先生。……於是六國從合而並力焉。蘇秦為從約長，並相六國。”

張生，即張儀，嘗主張連横。《史記·張儀列傳》：“張儀者，魏人也。始嘗與蘇秦俱事鬼谷先生，學術，蘇秦自以不及張儀。”

## 禪月吟

唐有《十僧詩選》，在諸集中，唯禪月大師貫休所吟千首，吳融侍郎序之，號曰《西岳集》[1]。多為古體，窮盡物情。議者稱白樂天為“廣大教化主”，禪月次焉[2]。上人天復中，自楚遊蜀，有《上王蜀太祖陳情詩》云：“一瓶一鉢垂垂老，萬水千山得得來[3]。”太祖曰：“寡人高築金臺，以師名士；廣脩寶剎，用接高僧。千山萬水之言何以當此。”於是，恩錫甚厚，上人遂居蜀焉[4]。如《公子行》云：“錦衣鮮華手擎鶻，閒行氣貌多輕忽[5]。稼穡艱難總不知，五帝三皇是何物。”又曰：“自拳五色毬，迸入他人宅。却捉蒼頭奴，玉鞭打一百[6]。”又曰：“面白如削玉，猖狂曲江曲[7]。馬上黄金鞍，適來新賭得。”

[1] 吳融，字子華，越州山陰人。《新唐書》卷二〇三有傳，可參。西，鮑本作“巨”，據學津本改。按，貫休詩集名稱與卷數歷來有不同說

法，明毛晉云：“貫休集名不一，卷次亦不倫。計氏云：‘《西嶽集》十卷。吳融為之序。’蓋乾寧三年編於荆門者也。或又云《南嶽集》，謂曾隱跡南嶽也。馬氏云：‘《寶月詩》一卷。’未知何據。其弟子曇域於偽蜀乾德五年編集前後歌詩文贊，題曰《禪月集》，重為之序。誚吳序或以文害辭，或以辭害志，或以誕飾饒借，殊不解休公意也。宋人相傳凡三十卷，余從江左名家大索十年，僅得二十五卷。其文贊及獻武肅王詩五章章八句，俱不載，不無遺珠之憾。今略補一二於後。”

［2］白，鮑本作“曰”，據學津本改。

廣大教化主，鮑本作“人教化主”，學海本、學津本、崇文本作“大教化主”，均誤。《文苑英華》卷七一四錄吳融《禪月集序》云：“昔張為作詩圖五層，以白氏為‘廣德大教化主’，不錯矣。”則多一“德”字。按，唐人張為作《詩人主客圖》，今雖不存，但散見於《唐詩紀事》等書，如孟雲卿為高古奥逸主，李益為清奇雅正主，以孟郊為清奇僻苦主，以鮑溶為博容宏拔主，以武元衡為瓌奇美麗主，均以五字命之，故據《唐詩紀事》改。

［3］天復，唐昭宗年號，公元901—904年。王建立蜀自903年始，則貫休人蜀當在903—904年之間。

自，鮑本作“晉”，據學海本、崇文本改。

垂垂，漸漸。唐杜甫《和裴迪登蜀州東亭送客逢早梅相憶見寄》：“江邊一樹垂垂發，朝夕催人自白頭。”

得得，特地。唐王建《洛中張籍新居》：“最是城中閒靜處，更回門向寺前開。雲山且喜重重見，親故應須得得來。”唐陸龜蒙《丁隱君歌序》：“別業在深山中，非得得行不可適到其下。”

［4］錫，賜予。《詩·大雅·崧高》：“既成藐藐，王錫申伯：四牡蹻蹻，鈎膺濯濯。”鄭玄箋：“召公營位，築之已成，以形貌告於王，王乃賜申伯。”

［5］鶻，明李時珍《本草綱目·禽·鴟》：“鶻，小於鴟而最猛捷，能擊鳩、鴿，亦名鷸子，一名籠脱。”

輕忽，轻率随便。《後漢書·左雄傳》：“朱紫同色，清濁不分。故使姦猾枉濫，輕忽去就，拜除如流，缺動百數。”

［6］蒼頭，《漢書・鮑宣傳》："使奴從賓客漿酒霍肉，蒼頭廬兒皆用致富。"顔師古注引孟康曰："漢名奴為蒼頭，非純黑，以別於良人也。"

［7］曲江，宋吳曾《能改齋漫錄》卷九"三曲江"條云："曲江有三。枚乘《七發》云'觀於廣陵之曲江'，今蘇州也。廣東有曲江，今韶州也。司馬相如《弔二世賦》云'臨曲江之隑州'，即長安也。按唐劉餗傳記云：'京師芙蓉園，本名曲江園。隋文帝以名不正，改之。'故杜子美詩云'曲江翠幕排銀牓'，又云'春日潜行曲江曲'。《七發》所謂曲江有弭節五子之山，今胥山，在蘇州。"此處當指芙蓉園。

又《詠古劍盆池》："秋水蓮花三四枝，我來慷慨步遲遲。不抉浮雲斬邪佞，直成龍去擬奚為[1]。"又《贈別》："離別如旨酒，古今飲皆醉[2]。我恐長江水，盡是兒女淚。伊余非此輩，送人空把臂。他日再相逢，清風動天地。"又《富貴曲》："有金章族，驕奢相續。瓊厨玉堂，彫牆繡轂[3]。美人如白牡丹花，半日衹舞得一曲。樂不樂，足不足，爭教他愛山青水綠。"又曰："繡林錦野，春態相壓。誰家少年，馬蹄蹋蹋。鬬雞走狗夜不歸，一擲賭却如花妾。"唯云不顛不狂，其名不彰，悲夫！初，上人詩名未振時，南楚才人競以詩送軒轅先生歸羅浮山，計百餘首矣[4]。上人因吟一章，群公於是息筆："玉房花洞接三清，謾指羅浮是去程。龍馬便攏筇竹杖，山童常使茯苓精[5]。曾教莊子拋卑吏，却喚軒皇作老兄[6]。再見先生又何日，衹應頻夢紫金城。"

［1］詠古劍盆池，《禪月集》、《全唐詩》等作"古劍池"。

抉，學海本、崇文本及《禪月集》、《全唐詩》等作"決"。

擬奚為，《禪月集》作"擬何為"，《全唐詩》作"欲何為"。

［2］贈別，學海本作"贈離別"。

離別，學海本作"別淚"。崇文本作"離別淚"，顯誤。按，作"別淚"

佳。

［3］瓊，美玉。《詩·衛風·木瓜》："投我以木瓜，報之以瓊琚。"毛傳："瓊，玉之美者。"

彫牆繡轂，在牆上和車轂上裝飾一些彩繪花紋，言其極端奢侈。

［4］軒轅先生，唐時有道之士名軒轅集，人尊之為軒轅先生，居羅浮山，世傳其神異，《太平廣記·神仙》有傳。

羅浮山，在今惠州博羅縣境内，道教名山。《雲笈七籤》卷二七謂之為"十大洞天"之第七洞："周廻五百里，名曰朱明曜真之洞天。在循州博羅縣，屬青精先生治之。"

［5］龍馬，古代傳說中龍頭馬身的神獸。《書·顧命》："大玉，夷玉天球，河圖，在東序。"僞孔傳："伏犧王天下，龍馬出河。遂則其文，以畫八卦，謂之河圖。"此處為坐騎之美稱。

笻竹杖，《史記·大宛列傳》："（張）騫曰：'臣在大夏時，見邛竹杖、蜀布。'"張守節正義曰："邛都邛山出此竹，因名'邛竹'。節高實中，或寄生爲杖。布，土蘆布。"

茯苓精，茯苓，寄生在松树根上之菌类植物，形状像甘薯，外皮黑褐色，里面白色或粉红色。傳說茯苓、人參等名貴藥材自己可以修煉成精，故有是語。

［6］曾教莊子抛卑吏，《史記·老莊申韓列傳》："莊子者，蒙人也，名周。周嘗為蒙漆園吏。"《舊唐書·玄宗紀》："［天寶元年春］莊子號為南華真人，文子號為通玄真人，列子號為沖虚真人，庚桑子號為洞虚真人。其四子所著書改為真經。"故世稱莊子為南華真人，《莊子》為《南華真經》。此句說軒轅先生曾叫莊子放棄漆園吏這個小官，乃用誇張手法抬高軒轅先生的地位和神力。

軒皇，即黄帝，傳說黄帝姓公孫，居於軒轅之丘，故名曰軒轅。

## 因詩辱

前蜀許太尉宗憲鎮寧江日，劉員外隱辭為節度掌書記[1]。許公發跡軍戎，所為吾我，不思為理，但務誅求[2]。劉數諫，許不存賓客之禮，對將吏咄責之。劉求退職，許又不從。劉遂詠白鹽山、灩澦堆刺之，許聞而憤怨[3]。忽一日，於江干飲酣，仰視白鹽，斜睨灩澦曰："剛有破普忽反，措大欲於此死[4]。"遂令壯士拽劉離席，囚縛於砂石上，烈日曬之。護軍賓幕將校懇救，悉遭凌罵。顧謂左右曰："候吾飲散，投入水中。"劉厲聲曰："昔鸚鵡洲致溺禰處士，今灩澦堆欲害劉隱辭。某雖不及禰衡，足下爭同黃祖[5]。豈有不存夫子，塗炭賢良。但得留名，死亦宜矣。"元戎聞之，怒意漸解，及同幕再諫，良久捨之。來日，軍府彌縫，請許召劉慚謝，劉慮遭毒手，託疾而歸[6]。

[1] 寧江，地名，五代藩鎮，治所在今重慶奉節縣境。《明一統志》卷七〇："五代時王建置鎮江軍，梁徙軍治夔，後唐陞為寧江軍節度。"

劉隱辭，五代時人，詳見《十國春秋·前蜀·劉隱辭傳》。

[2] 所為吾我，不思為理：學海本、崇文本作"所為不思合理"。

[3] 怨，學海本、崇文本作"怒"。

白鹽山，在重慶奉節縣東。北魏酈道元《水經注·江水》："山上有神淵，淵北有白鹽崖，高可千餘丈，俯臨神淵。土人見其高白，故因名之。"唐杜甫《入宅》詩："奔峭背赤甲，斷崖當白鹽。"

灩澦堆，《古今圖書集成·夔州府山川考一府志》："灩澦堆，屹立瞿唐峽口，中流之柱石也。《水經》云：'白帝城西有孤石，冬出水二十餘丈，夏即沒，秋時方出。'"

[4] 措大，舊指貧寒失意之讀書人。唐李匡乂《資暇集》卷下"措大"條："代稱士流為醋大，言其峭醋而冠四人之首；一說衣冠儼然，黎庶望之，有不可犯之色，犯必有驗，比於醋而更驗，故謂之焉。或云：往有士人，貧居新鄭之郊，以驢負醋，巡邑而賣，復落魄不調。邑人指其醋馱而號之。新鄭多衣冠所居，因總被斯號。亦云：鄭有醋溝，士流多居。其州溝之東，尤

多甲族，以甲乙敘之，故曰醋大。愚以為四說皆非也。醋，宜作‘措’，正言其能舉措大事而已。”《類說》卷四〇引唐張鷟《朝野僉載》：“江陵號衣冠藪澤，人言琵琶多於飯甑，措大多於鯽魚。”

［5］禰衡，東漢末年名士，與孔融善。《後漢書·禰衡傳》：“禰衡，字正平，平原般人也。少有才辯而氣尚剛傲，好矯時慢物。……後黄祖在蒙衝船上，大會賓客，而衡言不遜順，祖慙，乃訶之。衡更熟視，曰：‘死公云等道。’祖大怒，令五百將出，欲加箠。衡方大罵，祖恚，遂令殺之。祖主簿素疾衡，即時殺焉。射徒跣來救不及。祖亦悔之，乃厚加棺斂。衡時年二十六，其文章多亡云。”

［6］彌縫，多指縫合；補救。《左傳·僖公二十六年》：“桓公是以糾合諸侯，而謀其不協，彌縫其闕，而匡救其災。”唐元稹《楊汝士授右補闕制》：“敕：朕聞袞職有闕，仲山甫補之。蓋所以節宣天子之嗜欲，而彌縫其不及也。”此處意謂調和；斡旋。宋陳鵠《耆舊續聞》卷三：“已而不合，雖子華極力彌縫，亦不樂。”

議者以劉不擇主而事，因多言而失，强捋虎鬚，幾不脱虎口耳。《詠白鹽山詩》曰：“占斷瞿唐一峽煙，危峰迥出衆峰前。都緣頑硬擅浮世，著莫崢嶸倚半天。有樹衹知棲鳥雀，無雲不易駐神仙[1]。假饒突屼高千丈，爭及平平數畝田。”《詠灧澦堆》云：“灧澦崔嵬百萬秋，年年出沒幾時休。未容寸土生纖艸，能向當途覆巨舟[2]。無事便騰千尺浪，與人長作一堆愁[3]。都緣不似磻溪石，難使漁翁下釣鈎[4]。”

［1］棲，學津本作“因”，學海本作“園”。

［2］途，學津本、崇文本作“江”；學海本作“階”。

［3］長，學海本、崇文本作“常”。

［4］磻溪，水名，在今陝西寶雞境。《韓詩外傳》卷八：“太公望少為人

壻，老而見去，屠牛朝歌，賃於棘津，釣於磻溪。”晉李石《續博物志》卷八：“汲縣舊汲郡，有石硤水為磻溪，太公釣處，有太公泉、太公廟。”

## 武金山

王蜀飛棹張侍中武，其先諱雍，本合州武金壩渡子，武即雍之第三子也[1]。身長七尺，顏狀紫黑，往來豪俠，無不畏之。忽一日，有一楚僧泝流遊蜀，至渡頭，出舟四顧，謂同舟秀才曰：“此商姓山宅之地，產東南貴人之所。”武方弱冠，觸事通明，聆其所云，詐睡而聽其言[2]。秀才曰：“穴在南山之腹。”僧曰：“若點此穴，子孫當為富民，何以緣祇屬商家金櫃之上。其穴在北山懷抱之內，此則真出貴子，權兵逾萬，受禄八旬[3]。奈何東有汪池，生女則當為倡；西山低絶，生男則一世便貧[4]。”秀才曰：“如此則未為佳耳。”言訖，乘舟而去。

［1］飛棹，水軍名。《新五代史·後蜀·孟知祥》：“知祥乃訓練兵甲，陰有王蜀之志。益置義勝、定遠驍銳、義寧、飛棹等軍七萬餘人，命李仁罕、趙廷隱、張業等分將之。”

合州，西魏恭帝三年（556）置，治石鏡縣（今重慶合川市）。因涪江、嘉陵江在州南合流而得名，轄境相當於今四川武勝縣、重慶合川、銅梁、大足等地。

渡子，擺渡的船夫。《唐六典·工部·水部郎中》：“洛水渡口船三艘，渡子皆取側近殘疾中男解水者充。”

［2］睡，學海本、崇文本作“寐”。

［3］真，學海本、崇文本無。

金櫃，又作金匱，相士術語，謂富貴之相。唐馬總《意林·物理論》：

“相者曰：‘三亭九侯，定於一尺之面；愚智勇怯，形於一寸之目；天倉、金匱以別貧富貴賤。’”

［4］“西”上學津本闕一字。

武素本家貧，父亡尚在淺土，欲將父骨遷葬是山。其□乃武金墹富長之地，既無山價，遂與兄弟偷葬於北山之中[1]。是夜，陰晦所加，咫尺不辨[2]。靈柩至所葬之地，自然數丈光明□□似有百千神兵，同其安厝[3]。及其事畢，寂爾空山。武但深瘞□遂，不敢置其墳塚[4]。本無標記，人莫能知。武以智略超人，鄉里□□[5]。因荆渚効職，却歸渝南渝州地名。值王太祖收蜀之初，武以渝南□人應接[6]。及太祖得蜀，累遷渝牧及節制夔州，三峽之中，震其□名[7]。武每因統師下峽經過故林，未嘗不屏去旌旗，獨詣葬所拜奠[8]。武後壽逾八十，位極三公而卒。其男則果漸貧乏，其女則果皆倡婬[9]。至今渝合之間，傳為異事。

［1］其□乃，學海本、崇文本作“其奈”，四庫本作“此乃”。

［2］是，鮑本闕，據學海本、崇文本補。

［3］□□，學津本作“□忽”；學海本、崇文本無闕字。

安厝，安葬。漢班固《白虎通・崩薨》：“崩薨別號，至墓同，何也？時臣子藏其君父，安厝之義，貴賤同。葬之為言下藏之也。”

［4］遂，鮑本闕，據學津本補。崇文本闕三字。

［5］鄉里□□，學津本作“鄉曲中□”，學海本“鄉”下闕三字。

［6］渝南，鮑本闕，據學津本補。

［7］震其□，鮑本闕三字，據學津本補，四庫本作“顯赫威名”。按，或當作“震其威名”，四庫本所缺三字或是據文意臆補。

［8］詣葬所拜，鮑本闕四字，據學海本、崇文本補。

［9］其女則果，鮑本闕四字，據學海本、崇文本補。

# 【鑒誡録卷六】

## 戲判作

王蜀宋開府光嗣僥忝樞衡，紊亂時政。所為妖媚，下筆縱横。凡斷國章，多為戲判。用三軍為兒戲，將萬機為詭隨[1]。取笑四方，結怨上下，以至一身受戮，後主遭誅，良由君子退身、閹人執政者也[2]。《判行營將士申請裹糧》云："纔請冬賜，又給行裝。漢州咫尺，要甚裹糧[3]？綿州物賤，直到益昌[4]。"又《判内庭求事人》云："覓事撮嶺岰，勾當須教了[5]。儻若有闕遺，禁君直到老。"又《判導江縣申狀封皮上著狀上門府衙》[6]："敕加開府，不是門府。典押雙眇，令佐單瞽[7]。量事書罰，勝打十五，令佐盤庚，典押歲取[8]。事了速歸，用脩廨宇[9]。"

[1] 萬機，四庫本即作"萬幾"。本指帝王日常處理的紛繁政務。《書·

皋陶謨》:“無教逸，欲有邦，兢兢業業，一日二日萬幾。”偽孔傳：“幾，微也，言當戒懼萬事之微。”此處指國政大事。

詭隨，指不顧是非而妄隨人意。《詩·大雅·民勞》:“無縱詭隨，以謹無良。”毛傳：“詭隨，詭人之善，隨人之惡者。”朱熹集傳：“詭隨，不顧是非而妄隨人也。”

［2］至，學海本、崇文本作“致”。

［3］漢州，唐垂拱二年（686）析益州置，治雒縣（今四川廣漢市）。轄境相當於今四川之廣漢、德陽、綿竹、什邡等市。離成都近，故云“漢州咫尺”。

［4］綿州，隋開皇五年（585）改潼州置，治巴西縣（今綿陽市東）。轄境相當於今綿陽、江油、安縣等地。

益昌，南朝宋置，治今廣元市西南之昭化鎮，五代唐同光三年（925）改為益光縣。

［5］嶺岰，学津本作“巔拗”，學海本、崇文本作“領襖”，皆誤。四庫本作“嶺腳”，義可通。嶺，山之高處；岰，地之低谷。故嶺岰借指高下，此處指職位的好壞。

勾（gòu）當，指大大小小各種事情。此句意為：找事情做分什麼好壞呢？大大小小的事情還不是都得要人去做！

［6］導江，唐武德元年（618）改盤龍縣為灌寧縣，治今四川都江堰市，次年改為導江縣。

［7］眇，眼睛小。《易·履》:“眇能視，跛能履。”陸德明釋文：“眇，《說文》云：‘小目。’”

瞽（gǔ），失明。此句用互文之法諷刺典押與令佐眼睛不好使，把“開府”弄成了“門府”。

［8］庚，見卷四“蜀門諷”條。此句言典押與令佐都是縣衙小官，罰錢比打十五大板要好。盤庚謂分次償罰金，歲取謂分年取納罰金。

［9］廨，鲍本、學海本、學津本、崇文本等作“廟”，據四庫本改。廨指官署，此條言開府，與廟宇無關，故據改。

又《判小朝官郭延鈞進識字女子》云："進來便是宫人，狀内猶言女子。應見容止可觀，遂令始制文字。更遣阿母教招，恨不太真相似[1]。且圖親近官家，直向内廷求事。"又《判神奇軍背軍官健李紹妻阿鄧乞判改嫁》[2]："淡紅衫子赤輝輝，不採燕脂不畫眉[3]。夫壻背軍緣甚事？女人别嫁欲何為？孤兒攜去君爭忍，抵子歸來我不知[4]。若有支持且須守，口中爭著兩張匙[5]？"又《判簡州刺史安太尉申院狀希酒場》[6]云："係州收搉[7]？安胡安胡，空有鬢髭[8]。所見不逺，智解全愚。酒場是太后教令，問你還有耳孔也無！"又《判内門捉得御厨雜使衙官偷肉》云："斤斤肉是官家物，飽祭喉嚨更將出[9]。不能為食斬君頭，領送右巡枷見骨[10]。"

[1] 太真，唐楊貴妃號。《舊唐書·后妃傳·玄宗楊貴妃》："時妃衣道士服，號曰'太真'。"

[2] 軍，學海本、崇文本作"營"。按，神奇軍疑當作"神機營"。《新五代史·前蜀世家·王建》："（王元膺）年十七，為皇太子，判六軍，創天武神機營，開永和府，置官屬。"

背軍，士兵背棄軍隊，即逃離部隊。唐劉肅《大唐新語·政能》："狄仁傑因使岐州，遇背軍士卒數百人，夜縱剽掠，晝潛山谷，州縣擒捕繫獄者數十人。"

官健，唐初府兵制，士兵自備武器資糧，後逐漸改為官給，故稱士兵為官健。《資治通鑒·唐代宗大曆三年》："官健常虚費衣糧，無所事，今方立小功，不足過賞，請用三之一。"胡三省注云："兵農既分，縣官費衣糧以養軍，謂之官健，猶言官所養健兒也。"

[3] 採，學海本、崇文本作"抹"。"抹"字義長，"採"字或形近致訛。

[4] 爭，猶怎。白居易《題峽中石上》："誠知老去風情少，見此爭無一句詩？"

抵，等到；子，指李紹。此句意為：你怎麼忍心帶著沒有父親的孩子遠嫁呢？要是哪天李紹回來了找我麻煩，我怎麼知道你的去處，怎麼交代？

［5］口中爭著兩張匙，喻一女不可嫁二夫。

［6］簡州，隋仁壽三年（603）析益州置，治陽安縣（今四川簡陽市西北）。轄境相當於今四川簡陽、資陽兩市。大業二年（606）廢。唐武德三年（620）析益州復置，轄境相當於今簡陽市、金堂縣東南部分地區。天寶元年（742）改為陽安郡，乾元元年（758）復為簡州。

簡州刺史安太尉，即安重霸。《十國春秋·前蜀·安重霸傳》："安重霸，雲州人。初事晋王存勗，已得罪，奔於梁。未幾，又奔高祖。重霸為人狡譎多智，善事人。高祖以為親將，後主立，官簡州刺史。"

［7］收推，學海本作"牧榷"；學津本作"收榷"。"牧"，形近而誤，推通"榷"，專賣。收榷謂收歸專賣。《舊唐書·食貨志》："於是始大鹽法，就山海井竈，收榷其鹽，立監院官吏。"

［8］安胡，據後"空有鬚髭"，安胡當是因其鬍鬚濃密而得名。

鬚髭，學海本、崇文本作"髭鬚"。按，二者義同，但從押韻角度看，作髭鬚佳。

空有鬚髭，俗語云："嘴上無毛，辦事不牢。"此處則反諷之，謂安重霸年歲虛長或空有一副成熟穩重的外表。

［9］肉，學海本、崇文本作"都"。

喉嚨，學海本作"嚨頭"。義可通。

［10］右巡，御史台下分設左右巡，以糾察官吏非法者。右巡監察文官，左巡監察武官。御厨雜使銜官屬文官，故云"領送右巡"。

## 產麒麟

王蜀田尚父宗侃第三子太尉承肇生自雅安雅州之名，小字獦獠兒[1]。其母崔氏初夢一人峩冠褒袖，自稱周公山神，牽一五色獸，逼其裙[2]。既驚且寤，因而有孕焉。後有加持崔和尚者，忽自雅安來，於成都打病[3]。瘟疫者尋差，攣躄者立行[4]。指人亂言，往往有據。田是時童騃，宦者抱著於窗前[5]。和尚看之，欣然撫其背曰："怪來近日貧道所居之山，氣色稍微，其山之神孕靈於此[6]。此子麒麟之精也，必為王者之瑞焉[7]。"宦者以告，其母曰："往年夢中之獸，今獲解之。"遂施和尚珠金，以酬異說。田後累遷郡守，節制洋州，蜀將之中，頗聞兵法[8]。乃知異夢，信而有祥者焉。

[1] 田宗侃，唐末五代人。《十國春秋·前蜀·王宗侃傳》："王宗侃本姓田，雅州人，高祖假子也。""後主嗣立，封樂安王，加尚父，已又進封魏王，卒。"

田承肇，唐末五代人。《十國春秋·前蜀·王承肇傳》："承肇頗通兵法，後累官武定節度使，加太尉，國亡降唐，為行軍司馬。"

[2] 褎袖，謂寬大之袖。褎，同"褒"，衣襟寬大。《孔叢子·儒服》："子高衣長裾，振褒袖，方屐麁翣，見平原君。"《說文·衣部》："褒，衣博裾。"段玉裁注："博裾，謂大其褒囊也。《漢書》：'褒衣大祒。'謂大其衣袴之上也。引伸之為凡大之偁。"

周公山，在今雅安境。《輿地廣記》卷三〇："雅州有蔡山，《禹貢》所謂蔡蒙旅平是也。今曰周公山。"《太平寰宇記·劍南道六》："周公山在縣東南畔，山勢屹然，有龍穴，常多陰雲。《耆老傳》云：'昔諸葛亮在南，於此薨（夢）周公，遂立廟。州縣以靈驗聞。'"

[3] 打病，一種治病的方術。《雲笈七籤》卷一一三"馬自然"條："或有告疾者，湘無藥，但以竹杖打病處。腹内及身上百病，以竹杖指之，口吹杖頭，如雷鳴，便愈。"

[4] 攣，諸本作"孿"，形近而誤，徑改。按，攣，抽搐之意。攣躄，腿瘸不能行。《廣弘明集·音釋》："攣躃，拘曲不能行也。"又《廣弘明集·慶舍利感應表並詔答》："一切男女皆發菩提心，競趣歸依，瘂者能言，攣躄之人

悉皆能行。”“復有一人患腰脚攣躄，十五年自舍利到州所。是患人，禮拜發願，即得行動。”《法苑珠林》卷七八：“遂委攣躄，不能行動。”凡此者，皆作攣。而攣為雙生義，與文意不合，乃形近至訛。

躄（bì），瘸腿之意。《玉篇·足部》：“躄，跛甚者。”《史記·平原君列傳》：“民家有躄者，槃散行汲。”張守節正義：“躄，跛也。”

[5] 童騃，年幼無知貌。韓愈《謝自然》：“童騃無所識，但聞有神仙。”白居易《觀兒戲》：“童騃饒戲樂，老大多憂悲。”此處指田承肇正當幼年。

[6] 靈，學海本作“夷”。

[7] 麒麟，傳説中之瑞獸。形狀像鹿，頭上有角，全身有鱗甲，尾像牛尾。《詩·周南·麟之趾》鄭箋云：“麟角之末有肉，示有武而不用。”陸璣疏云：“麟，麕身，牛尾，馬足，黄色圓蹄，一角，角端有肉。音中鍾呂，行中規矩，遊必擇地，詳而後處，不履生蟲，不踐生草，不群居，不侶行，不入陷阱，不罹羅網，王者至仁則出。”麒麟多用以指才能傑出之人，《晉書·顧和傳》：“和二歲喪父，總角便有清操，族叔榮雅重之，曰：‘此吾家麒麟，興吾宗者，必此子也。’”此處即託言承肇為麒麟精，以喻其命之非凡。

必，學海本無。按，此處和尚乃預測王承肇必有作為，從語氣上看，當有“必”字。

[8] 洋州，西魏廢帝置，治豐寧縣（今陝西西鄉縣西）。隋大業初廢，唐復置。天寶元年（742）改為洋川郡，乾元元年（758）復為洋州，轄境約當今西鄉、洋縣、鎮巴、佛坪等縣地。

## 鬼坐衙

前蜀軍使文大劍宗阮下峽，行迴至瀘州，經方山廟，以兵士平善還棹，夜宿兹廟，了其心願焉[1]。事饌者檢視不謹，未經獻熟，有廟家狗潛於砧上盜物食焉[2]。文方暫偃息於廊廡間，候其事辨[3]。俄聞廟堂内雷震一聲，又有電數條繚繞廟中，似尋怪物。文與三十餘人潛匿無地，忽見一人，戴白冠，衣白裳，升堂而坐。獠鬼有趍走堦下者，役有排立者，莫知其數[4]。頃刻，有鬼十數等，皆披虎皮，執一著赤黄衫人至中庭[5]。鬼主責之曰："豈有人間設食，吾未受饗而竊之乎?"遂令杖之十五，曳出廟門。良久，鬼物聲影俱沈，寂然如故。文遂令點檢祭饌，果少猪腸。来早於廟籬外，見一赤黄狗臥在草内，舐其臀瘡。自後祭人轉加嚴敬。又崔諫議鑾頃在瀘州，禱無不應[6]。今於錦城之北奏置行廟，時人號曰"崔氏家神"。靈驗頗多，不復盡録。

［1］劒，學海本、崇文本作"諫"，誤。阮，諸本作"院"，形近而誤，今據《十國春秋》改。文大劒，本名文武堅。《十國春秋·前蜀·王宗阮傳》云："王宗阮，本僰道土豪文武堅也。善舞劒器，時號為文大劒。高祖攻陳敬瑄時，武堅執，戎州刺史謝承恩來降。及成都平，更其姓名曰王宗阮。"《資治通鑒·唐昭宗景福二年》亦云："癸丑，建分遣士卒，就食諸州。更文武堅姓名曰王宗阮。"

瀘，學海本作"溫"，誤。

平善，平安。楊衒之《洛陽伽藍記·宋雲惠生使西域》："宋雲遠在絶域，因矚此芳景，歸懷之思，獨軫中腸，遂發舊疹，纏綿經月，得婆羅門呪，然後平善。"

［2］視，鮑本作"慎"，據學海本、崇文本改。

［3］辨，通"辦"，謂文大劒正在休息，等著祭品準備好之後，祭神還願，感謝神靈保佑自己的部隊平安歸來。

［4］役有排立者，學海本無。

［5］執，學津本、學海本、崇文本作"拘"。

［6］無，鮑本作"允"，據學津本改。

## 怪鳥應

王蜀光天元年，太祖寢疾經旬，文州進白鷹，茂州貢白兔[1]。群臣議曰："聖上本命是兔，鷹兔至甚相刑，貢二禽，非以為瑞，退鷹留兔，帝疾必痊[2]。"勅命不從，是歲晏駕。又通正年，有大禿鶖鳥颺於摩訶池上[3]。顧太尉敻時為小臣直於内庭，遂潛吟二十八字詠之[4]。近臣與顧有隙者上聞，詔顧責之，將行黜辱，顧亦善對，上遂捨之。至光天元年帝崩，乃禿鶖之徵也。詩曰："昔日曾看瑞應圖，萬般祥異不如無。摩訶池上分明見，子細看来是那胡[5]。"

[1] 文州，鮑本作"文洲"，誤，徑改。按，文州縣，北周明帝二年（558）置，治建昌縣（清改長松縣，今文縣西南）。隋大業初廢。唐初復置，移治曲水縣（今文縣西南，建中中移治今文縣），屬劍南道。

茂州，縣名。唐貞觀八年（634）改南會州為茂州，領汶山縣。即今茂縣。

[2] 相刑，相克也。此處指鷹與兔相克。

[3] 大禿鶖，一種鳥，性凶悍。《六家詩名物疏》卷四五："鶖性貪惡，俗呼禿鶖，長頸，赤目，其毛辟水毒。劉楨賦云：'綠䴉葱鶖。'鶖色蓋青也。"

颺，飛也。《後漢書·吕布傳》："譬如養鷹，飢則為用，飽則颺去。"元稹《春晚寄楊十二兼呈趙八》："空際颺高蝶，風中聆素琴。"此處即指禿鶖飛於摩訶池上。

摩訶池，池名，在今成都。《太平寰宇記》卷七二《劍南道·益州》："汙池，一名摩訶池，昔蕭摩訶所置，在錦城西。"

［4］顧敻，《十國春秋·後蜀九·顧敻傳》："以小臣給事内庭，會禿鶖鳥翔摩訶池上，敻作詩刺之，禍幾不測，久之擢刺史，已而復仕，高祖累官至太尉。"

直，學津本作"血"，誤。直，值班。《晉書·羊祜傳》："遷中領軍，悉統宿衛，入直殿中，執兵之要，事兼内外。"

［5］胡，四庫本作"鶘"。鵜鶘也。《爾雅翼·釋鳥·鵜》："鵜，水鳥，今之鵜鶘。……淮南曰：'鵜胡飲水數斗而不足。'"正作"胡"。

又有楊秘書義方者，執性强良，所為狂簡，亦西南少俊之士也[1]。曾以筆硯見用於宋樞密光嗣。因題九頭鳥，宋疑楊見詠，遂奏謫沈黎[2]。至咸康元年，後主失位，宋亦遭誅，乃九頭鳥之應也。詩曰："三百禽中爾最靈，就中惡爾九頭名。數年雲外藏凶影，此夜天邊發差聲[3]。好惜羽毛還鬼窟，莫留災害與蒼生。况當社稷延洪日，不合鳴時莫亂鳴[4]。"

［1］楊義方，五代十國時期前蜀人，詳見《十國春秋·前蜀·楊義方傳》。

［2］九頭鳥，傳説中一種怪鳥，又名鬼車鳥，亦稱鬼車。段成式《酉陽雜俎·羽篇》："鬼車鳥，相傳此鳥昔有十首，能收人魂，一首為犬所噬。秦中天陰，有時有聲，聲如力車鳴。或言是水雞過也。"周密《齊東野語·鬼車鳥》："鬼車，俗稱九頭鳥，陸長源《辨疑志》又名渠逸鳥。世傳此鳥昔有十頭，為犬噬其一，至今血滴人家，能為災咎，故聞之者必叱犬滅燈，以速其過。"

沈黎，《元和郡縣圖志·劍南道·黎州》："《禹貢》梁州之域，漢武帝破夷於邛，置沈黎郡。周天和三年，開越巂於此，置黎州，隋廢，州置沈黎鎮，武德元年罷。"故治在今四川漢源縣東南。

［3］差，學海本、崇文本作"怪"，四庫本作"惡"。按，作"差"恐不

合詩律，作“怪”不如作“惡”佳，言九頭鳥叫聲讓人恐怖，讓人討厭。

［4］延洪，謂延長洪大。《書·大誥》：“延洪惟我幼沖人。”注：“凶害延大，惟累我幼童人。”孔穎達正義：“此害延長寬大，惟累我幼童人。成王自言害及己也。”《全唐文》卷九三〇杜光庭《謝宣賜天錫觀莊表》：“祈聖壽之延洪，保宏基之隆永。”此處謂“况當社稷延洪日”，即指國家社稷之延長洪大，也即國家社稷正當强盛之時。

## 旌論衡

釋道二門，各宗教本，雖分内外，意曉筌蹄[1]。前蜀佑聖國師光業有過人之辯，為僧門一瑞也。威儀楊德輝有出人之才[2]，為道門之一俊也。至於問答論難，無不雙美。武成中，東川昌明縣玄士李懷杲聚盜搆逆，尋亦受誅[3]。普通山青州長老録二尼道姑、道媪，親事巾瓶[4]。時左街使集王宗翰奏聞收勘，決遞遐方[5]。僧道俱有乖張，嘲論各興亂謗，非獨取笑，理在其中。

［1］筌蹄，《莊子·外物》：“筌者所以在魚，得魚而忘筌；蹄者所以在兔，得兔而忘蹄。”成玄英疏：“筌，魚笱也，以竹為之，故字從竹。……蹄，兔罝也，亦兔弶也，以繫兔腳，故謂之蹄。”此二者均為獲取獵物工具，故用以比喻達成目的之手段。意曉筌蹄，謂釋道二門均是追尋至理之工具，沒必要分彼此高下。因而此條名為“旌《論衡》”，表彰東漢王充《論衡》一書所體現之批判思想。

［2］光業，《釋氏要覽·國師》：“若偏覇之國，則蜀後主賜僧録光業為祐聖國師，吳越稱天臺德韶為國師，江南署文遂為國大導師。”

德輝，《全唐詩補編》：“德輝，道門威儀，住玉局觀。”

威儀，即威儀師，擅長法儀之道士。《唐六典·尚書禮部·祠部郎中員外郎》："道士修行有三號，其一曰法師，其二曰威儀師，其三曰律師。"

［3］武成，鮑本作"武城"，誤，今改。武成乃前蜀高祖王建年号，公元908—910年。

東川昌明縣，東川，指劒南東川，唐時方鎮，治梓州（今四川三台縣）。昌明縣，唐先天元年（712）置，治今四川江油市南太平鎮。

玄士，泛指会法術有法力之修行人，此处指道士。

［4］普通山青州長老，《蜀中廣記》卷八三："青州禪師洪杲道場，在成都東十數里普通山上。"

［5］左街使，左、右街使是金吾衛之屬官。金吾衛掌管宮中及京城警衛工作，分為左右金吾衛，各設大將軍一人，將軍二人，其下分設左右翊府，各設中郎將一名。左右街使即歸左右翊中郎將府管轄，分掌京城左右街之巡查。

集王，《資治通鑒·後梁太祖開平四年》："蜀主更太子宗懿名曰元坦。庚戌，立假子宗裕為通王，宗範為夔王，宗鐬為昌王，宗壽為嘉王，宗翰為集王。"

決遞，決，判決；遞，押送。

光業《徵李懷杲嘲道門》[1]云："雲鑠涪江水似天，又聞懷杲已升仙。强思齊見應摧膽，張茂卿聞必聳肩强與張二玄士。三尺霜刀充絳節，兩條朱棒替香煙[2]。報伊廣德先生道，社稷威靈不偶然[3]。山上擒来鎮裏收，天然模樣已成囚。妄占氣色為徵兆，更引文章說御樓。長牓數張懸市内，短刀一隊送江頭。旋驅旋斬教隨水，祇此名為正道流。"楊德輝《徵青州長老嘲僧門》[4]曰："堪笑青州學坐禪，不供父母不耕田。口中雖道無諸相，心裏元来有外緣[5]。行者趂教門裏臥，尼師留在腳頭眠。高標不使觀音救，徒說三千與大千。出家比要離生緣，爭是爭名更在先[6]。說法謾稱師子吼，魅人多使野狐涎[7]。行婆餉送新童子，居士抄條施利錢[8]。蠶食萬民何所用，轉教海內有荒田。”

［1］杲，學海本作“果”，誤。

［2］刀，學海本、崇文本作“鋒”。

絳節，傳説中上帝或仙君儀仗之一種。杜甫《玉臺觀》之一：“中天積翠玉臺遥，上帝高居絳節朝。”陸游《老學庵筆記》卷九：“天下神霄，皆賜威儀，設於殿帳座外。面南，東壁，從東第一架六物：曰錦繖、曰絳節、曰寶蓋、曰珠幢、曰五明扇、曰旌。”

［3］廣德先生，《蜀中廣記》卷七三：“《續博物記》云：廣德先生杜光庭，處州人。仕唐為内供奉，避亂入蜀，王氏爵為師臣。嘗撰《道教靈驗記》二十卷。隱青城山白雲溪，卒年八十五，顔貌如生，衆以為形解。有文千餘首，皆本無為之旨。”

［4］徵，鮑本無，據學海本補。

［5］諸相，佛教術語，謂諸差別之形相事物也。《維摩經·弟子品》曰：“法常寂然，滅諸相故。”

外緣，謂眼、耳、舌等感覺，緣起於色、聲、味等外物。此處指聲色享樂。

［6］生緣，塵世之緣分。顧況《送少微上人還鹿門》：“少微不向吴中隱，為箇生緣在鹿門。”

［7］師子吼，又作獅子吼。謂佛以無畏音説法，如獅子之咆吼。獅子為百獸之王，佛亦為人中之至尊，稱為人中獅子，故用此譬喻。又當佛説法時，菩薩起勇猛心求菩提，因而外道、惡魔生怖畏；猶如獅子吼時，小獅子亦增威，百獸怖伏。

涎，學海本作“禪”。野狐涎，指迷惑人之話語。曾敏行《獨醒雜誌》卷七：“（王）捷能使人隨所思想，一一有見，人故惑之。大抵皆南法，以野狐涎與人食而如此。其法：以肉置小口罌中，埋之野外，狐見而欲食，喙不得入，饞涎流墮罌内，漬入肉中。乃取其肉，曝為脯末，而置人飲食間。”

［8］行婆，居家事佛之老婦。蘇軾《白鶴峰新居欲成夜過西鄰翟秀才》

之一："林行婆家初閉戶，翟夫子舍尚留關。"查慎行注："行婆，老嫗居家事佛者之通稱。"

抄條，抄、條均為量詞，泛指細微之事物，此處指居士一點一滴地給寺院捐贈錢物。

又太祖降誕日，僧門祝辟支佛牙，道門進武成混元圖[1]。光業詔圖以嘲之，德輝詔佛牙以答之。議者以光業先興北郭之師，德輝報盡東門之役[2]。光業《嘲進圖》云："夜深燈火滿壇鋪，拔劍揮空亂叫呼。黑撒半筐兵甲豆，朱書一道厭人符[3]。重臣餧飼剛教活，聖主慈悲未忍誅。佛說毗盧三界了，如何更有混元圖[4]。"德輝《嘲佛牙》云："比来降誕為官家，堪笑群胡讚佛牙。手軟阿師持磬鈸，面甜童子執幡花。縱饒黎庶無知識，不可公王盡信邪。捧擁一函枯骨立，如何延得壽無涯。"

[1] 辟支佛，又作貝支迦、辟支。為二乘之一，亦為三乘之一。乃指無師而能自覺自悟之聖者。據《大智度論》、《大乘義章》載，有二義：（一）出生於無佛之世，當時佛法已滅，但因前世修行之因緣（先世因緣），自以智慧得道。（二）自覺不從他聞，觀悟十二因緣之理而得道。

[2] 北郭之師，昭公二十二年春，"齊北郭啟帥師伐莒，莒子將戰，苑羊牧之諫曰：'齊師賤，其求不多，不如下之，大國不可怒也。'弗聽，敗齊師於壽餘。"見《左傳·昭公二十二年》。

東門之役，隱公四年夏，"宋公、陳侯、蔡人、衛人伐鄭，圍其東門，五日而還"，明年四月，"鄭人侵衛牧，以報東門之役"，见《左傳·隱公四年》、《左傳·隱公五年》。後以"東門之役"指舊仇。

按，此兩處用典，表明"議者"實有揚道抑釋之觀點。

[3] 黑撒半筐兵甲豆，傳說中道家有撒豆成兵之法術。《古今事文類聚後集》卷一六之"幻術得婢"條云："郭璞至廬江，愛主人婢，無由而得，乃取

小豆三升繞主人宅散之。主人晨見赤衣人數千圍其家，就視則滅，甚惡之。請璞為卦，璞曰：‘君家不宜畜此婢，可於東南二十里賣之，慎勿爭價，則此可除。’主人從之。”

厭人符，即能厭勝之符咒。厭勝者，古代一種巫術，謂能以詛咒制勝，壓服人或物。《漢書·匈奴傳》：“元壽二年，單于來朝，上以太歲厭勝所在，舍之上林苑蒲陶宮。”

[4] 更，學海本作“又”。

毗盧，即毗盧遮那，為佛之報身或法身。又作毗樓遮那、毗盧折那、吠嚧遮那。略稱盧捨那、盧遮那、遮那。意譯遍一切處、遍照、光明遍照、大日遍照、净滿、廣博嚴净。《一切經音義》：“毗盧遮那，案梵本毗字……此云種種也。毗盧遮那，云光明遍照也；言佛於身智，以種種光明，照眾生也。或曰毗，遍也；盧遮那，光照也；謂佛以身智無礙光明，遍照理事無礙法界也。”

後舉子劉隱辭詠之曰：“為僧為道兩悠悠，若箇能分聖主憂[1]。各鬪輪蹄朝紫殿，競稱卿監滿皇州[2]。相嘲相詠何時了，爭利爭名早晚休。閒想邊庭荷戈將，功成猶自不封侯。”所以牛秘監嶠評之詩曰[3]：“玄門清净等空門，虔奉天尊與世尊[4]。金口說經十二部，玉皇留教五千言[5]。鼇頭宮殿波濤潤，鷲嶺香花夢想存[6]。莫向人間爭勝負，須知三教本同源。”

[1] 劉隱辭，《五代詩話·劉隱辭》云：“劉隱辭仕高祖，累官員外郎。王宗憲鎮寧江日，辟隱辭為節度，掌書記。”復見本書“因詩辱”條。

若箇，哪箇。李長吉《南園十三首》其五：“男兒何不帶吳鈎，收取關山五十州。請君暫上淩烟閣，若個書生萬戶侯。”個同“箇”。

[2] 紫殿，《三輔黃圖·漢宮》：“武帝又起紫殿，雕文刻鏤黼黻，以玉飾之。”後專指帝王宮殿。此句意為僧道雖說都不問世事，卻快車疾馬奔赴王宮

尋求塵世的富貴。

［3］牛嶠，《唐才子傳》卷六："牛嶠字延峰，隴西人，宰相僧孺之後。博學有文，以歌詩著名。乾符五年孫偓榜第四人進士，仕歷拾遺、補闕尚書郎。王建鎮四川，辟為判官。及偽蜀開國，拜給事中。"

［4］天尊，道教對所奉天神中最高貴者之尊稱。

世尊，如來十號之一。即為世間所尊重者之意，亦指世界中之最尊者。在印度，一般用為對尊貴者之敬稱，並不限用於佛教；若於佛教，則特為佛陀之尊稱。

［5］金口說經十二部，指佛陀親傳之十二部經。依其敘述形式與內容分成之十二種類。又作十二分教、十二分聖教、十二分經。即：（一）契經，又作長行。以散文直接記載佛陀之教說，即一般所說之經。（二）應頌，與契經相應，即以偈頌重複闡釋契經所說之教法，故亦稱重頌。（三）記別，又作授記。本為教義之解說，後來特指佛陀對眾弟子之未來所作之證言。（四）諷頌，又作孤起。全部皆以偈頌來記載佛陀之教說。與應頌不同者，應頌是重述長行文中之義，此則以頌文頌出教義，故稱孤起。（五）自說，佛陀未待他人問法，而自行開示教說。（六）因緣，記載佛說法教化之因緣，如諸經之序品。（七）譬喻，以譬喻宣說法義。（八）本事，載本生譚以外之佛陀與弟子前生之行誼。或開卷語有"佛如是說"之經亦屬此。（九）本生，載佛陀前生修行之種種大悲行。（十）方廣，宣說廣大深奧之教義。（十一）希法，又作未曾有法。載佛陀及諸弟子稀有之事。（十二）論議，載佛論議抉擇諸法體性，分別明瞭其義。

玉皇留教五千言，皇，學海本闕。按，上句言"金口"，此句玉皇與之不對稱，作"皇"字恐誤，或乃"齒"字，玉齒亦代指口。姑存疑於此。玉皇留教五千言指老子傳《道德經》五千言。

［6］鼇頭，宋羅願《爾雅翼·釋魚·鼇》："鼇，巨龜也。《列子》稱渤海東大壑中，有岱輿、員嶠、方壺、瀛洲、蓬萊五山。其山高下周旋三萬里，仙聖之所往來，而五山之根無所連著，常隨潮上下往還，不得蹔峙。帝命禺疆使巨鼇十五，仰首而載之。"鼇頭宮殿，泛指道家神仙所住之所。

鷲嶺，即靈鷲山。位於中印度摩揭陀國王舍城東北。簡稱靈山，或稱鷲峰、靈嶽。山形似鷲頭，又以山中多鷲，故名。如來嘗講《法華》等大乘經於此，遂成爲佛教勝地。

## 神口開

韋相公昭度出鎮西川，陳太師敬瑄與監護田軍容令孜堅守城垣，不伏除替[1]。韋於城南荷聖寺置行府，制守三年而歸[2]。時王太祖建為行軍司馬，忽夢一青衣神人大張其口。及問小將山章，章對曰："青衣乃蜀之地名也，亦有青衣之神，其祠在平壘内[3]。今城中百姓則易子而食，三軍則守陴而哭，可謂窮危之甚，祠廟固乏蒸嘗[4]。今青衣之神口開，是土地於公求饗，亦是啟其脣齒，露彼腹心之兆也[5]。"其城夢後十日而降，果如所說。又雅州有周公山，城之隅有周公廟，廟有土偶康押衙，即神之領袖也[6]。郡人所禱，無不遂心。唐大中初，有任士元與宇文錯爭田，俱無公執[7]。雖經檢勘，難定是非。士元無計申明，不甘理屈，遂詣靈廟，舁請康押衙親至田所[8]。祝曰[9]："若是宇文錯之地，請神點頭。如是士元之地，請神開口。"冥心啟祝，神口遂開。宇文錯知非，遂還其地。士元因請鼓樂迎歸舊祠。今郡人無不敬事，儻有祭奠，似帶酒容。乃知神明正直，依人而行者也。

[1] 韋昭度，唐末人，詳見《舊唐書·韋昭度傳》。

陳敬瑄，唐末人，詳見《新唐書·陳敬瑄傳》。

田令孜，唐朝宦官，詳見《新唐書·田令孜傳》。

除替，卸任，免去官職。崔璞《蒙恩除替將還京洛偶叙所懷因成六韻呈軍事院諸公郡中一二秀才》："遽蒙交郡印，安敢整朝衣。"自注："到任十二箇月，除替未及三年。"

［2］行府，在京師外設置之調度軍務之機構。李綱《與趙相公第十二書》："謹遣本司幹辦公事官羅薦可，具歷懇款，告於行府，伏望鈞慈，特與定議。"《宋史・高宗紀》："戊午，命楊沂中以兵萬人，聽都督行府調遣。"

［3］平，鮑本作"乎"，據學海本改。

［4］陴，學海本作"城"。陴（pí），謂城上女墻。《左傳・宣公十二年》："國人大臨，守陴者皆哭。"杜預注："陴，城上俾倪。"孔穎達正義："陴，城上小牆；俾倪者，看視之名。"

蒸嘗，本指秋冬二祭。後泛指祭祀。董仲舒《春秋繁露・四祭》："春曰祠，夏曰礿，秋曰嘗，冬曰蒸。"

［5］饗（xiǎng），祭祀，祭獻。《禮記・郊特牲》："蠟也者，索也，歲十二月，合聚萬物而索饗之也。"鄭玄注："饗者，祭其神也。"

［6］土偶，泥塑之神像。《南史・蕭懿傳附蕭猷》："當此時，廟中請祈無驗。十餘日，乃見侍衛土偶皆泥濕如汗者。"

［7］公執，謂可為公證之憑據。

［8］申明，鮑本作"端明"，據學海本、崇文本改。按，申明，辯解、申訴之意。《新唐書・李尚隱傳》："（李）尚隱曰：'善良方蒙枉，不為申明，可乎？'"此處任士元不甘理屈，意在申訴辯解，當以申明為宜。端明則為正直聰明，與文意不合。

舁（yú），抬，扛。《三國志・魏志・鍾繇傳》："時華歆亦以高年疾病，朝見皆使載輿車，虎賁舁上殿就坐。"

［9］祝，祝禱。《公羊傳・襄公二十九年》："故諸為君者皆輕死為勇，飲食必祝曰：'天苟有吳國，尚速有悔於予身。'"何休注："祝，因祭祝也。"

## 布燮朝

南蠻所都之地，號曰"長和國"，呼宰相為"布燮"[1]。王蜀後主乾德中，南蠻選布燮段義宗、判官贊衛、姚吟等為使入蜀[2]。義宗不欲朝拜，遂禿削為僧，號曰“大長和國左街崇聖寺賜紫沙門銀鉢”。既而屆蜀，群臣議奏：“僧有胡法，宜令禮拜[3]。”義宗於是失節焉。至於議論，敷奏道理，一歌一詠，捷應如流[4]。有《題大慈寺芍藥》[5]云：“浮花不與衆花同，為感高僧護法功。繁影夜鋪方丈月，異香朝散講筵風[6]。尋真自得心源静，覩色非貪眼界空。好是芳馨堪供養，天教生在釋門中。”

[1] 長和國，據《雲南通志》卷四云：“開元之末，蒙舍詔漸强，併吞五詔，尋以功策授雲南王。天寶元年置姚州、巂州守捉使。九載，蒙舍僭國，號曰大蒙。德宗興元初，蒙舍改國號曰大理。貞元二年，復置殷州。十年，蒙舍歸附，改國號仍曰南詔。十三年，置浪川州，隸戎州都督府。宣宗大中十三年，復叛，改稱大理。昭宗天復二年，鄭買嗣簒立，僭號大長和國。”

布燮，《新唐書・南蠻・南詔》：“（南詔）官曰坦綽、曰布燮、曰久贊，謂之清平官，所以決國事輕重，猶唐宰相也。”

[2] 乾德，前蜀後主年號，公元919—924年。

[3] 僧有胡法，胡，四庫本作“佛”，義長。

[4] 議，學津本、學海本作“談”。

[5] 大慈寺，古寺名，位於今成都市東風路一段。《清一統志・成都府》云：“大慈寺在華陽縣東。唐至德中建。明皇書‘大聖慈寺’額，本朝順治中重修。”

[6] 影，學海本、崇文本作“蕚”，四庫本作“蕊”。

異，學海本作“吳”，形近而誤；朝，學海本作“早”。

又《題三學院經樓》云：“鷲嶺雞園不可儔，叨倍龍象喜登遊[1]。玉排複道珊瑚殿，金錯危欄翡翠樓[2]。尚欲歸心求四諦，敢辭旋繞滿三周[3]。羲和鞭撻金烏疾，俗網無由亘駐留[4]。”又題曰：

“當今積善競修崇，七寶莊嚴作梵宮[5]。佛日明時齊舜日，皇風清處接慈風[6]。一乘妙理應難測，萬劫良緣豈易窮[7]。共恨塵勞非法侶，掉鞭歸去夕陽中[8]。”又《題判官贊衛有聽歌妓洞雲謌》略云：“嵇叔夜，嵇叔夜，鼓琴飲酒無閒暇[9]。若使當時聞此歌，抛擲廣陵渾不藉[10]。劉伯倫，劉伯倫，虛生浪死過青春[11]。一飲一碩獨自醉，無人為爾下梁塵[12]。”

［1］雞，學海本、崇文本作“祇”，四庫本作“名”。按，作“雞”則與“鷲”相對，義長。雞園者，在摩揭陀國波吒厘子城之側，無憂王（即阿育王）建立之處。《大唐西域記》卷八曰：“故城東南，有屈屈吒阿濫摩僧伽藍，無憂王之所建焉。無憂王初信佛法也，式遵崇建，修殖善種，召集千僧凡聖兩眾，四事供養，什物周給。”或曰雞頭摩寺、雞頭末寺、雞雀寺、雞寺等。作“祇”則為祇園，乃祇陀園林須達精舍的簡稱，是佛教史上的第二座佛寺，在舍衛城，乃須達多長者建築以供佛說法的道場。

倍，學津本作“陪”。按，倍乃“陪”之古字。叨陪，謙稱陪侍或追隨。王勃《滕王閣序》：“他日趨庭，叨陪鯉對。”

龍象，龍與象。水中行龍力大，陸中行象力大，故佛氏用以喻諸阿羅漢中修行勇猛有最大能力者。《大般涅槃經》卷二：“世尊，我今已與諸大龍象菩薩磨訶薩斷諸結漏。”此處泛指高僧。

［2］玉，鮑本原作“遊”，據學津本、學海本、崇文本改。按，作“遊”乃承上“遊”字而誤，“玉”與後之“金”對文，作“玉”是。排為鋪排之意。

複道，樓閣間架空之通道。也稱閣道。《史記・秦始皇本紀》：“秦每破諸侯，寫放其宮室，作之咸陽北阪上，南臨渭，自雍門以東至涇、渭，殿屋複道周閣相屬。”杜甫《夔州歌》之四：“楓林橘樹丹青合，複道重樓錦繡懸。”

［3］四諦，諦乃審實不虛之義。四諦即指苦、集、滅、道四種正確無誤之真理。此四者皆真實不虛，故稱四諦、四真諦；又此四者為聖者所知見，

故稱四聖諦。

[4] 羲和，古代神話傳說中的人物。駕御日車的神。《楚辭·離騷》："吾令羲和弭節兮，望崦嵫而勿迫。"王逸注："羲和，日御也。"

金烏，古代神話傳說太陽中有三足烏，因為太陽的代稱。《山海經·大荒東經》："一日方至，一日方出，皆載於烏。"郭璞注："中有三足烏。"《文選·左思〈蜀都賦〉》："羲和假道於峻岐，陽烏迴翼乎高標。"李善注引《春秋元命苞》："陽成於三，故日中有三足烏。烏者，陽精。"

[5] 七寶，佛教語中七種珍寶。佛經中說法不一，如：《法華經》以金、銀、琉璃、硨磲、碼碯、真珠、玫瑰為七寶；《無量壽經》以金、銀、琉璃、珊瑚、琥珀、硨磲、瑪瑙為七寶；《大阿彌陀經》以黃金、白銀、水晶、琉璃、珊瑚、琥珀、硨磲為七寶；《恒水經》以白銀、黃金、珊瑚、白珠、硨磲、明月珠、摩尼珠為七寶。此處泛指多種珍寶。

梵宮，原指梵天的宮殿。後多指佛寺。沈約《瑞石像銘》："永言鷲室，棲誠梵宮。"

[6] 佛日，對佛的敬稱。佛教認為佛之法力廣大，普濟眾生，如日之普照大地，故以日為喻。《佛說觀無量壽經》："唯願佛日教我，觀於清淨業處。"

明，同明。《康熙字典·目部》云："《集韻》、《正韻》並眉兵切，音鳴。視瞭也。按《正字通》云：'《莊子·外物》篇，目徹為明，不借用明从日月會明意。目明意，目明與明暗之明義同。'田藝衡曰：'古皆从日月作明，漢乃从目作明。'《廣韻》、《禮部韻略》俱不收明字，《正韻》沿《玉篇》、《集韻》之誤，分明、明為二，非。"

皇風，皇帝的教化。班固《東都賦》："覲明堂，臨辟雍；揚緝熙，宣皇風。"

[7] 一乘，即指佛乘。乘，載運之義。佛說一乘之法，為令眾生依此修行，出離生死苦海，運至涅槃彼岸。喻以七寶大車而導之以大白牛。佛之出世，意欲直說法華，蓋因眾生根機不等，於是先說三乘之法而調熟之。《法華經》載，於一乘道分別說三，後至法華時，會三乘之小行，歸廣大之一乘。

萬劫，佛經稱世界從生成到毀滅的過程為一劫，萬劫猶萬世，形容時間極長。沈約《内典序》：“俱處三界，獨與神遊，包括四天，卷舒萬劫。”

［8］勞，學海本作“芳”。塵勞，佛教徒謂世俗事務之煩惱。《無量壽經》卷上：“散諸塵勞，壞諸欲塹。”

［9］嵇叔夜，指魏晉名士嵇康，竹林七賢之一，好飲酒彈琴，琴技卓絕，以《廣陵散》名世。詳見《晉書・嵇康傳》。

［10］藉，學津本、崇文本作“謝”。按，藉有顧惜義，作藉是。

廣陵，指《廣陵散》，《晉書・嵇康傳》云：“康將刑東市，太學生三千人請以為師，弗許。康顧視日影，索琴彈之，曰：‘昔袁孝尼嘗從吾學《廣陵散》，吾每靳固之，《廣陵散》於今絶矣。’……初康嘗遊乎洛西，暮宿華陽亭，引琴而彈。夜分，忽有客詣之，稱是古人。與康共談音律，辭致清辯，因索琴彈之而為《廣陵散》，聲調絶倫，遂以授康。仍誓不傳人，亦不言其姓字。”

［11］劉伯倫，指與嵇康同時且同為竹林七賢之劉伶，劉伶沉湎美酒，長醉不醒。詳見《晉書・劉伶傳》。

［12］碩，崇文本作“顧”。按，碩通“石”（dàn），謂一次喝的酒很多。

梁塵，喻嘹亮動聽之歌聲。《太平御覽》卷五七二引劉向《別録》：“漢興以來，善歌者魯人虞公，發聲清哀，蓋動梁塵。”下梁塵，即“動梁塵”之意，此句謂劉伶沒有機會聽到這麼優美的歌聲。

又《思鄉》云：“虜北行人絶，雲南信未還[1]。庭前花不掃，門外柳誰攀。坐久消銀燭，愁多減玉顏。懸心秋夜月，萬里照關山。”似此製作，實為高手[2]。義宗生居蠻貊，蔑有漢朝蜀號漢國。章表□□，頗生輕易。國師常瑩、辯廣、光業等酬酢偈句，皆失機宜[3]。□□□還，遇鴆而卒[4]。議者以南康王韋臯於沈黎大興黌序，□□□□，遂至夷亂華風，文流異域[5]。自有唐蠻子朝覲，罕有□□□□，□俗之間，無不繕寫《洞雲謌行》者也[6]。

［1］廣，學津本作“漠”。

［2］似，學海本、崇文本作“如”。

［3］廣，學海本作“黄”。

［4］鴆，學海本作“鴪”。

［5］韋皋，詳見《舊唐書·韋皋傳》。

黌（hóng）序，黌，《類篇·黄部》：“黌，胡盲切，學舍。”序，古代學校的名稱。《周禮·地官·州長》：“春秋，以禮會民而射於州序。”鄭玄注：“序，州黨之學也。”二者並稱，泛指學校。《北齊書·文宣帝紀》：“八月，詔郡國修立黌序，廣延髦儁，敦述儒風。”

［6］□俗之間，段義宗削髮為僧，此處似可補為“僧俗之間”，故作如是斷句。

# 【鑒誡錄卷七】

## 做十在

有《唐十在》，著自簡編，為古今之美談，顯君臣之强盛[1]。林員外屖亦著《前蜀十在》，行自閭閻，明其禍亂之胎，示以君臣之醜[2]。雖為謗訕，深鑒是非。慮墜斯文，輒編於此。其文曰："咸康元年，蜀主臨軒，龍顏不悅，群臣失色，罔知所安[3]。時有特進檢校太傅顧正珣越班奏曰：'臣聞主憂臣辱，主辱臣死。今聖慮懷憂，臣等請罪。'帝曰：'北有後唐霸盛，南有蠻蜑强良[4]。朕雖旰食宵衣，納隍軫慮，此不能興師弔伐，彼不能臣子來王[5]。恐社稷不安，為子孫之患，是以憂爾。'"

[1] 今，學津本、學海本作"人"。

[2] 閭閻，謂民间。《史記・樗里子甘茂列傳》："甘茂起下蔡閭閻，顯名諸侯，重强齊楚。"《梁書・何點傳附何胤》："頃者學業淪廢，儒術將盡，閭

閭搢紳，尠聞好事。”

胎，《爾雅·釋詁》：“胎，始也。”

［3］臨軒，謂帝王不坐正殿而御前殿。殿前堂陛之間近簷處兩邊有檻楯，如車之軒，故稱。《後漢書·李膺傳》：“讓訴寃於帝，詔膺入殿，御親臨軒，詰以不先請便加誅辟之意。”王維《少年行》之四：“天子臨軒賜侯印，將軍佩出明光宮。”

悦（yuè），同“悦”。《字彙·心部》：“悦，俗侻字。”《荀子·王制》：“立身則輕楛，行事則蠲疑。進退貴賤則舉佞侻。”王先謙集解引郝懿行曰：“侻，當訓為悦。謂諂佞容悦也。”

［4］蠻蜑，旧时南方少数民族之一，多船居，稱蜑戶，亦稱蛋戶。常璩《華陽國志·蜀志》：“（廣都縣）漢時縣民朱辰字元燕，為巴郡太守，甚著德惠。辰卒官，郡獽民北送及墓，獽蜑鼓刀辟踊，感動路人，於是葬所草木傾許皆做之曲折。”

［5］納隍，謂出民於水火之迫切心情。《孟子·萬章下》稱伊尹“思天下之民，匹夫匹婦，有不與被堯舜之澤者，若己納之溝中”。張衡《東京賦》：“人或不得其所，若己納之於隍。”《宋書·王僧達傳》：“民有咨瘼之聲，君表納隍之志。”唐陸贄《論淮西管內水損處請同諸道遣宣慰使狀》：“儻宏善救之心，當軫納隍之慮。”

軫慮，忧虑。江淹《蕭讓太傅相國齊公十郡九錫第二表》：“中庶卷容，左右軫慮。”唐太宗《執契靜三邊》：“秋駕轉兢懷，春冰彌軫慮。”

正珣奏曰：“祇如興土木於禁中，選驍雄於手下，迴持釜鉞，出鎮藩籬[1]。飾宮殿於遐方，命鑾輿而遠幸，為釁之兆，為禍之元[2]。有王承休在，摧挫英雄，吹揚佞媚，全無斟酌，謬處腹心[3]。斷性命於戲翫之間，戮仇讐於樞機之下。有功勞而皆棄，非賄賂而不行。有宋光嗣在，受先皇之付囑，為大國之棟梁[4]。既不輸忠，又不能退。恣一門之奢侈，任數子之驕矜。徒為饕餮之人，實非社稷之器[5]。有王宗弼在，迴徹煙霄，殊非謇諤[6]。興亂本逞章呈之妙，說奸謀事頰舌之能[7]。立致傾亡，尚居左右。有韓昭在，常加慘毒，每恣貪殘，焚爇軍營，要寬私第[8]。不道喧騰於衆口，非違信任於愚懷[9]。有歐陽晃在，酷毒害民，加刑聚貨，叨為郡守，實負天恩[10]。瘡痍已徧於陽安，蒙蔽猶憑於内密[11]。

［1］禁中，帝王所居之宮殿。《史記·秦始皇本紀》："於是二世常居禁中，與高決諸事。"蔡邕《獨斷》卷上："禁中者，門戶有禁，非侍御者不得入，故曰禁中。"

［2］遐方，猶遠方。揚雄《長楊賦》："是以遐方疏俗，殊鄰絶黨之域，自上仁所不化，茂德所不綏，莫不蹻足抗首，請獻厥珍。"白居易《題郡中荔枝詩十八韻兼寄萬州楊八使君》："已教生暑月，又使阻遐方。"

命，學海本、崇文本作"乘"。

釁，禍患也。《後漢書·隗囂傳論》："夫功全則釁顯，業謝則釁生。"

［3］王承休，前蜀宦官，詳見《十國春秋·前蜀·王承休傳》。

［4］宋，鮑本作"少"，據學津本、學海本、崇文本改。

［5］饕餮，本傳説之獸，古之鐘鼎彝器多刻其頭以為飾。《呂氏春秋·先職》："周鼎著饕餮，有首無身，食人未咽，害及其身，以言報更也。"此處喻貪得無厭者。

［6］煙霄，喻顯赫之位。白居易《和談校書秋夜感懷呈朝中親友》："詞賦擅名來已久，煙霄得路去何遲?"黄滔《陳皇后因賦復寵賦》："已為無雨之期，空懸夢寐；終自淩雲之製，能致煙霄。"

謇諤，剛直敢言貌。《後漢書·陳蕃傳》："忠孝之美，德冠本朝；謇愕之操，華首彌固。"閻濟美《下第獻座主張謂》："謇諤王臣直，文明雅量全。"

［7］呈，學海本作"程"。

頰舌，口舌言語。比喻口辯才能。梁武帝《責賀琛敕》："欺罔朝廷，空示頰舌。"

［8］韓昭，唐末五代人，詳見《十國春秋·前蜀·韓昭傳》。

焚爇（ruò），猶燒毁。《三國志·魏志·公孫瓚傳》："紹遣將攻之，連年不能拔。"裴松之注引習鑿齒《漢晉春秋》："足下志猶未厭，乃復糾合餘燼，率我蚌賊，以焚爇勃海。"唐蘇鶚《杜陽雜編》卷下："章奏有不欲左右見者，率皆焚爇。"

[9] 道，學海本、崇文本作"顧"。不道，謂無道，胡作非為。桓寬《鹽鐵論·非鞅》："伍員相闔閭以霸，夫差不道，流而殺之。"柳宗元《封建論》："朝拜而不道，夕斥之矣；夕受而不法，朝斥之矣。"

非違，學海本、崇文本作"惟思"。非違，謂違法。《魏書·元勰傳》："勰翌日面陳曰：'奉詔令專主宗制，糾舉非違。'"《魏書·官氏志》："諫議大夫規諷時政，匡刺非違。"

[10] 刑，學海本作"利"。

叨，忝也，謂受之有愧。徐陵《答李顒之書》："孤子皆緣素乏，叨簉皇華。"王勃《滕王閣序》："他日趨庭，叨陪鯉對。"

[11] 陽安，地名，今簡陽境。《元和郡縣圖志·劍南道·成都府簡州陽安縣》卷："（陽安）本漢牛鞞縣也，後魏恭帝二年於此置陽安縣，屬武康郡。隋開皇三年罷郡，縣屬益州。武德三年置簡州縣。"

猶，鮑本作"由"，據學海本改。按，此處作副詞，與"已"相對，謂陽安已經滿目瘡痍了而主上還被内侍蒙蔽。

有田魯儔在，為君王之元舅，受保傅之尊官[1]。但務奢華，不思輔弼，第宅迥同於上苑，珠珍未滿於貪心[2]。有徐延瓊在，出為留守，入掌樞機[3]。无諤諤以佐君，但唯唯而徇旨[4]。有景潤澄在，搜求女色，悦暢宸襟[5]。常叨不次之恩，每冒無厭之寵[6]。敷對唯誇於辯博，佐時不督於經綸[7]。素非忠賢，實為忝竊[8]。有嚴凝月在，唱亡國之音，衒趨時之伎[9]。每為巫覡，以罔聖明[10]。致君為桀、紂之行，昧主乏唐、虞之化[11]。有臣在，陛下任臣如此，何憂社稷不安[12]。"帝聞所奏，大悦龍顔，於是賜顧正珣絹五百四，進加右金吾衛將軍開府儀同三司檢校太尉，仍令所司，編入史記[13]。

［1］保傅，古時保育、教導太子及帝王諸侯子弟之官員謂之保傅。《戰國策·秦策》："居深宫之中，不離保傅之手。"賈誼《新書·保傅》："及太子既冠成人，免於保傅之嚴，則有司直之史，有勸膳之宰。"

［2］珠珍，學津本、學海本作"珍珠"。

［3］徐延瓊，五代時人。據《十國春秋·前蜀·徐延瓊傳》載：徐延瓊，字敬明，順聖太后之弟。嘗以國戚授武德軍節度使兼中書令，封趙國公。

［4］諤諤，直言爭辯貌。《韓詩外傳》卷一〇："有諤諤爭臣者，其國昌；有默默諛臣者，其國亡。"《晉書·傅玄傳論》："抗辭正色，補闕弼違，諤諤當朝，不忝其職者矣。"

唯唯，恭敬應答貌，此處當指隨順貌。

［5］宸襟，此處借指帝王，即指王建。

［6］不次，猶言超擢、破格。《漢書·東方朔傳》："武帝初即位，徵天下舉方正賢良文學材力之士，待以不次之位。"顔師古注："不拘常次，言超擢。"不次之恩，即超擢破格錄用之恩。

［7］詧，學海本、崇文本作"達"。詧，同"察"。《玉篇·言部》："詧，與察同。"

經綸，謂治理國家之事。不詧於經綸，即謂之不注重治理國家之大事。

［8］忝竊，謂辱居其位，愧得其名。羊祜《讓開府表》："且臣忝竊雖久，未若今日兼文武之極寵，等宰輔之高位也。"杜甫《長沙送李十一》："李杜齊名真忝竊，朔雲寒菊倍離憂。"

［9］伎，學津本作"佼"。

［10］翫，此處謂之戲弄。《左傳·昭公二十年》："夫火烈，民望而畏之，故鮮死焉；水懦弱，民狎而翫之，則多死焉。"《北史·魏收傳》："邪輸者，故尚書令陳留公繼伯之子，愚癡有名，好自人市肆，高價買物，商賈共所嗤翫。"此處意謂以巫覡之事戲弄君王。

明，崇文本作“朝”。

[11] 行，鮑本作“年”，據學海本、崇文本改，謂導致君王做出桀、紂一樣的行為。

昧，學海本作“媚”。

[12] 臣，學海本、崇文本其下有“珣”字。

[13] 絹，學海本作“綃”，或形近而誤。

## 亡國音

王後主咸康年晝作鬼神，夜為狼虎，潛入諸宮内，驚動嬪妃，老小奔走，往往致卒[1]。或狂遊玉壘，書王一於倡樓[2]；或醉幸青城，溺内家於灌口[3]。數塗脂粉，頻作戎裝。又内臣嚴凝月等競唱《後庭花》、《思越人》[4]。及搜求名公艷麗絶句，隱為《柳枝詞》，君臣同座，悉去朝衣，以晝連宵，弦管喉舌相應[5]。酒酣則嬪御執卮，后妃填辭，令手相招，醉眼相盼，以至履舄交錯，狼籍杯盤[6]。是時淫風大行，遂亡其國。

[1] 咸康，前蜀後主王衍年號，指公元 925 年。“晝作鬼神，夜為狼虎”指王衍不勤政事卻裝神弄鬼嚇人玩。

[2] 玉壘，指玉壘山，《太平寰宇記》卷七三《劍南西道・永康軍・導江縣》：“玉壘山，湔水所出。郭璞《江賦》云‘玉壘作東別之標’是也。李膺《益州記》云：‘在沈黎郡，去蜀城南八百里，在縣西北二十九里。’”在今都江堰市。

王一之“一”，或為代指符號，代指王衍之“衍”，何光遠或許覺得直書“王衍”不妥，故用“一”字。此處指王衍在妓院一遊後留書為證，類似於“某某到此一遊”。

倡樓，指妓院。南朝梁簡文帝《東飛伯勞歌》之二："西飛迷雀東羈雉，倡樓秦女乍相值。"

［3］灌，學海本作"汉"。灌口，在今都江堰市中部，北依玉壘山南麓，西傍岷江，西北為都江堰渠首，故而王衍能"溺內家"。另，"溺內家"可參其後"陪臣諫"條之"青城則嬪婇將沈"。

［4］嚴凝月等競唱《後庭花》、《思越人》，前條《放十在》云："有嚴凝月在，唱亡國之音，衒趨時之伎，每為巫覡，以翫聖明，致君為桀紂之年，昧主乏唐虞之化。"

［5］隱，學海本、崇文本無，四庫本作"編"。

［6］填，學海本、崇文本作"擿"。

令，鮑本作"合"，據學津本、學海本改。按，"令"指酒令，令手指行酒令之手。

履舄，泛指鞋子。

《後庭花》者，亡陳之曲，故杜牧舍人《宿秦淮》有詩曰："煙籠寒水月籠沙，夜泊秦淮傍酒家。商女不知亡國恨，隔江猶唱《後庭花》[1]。"又胡曾《詠史》[2]詩曰："鄰國機權未可涯，如何後主恣驕奢。不知即入宮前井，猶自聽歌《玉樹花》。"《思越人》者，亡吳之曲，故胡曾《詠史》詩曰："吳王恃霸棄雄才，貪向姑蘇醉淥醅[3]。不覺錢塘江上月，一宵西送越兵来。"《柳枝》者，亡隋之曲，煬帝將幸江都，開汴河種柳，至今號曰隋堤，有是曲也。胡曾《詠史》詩曰："萬里長江一旦開，岸邊楊柳幾千栽。錦帆未落干戈起，惆悵龍舟更不迴。"又韓舍人《詠柳》[4]詩曰："梁苑隋堤事已空，萬條猶舞舊春風。那堪更想千年後，誰見楊花入漢宮。"

［1］《宿秦淮》，一般作《泊秦淮》。

傍，學津本作"近"，學海本作"依"。歷代收錄此詩多作"近"。

［2］胡曾，《唐才子傳》卷六云："胡曾，長沙人也，咸通中進士。初再三下第，有詩云：'翰苑幾時休嫁女，文昌早晚罷生兒。上林新桂年年發，不許時人折一枝。'曾天分高爽，意度不凡，視人間富貴亦悠悠。遊歷四方，馬跡窮歲月，所在必公卿館轂。上交不諂，下交不瀆，奇士也。嘗為漢南節度從事，作《詠史詩》。"

［3］渌，崇文本作"緑"。按，"渌"同"醁"。醽醁的省稱，美酒名。唐崔國輔《對酒吟》："寄言世上諸少年，平生且盡杯中渌。"而"醅"本指未濾去糟的酒，故而渌、醅連用，泛指美酒。然《萬首唐人絶句》卷五三、《全唐詩》卷六四七、《唐詩紀事》卷七一等均作"緑"。二者義可通。

［4］韓舍人，指韓琮。《唐才子傳》卷四云："韓琮字成封，長慶四年李郡榜進士。後大中中仕至湖南觀察使，有詩名。"

又賀秘監知章、羅給事隱詠柳輕巧風艷，無以加焉。賀君詩曰："碧玉粧成一樹高，萬條垂下緑絲條。不知細葉誰裁出，二月春風似剪刀。"羅詩[1]曰："裊裊和煙映玉樓，半垂橋上半垂流。今年漸見枝條密，惱亂春風卒未休。"又李博士涉有《題錦浦垂柳》[2]曰："錦池江口柳垂橋，風引蟬聲送寂寥。不必如絲千萬樹，秖禁離恨兩三條。"

［1］羅詩，鮑本作"又詩"，據學津本改。

［2］李涉，《唐才子傳》卷四云："李涉，洛陽人，渤之仲兄也，自號清溪子。早歲客梁園，數逢兵亂，避地南來，樂佳山水，卜隱匡廬香爐峰下石洞間。"

## 雪廢主

天成初，明宗臨朝，宣亡蜀舊宰臣王鍇、張格、庾傳素、許寂、御史中丞牛希濟等各賜一韻，試蜀主降臣唐詩，限五十六字[1]。詩成，王鍇等皆諷蜀主僭號，荒婬失國[2]。獨牛希濟得川字，所賦詩意但述數盡，不謗君親。明宗覽詩曰："如牛希濟，才思敏捷，不傷兩國，迴存忠孝者，罕矣!"當日有雍州亞事之拜，至今京洛無不稱之[3]。詩曰："滿城文物欲朝天，不覺鄰師犯塞煙。唐主再懸新日月，蜀王還却舊山川。非干將相扶持拙，自是吾君數盡年。古往今来亦如此，幾曾歡笑幾潸然[4]。"

［1］明宗，謂後唐明宗李嗣源，926—933年在位，詳見《舊五代史·唐書·明宗紀》。

王鍇，唐末五代人，詳見《十國春秋·前蜀·王鍇傳》。

張格，唐末五代人，詳見《舊五代史·唐書·張格傳》。

庾傳素，唐末五代人，詳見《十國春秋·前蜀·庾傳素傳》。

許寂，唐末五代人，詳見《十國春秋·前蜀·許寂傳》。

牛希濟，唐末五代人，詳見《十國春秋·前蜀·牛希濟傳》。

［2］詩，鮑本無，據學海本、崇文本補。

［3］雍州，東漢興平元年（194）置，治姑臧縣。建安十八年（213）移治長安。煬帝改為京兆郡，武德元年（618）復為雍州，開元元年（713）改為京兆府。

［4］曾，學海本作"人"。

## 陪臣諫諸侯之臣曰陪臣

王蜀咸康年，後主將幸天水，群臣列疏懇諫，上意不從[1]。前秦州節度掌書記蒲禹卿獨上一表，云："秦皇之鑾駕不迴，煬帝之龍舟不返[2]。"至今傳為忠臣。及後主降唐，至雍州受死，亡蜀宰臣王鍇等乞後主骸骨，歸葬蜀山，其表云：“生為萬乘之君，死在匹夫之手。”蒲君隨例赴洛，亦在長安，痛後主遭誅，朝廷失信，於驛門大慟，仍書五十六字而歸。雍守捕之，蒲已還蜀[3]。其詩[4]曰：“我王銜璧遂稱臣，何事全家併殺身。漢捨子嬰名尚在，魏封劉禪事猶新[5]。非干大國渾無識，都是中原未有人。獨向長安儘惆悵，力微何路報君親。”

［1］疏，學海本、崇文本作“名”。

［2］秦州，西晉太始五年（269）分雍、涼、梁三州置，治冀縣（今甘肅甘穀縣東）。太康七年（286）移治上邽縣（今甘肅天水）。轄境相當於今甘肅省定西市、靜寧縣以南；清水縣以西；陝西省鳳縣、略陽縣，四川省平武縣以北；青海省黃河以南貴德縣及甘肅省臨潭、迭部等縣以東的渭河、西漢水、白龍江上游和洮河流域的廣大地區。

秦皇之鑾駕不迴，煬帝之龍舟不返，指秦始皇親巡天下至平原津而病，最終死於沙丘平臺及隋煬帝乘龍舟南巡而被殺之事，詳見《史記·秦始皇本紀》及《隋書·煬帝紀》。

［3］蜀，學津本、學海本其下有“矣”字。

［4］其，學津本、學海本無。

［5］漢捨子嬰，《史記·秦始皇本紀》：“楚將沛公破秦軍，入武關，遂至霸上。使人約降子嬰，子嬰即係頸以組，白馬素車，奉天子璽符降軹道旁。沛公遂入咸陽，封宮室、府庫，還軍霸上。居月餘，諸侯兵至，項籍為從長，殺子嬰及秦諸公子宗族。”可見劉邦攻破咸陽時，留了子嬰一條性命，故云“漢捨子嬰”。

魏封劉禪，《三國志·魏志·曹奐傳》：“丁亥，封劉禪為安樂公。”

《直諫後主幸秦州表》云：臣某言頓首死罪，臣聞“堯有敢諫之鼓，舜有誹謗之木，湯有司過之士，周有戒慎之鞀”[1]。蓋古者明君，克全帝道，欲知己罪，要納讜言，將引咎而責躬，庶理人而修德[2]。陛下自承祧秉籙，正位當天，愛聞逆耳之忠言，每許犯顏而直諫[3]。且先皇帝許昌振跡，閬苑興師，歷艱辛於草昧之時，受危險於虎爭之際[4]。胼胝戈甲，寢寐風霜，申武力而取中原，立戰功而平多壘[5]。亡軀致命，事主勤王，方得成家，至於開國。今日鴻基霸盛，大業推崇。地及雍岐，界連荆楚。信通吳越，威定蠻陬[6]。郡府頗多，關河甚廣。人物秀麗，土產繁華。當四海輻裂之秋，成萬代龍興之業[7]。陛下生當富貴，坐得乾坤。但好歡娛，不思機變。

［1］堯有敢諫之鼓，舜有誹謗之木，湯有司過之士，周有戒慎之鞀，《淮南子·主術訓》："古者天子聽朝，公卿正諫，博士誦詩，瞽箴師誦，庶人傳語，史書其過，宰徹其膳，猶以為未足也。故堯置敢諫之鼓，欲諫者擊其鼓，舜立誹謗之木，書其善否於表木也。湯有司直之人，司直，官名，不曲也。武王立戒慎之鞀，欲戒君令慎疑者，搖鞀鼓。過若毫釐而既已備之也。"

鞀（táo），鮑本作"銘"，據學津本、學海本、崇文本改。鞀，有柄之小鼓。《禮記·月令》："［仲夏之月］命樂師脩鞀鞞鼓。"陸德明釋文："鞀，本亦作鞉。"孔穎達正義："鞀，字或從兆下鼓。按《周禮·小師》注云：'鞀如鼓而小，持其柄搖之，旁耳還自擊。'"

［2］讜言，正直之言，直言。《漢書·敘傳》："吾久不見班生，今日復聞讜言！"顏師古注："讜言，善言也。"

［3］承祧，承繼奉祀祖先宗廟，亦指繼承帝位。沈約《立太子詔》："自昔哲後，降及近代，莫不立儲樹嫡，守器承祧。"

秉籙，籙者，古稱上天賜予帝王之符命文書，秉籙謂接受上天之命登天子之位。《文選·王融〈永明十一年策秀才文〉》："朕秉籙御天，握樞臨極。"李周翰注："秉，執也，籙，符也。天子受命執之，以御制天下也。"

逆，鮑本作"悦"，據學海本、崇文本改。

[4] 許昌振跡，閬苑興師，《十國春秋·前蜀·高祖本紀》：“高祖姓王名建，字光圖，許州舞陽人也。為人隆眉廣顙，龍睛虎視，機略拳勇出於流輩。先世故為餅師，建少年無頼以屠牛盜驢販私鹽為事，里人謂之賊王八。嘗葬父，發地數尺而瘞，棺輒躍出，有神人語之曰：‘此天子地，汝小民何容卜葬！’建不聽，竟葬之，棺復躍出，如是者三，乃克葬。未幾，被罪繫許昌，獄吏縱之去，亡匿武當山。……［光啟］三年，山南西道節度使楊守亮忌建驍勇，數數召建往，建不從。乃召集亡命及溪洞彝落有衆八千人，沿嘉陵江而下以襲閬州，逐其刺史楊茂實，自稱防禦使。”

草昧，指時世混亂黑暗。唐杜甫《重經昭陵》詩：“草昧英雄起，謳歌曆數歸。”仇兆鰲注：“草而不齊，昧而不明，此言隋末之亂。”

[5] 申武力而取中原，崇文本無“力”字，“取”作“助”，皆誤。

立，學海本、崇文本作“仗”。

[6] 威，學海本、崇文本作“感”。

[7] 裂，學海本、崇文本作“湊”。輻裂，指分崩離析。北魏崔鴻《十六國春秋·前燕·陽裕》：“華夏分崩，九州輻裂。”

臣欲望陛下以名教而自節，以禮樂而自防。修道德之規，受師傅之訓。知社稷之不易，想稼穡之最難[1]。惜高祖之基模，似太宗之臨御。賢賢易色，孜孜為心。無稽之言勿聽，弗詢之謀勿用。聽五音而受諫，以三鏡而照懷[2]。少止宿於諸處林亭，多歷覽於前王書史。別修上德，用卜遠圖，莫遣色荒，無令酒惑。常親政事，勿恣閒遊。臣竊聞陛下欲出都城，看視邊壘[3]。且天雄地遠，路惡難行。險棧攲雲，危峰插漢[4]。稍雨則吹摧閣道，微泥則阻滑山程。豈可鳴鑾，唯堪叱馭[5]。又復秦州敵境咫尺，塞邑荒涼。人雜沓戎，地多疫瘴[6]。別無風華異境，不可選勝尋幽。隴水聲清，胡笳韻咽。營中祇帶甲之士，城上宿枕戈之人[7]。看烽火於孤峰，朝朝疑慮；覩旌旗於絶嶺，日日隄防[8]。是多山足雲之鄉，即易動難安之境。麥積崖無可瞻戀，米谷峡何足聞知[9]。縱過嵯山，須通怨水[10]。秦穆圉馬之地，隗囂僭位之邦[11]。

［1］最，學海本、崇文本作“艱”。

［2］五音，《孟子·離婁上》：“不以六律，不能正五音。”趙岐注：“五音，宫、商、角、徵、羽。”此處借指各種各樣或順耳或逆耳的聲音。

三鏡，鏡同“鑒”。謂以鏡、以古、以人為鑒。指正人心身的標準。《北堂書鈔》卷一三六引漢荀悦《申鑒》：“君子有三鑒：鑒乎古，鑒乎人，鑒乎鏡。”《新唐書·魏徵傳》：“帝（唐太宗）後臨朝，嘆曰：‘以銅為鑒，可正衣冠；以古為鑒，可知興替；以人為鑒，可明得失。朕嘗保此三鑒，内防己過。今魏徵逝，一鑒亡矣！’”

［3］視，鮑本作“於”，據學津本改。

［4］欹，學海本、崇文本作“連”。

［5］唯，學海本、崇文本作“何”。按，據上下文意，“何”字為佳。

鳴鑾，裝在軛首或車衡上之銅鈴，車行搖動作響。有時借指皇帝或貴族出行。《文選·班固〈西都賦〉》：“大輅鳴鑾，容與徘徊。”李善注：“《周禮》曰：巾車掌玉輅，凡馭輅儀，以鑾和為節。鄭玄曰：鑾在衡，和在軾，皆以金鈴也。”呂延濟注：“鑾，車上鈴也。”唐玄宗《早渡蒲津關》詩：“鳴鑾下蒲坂，飛斾入秦中。”

叱馭，《漢書·王尊傳》：“漢琅邪王陽為益州刺史，行部至邛郲九折阪，嘆曰：‘奉先人遺體，奈何數乘此險！’後以病去。及尊為刺史，至其阪，問吏曰：‘此非王陽所畏道耶?’吏對曰：‘是。’尊叱其馭曰：‘驅之！王陽為孝子，王尊為忠臣。’”後因以“叱馭”為報效國家，不畏艱險之典。唐王勃《梓州郪縣兜率寺浮圖碑》：“下岷關而叱馭，寄切全都。”

［6］畨戎，畨同“番”，番、戎皆泛指少數民族。《舊唐書·楊朝晟傳》：“朝晟曰：‘鹽州之役，咸集諸軍，番戎盡知之。’”

［7］帶甲之士，身著甲胄的兵士；枕戈之人，枕著武器睡覺的人，均指嚴肅警戒的士兵。

[8] 覩，學津本、學海本、崇文本作“望”。

[9] 麥積崖，在秦州天水郡，庾信《秦州天水郡麥積崖佛龕銘·序》云：“麥積崖者，乃隴底之名山，河西之靈嶽。”

無，學海本、崇文本作“豈”。

米谷峡，具體所在不詳。

[10] 嵯山，具體位置不詳。

怨水，鎮名。《五代會要》卷二〇“隴右道秦州天水縣隴城縣”注云：“後唐長興三年二月，秦州奏見管長道、成紀、清水三縣外有十一鎮，徵科並係鎮將。今請以歸化、怨水、五龍、黄土四鎮就歸化鎮，復置舊龍城縣。”

[11] 圉馬，《周禮·夏官·司馬·庾人》：“庾人，掌十有二閑之政教，以阜馬，佚特，教駣，攻駒，及祭馬祖，祭閑之先牧，及執駒，散馬耳，圉馬。”圉馬即養馬。

秦穆圉馬，指秦穆公與百里奚事。《史记·秦本紀》：“（穆公）五年，晉獻公滅虞、虢，虜虞君與其大夫百里奚，……百里奚之秦走宛，《地理志》：南陽有宛縣。正義曰：‘宛，於元反，今鄧州縣。’楚鄙人執之。穆公聞百里奚賢，欲重贖之，恐楚人不與，乃使人谓楚曰：‘吾媵臣百里奚在焉，請以五羖羊皮贖之。’楚人遂許與之。”

隗囂僭位，隗囂字季孟，天水成紀人。其僭位之事詳見《後漢書》本傳。

其次一人出行，百司參從。千群霧擁，萬衆星馳。當路州縣凋殘，所在館驛隘小。止宿尚猶不易，供須固是極難[1]。縱若宫中指揮，自破屬省錢物。未免因依擾踐，觸處淩持[2]。以此細論，不合輕動。其類蒼龍出海，雲行雨施[3]。豈合浪静風恬，必見傷苗損物。所以鑾輿須止，天步難移。况頃年大駕，祇到山南，猶不下關，進發兵士[4]。此時直至天水，未審制置如何。當初打破梁原城池，虜掠義寧户口。截腕者非一，斬首者倍多。匪惟生彼人心，而亦損兹聖德。今去洛京不遠，復聞大駕重来。彼則預有計謀，此則便須征討。況鳳州久為讎敵，必貯奸謀。切慮妄指妖詞，致生釁隙[5]。

［1］須，學海本作“需”。

［2］踐，學津本作“拔”。

淩持，同“淩遲”，衰敗，敗壞。《漢書·刑法志》：“今隄防淩遲，禮制未立；死刑過制，生刑易犯……此刑之所以蕃也。”

［3］類，學海本、崇文本作“次”。

［4］頃，學海本、崇文本作“頻”。

［5］指，學海本、崇文本作“措”。

又陛下與唐國方申歡好，信幣交馳[1]。但慮聞道聖駕親行，別懷疑忌，其或專差使命請陛下境上會盟，未審聖躬去與不去[2]。若去，則須似秦趙爭強，彼此難屈；若不去，則便同魯衛不睦，戰伐茲興[3]。酌彼未萌，料其先見，願陛下思忖。臣伏聞自古帝王省方巡狩，弔民伐罪，展義觀風，然後便歸九重，別安萬姓。陛下累曾遊歷，未聞一件教條，止於踐涉山川，驅馳人馬[4]。閬苑則舟船幾溺，青城則嬪婇將沈。自取驚憂，為何切事。及還京輦，並不說於軍民。迫鬱衆情，莫彰帝德。

［1］申，學海本作“由”。

［2］上，崇文本作“土”。

［3］秦趙爭強，指秦王、趙王澠池相會之事，詳見《史記·廉頗藺相如列傳》。

魯衛不睦，《左傳·定公六年》：“［六年春］二月，公侵鄭，取匡，為晉討鄭之伐胥靡也。往不假道於衛。及還，陽虎使季孟自南門入，出自東門，舍於豚澤。衛侯怒，使彌子瑕追之。公叔文子老矣，輦而如公曰：‘尤人而效之，非禮也；昭公之難，君將以文之舒鼎、成之昭兆、定之鞶鑒，苟可以納之，擇用一焉。公子與二三臣之子，諸侯苟憂之，將以為之質。此群臣之所聞也。今將以小忿蒙舊德，無乃不可乎？大姒之子，唯周公、康叔為相睦也。而效小人以棄之，不亦誣乎？天將多陽虎之罪以斃之，君姑待之，若何?'乃止。"是知魯、衛不睦由來已久。

[4] 踐，學海本作"跋"。

憶昔先皇帝在日，未省無故巡遊。陛下纂承已来，樂意頻離宮闕，此時依前整蹕，又擬遠別宸居[1]。昔秦皇之鑾駕不迴，煬帝之龍舟不返[2]。陛下聖逾秦帝，明勝隋皇。且無北築之虞，焉有東遊之弊？陛下寬仁大度，廣孝深慈，知稼穡之艱難，識古今之成敗。自防得失，不縱襟懷。豈忍致却宗祧，云言道斷[3]。使蒸民以何託，令慈母以何辜？若不慮於危亡，實恐乖於仁孝。况玉京金闕，寶殿珠樓，内苑上林，瑶池瓊圃，香風滿檻，瑞露盈盤。鈞天之樂奏九韶，迴雪之舞呈八佾[4]。簇神仙於紫禁，耀珠翠於皇宮。如論萬乘之居，便是三清之境[5]。人間勝致，天下所無。時或追遊，足觀奇趣。何必傾於遠塞，看彼荒山。不惜聖躬，有何裨益？

[1] 纂承，繼承。《後漢書·樂恢傳》："陛下富於春秋，纂承大業，諸舅不宜幹正王室，以示天下之私。"

整蹕，指帝王出行時警戒、清道。《樂府詩集·燕射歌辭·隋元會大饗歌·皇夏》："司陛整蹕，式道先馳。"

宸居，帝王居住之所。《文選·任昉〈王文憲集序〉》："是以宸居膺列宿之表，圖緯著王佐之符。"劉良注："宸居，天子宮也。"

[2] 皇，鮑本作"王"，據學津本、學海本、崇文本及本條第一段原文改。

[3] 致，學津本、學海本、崇文本作"置"。按，作"置"佳，拋卻之意

也。

云言道斷，學海本、崇文本“惡言道術”。

［4］鈞天，即鈞天廣樂。《史記·趙世家》：“趙簡子疾，五日不知人……居二日半，簡子寤。語大夫曰：‘我之帝所甚樂，與百神遊於鈞天，廣樂九奏萬舞，不類三代之樂，其聲動人心。’”後因以“鈞天廣樂”指天上的音樂，仙樂。

九韶，舜時樂曲名。《周禮·春官·大司樂》：“九德之歌，《九韶》之舞。”《莊子·至樂》：“奏《九韶》以為樂，具太牢以為膳。”成玄英疏：“《九韶》，舜樂名也。”

迴雪，雪迴旋飛舞，比喻舞姿輕盈優美。《藝文類聚》卷四三引漢張衡《觀舞賦》：“裾似飛鷰，袖如迴雪。”

八佾，古代天子所用之一種樂舞。佾，舞列，縱横都是八人，共六十四人。《論語·八佾》：“孔子謂季氏，八佾舞於庭，是可忍也，孰不可忍也!”

［5］三清之境，道教所指玉清、上清、太清三清境。沈約《桐柏山金庭館碑》：“此蓋棲靈五嶽，未暨夫三清者也。”唐呂岩《七言》詩之四八：“津能充渴氣充糧，家住三清玉帝鄉。”

方今中原有人，大事未了。但當國生靈受弊，盜賊橫行。縱邊庭無烽火之虞，而内地有腹心之患。陛下千年膺運，一國稱尊。文德武功，經天緯地。孝逾於舜，仁甚於湯。百行皆全，萬機不撓。聰明博達，識度變通。深負規模，獨懷英鑒[1]。方居大寶，正是少年[2]。既承社稷之基，復抱山河之險。何不遠聽邇察，居安慮危[3]。闢四門以求賢，總萬機而行事。咸修一德，端坐九重。使恩威並行，賞罰必當。平分雨露，徧療瘡痍[4]。庶表裏寬奢，保子孫昌盛[5]。布臨人之惠化，益救物之宏功[6]。選揀雄師，思量大計。振彼鴟張之勢，壯兹虎視之威[7]。秣馬訓兵，豐糧利器。彼若稍有微釁，此則直下平吞。正取時機，大行王道。自然百靈垂祐，四海歸仁。衆志成城，天下治理[8]。

［1］英，學津本、學海本、崇文本作“殷”。按，英鑒乃夸主上聖明之意，殷鑒則謂借鑒商朝滅亡之教訓，作“英”是。

［2］大，鮑本作“天”，據學津本、學海本、崇文本改。

［3］邇，鮑本無，據學津本、學海本、崇文本補。

［4］露，學海本作“陽”。

［5］奢，學海本作“大”，崇文本作“天”。

［6］臨人，選拔人才。《後漢書·崔駰傳附崔寔》：“蓋孔子對葉公以來遠，哀公以臨人，景公以節禮，非其不同，所急異務也。”李賢注：“《韓子》曰，葉公問政於仲尼，仲尼曰：‘政在悦近而來遠。’魯哀公問政於仲尼。仲尼曰：‘政在選賢。’齊景公問政於仲尼，仲尼曰：‘政在節財。’此云‘臨人’、‘節禮’，文不同也。”

益，鮑本作“蓋”，據學津本、學海本、崇文本改；宏，鮑本作“玄”，據學海本、崇文本改。

［7］鴟張，像鴟鳥張翼一樣。比喻囂張，凶暴。《三國志·吳志·孫堅傳》：“卓不怖罪而鴟張大語，宜以召不時至，陳軍法斬之。”

虎視，謂如虎之雄視，有伺機攫取之意。《後漢書·臧洪傳》：“今王室將危，賊臣虎視，此誠義士効命之秋也。”

［8］志，學海本作“心”。

今則蜀都强盛，諸國不如。賢士滿朝，聖人當極。臣願百姓樂於貞觀，萬乘君於大宗[1]。採藥石之言，聽芻蕘之説[2]。愛惜社稷，醫療軍民。同武王諤諤而昌，鄙紂主唯唯而滅。無飾非拒諫之事，有面折庭諍之人。固我皇朝，保我皇化[3]。陛下莫見居人稠疊，謂言京輦繁華。盖是外郡淩殘，住止不得。所以競来臻凑，貴且偷安[4]。

［1］貞，鮑本作“正”，據學津本、學海本、崇文本改。

［2］藥石，比喻規戒。《左傳·襄公二十三年》：“季孫之愛我，疾疢也；孟孫之惡我，藥石也。”

芻蕘，本指割草採薪。《孟子·梁惠王下》：“孟子曰：‘文王之囿方七十里，芻蕘者往焉，雉兔者往焉。與民同之，民以為小，不亦宜乎。’”趙岐注：“芻蕘者，取芻薪之賤人也。”後謙指自己粗鄙的建議或言論。

［3］皇，鮑本作“春”，據學津本、學海本、崇文本改。

［4］貴，學海本、崇文本作“少”。

今諸州虐理既多，百姓失業欲盡[1]。荒田不少，盜賊成群。伏乞陛下稍布腹心，即當聞見。蜀國從来創業，多乏永謀。或得不及於兩朝，或祚不延於七代[2]。劉禪俄降於鄧艾，李勢遽歸於桓温[3]。皆謂不取直言，不恤政事，不行王道，不念生民，以致國亡，人心何保。山河之隘，不足可憑[4]。陛下至聖至明，如堯似舜。豈後主而相匹，豈子仁而比倫？有寬慈至孝之名，有遠見長謀之策。不信諂媚，不躭荒婬[5]。出入而所在防微，動静而無非經久。必致萬年之業，終為四海之君。願陛下且駐鑾輿，莫離京國。候中原無事，八表来王。天下人心，咸歸我主。若群流赴海，衆蟻慕羶[6]。有道自彰，無思不服。非唯要看天水，直可便至長安。是微臣之至懇，舉國之深念也。

［1］既，學海本、崇文本作“最”。

［2］得，崇文本作“德”。按，“得”可通“德”，《荀子·成相》：“舜授禹以天下，尚得推賢不失序。”

［3］劉禪、李勢俱曾據蜀為王，而劉禪被鄧艾擄去，李勢為桓溫所敗，詳見《三國志·蜀志·後主傳》、《晉書·李勢傳》。

［4］隘，崇文本作“險”。

［5］諂，學海本作“倡”。

婬，通作“淫”。《說文·女部》：“婬，厶逸也。”段玉裁注：“婬之字今多以淫代之。”

［6］衆蟻慕羶，《莊子·徐無鬼》：“羊肉不慕蟻，蟻慕羊肉。羊肉，羶也。舜有羶行，百姓悅之。故三徙成都，至鄧之虚，而十有萬家。”此指四方歸附如螞蟻聞羶腥而至。

臣聞昔者天子有静臣七人，雖無道不失其天下[1]。是以輒傾丹懇，仰諫聖明[2]。不藉官榮，不謀名譽。情非訕上，理切愛君[3]。雖無折檻之能，但有觸鱗之罪[4]。不避誅殛，輒扣天庭。臣死如萬類之中去一螻蟻。陛下或全無忖度，頻向邊陲[5]。遺聖母以憂心，令庶寮以懷慮。全迷得失，自取疲勞。倘有不虞，悔將何益[6]。臣願陛下稍開諫路，微納臣言。勿違聖后之情，且允國人之望。俯存大計，莫去邊陲。干犯冕旒，無任憂惕。冒死待罪，激切屏營之至[7]。謹奉表直諫以聞，臣某誠惶誠恐，頓首頓首，死罪死罪，謹言。

［1］静，鮑本作“爭”，據學津本改。

［2］仰，學海本作“抵”。

［3］非，學海本、崇文本作“疑”。

［4］折檻，見“落韻貶”之“折檻”條注。

觸鱗，指觸犯龍之逆鱗，喻指觸犯帝王。《韓非子·說難》：“夫龍之為蟲也，柔可狎而騎也，然其喉下有逆鱗徑尺，若人有嬰之者則必殺人。人主亦有逆鱗，說者能無嬰人主之逆鱗則幾矣。”

［5］頻，學津本、學海本、崇文本作“須”。

［6］益，崇文本作“及”。

［7］干犯，冒犯；觸犯；干擾。《後漢書·史弼傳》：“干犯至戚，罪不容

誅。”

冕旒，指皇冠。借指皇帝、帝位。南朝梁沈約《勸農訪民所疾苦詔》：“冕旒屬念，無忘夙興。”唐韓愈《江陵途中寄三學士》詩：“昨者京師至，嗣皇傳冕旒。”

無任，敬詞。猶不勝。舊時多用於表狀、章奏或箋啟、書信中。唐張九齡《請御注〈道德經〉及疏施行狀》：“凡在率土，實多慶賚；無任忻戴忭躍之至。”

憂惕，憂慮戒懼。《三國志・吳志・周魴傳》：“雖尚視息，憂惕焦灼，未知軀命，竟在何時。”《舊唐書・承天皇帝倓傳》：“賢每日憂惕，知必不保全，與二弟同侍於父母之側，無由敢言。”

屏（bīng）營，惶恐貌。《國語・吳語》：“王親獨行，屏營仿偟於山林之中。”

## 四公會

長慶中，元微之、劉夢得、韋楚客同會白樂天之居，論南朝興廢之事。樂天曰：“古者言之不足，故嗟歎之。嗟歎之不足，故詠歌之[1]。今群公畢集，不可徒然。請各賦《金陵懷古》一篇，韻則任意擇用。”時夢得方在郎署，元公已在翰林[2]。劉騁其俊才，略無遜讓，滿斟一巨杯，遂為首唱[3]。飲訖，不勞思忖，一筆而成。白公覽詩曰：“四人探驪，吾子先獲其珠[4]。所餘鱗甲何用？”三公於是罷唱，但取劉詩吟味，竟日沈醉而散。劉詩曰：“王濬樓船下益州，金陵王氣黯然收[5]。千尋鐵鏁沈江底，一片降幡出石頭[6]。荒苑至今生茂草，古城依舊枕寒流。而今四海歸王化，兩岸蕭蕭蘆荻秋[7]。”此篇元在詩本事中，敘說甚詳。今何光遠重取論次，更加改易，非也[8]。

［1］故，學海本、崇文本作“則”。

［2］郎署，宿衛侍從官之公署。《漢書·袁盎傳》：“上幸上林，皇后、慎夫人從。其在禁中，常同坐。及坐，郎署長布席，盎引卻慎夫人坐。”顏師古注：“蘇林曰：‘郎署，上林中直衛之署也。’如淳曰：‘盎時為中郎將，天子幸署，豫設供帳待之。’”顏師古《匡謬正俗》卷五：“郎者，當時宿衛之官，非謂趣衣小吏；署者，部署之所……郎署，並是郎官之曹局耳。”

翰林，指翰林院。《新唐書·元稹傳》：“長慶初……召入翰林，為中書舍人、承旨學士。”“元公已在翰林”當指此時。

［3］遂，學津本、學海本作“請”。

［4］《莊子·列禦寇》：“夫千金之珠，必在九重之淵，而驪龍頷下。”驪珠謂珍貴之寶物。此處白居易以驪珠喻詩，意謂劉禹錫之詩已探得《金陵懷古》詩題之精義，餘下之人已不必再作，故云。

［5］《晉書·王濬傳》：“王濬，字士治，弘農湖人也……拜益州刺史。武帝謀伐吳，詔濬修船艦。濬乃作大船連舫，方百二十步，受二千餘人。以木為城，起樓櫓，開四出門，其上皆有馳馬來往。又畫鷁首怪獸於船首，以懼江神，舟楫之盛，自古未有……太康元年正月，濬發自成都（攻吳）。”

《太平御覽·州郡部》引《金陵圖》：“昔楚威王見此有王氣，因埋金以鎮之，故曰金陵。秦併天下，望氣者言江東有天子氣，鑿地斷連崗，因改金陵為秣陵。”庾信《哀江南賦序》：“將非江表王氣終於三百年乎？”

［6］《晉書·王濬傳》：“吳人於江險磧要害之處，並以鐵鎖橫截之。又作鐵錐長丈餘，暗置江中，以逆距船。先是，羊祜獲吳間諜，具知情狀。濬乃作大筏數十，亦方百餘步，縛草為人，被甲持杖，令善水者以筏先行。筏遇鐵錐，錐輒著筏去。又作火炬，長十餘丈，大數十圍，灌以麻油，在船前，遇鎖，然炬燒之，須臾，融液斷絶，於是船無所礙……濬自發蜀，兵不血刃，攻無堅城，夏口、武昌，無相支抗，於是順流鼓棹，徑造三山……濬入於石頭，皓乃備亡國之禮，素車白馬，肉袒面縛，銜璧牽羊，大夫衰服，士輿櫬……造於壘門。濬躬解其縛，受璧焚櫬，送於京師。”《三國志·吳志·孫權傳》：“［建安］十六年，權徙治秣陵。明年，城石頭，改秣陵為建業。”《元和

郡縣圖志·江南道·潤州上元縣》："石頭城在縣西四里，即楚之金陵城也。吳改為石頭城。建安十六年，吳大帝修築以貯財寶軍器，有戍。諸葛亮云'鍾山龍盤，石城虎踞'，言其形之險固也。"

[7] 王，學津本作"皇"。四海歸王化，謂天下一統。

[8] 學海本、崇文本無此小注。按，郭紹虞《宋詩話輯佚》輯《古今詩話》第七條"探驪得珠"錄此，且加按語云："此出《鑒誡錄》卷七。惟《鑒誡錄》所引劉詩乃《西塞山懷古》，非《金陵懷古》，當有誤。"而《西塞山懷古》與此文字亦小異："王濬樓舩下益州，金陵王氣黯然收。千尋鐵鎖沈江底，一片降幡出石頭。人世幾回傷往事，山形依舊枕寒流。今逢四海為家日，故壘蕭蕭蘆荻秋。"而劉禹錫集中之《金陵懷古》則云："潮滿冶城渚，日斜征虜亭。蔡洲新草綠，幕府舊煙青。興廢由人事，山川空地形。《後庭花》一曲，幽怨不堪聽。"實句句論南朝事，則恐乃何光遠誤記也。小注之"詩本事"，當指劉禹錫《金陵五題序》："余少為江南客，而未遊秣陵，嘗有遺恨。後為歷陽守，跂而望之，適有客以《金陵五題》相示，逌爾生思，欻然有得。他日，友人白樂天掉頭苦吟，歎賞良久，且曰：'石頭詩云"潮打空城寂寞回"，吾知後之詩人不復措詞矣。'餘四詠雖不及此，亦不孤樂天之言爾。"然此序與《西塞山懷古》亦不相干，是此注雖疑之而仍謬也。

長安慈恩寺浮圖，起開元至大和之歲，舉子前來登遊題紀者衆矣[1]。文宗朝，元稹、白居易、劉禹錫唱和千百首，傳於京師，誦者稱美[2]。凡所至寺觀臺閣林亭，或歌或詠之處，向来名公詩板潛自撤之，盖有媿於數公之詠也[3]。會元、白因傳香於慈恩寺塔下，忽覩章先輩八元所留之句[4]。命僧抹去埃塵，二公移時吟詠，盡日不厭[5]。悉令除去諸家之詩，惟留章公一首而已[6]。樂天曰："不謂嚴維出此弟子[7]。"由是二公竟不為之，詩流自此慈恩息筆矣[8]。章公詩曰："十層突兀在虛空，四十門開面面風[9]。却怪鳥飛平地上，自驚人語半天中[10]。迴梯暗踏如穿洞，絶頂初攀似出籠。落日鳳城佳氣合，滿城春樹雨濛濛。”

［1］慈恩寺，《長安志》卷八：“隋無漏寺之地，武德初廢。貞觀二十二年，高宗在春宮為文德皇后立為寺，故以慈恩為名。”

慈恩寺浮圖，《長安志》卷八：“寺西院浮圖六級，崇三百尺。永徽三年，沙門玄奘所立，初唯五層，崇一百九十尺，塼表土心，倣西域窣堵波制度，以置西域經像。後浮圖心内卉木鑽出，漸以頹毁。長安中，更拆改造。”

來，鮑本作“名”，據學津本、學海本、崇文本改。

［2］千，學海本、崇文本作“近”。

［3］板，學海本、崇文本作“篇”。

［4］會元、白因傳香於慈恩寺塔下，據卞孝萱《元稹年譜》考證，元、白二人大和中未曾同在西京，則此處所記之時間有誤。

覩，學海本、崇文本作“視”。

章八元，《新唐書・藝文志》：“（章八元）睦州人，大曆進士第。”

［5］抹，學津本、學海本、崇文本作“拂”。

詠，崇文本作“味”。

［6］悉令，學海本、崇文本作“思全”。

［7］嚴維，《新唐書・藝文志》：“（嚴維）字正文，越州人，祕書郎。”

［8］此，鮑本無，據學海本補。

按，宋張戒《歲寒唐詩話》卷上云：“章八元《題雁塔》云：‘十層突兀在虛空，四十門開面面風。卻訝鳥飛平地上，忽驚人語半天中。回梯倒踏如穿洞，絶頂初攀似出籠。’此乞兒口中語也。”則與元、白對此詩之歎賞迥異。

［9］突兀，學海本作“炎瓦”。

［10］飛，學海本作“啼”。

## 贊舊詩此事一節，非李吉甫先德之意，何光遠遂録之[1]

李相公吉甫其先失其官諱初修進之日，獻卷於維揚護軍宋甄大夫[2]。甄寡於博識，不哀王孫。連上數啟，都不動念。李於館舍棲旅之甚，去住無依，遂吟一絶句贄之，宋以微茫禮遺而已[3]。李後上第，生吉甫。吉甫繼歷臺省，自信州刺史節判青州，待士稍薄[4]。舉子吴武陵詣府投擲，相國似無見重之意。吴不存忌諱，遂書相國先君舊謁宋大夫陳情一章，密獻相國。相國大慙追悔，俟暝召吴，執手惆悵，厚賂於吴，請為寢默[5]。詩曰：十處投人九處違，家鄉萬里又空歸。嚴霜昨夜侵人骨，誰念尊堂未授衣[6]。

[1] 贄（zhì），本指初次見人時所執之禮物。《書·舜典》："修五禮，五玉、三帛、二生、一死、贄。"僞孔傳："玉、帛、生、死，所以為贄以見之。"此處作動詞，意為贈送。

另，學海本無此小注。

[2] 李吉甫，字弘憲，趙郡人，唐憲宗時官至宰相。其父李栖筠，曾為唐代宗時御史大夫。詳參《舊唐書·李吉甫傳》及《新唐書》李栖筠、李吉甫本傳。

獻卷，指古時士人將自己之詩文進獻給達官貴人，以求獲得賞識並得到舉薦或重用。宋王讜《唐語林》卷六："劉禹錫為屯田員外郎，旦夕有騰超之勢。知一僧有術數，寓直日邀至省。方欲問命，報韋秀才在門外。不得已見之，令僧坐簾下。韋獻卷，已略省之，意色頗倦。韋覺，告去。"

維揚，揚州之别稱。《書·禹貢》："淮海惟揚州。"惟，通"維"。後因截取二字以為名。

護軍，《通典·職官·勛官》："隋煬帝十二衛，每衛置護軍四人，以副將軍。將軍無，則一人攝。尋改護軍為虎賁郎將。大唐採前代舊名，置上護軍、護軍。"《文獻通考·職官考·内侍省》："德宗懲艾泚賊，故以左右神策、天威等軍委宦者主之，置護軍中尉、中護軍，分提禁兵。"

[3] 動念，指動心。

"遺"下崇文本有一"之"字。

［4］信州，唐乾元元年（758）分饒州、衢州、建州、撫州四地置信州，治上饒縣（今江西上饒市西北），轄境相當於今江西省貴溪市以東、懷玉山以南地區。

青州，古州名，“九州”之一，唐時相當於今山東省濰坊、青州、昌邑、壽光等市和博興、廣饒、臨朐、昌樂等縣地。

［5］寢默，止而不言，沉默。《後漢書·王允傳》：“臣等備位宰相，不敢寢默。”這裏意謂李吉甫讓吳武陵不要對外言及此事。

［6］尊堂，對他人母親之敬稱。晉陸雲《答車茂安書》：“尊堂憂灼，賢姊涕泣，上下愁勞，舉家慘慼。”

## 釣巨鼇

會昌四年，李相公紳節鎮淮南日，所為尊貴，薄於布衣，若非皇族、卿相囑致，無有面者[1]。張祜與崔涯同寄府下，前後廉使聞張祜詩名，悉蒙禮重，獨李到鎮不得見焉[2]。祜遂修刺謁之，詩題《銜釣鼇客》，將候便呈之[3]。相國遂令延入，怒其狂誕，欲以言下挫之。及見祜，不候從容及問曰：“秀才既解釣鼇，以何物為竿[4]？”祜對曰：“用長虹為竿。”又問曰：“以何物為鈎？”曰：“以初月為鈎。”又問曰：“以何物為餌？”曰：“用唐朝李相公為餌。”相公良久思之，曰：“用予為餌，鈎亦不難致。”遂命酒對斟，言笑竟日，憐祜觸物善對，遂為詩酒之知。議者以祜矯諭異端，相國悅其取媚，故史不稱之，惡其偽也[5]。

［1］《舊唐書·李紳傳》：“［開成］四年，就加檢校兵部尚書。武宗即位，加檢校尚書右僕射，揚州大都督府長史，知淮南節度大使事。”關於此“會昌四年”，與張祜及李紳之事跡頗多抵牾，詳傅璇琮主編之《唐才子傳校箋》第

三冊第 178 頁之考證。

［2］張祜，鮑本作“張祐”，誤，據四庫本改，其後之“祐”亦徑改不出校。今按，張祜，中晚唐詩人，字承吉，南陽人。明胡震亨《唐音癸籤》卷二九云：“張祜之祜，人多作祐字者。小説，張子小名冬瓜。或以譏之，荅云：‘冬瓜合出瓠子。’則張之名祜不名祐可知矣。”《唐才子傳校箋》第三冊第 162 頁已詳考之，可參看。

崔涯，中晚唐詩人。《唐詩紀事》卷五二：“崔涯，吳楚人，與張祜齊名。”

廉使聞張祜，鮑本作“廉聞嚮祐”，學海本作“廉使聞張祐”，四庫本作“廉問嚮祜”，今綜合二者而校改之。

廉使，即唐之觀察使，宋元時稱廉訪使，後又稱按察使。

［3］修刺，即置備名帖，古時作通報姓名之用。《後漢書・文苑傳・邊讓》：“時賓客滿堂，莫不羨其風。府掾孔融、王朗並修刺候焉。”《世説新語・雅量》：“遠近久承公名，令於是大遽，不敢移公，便於牛屋下修刺詣公。”

［4］候，學海本作“俟”。按，前已有“俟”字，此處不當重出，作“候”佳。

及問，學津本作“乃問”，學海本、崇文本作“問及”。按，前已有“及”字，此處或作“乃”是。

［5］矯，學津本作“驕”。

# 【鑒誡錄卷八】

## 衣錦歸

段相國文昌本廣都縣人，父以油柞為業云云因官而沒[1]。生而有致，長亦多才[2]。物業蕩空，文章迥振。洎跨衛行卷，鄉里笑之[3]。歷三十年間，衣錦還蜀。蜀人有詩贈曰："昔日騎驢學忍饑，今朝忽著錦衣歸。等閒畫虎驅紅旆，可謂登龍入紫微[4]。富貴不由簪組解，文章生得羽毛飛[5]。廣都再去應惆悵，猶有江邊舊釣磯。"又羅使君珦，本廬州人[6]。不事巨產而慕大名，以至困窮，竟無退倦[7]。常投福泉寺僧房寄足，每旦隨僧一食，學業而已[8]。歷二十年間，持節歸郡。洎入境，專遊福泉寺，駐旌戟信宿，書其壁曰："二十年前此布衣，鹿鳴西上虎符歸[9]。行時賓從過前事，到處杉松長舊圍[10]。野老共遮官路拜，沙鷗遙避隼旟飛[11]。春風一宿琉璃殿，惟有泉聲愜素機。"

［1］段文昌，唐末人，詳見《新唐書·段文昌傳》。

油柞，“柞”字恐誤，或當作“榨”，油榨即榨油。

學海本無此小注。云云，此處指或云之意。也有可能是刻書者誤將二大字刻為了小字，則“云云”當指句末語氣詞屬上句。因官而沒，或指其先為官，後沒落而淪為以榨油為生。

［2］致，學海本、崇文本作“智”。

［3］洎，學海本作“自”；卷，崇文本作“吟”。

行卷，唐代習尚，應舉者在考試前把所作詩文寫成卷軸，投送朝中顯貴以延譽，稱為行卷。李商隱《與陶進士書》：“文尚不復作，況復能學人行卷耶?”

［4］畫虎，指旗幟繪有虎形圖案。紅旆，紅旗。高適《部落曲》：“琱戈蒙豹尾，紅旆插狼頭。”

登龍，即登龍門，此處喻指進入帝王宮殿，受到皇帝器重。

紫微，唐開元元年（713）改中書省為紫微省，中書舍人為紫微舍人。唐李嘉祐《和張舍人中書宿直》：“漢主留才子，春城直紫微。”段文昌亦曾為中書舍人，故稱。

［5］簪組，鮑本作“翁祖”，崇文本作“簪祖”，據學海本作改。按，據後之“解”字，當作“簪組”是。解音 jiè，唐宋時，凡舉進士者，皆由州縣地方推薦發送入京，稱為“解”。《新唐書·令狐滈傳》：“滈未嘗舉進士，而妄言已解，使天下謂無解及第，不已罔乎?”而“簪組”本為冠簪和冠帶，亦借指官宦。《舊五代史·唐書·莊宗紀》：“偽宰相鄭玨等一十一人，皆本朝簪組，儒苑品流。”則此句意為富貴並非由官宦之人推薦而來，文意暢達。且簪組與後之“羽毛”為對，而崇文本作“簪祖”，僅第二字形近而誤，故作“簪組”是。

［6］羅珦，鮑本作“羅向”，據《新唐書》本傳改，嘗為廬州刺史。《寶刻叢編》卷四“刺史羅珦德政碑”注“楊憑撰，正書並篆額。貞元十九年四月六日建”，亦可為證。

［7］巨，崇文本作“田”。

［8］福泉寺，據《明一統志·廬州府》“福泉寺”條注云“在府城內”，知舊址在廬州（今合肥市）內。

［9］鹿鳴，本指《詩·小雅·鹿鳴》，古代科舉，於鄉試放榜次日，新科舉人當賦《鹿鳴》，韓愈《送楊少尹序》：“楊侯始冠，舉於其鄉，歌《鹿鳴》而來也。”此處與後之“虎符”對舉，謂自己從默默無聞之凡人到考中舉人再到身佩虎符之將才。

［10］過，學津本作“歌”。

［11］隼旟，畫有隼鳥之旗幟。古代為州郡長官所建。語本《周禮·春官·司常》：“鳥隼為旟，龜蛇為旐……州里建旟，縣鄙建旐。”羅珦曾為廬州刺史，故有是說。此聯言其儀仗之威武也。

## 非告勒

陳太師敬瑄任西川日，有愛姬徐氏甚有美色，即徐令長女也失名。其父自郫城宰欲求彭牧，以紅綃數寸，書二十八字，遣其妻私示其女[1]。議者以徐冒進而乖父子之道[2]。其詩曰：“深宮富貴事風流，莫忘生身老骨頭。因共太師歡笑處，為吾方便覓彭州[3]。”又合州石鏡宰馬彥珪者，本遂州長江縣富庶之子也[4]。晚親文筆，未識風騷，謬學滑稽，語多譏誚，因聘女自為內相，醉酬新郎催壯之詩，詩意風艷之甚，親族聞者莫不笑之。其詩曰：“莫飛篇翰苦相煎，款款容人帖翠鈿[5]。不是到来梳洗晚，却憂玉體未禁憐。”唐末盧拾遺議與鄭中捨延休作贅，三年不歸陝下，其兄誥以詩讓之，詩意甚乖昆仲之禮，盧議呈其太山，中舍並女遣之[6]。誥寄弟詩曰：“三年作贅在京城，著箇緋衫倚勢行[7]。夜夜貪憐紅粉女，朝朝渾忘白頭兄。親情別後饑寒死，僕使歸来氣宇生。世上可能容此事，算來天道不分明。”

［1］郫城，在今郫縣境。《四川通志》卷二六“郫縣”條：“古郫城在縣北，秦置。《華陽國志》：‘杜宇初治郫邑，秦張若城郫，城周迴七里，在郡西北六十里。’晉大安二年，李雄攻據郫城，尋自稱益州牧，治之，後克成都，遂自郫遷據焉。”

紅綃，謂紅色之薄綢。白居易《琵琶行》：“五陵年少爭纏頭，一曲紅綃不知數。”馮延巳《應天長》：“枕上夜長祇如歲，紅綃三尺淚。”

［2］冒，鮑本作“習”，據崇文本改。按，冒進者，謂才德不稱而求仕進。《陳書・徐陵傳》：“冒進求官，誼競不已。”司空圖《月下留丹灶》詩序：“吾知挾邪佞以冒進者，亦當膽慄自廢，豈俟圖鼎然犀而後辨姦妖之詭態哉!”習進之辭，當是形近而誤。

［3］彭州，今四川彭州。《元和郡縣圖志・劍南道・成都府彭州縣》：“（彭州）《禹貢》梁州之地，漢分梁州為益州，即漢益州繁縣地也。垂拱二年，於此置彭州，以岷山導江，江出山處兩山相對，古謂之天彭門，因取以名州。”上文之“欲求彭牧”，當即欲求彭州州牧。

［4］合州，即今重慶合川。《元和郡縣圖志・劍南道・合州》：“（合州）《禹貢》梁州之域，春秋時為巴國，秦滅之以為巴郡。今州即漢巴郡之墊江縣地也。宋文帝元嘉中，於此置東宕渠郡，後魏恭帝於東宮渠郡改置合州，以涪江自梓遂州來，至州，南與嘉陵江合流，因名合州。”

石鏡，即石鏡縣，今屬四川南充境。《元和郡縣圖志・劍南道・合州石鏡縣》：“（石鏡縣）本漢墊江縣，屬巴郡，後漢岑彭與臧宫伐公孫述，自江州從涪水，上至墊江是也。宋文帝於此置東宕渠郡，石似鏡，因以為名。”

彥，崇文本作“產”，形近而誤。按，馬彥珪，後唐宦官。事跡散見於新舊《五代史》及《十國春秋》。

遂州，今遂寧。《元和郡縣圖志・劍南道・遂州》卷三四：“（遂州）《禹貢》梁州之域，秦為蜀郡地，漢分置廣漢郡。今州又為廣漢郡之廣漢縣地，後分廣漢為德陽縣。東晉分置遂寧郡，周保定二年立為遂州，後因之。”

長江縣，今大英縣。《元和郡縣圖志・劍南道・遂州長江縣》卷三四：

“（長江縣）本晉巴興縣，魏恭帝改為長江縣。”

［5］催壯，即催粧，亦作“催妝”。舊俗新婦出嫁，必多次催促，始梳妝啟行。或謂此為古代掠奪婚姻之遺跡。唐段成式《酉陽雜俎·禮異》謂北朝婚禮，夫家領人挾車至女家，高呼“新婦子，催出來”，至新婦上車始止。

翠鈿，謂翠玉製成之頭飾。梁武帝《西洲曲》：“樹下即門前，門中露翠鈿。”王建《王司馬集·失釵怨》：“高樓翠鈿飄舞塵，明日從頭一遍新。”

［6］鄭延休，唐末五代人。《益州名畫錄》卷上：“鄭延休，翰林學士承旨，守兵部尚書。”

中舍，官名，太子屬官。《文獻通考·職官》：“晉咸寧初置中舍人四人，以舍人才學之美者為之，與中庶子共掌文翰。”洪邁《容齋三筆·中舍》：“官制未改之前，初升朝官，有出身人為太子中允，無出身人為太子中舍，皆今通直郎也。近時士大夫或不能曉，乃稱中書舍人曰中舍，殊可笑云。”

作贅，即入赘也，謂男子就婚於女家。《兩漢博聞》卷六：“贅婿……應劭曰：‘出作贅壻也。’師古曰：‘謂之贅壻者，言其不當出在妻家，亦猶人身之有肬贅，非應所有也。”《岳陽風土記》：“湖湘之民，生男往往多作贅。”

［7］緋衫，本謂红色衣服，然古時朝服多以顏色區別品級。《旧唐书·睿宗纪》：“特賜老人九十以上緋衫牙笏，八十以上綠衫木笏。”

## 改橋名

雍使君陶典陽安日簡州地名[1]，送客至橋，離情未已，揖讓既久，欲更前車。客將曰：“此處呼為‘情盡橋’，向来送迎至此禮畢。”陶下馬命筆，題其橋楹，改為“折柳”。自茲送別，咸吟是詩。簡郡風情，不革義路矣[2]。詩曰：“從来衹有情難盡，何事名為情盡橋？自此改名為折柳，從他離恨一條條[3]。”

［1］雍陶，《唐才子傳》云："雍陶字國鈞，成都人，工於詞賦。少貧，遭蜀中亂後，播越羇旅，有詩云：'貧當多病日，閒過少年時。'太和八年陳寬榜進士及第，一時名輩咸偉其作……大中六年授國子毛詩博士，與賈島、殷堯、藩無可、徐凝、章孝標友善，以琴樽詩翰相娛留長安中，大中末出刺簡州。有《唐志集》五卷。"則此條所記當是雍陶大中末出為簡州刺史時之事。

［2］義路，《孟子·萬章下》："欲見賢人而不以其道，猶欲其入而閉之門也。夫義路也，禮門也，惟君子能由是路出入是門也。"

［3］從，通"縱"，《唐詩紀事》、《唐才子傳》等作"任"，義同。

## 作者同

劉尚書禹錫有《望洞庭》之句，雍使君陶有《詠君山》之詩，其如作者之才，往往暗合。劉《望洞庭》詩曰："湖光秋月兩相和，潭面無風鏡未磨。遙望洞庭山翠水，白銀盤裏一青螺[1]。"雍《詠君山》詩曰："煙波不動影沈沈，碧色全無翠色深。疑是水仙梳洗處，一螺青黛鏡中心。"李山甫有《詠貧女》，天下稱奇[2]。秦侍郎韜玉繼之，意轉殊絶[3]。李君詩曰："平生不識繡衣裳，閒把荊釵益自傷。鏡裏祇應諳素貌，人間多是信紅妝[4]。當年未嫁還憂老，終日求媒即道狂。兩意定知無説處，暗垂珠淚滴蠶筐[5]。"秦侍郎繼曰："蓬門未識綺羅香，擬託良媒益自傷。誰愛風流高格調，共憐時世儉梳妝。敢將十指誇纖巧，不把雙眉鬬畫長。最恨年年壓金線，為他人作嫁衣裳。"

［1］翠，學海本、崇文本作"下"。

［2］李山甫，晚唐詩人。《唐才子傳》卷六："李山甫，咸通中累舉進士

不第，落魄有不羈才……後流寓河朔間，依樂彦楨為魏博從事，不得衆情，以陵傲之故，無所遇……後不知所終。”

［3］秦韜玉，晚唐詩人。按《新唐書·藝文志》注云：“韜玉字中明。”《唐詩紀事》云：“京兆人。”《直齊書録解題》云：“韜玉，田令孜客，僖宗中和二年特賜及第。”

［4］應，學海本作“行”。

［5］無説處，學津本、學海本、崇文本作“無處説”。

李君又有石頭故事，韋莊有詠南國英雄，較量其才，意同語别[1]。李君詩曰：“南朝天子愛風流，盡守江山不到頭。總是戰爭收拾得，却因歌舞破除休。堯將道德終無敵，秦把金湯可自由[2]。試問繁華何處有，雨苔煙草石城秋。”韋莊詩曰：“南朝三十六英雄，角逐興亡盡此中[3]。有國有家皆是夢，為龍為虎亦成空。殘花舊宅悲江令，落日青山弔謝公[4]。止竟霸圖何物在，石麟埋没臥秋風[5]。”王右丞維有《題雲母障子》，胡令能有《題繡障子》，雖異代殊名，而才調相繼。右丞詩曰：“君家雲母障，持向野庭開。自有山泉入，非關彩畫来。”胡生詩曰：“日暮堂前花蘂嬌，爭拈小筆上床描。繡成按向春園裹，引得黄鸝下柳條。”

［1］語别，據學海本、崇文本補。此處鮑本闕一字，學津本闕二字。

［2］金湯，謂城池之堅固也。《史記·屈原賈生列傳》：“於是廢先王之道，焚百家之言，以愚黔首；隳名城，殺豪傑，收天下之兵，聚之咸陽，銷鋒鏑，鑄以為金人十二，以弱天下之民。然後踐華為城，因河為池，據億丈之城，臨不測之淵以為固。良將勁弩，而守要害之處；信臣精卒，陳利兵而誰何。天下已定，始皇之心，自以為關中之固，金城千里，子孫帝王萬世之業也。”《後漢書·光武帝紀贊》：“金湯失險，車書共道。”李賢注：“金以喻堅，湯取其熱。”

［3］三十六，凡言其多。

角逐，學津本作“聚散”，學海本、崇文本作“千古”。

［4］舊，學津本作“故”，學海本、崇文本作“剩”。

江令，即江總，字總持，詳見《陳書·江總傳》。

謝公，指謝安，詳見《晉書·謝安傳》。

［5］止，學海本、崇文本作“究”。止竟，究竟也。元稹《六年春遣懷》詩：“止竟悲君須自省，川流前後各風波。”司空圖《漫書》：“愛憎止竟須闕分，莫把微才望所知。”

石麟，底本作“石鱗”，誤，今據韋莊《浣花集》改。今按，石麟乃石麒麟之省。《述異記》卷上：“傳云秦漢間公卿墓側以石麒麟鎮之。”

又許渾有《過台州李郎中舊居》，盧延讓有《哭李郢端公終越州從事》，至今吟者無不愴然[1]。許君詩曰：“政成身沒共興衰，鄉路兵戈旅櫬迴[2]。城上暮雲凝鼓角，海邊春草閉池臺。經年未葬佳人散，昨日因齋故吏来。南北相逢皆掩泣，白蘋洲暖一花開。”盧公詩曰：“軍門半掩槐花宅，每過猶聞哭臨聲[3]。北固暴亡兼在路，東京權葬未歸塋[4]。漸窮老僕慵看馬，著慘佳人暗理笙。詩侶酒徒銷散盡，一場春夢越州城。”又李相公紳有傷農之什，鄭徵君雲叟繼之，名公不敢優劣。李公詩曰：“鋤禾日當午，汗滴禾下土。豈知盤中飡，粒粒皆辛苦。”鄭君詩曰：“一粒紅稻飯，幾滴牛頷血[5]。珊瑚樹下人，銜盃吐不歇。”

［1］許渾，晚唐詩人。《唐才子傳》卷五：“許渾，字仲晦，潤州丹陽人……太和六年李珪榜進士，為當塗、太平二縣令。少苦學勞心，有清羸之疾，至是以伏枕免。久之，起為潤州司馬。大中三年拜監察御史，歷虞部員外郎，睦、郢二州刺史。嘗分司朱方，買田築室。後抱病退居丁卯澗橋村舍。”

越州，古地名，治所在今紹興。《元和郡縣圖志・江南道・越州》："《禹貢》揚州之域，春秋時為越……夏少康封少子無餘，以奉禹祀，號曰於越。越國之稱始於兹矣。後代句踐稱王，與吳王闔閭戰，敗之檇李。夫差立句踐，復伐吳，滅之，併其地，遂渡淮遷都琅邪，朝貢周。周錫命為伯，至六代王無彊，為楚所滅。秦以其地併吳立為會稽郡，後漢順帝時，陽羨令周喜上書，以吳越二國周旋一萬一千里，以浙江山川險絶，求得分置，遂分浙江以西為吳郡，東為會稽郡。自晉至陳，又於此置東揚州。隋平陳，改東揚州為吳州，大業元年改為越州，武德四年討平李子通，置越州總管。"

[2] 衰，學津本作"哀"。

[3] 臨，學海本、崇文本作"泣"。

[4] 塋，墳墓。《說文・土部》："塋，墓也。"《廣雅・釋邱》："塋，葬地。"

[5] 稻，學津本作"秔"，學海本作"私"。

## 賈忤旨

漢賈誼昔在長沙為《鵩鳥賦》，史書稱之為屈矣。賈島字浪仙忤旨，授長江主簿，卑則至卑，名流海内矣[1]。島初赴名場，日常輕於先輩，以八百舉子所業，悉不如己。自是往往獨語，傍若無人，或閙市高吟，或長衢嘯傲。忽一日，於驢上吟得"鳥宿池中樹，僧敲月下門"，初欲著"推"字，或欲著"敲"字。煉之未定，遂於驢上作推字手勢，又作敲字手勢[2]。不覺行半坊，觀者訝之，島似不見。

[1] 賈島，《唐才子傳》卷四有傳，所記諸事與此條多類，可參看。

[2] "於驢上吟得'鳥宿池中樹，僧敲月下門'，初欲著'推'字，或欲

著'敲'字，煉之未定，遂"，學海本、崇文本無此三十字。

時韓吏部愈權京尹，意氣清嚴，威振紫陌，經第三對呵唱，島但手勢未已[1]。俄為官者推下驢，擁至尹前，島方覺悟。顧問欲責之，島具對："偶得一聯，吟安一字未定，神遊詩府，致衝大官，非敢取尤，希垂至鑒[2]。"韓立馬良久思之，謂島曰："作'敲'字佳矣[3]。"遂與島並轡語笑，同入府署，共論詩道，數日不厭，因與島為布衣之交[4]。故愈有贈二十八字，島因此名出寰海[5]。詩曰："孟郊死葬北邙山，日月風雲頓覺閒[6]。天恐文章聲斷絶，再生賈島向人間。"

［1］紫陌，京師郊野之道路。王粲《羽獵賦》："濟漳浦而橫陣，倚紫陌而並征。"此句言韓愈之儀仗隊與賈島不期而遇，開道者幾次呵唱，賈島都還沒回過神來。

［2］吟，鮑本無，據學津本、學海本補。

詩府，學海本、崇文本作"詩句"。

鑒，學海本、崇文本作"覽"。

［3］韓立馬良久思之，學海本、崇文本作"韓立馬上久思之"。

［4］並轡語，學海本無"並轡"二字，崇文本無"並轡語"三字。

［5］關於賈島衝撞韓愈一事及韓愈贈島之詩，前修時彦已證其為小說家之偽託，實不足信。其說詳見錢仲聯《韓昌黎詩繫年集釋》卷七《送無本師歸范陽》注，文繁不引。

［6］北邙山，即邙山。因在洛陽之北，故名。東漢、魏、晉的王侯公卿多葬於此。孟郊墓即在今河南洛阳孟津县。

賈又吟病蟬之句，以刺公卿。公卿惡之，與禮闈議之，奏島與平曾等風狂，撓擾貢院[1]。是時逐出關外，號為"十惡"。議者以浪仙自認病蟬，是無摶風之分[2]。詩曰："病蟬飛不得，向我掌中行。折翼猶能薄，酸吟尚極清[3]。露華疑在腹，塵點誤侵睛[4]。黄雀並烏鳥，俱懷害爾情。"島後為僧，改名無本，入京投蜀僧悟達國師知玄院中，或去法乾寺[5]。返初了，潛於鐘樓安下，日與師覺輝、無可上人、姚殿中合衷私唱和[6]。盧卿相所聞，專俟宣宗微行，欲見帝，希特恩非時及第[7]。

[1] 禮闈，漢代尚書省在建禮門内，又近禁闈，故稱之為禮闈。《文選·任昉〈王文憲集序〉》："出入禮闈，朝夕舊館。"李善注引《十洲記》："崇禮闈，即尚書上省門；崇禮東建禮門，即尚書下舍門，然尚書省二門名禮，故曰'禮闈'也。"張銑注："禮闈，尚書省也。"

平曾，《太平廣記》卷二五六"嘲誚"條對平曾之事跡有相關記述，可參看。

[2] 十惡，古時刑律所定之十種大罪。《隋書·刑法志》："[開皇元年]更定《新律》……又置十惡之條，多採後齊之制，而頗有損益。一曰謀反，二曰謀大逆，三曰謀叛，四曰惡逆，五曰不道，六曰大不敬，七曰不孝，八曰不睦，九曰不義，十曰内亂。犯十惡及故殺人獄成者，雖會赦，猶除名。"唐長孫無忌《唐律疏議·名例·十惡》："周齊雖具十條之名，而無十惡之目。開皇創制，始備此科……自武德以來，仍遵開皇，無所損益。"

摶風，《庄子·逍遥遊》："摶扶摇而上者九萬里。"故以摶風指仕途青雲直上，此句説賈島自比病蟬，故無奮翼高飛之運。

[3] 薄，此處當指拍擊，搏擊。《易·説卦》："天地定位，山澤通氣，雷風相薄，水火不相射。"《韓非子·解老》："物有理，不可以相薄；物有理不可以相薄，故理之為物之制。"

[4] 誤，學海本作"候"，誤。

睛，鮑本作"晴"，據學津本、學海本改。

[5] 京，學海本、崇文本作"襄"，誤。

按，知玄與宣宗甚相投合，《宋高僧傳》云："釋知玄，字後覺，姓陳氏，眉州洪雅人也……自此蜀人弗斥其名。號陳菩薩耳……時楊給事漢公廉問桂嶺，延止開元佛寺。屬宣宗龍飛，楊公自內樞統左禁軍，以冊定功高請復興天竺教。奏乞訪玄蹤跡，玄復挂壞衣歸上國寶應寺，屬壽昌節講讚賜紫袈裟，署為三教首座。帝以舊藩邸造法乾寺，詔玄居寺之玉虛亭……帝欲旌其美，令諸學士撰玄師號，皆未愜旨……今賜悟達國師為號……有李商隱者，一代文宗，時無倫輩……久慕玄之道學，後以弟子禮事玄……法孫右街僧錄覺輝，輝弟子偽蜀祐聖國師，重孫光業僧錄，綿綿瓜瓞，皆名公也。"

悟達國師知玄院，《蜀中廣記》卷九五"水懺文"條云："唐悟達國師，法諱知玄。初遊學時，寓一寺結夏，有隣僧患迦摩羅疾，衆皆惡之，玄獨時為將理，久而益勤。夏竟分袂，疾僧謂曰：'感君高誼，昭佩不忘。吾舊居蜀彭州九隴山，有二長松為門之表。君他日榮遇後將罹宿障之疾，能一見尋，或可療治。'言已登途。玄師學行既充，聲德昭著，居京師安國寺，宏開法席。咸通十二年，懿宗駕幸安國，賜以沈香寶座，署為國師，恩渥隆厚。"則知玄院似在安國寺內。

［6］了，學海本作"子"。

返初，即反初，指還俗。《舊唐書·彭偃傳》："其東川寺觀，請定為二等，上等留僧二十一人，上觀留道士十四人，降殺以七，皆精選有道行者。餘悉令返初。"

覺輝，見上［5］注。

無可，俗姓賈，乃賈島之從弟。《直齋書錄解題》卷一九云："唐僧賈無可，島從弟也。"《唐才子傳》卷六謂其為長安人。

姚合，《舊唐書》卷九六、《新唐書》卷一二四皆有傳，謂其為宰相姚崇之曾孫。然《唐才子傳校箋》則考證云兩《唐書》皆有誤，實則姚合乃姚元景之曾孫、姚崇之曾侄孫。而此處云"姚殿中"亦誤，歷代典籍記姚合之仕宦經歷亦頗舛謬，詳參《唐才子傳校箋》卷六之考證，文繁不引。

衷私，學海本、崇文本作"禮相"，四庫本作"私相"。

［7］聞，崇文本作"問"。

及宣宗微行，值玄不在，上聆鐘樓上，有秀才吟詠之聲，遂登樓於島案上取吟次詩欲看。島不識帝，攘臂睨帝，遽於帝手奪之[1]，曰："郎君何會耶?"帝慚赧下樓。玄公尋亦歸院，島撫膺追悔，欲投鐘樓。帝惜其才，急詔釋罪，謂島曰："方知卿薄命矣。"遂御札墨制，除島為遂州長江主簿[2]。帝意令島繼長沙故事。勅曰："比者禮部奏卿風狂，遂且令闕外將息。今既却擕卷軸，潛至京城。遇朕微行，聞卿高詠。覩其至業，可謂屈人。是用顯我特恩，賜爾墨制，宜從短簿，別俟殊科[3]。可守劒南道遂州長江縣主簿，仍便齎勅乘驛赴官。所管藩候，放上聞奏[4]。"大中八年九月七日制下，島因授此官，永離貢籍[5]。

［1］遽，鮑本作"遂"，據學津本、學海本、崇文本改。

［2］墨制，由皇帝親筆書寫，不經外廷蓋印而直接下達的命令。《宋書·王曇首傳》："既無墨敕，又闕幡棨，雖稱上旨，不異單刺。"

［3］俟，學海本作"候"。

短簿，即短主簿，语出《晋书·郗鑒传》："時王珣為溫主簿，亦為溫所重。府中語曰：'髯參軍，短主簿，能令公喜，能令公怒。'超髯，珣短故也。"後因泛指主簿官。

［4］候，崇文本作"俟"。

［5］關於賈島受職一事，其說由來已久，但其真偽及時代問題頗為學人懷疑。宋人王楙在《野客叢書》卷一四云："《新書》謂島先為浮屠，後舉進士；《遺史》謂後因不第，乃為僧。《遺史》謂得'僧敲月下門'句衝京尹韓退之節；《摭言》謂吟'落葉滿長安'句衝京尹劉栖楚節。《新書》謂文宗時坐飛謗，貶長江簿；《遺史》謂奪詩卷忤宣宗，除長江簿；摭言又謂肆慢武宗云云。其紛紛之論，不同如是，不可曉。僕觀集中載大中八年賜島為長江簿墨制九十四字，若是則島出仕於宣宗之時，似合《遺史》之說矣。考蘇絳所

撰墓誌，則曰：‘罹飛謗，責授長江簿。三年秩滿，遷晉州司倉。會昌癸亥歲，終於郡官舍。歿未浹旬，又轉當州司戶，於我何有?’此正與傳文所載同，要當以此為正。島死於武宗之世，不應至宣宗之時方仕，墨制疑後人所擬，以附會《遺史》之說。不然則太和誤為大中亦未可知。”今人李嘉言《賈島年譜》謂賈島赴長江簿在文宗開成二年（837），可參看。

初之任届，東川府主馮八座三十里出儀仗以迎之[1]。既至館捨，見待甚厚，大具肴饌宴設。故島獻感恩詩[2]曰：“匏革奏終非獨樂，軍城未曉啟重門。何時却入三台貴，此日空知八座尊[3]。羅綺舞間收雨點，貔貅闖外卷雲根[4]。遂遷屬吏隨賓列，撥掉扁舟不忘恩[5]。”後有一少年除長江簿，猶豫不赴。張蠙先輩為詩刺之曰：“少年為理但公清，鴻漸行中是去程[6]。莫恨長江為短簿，可能勝得賈先生?”島自長江遷普州司倉，方干自鏡湖寄詩[7]曰：“亂山重復疊，何路訪先生。豈料多才者，空垂不第名。閒曹猶得醉，薄俸亦勝耕。莫問吟詩苦，年年芳草平。”

[1] 儀仗，鲍本作“倚儀”，據學海本、崇文本改。

[2] 感恩詩，賈島《長江集》卷八題作《覩冬設上東川楊尚書》。

[3] 三台，喻指三公，古代最高中央行政長官之合稱，《後漢書·楊震傳》:“蛇鱣者，卿大夫服之象也。數三者，法三台也。先生自此升矣。”此處泛指高官。

[4] 閫，學津本、學海本作“闘”，誤。閫，门槛。《文选·扬雄〈甘泉赋〉》:“天閫决兮地垠開，八荒協兮萬國諧。”李善注引郑玄《礼记注》“閫，門限也。”亦借指府署，多専指地方將帥之府衙，故此處用貔貅比喻馮八座之部下將士。

[5] 遂，鲍本作“逐”，據學津本、學海本改。

[6] 鴻漸，《易·漸》:“初六，鴻漸於幹”，“六二，鴻漸於磐”，“九三，

鴻漸於陸”，“六四，鴻漸於木”，“九五，鴻漸於陵”。謂鴻鵠飛翔從低到高，循序漸進。此處指仕宦之升遷。

[7] 普州，北周建德四年（575）置安嶽縣（今四川安嶽縣），並置普州，隋大業初省併普州，唐武德二年（619）復於安嶽縣置普州，天寶初改普州置安嶽郡，乾元初復改為普州。

司倉，官名。漢有倉曹史，主管倉庫，為州郡之屬官。北齊稱倉曹參軍。唐制，在府稱倉曹參軍，在州稱司倉參軍，在縣稱司倉。

方干，《唐才子傳》卷八云：“方干字雄飛，桐廬人。幼有清才，散拙無營務。大中中舉進士不第，隱居鏡湖中。湖北有茅齋，湖西有松島，每風清月明，攜稺子鄰叟輕棹往返，甚愜素心。所住水木幽閟，一草一花俱能留客。家貧，蓄古琴行吟醉臥以自娱。”

島至老無子，因啖牛肉得疾，終於傳署。後崔錡評事倅岳陽日，為詩悼之[1]。岳陽，普州地名，今因創墓，在岳陽山上。山下有岳陽池。詩曰：“倚恃才難繼，昂藏貌不恭[2]。騎驢衝大尹，奪卷忤宣宗。馳譽超先輩，居官下我儂[3]。司倉舊曹署，一見一心忪[4]”。又舉子李允恭有詩[5]曰：“一一玄微縹緲成，盡吟方更爽神清[6]。宣宗謫去為閒事，韓愈知来已振名。海底也應搜得净，月輪常被斵教傾[7]。如何未隔四十載，不遇論量向此生。”

[1] 倅（cuì），《逸周書·糴匡》：“君親巡方，卿參告糴，餘子倅運。”孔晁注：“倅，副也。”此處指充任州郡之副職官員。

[2] 倚恃，學海本作“依倚”。繼，學海本作“得”。

昂藏，氣度軒昂。陸機《晉平西將軍孝侯周處碑》：“汪洋廷闕之傍，昂藏寮寀之上。”

[3] 我儂，方言，指我。司空圖《力疾山下吳村看杏花》詩之七：“王老小兒吹笛看，我儂試舞爾儂看。”

［4］忪，學津本作“疼”，學海本闕。忪（zhōng），《玉篇·心部》：“忪，心動不定，驚也。”李贺《恼公》诗：“犀株防膽怯，銀液鎮心忪。”

［5］舉，學海本作“聖”。

［6］更，學海本、崇文本作“便”。

［7］浄，鲍本作“靜”，據學海本改。

## 屈名儒

唐末宰臣張文尉、中書舍人封舜卿等奏[1]：“前有名儒屈者十有五人，請賜孤魂及第。”方干秀才是其數矣[2]。每見人設三拜而已，謂禮數有三，識者呼為“方三拜”，亦曰“方十四郎”。干為人脣缺，連應十餘舉[3]。有司議干：“才則才矣，不可與缺脣人科名。四夷所聞，為中原鮮士矣。”干潛知所論，遂歸鏡湖。後十數年，遇醫補得，年已老矣，遂舉足不出鏡湖，時人號曰“補脣先生”[4]。弟子李頻等皆中殊科，干可謂屈人矣[5]。故有《鏡湖西島閒居》詩曰[6]：“寒山壓境心，此處是家林。梁鷰欺春醉，岩猿學夜吟。雲連平地起，月向白波沈[7]。猶自聞鐘角，棲身可在深[8]。”又詩：“世人如不容，吾自縱天慵。落葉憑風掃，秋粳任水舂[9]。花朝連郭霧，雪夜隔湖鐘。身在能無事，頭宜白此峰。”又感懷云：“至業不得力，至今猶苦吟。吟成五字句，使破一生心[10]。世路屈聲滿，雲溪寃氣深。前賢多晚達，莫怕鬢霜侵。”李頻上第後，干寄詩曰：“弟子已攀桂，先生猶臥雲[11]。”此恨之深矣。

［1］張文尉，唐末五代人。《歷代通鑒輯覽》卷六五：“張文尉，字友華，河間人。”

封舜卿，唐末五代人。《舊五代史·唐書·封舜卿傳》："封舜卿，仕梁為禮部侍郎，知貢舉。開平三年，奉使幽州，以門生鄭致雍從行。復命之日，又與致雍同受命入翰林為學士。"

［2］是其數矣，學海本、崇文本作"性質野"。

數，算在數内之意。《後漢書·文苑傳·禰衡》："餘子碌碌，莫足數也。"

［3］舉，學海本、崇文本作"科"。

［4］足，鮑本無，據學海本補。

［5］李頻，唐末人，詳見《新唐書·文藝·李頻傳》。

［6］島，學海本作"塢"。

［7］連，學海本作"從"。

［8］鐘，鮑本無，據學津本補。

［9］粳、任，學海本、崇文本作"秔"、"倩"。粳，稻之不黏者，晚熟。《玉篇·米部》："粳，不粘稻。"

舂，謂以杵臼搗穀以去殼。《說文·臼部》："舂，擣粟也。"《詩·大雅·生民》："或舂或揄，或簸或蹂。"水舂，即謂以水為動力，帶動杵臼舂米。

［10］至，學海本作"志"。

使，學海本、崇文本作"用"。

［11］攀桂，謂科舉登第也。賈島《青門裏作》："若無攀桂分，衹是臥雲休。"

臥雲，謂隐居。白居易《酬元郎中書懷見贈》："終身擬作臥雲伴，逐月須收燒藥錢。"

另按，關於此詩是否為方干作，五代王定保《唐摭言》卷四"師友"條云："李頻師方干，後頻及第，詩僧清越贈干詩云：'弟子已得桂，先生猶灌園。'"《唐詩紀事》卷六三云："僧貫休贈詩云：'盛名與高隱，合近謝敷村。弟子已得桂，先生猶灌園。投綸侵海分，得句覓雲根。白日昇天路，知君別有門。'"且不論究竟是貫休還是清越作，此詩非方干作則可定論矣，何光遠誤記也。

干為詩錬句，字字無失。如《寄友人》云："鶴盤遠勢投孤嶼，蟬曳残聲過別枝。"齊梁已来，未有此句。《詠擊甌》則體絶物理，詩人罷唱。詩曰："白器敲来曲調成，腕頭勻細自輕清。隨風搖曳有餘韻，測水淺深多汎聲[1]。春漏丁當相次發，寒蟬計會一時鳴[2]。從今已得佳聲出，衆樂無由更得名。"干與杭州于郎中為硯席之知，因求舉糧遠遊[3]。杭郡牧姚合疑干為詩無卒才，因夜醮與"飛"字韻，請賦一章[4]。干半酣，書成，合筵驚駭。于贈二百千充潤五十六字，于可謂奬士矣[5]。詩曰："閒世星郎夜醮時，丁丁寒漏滴聲微[6]。琵琶弦促千般調，鸚鵡杯深四散飛。偏請玉容歌白雪，高燒紅蠟照朱衣[7]。人間有此榮華事，爭遣漁翁戀釣磯。"

[1] 測，鮑本作"側"，據學海本、崇文本改。

擊甌，甌，盛水或酒之陶瓷器。古人也用為樂器，盛水擊之以和樂拍。後世演變至可單獨奏樂。唐段安節《樂府雜錄·擊甌》："武宗朝，郭道源後為鳳翔府天興縣丞，充太常寺調音律官，善擊甌，率以邢甌越甌共十二隻，旋加減水於其中，以箸擊之，其音妙於方響也。咸通中，有吳繽洞曉音律，亦為鼓吹署丞，充調音律官，善於擊甌。擊甌，蓋出於擊缶。"

汎聲，謂配襯輕彈緩奏之虛聲，亦謂之散聲或和聲。李肇《唐國史補》卷下："宥師董庭蘭，尤善汎聲、祝聲。"白居易《聽彈古淥水》："欲識慢流意，為聽疎汎聲。"

[2] 會，學海本、四庫本作"食"。按，"計會"有計算義，《戰國策·齊策四》："後孟嘗君出記，問門下諸客：'誰習計會，能為文收責於薛者乎？'"亦有計慮商量義，《韓非子·解老》："人有欲則計會亂，計會亂而有欲甚。"張九齡《敕平盧使烏知義書》："已敕守珪與卿計會，可須覩釁裁之。"於此殊難取捨，按詩句對仗原則來看，或是象聲詞，若真如此，則"計食"與蟬聲稍近，姑存疑於此以俟高明。

[3] 硯席，本硯臺坐席之謂。《北史·魏陳留王虔傳》："（元暉）好涉獵

書記，少得美名於京下。周文禮之，命與諸子遊處，每同硯席，情契甚厚。”黄滔《祭陳侍御文》：“滔江鄉則中外親姻，帝裏則參差硯席。”硯席之知，即謂同窗之友，同門之交。

［4］杭郡牧姚合：鮑本作“群所杭牧”，據學海本、崇文本改。

［5］于，學海本、崇文本作“亦”。

［6］間世，學海本作“世間”。按，間世，謂年代相隔之久。劉長卿《奉和杜相公新移長興宅呈元相公》：“間世生賢宰，同心奉至尊。”以“星郎”上應列宿來看，或作“世間”是，謂于郎官乃星宿下凡，贊其地位尊崇也。

星郎，即郎官。《後汉书·明帝纪》：“館陶公主為子求郎，不許，而賜錢千萬。謂群臣曰：‘郎官上應列宿，出宰百里，茍非其人，則民受殃，是以難之。’”岑参《送李别将摄伊吾令充使赴武威便寄崔员外》：“遥知竹林下，星使對星郎。”张籍《早朝寄白舍人严郎中》诗：“鳳闕星郎離去遠，閤門開日入還齊。”

醼，同“宴”，聚飲。漢枚乘《七發》：“往來遊醼，縱恣於曲房隱間之中。”唐李肱《省試〈霓裳羽衣曲〉》：“醼罷水殿空，輦餘春草細。”

［7］玉容，美稱女子之容貌。晉陸機《擬〈西北有高樓〉》詩：“玉容誰得顧，傾城在一彈。”唐王建《調笑令》詞：“玉容憔悴三年，誰復商量管絃。”

又李先輩宣古《於澧陽陪杜悰司空宅宴席上賦得“桃”字》詩[1]曰：“紅燈初上月輪高，照見堂前萬朵桃。觱篥調清銀字管，琵琶聲亮紫檀槽[2]。能歌姹女顔如玉，解飲蕭郎眼似刀[3]。爭禁夜深抛耍令，舞来挼去使人勞[4]。”又杜公鎮荆渚日，夜宴出歌姬送酒，李群玉校書於燭下飛筆獻杜詩[5]曰：“裙拖六幅瀟湘水，鬢聳巫山一尺雲[6]。態貌祗應天上有，歌聲豈合世間聞。胷前瑞雪燈斜照，眼底桃花酒半醺。不是相如憐賦客，肎教容易見文君。”又盧延讓《冬夜宴柳駙馬陟宅得“更”字》詩曰：“蘭堂夜宴在秦城，座下荷衣倍覺榮[7]。金鼎烹炮過百味，銅壺刻漏轉三更。紅妝伎出催添燭，白雪歌遲待煖笙[8]。猶自何郎歡不足，桂華未謝玉峰傾[9]。”

［1］李宣古，晚唐詩人。《唐才子傳》卷五：“李宣古，字垂後，澧陽人。會昌三年盧肇榜進士。又試中宏辭。工文，極俊，有詩名。”

杜悰，杜佑之孫，詳見《舊唐書·杜佑傳附杜悰》。

［2］觱篥，古樂器，以竹為管，本出西域龜茲，後傳入中土，為隋唐燕樂及唐宋教坊樂之重要樂器。劉商《胡笳十八拍》：“龜茲觱篥愁中聽，碎葉琵琶夜深怨。”《資治通鑒·唐憲宗元和元年》：“師道時知密州事，好畫及觱篥。”胡三省注：“胡人吹葭管，謂之觱篥。《樂府雜錄》：‘觱篥，葭管也，卷蘆為頭，截竹為管，出於胡地。制法角音，九孔漏聲，五音。唐編入鹵簿，名為笳管；用之雅樂，以為雅管；六竅之制，則為鳳管。旋宮轉器，以應律者也。’杜佑曰：‘觱篥，一名悲篥，出於胡中，其聲悲。東夷有以卷桃皮為之者。亦出南蠻。又《樂府雜録》曰觱篥本龜茲樂。’”

銀字，古人於笙笛上以银作字，以示其音之高下，此處之銀字管即指觱篥也。

紫檀，木名，其質堅實，紫紅色。崔豹《古今注·草木》：“紫旃木，出扶南，色紫，亦謂之紫檀。”古人多以此做弦樂器之音槽。《律呂正義後編》卷七五：“（胡琴）用紫檀槽，面桐木，柱用竹。”

［3］姹女，謂美貌少女。《後汉书·五行志》：“河間姹女工數錢，以錢為室金為堂。”罗邺《自遣》诗：“春巷摘桑喧姹女，江船吹笛舞蠻奴。”

蕭、刀，學海本、崇文本作“仙”、“蒿”，誤。

蕭郎，多稱女子所愛之人或美好之男子為蕭郎，或即用蕭史事也。于鵠《題美人》：“秦女窺人不鮮羞，攀花趁蝶出牆頭。胸前空帶宜男草，嫁得蕭郎愛遠遊。”此謂蕭史、弄玉乘鳳飛升。舒亶《青山》：“笙歌自滿蕭郎宅，琴鶴空隨賀老船。”此謂蕭史善吹簫也。明彭大翼《山堂肆考》卷二三〇“俞兒”條亦云：“又蕭郎亦可對謝客。蕭郎即蕭史也，後世女夫通稱。唐詩‘嫁得蕭郎愛遠遊’。”

［4］耍令，唐宋时一种说唱或兼伴舞之民间伎艺。《夢粱錄》卷二〇：“若唱嘌耍令者，如路岐人王雙蓮、呂大夫，唱得音律端正。”

挼，學海本作“按”。

［5］李群玉，《唐才子傳》卷六：“李群玉，字文山，澧州人也。清才曠逸，不樂仕進，專以吟詠自適。詩筆遒麗，文體丰美，好吹笙，美翰墨。”

［6］尺，學海本、崇文本作“段”。

［7］下，崇文本作“上”。

［8］妝，鮑本作壯，據四庫本改。

煖，學津本、學海本作“緩”，誤。按，笙中之簧若過冷則導致音色凝滯，故需用蠟暖之。清胡彦昇《樂律表微》卷七云：“《笙賦》云：‘戾生幹，裁熟簧。’謂用熟銅片為簧也。簧用蠟點以火炙簧，調之使和，謂之煖笙。”

［9］何郎，本指魏人何晏，《三國志·魏志·何晏傳》：“晏，何進孫也。母尹氏，為太祖夫人。晏長於宮省，又尚公主，少以才秀知名，好老、莊言，作《道德論》及諸文、賦，著述凡數十篇。”因其為駙馬且有俊容，故用作駙馬之美稱。如劉禹錫《題於家公主舊宅》：“何郎獨在無恩澤，不似當初傅粉時。”此處用以指代駙馬李陟。

謝，學海本、崇文本作“識”。

玉峰，《世說新語·容止》：“嵇叔夜之為人也，巖巖若孤松之獨立；其醉也，傀俄若玉山之將崩。”後以“玉山”喻儀容美好之人醉時之態。玉峰，即玉山也。玉峰傾，即玉山之將崩也。

昔章先輩孝標《於李使君筵贈歌人劉小小得“娘”字》，當時名公無不賞俊[1]。詩曰：“諸侯帳下慣新妝，皆怯劉家薄媚娘[2]。寳髻巧梳金翡翠，羅裙宜着繡鴛鴦。輕輕舞汗初沾袖，細細歌聲欲繞梁。何事不歸巫峽去，故来人世斷人腸。”已上五公之詩，雖綺靡香艷，而含蓄情思皆不及施肩吾《夜宴曲》[3]云：“蘭釭如晝買不眠，玉爐夜起沈香煙[4]。青娥一行十二仙，欲笑不笑桃花然[5]。碧窗弄嬌梳洗懶，戶外不知銀漢轉[6]。被郎嗔罰塗蘇盞，酒入四肢紅玉軟[7]。”

［1］章孝標，《唐才子傳》卷六云：“孝標字正道，錢塘人……大和中嘗為山南道從事，試大理評事。仕終秘書正字。”

［2］新妝，鮑本作“新壯”，據四庫本改。

［3］施肩吾，中晚唐詩人。《新唐書・藝文志》：“（施肩吾）睦州人，元和進士第，隱洪洲西山。”

［4］蘭釭，本謂燒兰膏之灯，多藉以指精美之燈具。王融《詠幔》：“但願置尊酒，蘭釭當夜明。”《藝文類聚》卷七八引陶弘景《許長史舊館壇碑》：“蘭釭列耀，金鑪颺薰。”

玉爐，即謂熏炉。胡杲《七老會》：“霜鬢不嫌杯酒興，白頭仍愛玉爐熏。”

［5］娥，鮑本作“城”，據學津本、學海本、崇文本改。青娥，謂貌美之少女。王建《白紵歌》：“城頭烏棲休擊鼓，青娥彈瑟白紵舞。”《唐才子傳》卷四：“長沙尚書李翱席上，有舞柘枝者，容語悽惻，因感而賦詩以贈曰：‘姑蘇太守青娥女，流落長沙舞柘枝。’”

十二仙，本指傳說中之十二仙人。《蜀中廣記》卷一〇六：“（道士張素卿）又於簡州開元觀，畫容成子、董仲舒、嚴君平、李阿、馬自然、葛元、長壽仙、皇初平、葛永璝、竇子明、左慈、蘇躭等十二仙君像。”此處泛指仙人。青娥一行十二仙，即謂貌美女子宛若仙人。

［6］懶，學海本作“眠”，誤。按，此處之“懶”乃慵懶之意，非懶惰也。

［7］塗蘇，學海本、崇文本作“屠蘇”。

塗蘇，酒名，即屠蘇。古時風俗於農曆正月初一，家人先幼後長依次而飲，以避瘟氣。宗懍《荊楚歲時記》：“長幼悉正衣冠，以次拜賀，進椒柏酒，飲桃湯，進屠蘇酒……次第從小起。”盧照鄰《長安古意》：“漢代金吾千騎來，翡翠屠蘇鸚鵡杯。”

## 錢唐秀

羅秀才隱傲睨於人，體物諷刺[1]。初赴舉之日，於鍾陵筵上與娼妓雲英同席[2]。一紀後下第，又經鍾陵，復與雲英相見，雲英撫掌曰："羅秀才猶未脫白矣[3]。"隱雖内恥，尋亦嘲之："鍾陵醉別十餘春，重見雲英掌上身[4]。我未成名君未嫁，可能俱是不如人[5]。"隱常獻卷於鄭相公畋，鄭女妙於篇什，每讀隱詩至"張華謾出如丹語，不及劉侯一紙書"，未嘗不於父前三復，似慕其才[6]。相國或一日因隱到宅，遂留從容，命女下簾窺之。女見隱為人迂差，永不復吟隱詩矣[7]。

［1］傲睨，鮑本作"隱睨"，據崇文本改。睨，《左傳·哀公十三年》："旨酒一盛兮，餘與褐之父睨之。"杜預注："睨，視也。"傲睨者，傲慢斜視。

體物，描述事物。陸機《文賦》："詩緣情而綺靡，賦體物而瀏亮。"

［2］鍾陵，《元和郡縣圖志·江南道·洪州南昌縣》云："漢高六年置，隋平陳改為豫章縣，寶應元年六月改為鍾陵縣，十二月改為南昌縣。"在今江西南昌市南部。

［3］脫白，謂脫去白衣，進入仕途。唐初士人未入仕途，均以著白袍為主，韓愈《賽神》："白布长衫紫领巾，差科未动是閒人。"可見未入仕途者多穿白色衣服。故以脫白為進入仕途之代稱。

［4］掌上身，《白孔六帖》卷六一："趙飛鷰體輕能為掌上舞。"故以掌上身指舞者輕盈的身體，此處暗指雲英仍是娼妓，以歌舞侍人而未嫁。

［5］君，學海本、崇文本作"卿"。

能，學海本作"憐"。

［6］鄭畋，字台文，滎陽人，官宦世家出身，後官至宰相。詳見《舊唐

書·鄭畋傳》。

張華謾出如丹語，《晉書·張華傳》："須臾，使者至曰：'詔斬公。'華曰：'臣先帝老臣，中心如丹！臣不愛死，懼王室之難，禍不可測也！'遂害之於前殿馬道南。"

不及劉侯一紙書，《晉書·劉弘傳》："弘每有興廢，手書守相，丁寧款密，所以人皆感悅，爭赴之，咸曰：'得劉公一紙書，賢於十部從事。'"張華與劉弘俱為人臣，為主獻言盡忠，卻結局迥異，故羅隱感歎如是。

[7] 從容，此處為閒聊、交談之意，《太平廣記》卷三八八"袁滋"條云："因留宿，乃問曰：'彼處合有靈隱者，曾從容否?'"《因話錄》卷三："杜丞相悰時為京兆尹，將託親知閒等第，召公從容，兼命酒茶。"

迃差，學海本、崇文本作"醜陋"。迃，張參《五經文字》卷上云："迃，石經作迂，凡從迂者皆放此。"則迃同"迂"。

隱又與顧雲先輩謁淮南高相公駢[1]。顧為人風雅，時渤海公辟留，隱遂辭歸錢塘。高與賓幕小酌，賫隱於海風亭[2]。是時盛暑，有青蠅入座，渤海公命扇驅之。顧謔隱曰："青蠅被扇扇平離座。"隱立酬之曰："白澤遭釘釘去在門[3]。"議者以才調相譏，兩俱全美。隱度高公欲繼淮王求仙，所為妖亂，潛題后土廟刺之，連夕挂帆而邁[4]。巫者告公，公既悔且怒，急棹追之，已出境矣。詩曰："四海干戈尚未寧，又於汾水建儀形[5]。九天玄女猶無聖，后土夫人豈有靈[6]。一帶野雲侵鬢綠，兩條宮柳入眉青。韋郎年少知何事，端坐唯看《太白經》[7]。"高後失致，因呂用之等幻惑，為畢師鐸所害[8]。隱自錢唐著《妖亂誌》以非之，故有《題延和閣》云："延和高閣勢淩雲，輕語猶疑太一聞。燒盡降香無一事，開門迎得畢將軍[9]。"

[1] 顧雲，《唐詩紀事》卷六七云："雲字垂象，池州鹺賈之子也。風韻

詳整，與杜荀鶴殷文圭友善，同肄業九華。咸通中登第，為高駢淮南從事。師度之亂，退居霅川，杜門著書。宰相杜某奏雲與盧知猷、陸希聲、錢翊、馮渥、司空圖等分修宣、懿、德三朝實錄，皆一時之選也。書成，加虞部外郎。乾寧初卒。”

高駢，字千里，為畢師鐸所殺，即此文中“為畢師鐸所害”也，《新唐書》卷二二四下有傳，可參看。

[2] 賮（jìn），學海本、崇文本作“觴”。按，送行時贈送之財物。《孟子・公孫醜下》：“予將有遠行，行者必以贐。”贐同“賮”。此處用作動詞。作觴，則指飲酒餞別。故二者於文意皆可通。

[3] 白澤，傳說中之神獸。《雲笈七籤》卷一〇〇：“黃帝得白澤神獸，能言，達於萬物之情。”此處當指白澤之畫像或雕塑。

[4] 淮王，此處或指漢淮南王劉安，傳說中劉安學道有成，白日飛升，仙及雞犬。

后土，指土神或地神。亦指祀土地神之社壇。《周禮・春官・大宗伯》：“王大封，則先告后土。”鄭玄注：“后土，土神也。”后土廟即土地廟。

邁，學海本、崇文本作“返”，義長。

[5] 建，鮑本作“達”，蓋形近而誤，今據學津本、學海本、崇文本改。作“建”者，謂建廟塑像也。儀形即指儀容、形體。此句說高駢迷信道術，建后土夫人廟，並塑韋郎像。

[6] 九天玄女，道家传说中之女神，谓为黄帝之师，圣母元君弟子，曾助黄帝灭蚩尤。见《雲笈七籤》卷一一四《九天玄女傳》。

[7] 韋郎年少知何事，端坐唯看“太白經”，此聯諷刺高駢迷信道術。《說郛》卷四四下《廣陵妖亂志》云：“高駢末年惑於神仙之說，呂用之、張守一、諸葛殷等皆言能役使鬼神，變化黃白，駢酷信之，遂委以政事……起延和閣於大廳之西，凡七間，高八丈，皆飾以珠玉，綺窗繡戶，殆非人工。每旦焚名香，列異寶，以祈王母之降。及師鐸亂人有登之者，於藻井垂蓮之上見二十八字，云：‘延和高閣上干雲，小語猶疑太乙聞。燒盡降真無一事，開門迎得畢將軍。’此近詩妖也。用之公然云：‘與上仙來往。’每對駢或叱咄

風雲，顧揖空中，謂見群仙來往過於外。駢隨而拜之，用之指畫紛紜，略無媿色。左右稍有異論，則死不旋踵矣。見者莫測其由，但搏膺不敢出口。用之忽云：'后土夫人靈仇遣使就某借兵馬並李筌所撰《太白陰經》。'駢遽下兩縣率百姓葦蓆數千領，畫作甲馬之狀，遣用之於廟庭燒之。又以五彩牋寫《太白陰經》十道置於神座之側，又於夫人帳中塑一綠衣少年，謂之韋郎。"《太白經》即此《太白陰經》，上聯則形容韋郎像的模樣。

［8］畢師鐸，學海本作"師畢師罣"，崇文本作"師畢師鐸"，均誤。

［9］《妖亂誌》即注［7］之《廣陵妖亂志》，《說郛》題作者為鄭廷誨，未詳孰是。此中詩文亦見上注。

昔僖宗在蜀日，隱吟詩數首以刺諸侯，及鑾輅還京，為朝貴所嫉，竟不成名[1]。後錢尚父鏐為詩酒之侶，繼遇中原喪亂，無復所聞[2]。《駕在蜀》詩曰："白丁攘臂犯長安，翠輦蒼惶路屈盤。丹鳳有情雲外遠，玉龍無跡渡頭寒。静思貴族謀身易，危惜文皇創業難。不將不侯何計是，釣魚船上淚闌干[3]。"又《寄詠漫天嶺》云："南去休誇蜀道難，此中危峻已多端。到頭不會蒼蒼意，爭得禁佗兩度漫[4]。"《駕還京》詩曰："馬嵬楊柳尚依依，又見鑾輿幸蜀歸。泉下阿蠻應有語，這迴休更說楊妃[5]。"隱以諷刺頗深，連年不第。舉子劉贊贈之詩[6]曰："人皆言子屈，我獨謂君非。明主既難謁，青山何不歸。年虛侵雪鬢，塵枉汚麻衣。自古逃名者，至今名豈微。"隱覩之，因起式微之思[7]。遂有《歸五湖》詩[8]曰："江東日暖花又開，江東行客思悠哉。高陽酒徒半凋落，終南山色空崔嵬[9]。聖代也知無棄物，侯門未必用非才。一船明月一竿竹，家住五湖歸去来。"

［1］日，崇文本作"時"。

鑾輅，鑾駕。張衡《東京賦》："乘鑾輅而駕蒼龍。"

［2］錢鏐，字具美，杭州臨安人。少年時曾為私鹽販，後投軍，成為當地軍閥董昌部將。唐光啟三年（887），董昌為越州觀察使（今浙江紹興），自杭州移鎮浙東；唐以錢為杭州刺史，從此獨據一方。景福二年（893），錢鏐升任鎮海軍節度使，駐杭州。乾寧三年（896）錢鏐滅董昌，得越州。唐以錢鏐為鎮海、鎮東兩軍節度使，治杭州。天復二年（902），唐封他為越王。後梁又封他為吳越王。《十國春秋》卷七七、七八有傳，可參看。

［3］計，學津本、學海本作“處”，按，作“計”義長。

［4］禁佗，學海本作“楚沱”，誤。按，漫天嶺，在廣元縣東北三十五里，山極高聳，有大漫天、小漫天二山。佗同“他”，此句意為漫天嶺高聳入雲，一眼望不到頭，怎麽禁得住他還有兩重山呢？

［5］安禄山事變時楊貴妃慘死馬嵬坡，而玄宗身為一國之君竟不能守一心愛妃子，世人反以之為禍水。當玄宗自蜀還，過華清宮，召伶人謝阿蠻，謝出金粟背環以獻，曰：“此貴妃所賜。”玄宗把玩，神情愀然，不覺為之墮淚。僖宗不勵精圖治，又有幸蜀之行，此時阿蠻已經謝世，如果她泉下有知，這回就會罵僖宗了：“你要是亡了天下，怕沒法再把一切過錯推到楊貴妃身上了吧。”此詩可見羅隱之諷刺入骨銘心。阿蠻事見唐鄭處誨《明皇雜錄·補遺》。

［6］《全唐詩》卷七二七亦收此詩，題曰《贈羅隱》。注云：“按唐末劉贊有三：一魏州人，舉進士，為羅紹威判官，仕唐明宗中書舍人；一桂陽人，宰相瞻之子，擢進士，仕梁，充崇政殿學士；一仕閩王曦為御史中丞。三人皆與羅隱同時，未知孰是。”

［7］式微，《詩·邶風》篇名。《詩序》說，黎侯流亡於衛，隨行臣子勸他歸國。後以賦《式微》表示思歸之意。《左傳·襄公二十九年》：“榮城伯賦《式微》乃歸。”式微之思即歸思。

［8］五湖，代指隱者所居之地。出《國語·越語》：“反至五湖，范蠡辭於王曰：‘君王勉之，臣不復入越國矣。’王曰：‘不穀疑子之所謂者何也？’對曰：‘臣聞之，為人臣者君憂臣勞，君辱臣死。昔者君王辱於會稽，臣所以不死者，為此事也。今事已濟矣，蠡請從會稽之罰。’王曰：‘所不掩子之惡

揚子之美者，使其身無終沒於越國。子聽吾言，與子分國；不聽吾言，身死，妻子為戮。’范蠡對曰：‘臣聞命矣。君行制，臣行意。’遂乘輕舟以浮於五湖，莫知其所終。”

［9］高陽酒徒，指晉人山簡。《晉書·山簡傳》：“簡優遊卒歲，唯酒是耽。諸習氏荆土豪族有佳園池，簡每出遊嬉，多之池上，置酒輒醉，名之曰‘高陽池’。”

## 走山魈

施肩吾先輩為詩奇麗，冠於當時[1]。著《百韻山居》，才情富贍，如“荷翻紫盖搖波面，蒲瑩青刀插水湄”，又“煙黏薜荔龍鬚軟，雨壓芭蕉鳳翅垂”，又《贈邊將》詩曰：“輕生奉國不為難，苦戰身多舊箭瘢[2]。玉匣鏁龍鱗甲冷，金鈴襯鶻羽毛寒。皁貂擁出花當背，白馬騎来月在鞍[3]。猶恐犬戎臨虜塞，柳營時把陣圖看[4]。”又《上禮部侍郎陳情》[5]云：“九重城裏無親識，八百人中獨姓施。弱羽飛時攢箭險，蹇驢行處薄冰危[6]。晴天欲照盆難反，貧女如花鏡不知。却向從来受恩地，再求青律變寒枝[7]。”又《贈友人下第閒居》云：“花眼綻紅斟酒看，藥心抽綠帶煙鋤。”如是之類，皆輕巧之極。及第後，遊南楚，楚多山魈為患，俗號聖者。是時亦来館穀攪擾施君，施君當風一詠，於是屏跡[8]。詩曰：“山魈本是伍家奴，何事今為聖者呼。小鬼不須乖去就，國家才子號肩吾。”

［1］麗，鮑本作“嚴”，據學津本、學海本、崇文本改。

［2］苦戰，崇文本作“戰苦”。

［3］皁貂，謂以黑貂製成之袍服。武元衡《送張六諫議歸朝》：“詔書前日下丹霄，頭戴儒冠脫皁貂。”皁，即黑色。《玉篇·白部》：“皁，色黑也。”

《史記·五宗世家》："是以每相、二千石至，彭祖衣皁布衣，自行迎，除二千石舍。"

［4］犬，學海本作"大"，誤。

犬戎，古時對北方民族之蔑稱。杜甫《揚旗》："三州陷犬戎，但見西嶺青。"浦起龍心解："謂上年十二月高適在事時，吐蕃陷松、維、保三州。"薛逢《開元後樂》："一自犬戎生薊北，便從征戰老汾陽。"

虜塞，即謂邊境，中原國家與邊塞民族接觸之地，故名。鄭愔《送金城公主適西蕃應制》："笳聲出虜塞，簫曲背秦樓。"岑參《輪臺歌奉送封大夫出師西征》："虜塞兵氣連雲屯，戰場白骨纏草根。"

［5］柳營，即軍營。《史記·周勃世家》："文帝之後六年，匈奴大入邊……以河內守亞夫為將軍，軍細柳，以備胡。上自勞軍。至霸上及棘門軍，直馳入，將以下騎送迎。已而之細柳軍，軍士吏被甲，鋭兵刃，彀弓弩，持滿。天子先驅至，不得入。先驅曰：'天子且至!'軍門都尉曰：'將軍令曰："軍中聞將軍令，不聞天子之詔。"'居無何，上至，又不得入。於是上乃使使持節詔將軍：'吾欲入勞軍。'亞夫乃傳言開壁門。壁門士吏謂從屬車騎曰：'將軍約，軍中不得驅馳。'於是天子乃按轡徐行。至營，將軍亞夫持兵揖曰：'介胄之士不拜，請以軍禮見。'天子為動，改容式車。使人稱謝：'皇帝敬勞將軍。'成禮而去。既出軍門，群臣皆驚。文帝曰：'嗟乎，此真將軍矣！曩者霸上、棘門軍，若兒戲耳，其將固可襲而虜也。至於亞夫，可得而犯邪!'稱善者久之。"後因稱嚴整之軍營為"柳營"。盧綸《送從叔程歸西川幕》："群鶴棲蓮府，諸戎拜柳營。"許渾《中秋夕寄大樑劉尚書》："柳營出號風生纛，蓮幕題詩月上樓。"

陣圖，軍隊作戰之圖。《北史·陳元康傳》："從神武於芒山，將戰，遺失陣圖，元康冒險求得之。"《唐李問對》卷中："授之裨將，裨將乃總諸校之隊聚為陳圖，此一等也。"

［6］蹇驢，謂跛蹇駑弱之劣驢。《楚辭·東方朔〈七諫·謬諫〉》："駕蹇驢而無策兮，又何路之能極?"王逸注："蹇，跛也。"杜光庭《虬髯客傳》："忽有一人，中形，赤髯如虬，乘蹇驢而來。"

［7］青律，謂春天之律管，借指春。王勃《上巳浮江宴序》："於時序躔青律，運啟朱明。"蔣清翊注："《禮·月令》：'孟春之月……律中大蔟；仲春之月，律中夾鍾；季春之月，律中姑洗。'"

［8］山魈，動物名。猴屬。狒狒之類。體長約三尺，頭大面長，眼小而凹，鼻深紅色，兩頰藍紫有皺紋，腹部灰白色，臀部有一大塊紅色胼胝，尾極短而向上，有尖利長牙，性凶猛，狀極醜惡。古代傳說以為山怪，又稱"山蕭"、"山臊"、"山繅"等，記述狀貌不一。唐戴孚《廣异記·斑子》："山魈者，嶺南所在有之，獨足反踵，手足三歧。其牝者好施脂粉。於大樹中做窠。"唐白居易《送人貶信州判官》詩："溪畔毒沙藏水弩，城頭枯樹下山魈。"

館穀，此處指館舍、居處。

# 【鑒誡錄卷九】

## 夢太白

懿宗之代有處士張孜，本京兆人，躭酒如狂，好詩成癖[1]。然於吟諷終昧風騷，爾来二十餘年不成卷軸。孜與李山甫友善，常為詩章，山甫鄙之[2]。張乃圖寫李白真儀，日夕虔禱[3]。忽夢一人自天降下，颯曳長裾[4]。是夕星月晃然，當庭而坐，與孜對酌，論及歌詩。孜問姓名，自云李白。孜因備得其要，白亦超然上昇[5]。孜後所吐篇章，悉干教化，當時詩者稍稍善之[6]。有《遇雪》云："長安大雪天，鳥雀難相覓。其中豪貴家，搗椒泥四壁[7]。到處生紅爐，周廻下羅冪[8]。暖手調金絲，蘸甲斟瓊液[9]。醉唱玉塵飛，困融香汗滴[10]。豈知饑寒人，腳手生皴劈[11]。"又《庚子年遇赦》云："時清無大赦，何以安天下。直到赤眉来，始尋黃紙寫[12]。草草蠲賦輿，忙忙點兵馬[13]。天子自蒙塵，何曾濟孤寡。"

［1］懿宗，唐懿宗李漼，公元 860—874 年在位，詳參《舊唐書·懿宗紀》。

京兆，唐開元元年（713）改雍州置為京兆府，領二十三縣，轄區以今西安市為中心，東至渭南市，西至武功，南至戶縣，北至銅川，屬關內道、京畿道，治所在京城長安。詳參《元和郡縣誌·關內道·京兆府》。

［2］李山甫，咸通中累舉進士不第，後流寓河朔間，依樂彥楨為魏博從事。《唐才子傳》卷六有傳，可參看。

詩章，鮑本無，據學海本補。

［3］圖寫，指繪畫。真儀，即寫真，指肖像畫。

［4］颯，學海本作“飄”。

長裾，指長衣。《孔叢子·儒服》：“子高衣長裾，振褎袖，方屐麤翣，見平原君。”

［5］白、亦，學海本作“已”、“而”。按，若作“已”、“而”，則為時間副詞，此句主語為“孜”，張孜不可能飛升而去，從文意看衹能是李白飛升而去，作“已”、“而”則此一分句無主語，故學海本誤。

［6］干，鮑本作“於”，據學津本改。按，“於”簡體為“于”，“于”與“干”形近，恐“干”先訛為“于”，刻書者又將其轉為“於”。故作“干”是，干教化者，與教化相關。

［7］搗椒泥四壁，椒，花椒，花椒味香，且可驅寒，故古時富家搗爛花椒和泥塗牆壁以保暖並保持室內芳香。《漢書·車千秋傳》：“江充先治甘泉宮人，轉至未央椒房。”颜师古注：“椒房，殿名，皇后所居也。以椒和泥塗壁，取其温而芳也。”

泥（nì），塗抹。《世說新語·汰侈》：“王以赤石脂泥壁。”

［8］到，學海本作“別”，恐形近致誤。

［9］金絲，樂器的金屬弦。梁元帝《和彈箏人》：“瓊柱動金絲，奏聲發趙曲。”

蘸甲，指斟滿酒暢飲。朱翌《猗覺寮雜記》卷上：“酒斟滿，捧觴必蘸指甲。牧之云：‘為君蘸甲十分飲。’夢得云：‘蘸甲須歡便到来。’”

［10］玉塵，喻雪。白居易《酬皇甫十早春对雪见赠》："漠漠復雰雰，東風散玉塵。"

融，即融融，熟睡貌。

［11］皴（cūn）劈，本指皮膚受冻开裂，此處用為名詞，即俗語之"冰口"。

［12］赤眉，指漢末以樊崇等為首的農民起義軍。因以赤色塗眉為標誌，故稱。《漢書·王莽傳》："赤眉樊崇等眾數十萬人入關，立劉盆子，稱尊號。"後泛指農民起義軍。

黃紙，古代詔書多寫在黃紙上，故用之借代詔書。《晉書·石季龍載記》："先帝創臨天下，黃紙再定。"

［13］輿，學海本、崇文本作"稅"，四庫本作"役"，意均較"輿"長。

又駕在蜀日，孜著雜言數篇，傷時頗切。其一首兩聯云："祇愛輕與肥，不憂貧與賤[1]。著牙賣朱紫，斷錢賒舉選[2]。"反駕還京之後，相府遣人捕之，孜乃易名姓，越淮而去[3]。故李山甫昔代孜歌，歌其幻夢曰[4]："天使翰林生我前，相去歿来二百年[5]。英神傑氣歸玄天，日月星辰空慼然[6]。我識翰林文，不識翰林面。上天知我憶其人，使向人間夢中見。瑞光閃爍天門開，五雲著地長裾来[7]。華山秀作英雄骨，黃河瀉作縱横才。巍峩宛似神仙客，一段風雷扶氣魄。低頭語了却擡頭，指點胸前稱李白。夢中一面何殷勤，高吟大語喧青雲。白言天府偶閒暇，與我握手論高文[8]。一論耳目清，再論心骨驚。豁如混沌初鑿破，天地海岳何分明[9]。利若劒戟堅，健如虬龍爭[10]。神機聖法說略盡，造化與我新精靈。不問塵埃人，不語塵埃事。罇前酒半空，歸雲掃筵起[11]。自言天上作先生，許向人間為弟子。夢破青霄春，煙霞無去塵。若誇郭璞五色筆，江淹却是尋常人[12]。"

[1] 輕與肥，指輕裘肥馬。《論語·雍也》："赤之適齊也，乘肥馬，衣輕裘。"後以"輕裘肥馬"形容富贵豪华的生活。

[2] 著牙，粘著牙齒。朱紫，古代高级官员的服色或服饰。谓红色、紫色官服。白居易《偶吟》："久寄形於朱紫内，漸抽身入蕙荷中。"此處當借指官爵。

舉選，推舉選拔。《新唐書·闞播傳》："陛下雖求賢，又使舉薦，然止得求名文辭士；焉有有道賢人肯奉牒丐舉選邪?"此聯或譏諷賣官鬻爵。

[3] 反，學津本、學海本、崇文本作"及"。

名姓，學津本作"姓"，學海本、崇文本作"姓名"。

[4] 昔，學海本、崇文本作"嘗"。

歌其幻夢曰，崇文本作"其夢曰"。按，崇文本義長。

[5] 翰林，指李白。《新唐書·李白傳》："帝賜食，親為調羹，有詔供奉翰林。"

歿，學津本作"沒"，學海本作"後"。

[6] 傑，學津本、學海本作"絕"。

慼，憂傷；慼然，憂傷貌。《左傳·僖公二十四年》："《詩》曰：'自詒伊慼。'其子臧之謂矣。"杜預注："慼，憂也。"

[7] 開，鮑本作"闢"，據學津本、崇文本改。

[8] 白，學津本作"自"。

[9] 混沌，古代傳說中指世界開闢前元氣未分、模糊一團時之狀態。班固《白虎通·天地》："混沌相連，視之不見，聽之不聞，然後剖判。"此聯言張孜未夢見李白前心竅未開，作詩無佳篇，現在和李白探討一番，茅塞頓開。

[10]"劒"下鮑本有一"歿"字，今刪。

[11] 酒半，學津本、學海本作"半日"。

[12] 若誇郭璞五色筆，江淹却是尋常人，锺嵘《诗品》卷中："初，淹罷宣城郡，遂宿冶亭，夢一美丈夫，自稱郭璞，謂淹曰：'我有筆在卿處多年矣，可以見還。'淹探懷中，得五色筆以授之。爾後為詩，不復成語，故世傳'江淹才盡'。"此處以郭璞現夢於江淹索筆與李白現夢授學對比，謂在李白面

前，張孜實在默然無聞，但他和江淹比起來，可是幸運得多。

## 削古風

梁朝杜捨人荀鶴為詩愁苦，悉干教化，每於吟諷，得其至理[1]。如《贈僧》云："安禪不必須山水，滅得心頭火自涼[2]。"又"利門名路兩何憑，百歲風前短焰燈。祇恐為僧心未了，為僧心了總輸僧[3]"。南宗睹之，傳為心印[4]。杜在梁朝，獻朱太祖《時世行》十首，欲令太祖省徭役，薄賦歛。是時方當征伐，不洽上意，遂不見遇。旅寄寺中，敬相公翔謂杜曰[5]："希先輩稍削古風，即可進身，不然者，虛老矣。"杜遂課《頌德詩》三十章，以悦太祖[6]。議者以杜雖有玉堂之拜，頓移教化之詞，壯志清名，中道而廢[7]。

[1] 杜荀鶴，五代時人，詳見《舊五代史·梁書·杜荀鶴傳》。

干，鮑本作"于"，據學津本改。

[2] 水，學海本作"川"。

安禪，佛家語，謂靜坐入定。南朝梁張纘《南征賦》："尋太傅之故宅，今築室以安禪。"王維《過香積寺》："薄暮空潭曲，安禪制毒龍。"

須，《廣韻·虞韻》："須，亦所欲也。"

[3] 未，學津本、崇文本作"不"。

[4] 南宗，此處謂禪宗南宗，六祖惠能所創，倡"頓悟"之說。

心印，佛家禪宗語，謂不用語言文字，直以心相印證，以期頓悟。《壇經·頓漸品》："師曰：'吾傳佛心印，安敢違於佛經。'"韓偓《江岸閒步》詩："立談禪客傳心印，坐睡漁師著背蓬。"

[5] 敬翔，唐末五代人，詳見《舊五代史·梁書·敬翔傳》。

［6］課，學海本、崇文本作“詠”。

［7］玉堂，官署名。漢侍中有玉堂署，宋以後翰林院亦稱玉堂。《漢書·李尋傳》：“過隨眾賢待詔，食太官，衣禦府，久汙玉堂之署。”顏師古注：“玉堂殿在未央宮。”王先謙補注引何焯曰：“漢時待詔於玉堂殿，唐時待詔於翰林院，至宋以後，翰林遂並蒙玉堂之號。”玉堂之拜，即指杜荀鶴授翰林學士事。

《時世行》聊紀兩首，《頌德詩》不復錄之：“夫因兵死守蓬茅，麻紵裙衫鬢髮燋。桑柘廢来猶納稅，田園荒盡尚徵苗[1]。時挑野菜和根煮，旋斫生柴帶葉燒。任是深山更深處，也應無計避征徭。”“八十老翁住破村，村中牢落不堪論。因供寨木無桑柘，為點鄉兵絶子孫[2]。還似平寧徵賦稅，未曾州縣略安存[3]。至今雞犬皆星散，日落西山哭倚門。”

［1］徵苗，即徵收青苗錢。青苗錢，唐代賦稅名，此與宋王安石所行青苗錢之法不同，亦省作“青苗”。大曆元年，詔天下苗一畝徵稅錢十五，以補百官俸錢，因國急用，當苗青即預徵，又有地頭錢每畝徵二十，通稱“青苗錢”。《新唐書·食貨志》：“至大曆元年，詔流民還者，給復二年，田園盡，則授以逃田。天下苗一畝稅錢十五，市輕貨給百官手力課。以國用急，不及秋，方苗青即徵之，號‘青苗錢’。又有‘地頭錢’，每畝二十，通名為青苗錢。”清袁枚《隨園隨筆·辨訛》：“《新（唐）書》大曆元年，詔天下苗一畝稅錢十五，以國急用，不及秋收，苗青則徵之，號曰‘青苗錢’，此青苗之始也。”

桑柘，即謂農桑之事。韓愈《縣齋有懷》：“惟思滌瑕垢，長去事桑柘。”

［2］鄉兵，古時地方軍隊，始於西魏、北周，由大都督或儀同統領，居本鄉，其後歷代有之。《隋書·張奫傳》：“高祖作相，授大都督，領鄉兵。”《新唐書·刑法志》：“廣州都督党仁弘嘗率鄉兵二千，助高祖起，封長沙郡

公。”

［3］平寧，安定安寧之謂也。元稹《處分幽州德音》：“四十年間，海內滋殖，風俗謹樸，君臣平寧，人無事端。”《舊唐書・懿宗紀》：“今既平寧，宜令次第放歸本道。”

# 分命錄

咸通中，王建侍御，吟詩寒碎，竟不顯榮[1]。乾符末，李洞秀才出意窮愁，不登名第[2]。是知詩者陶人性情，定乎窮通[3]。故韋莊補闕有《長安感懷》云：“大道不將鑪冶去，有心重築太平基[4]。”此則苞括生成，果為台輔[5]。長興末，何僕射瓚有《蜀城書事》云：“到頭須卜林泉隱，自愧無能繼臥龍[6]。”詩後十旬，得疾而卒。今錄四公全什，用明將来[7]。王建侍郎寄賈島詩曰：“盡日吟詩坐忍饑，萬人中覓似君稀。僮眠冷榻朝猶臥，驢放秋田夜不歸。傍暖旋收新紅葉，覺寒重著舊生衣[8]。曲江池畔時時到，為愛鸕鷀雨裏飛[9]。”

［1］王建，《唐才子傳》卷三：“王建，字仲初，潁川人。大曆十年丁澤榜第二人及第，釋褐授渭南尉，調昭應縣丞，諸司歷薦，遷太府寺丞、秘書丞侍御史。太和中出為陝州司馬，從軍塞上，弓劍不離身。數年後歸，卜居咸陽原上。初遊韓吏部門墻，為忘年之友。與張籍契厚，唱答尤多，工為樂府歌行，格幽思遠。”

［2］李洞，《唐才子傳》卷七：“李洞，字才江，雍州人，諸王之孫也。家貧，吟極苦，至廢寢食。酷慕賈長江……昭宗時凡三上不第，裴公第二榜，簾前獻詩云：‘公道此時如不得，昭陵慟哭一生休。’果失意流落往來，寓蜀而卒。”

［3］性情，學海本作“情性”。

［4］鑪，學海本作“鎔”。

［5］苞括，包舉；包括。苞，通“包”。晉陳壽《進〈諸葛亮集〉表》：“當此之時，亮之素志，進欲龍驤虎視，苞括四海，退欲跨陵邊疆，震蕩宇內。”

果，學海本作“永”，誤。

［6］何瓚，福建人，唐末舉進士及第，詳見《新五代史·唐臣傳·何瓚傳》。

［7］全什，全部篇什，指全部詩文。

［8］新紅葉，學津本、學海本作“紅落葉”。按，“新”與下句“舊”相對為文，從鮑本是。

生衣，夏衣。唐王建《秋日後》詩：“立秋日後無多熱，漸覺生衣不著身。”

［9］曲江池，《太平寰宇記·京兆府·長安縣》：“曲江池，漢武帝所造，名為宜春苑。其水曲折有似廣陵之江，故名之。韋述記云：‘漢為樂遊院於曲江池，乃世祖以校文之所在。芙蓉園、漢武帝廟在池側。’又一說，唐玄宗明皇帝封張九齡於此，故號曰張曲江。後以秀士每年登科第賜宴於此，蓋不忘校文之義也。”

李洞秀才《上崇賢曹郎中》[1]云：“閒坊宅枕穿宮水，聽水分衾盖蜀僧[2]。藥杵聲中擣殘夢，茶鐺影裏煮孤燈[3]。刑曹樹蔭千年井，華岳樓開萬仞冰[4]。詩句變風官漸緊，夜濤春盡海邊藤[5]。”韋補闕《感懷》曰：“長年方悟少年非，人道新詩勝舊詩。十畝野塘留客釣，一軒春雨對僧碁。花間醉任黃鸝語，亭上吟從白鷺窺。大道不將爐冶去，有心重築太平基[6]。”何僕射《書事》云：“果決生涯向洛中，西投知己誤恩容。雲遮劒閣三千里，水隔瞿塘十二峰[7]。悶步文翁坊裏月，閒尋杜甫宅前松[8]。到頭須卜林泉隱，自愧無能繼臥龍[9]。”

［1］《全唐詩》卷七二三錄此詩作《贈曹郎中崇賢所居》。

［2］閒坊，唐時京城長安內一個片區，通往皇宮水渠就從這里經過，貞觀時太宗為諸州進京之官員等造府第於此。唐吳兢《貞觀政要》卷七：“貞觀十二年，太宗謂侍臣曰：‘古者諸侯入朝，有湯沐之邑，芻禾百車，待以客禮。晝坐正殿，夜設庭燎，思與相見問其勞苦。又漢家京城亦為諸郡立邸舍。頃聞考使至京者，皆賃房以坐，與商人雜居，纔得容身而已。既待禮之不足，必是人多怨歎，豈肯竭情於共理哉。’乃令就京城閒坊為諸州考使各造邸第，及成，太宗親幸觀焉。”此聯言詩人睡在閒房之客舍里，客舍旁邊就是通往皇宮之水渠，夜晚聽著水聲和蜀僧人同床而臥。

［3］鐺，學津本作“銓”，誤。按，茶鐺，指煎茶用之釜。唐吳融《和睦州盧中丞題茅堂十韻》：“煙冷茶鐺靜，波香蘭舸飛。”

［4］井，學海本、崇文本作“畫”。

仞，學津本、學海本、崇文本作“里”

［5］風官，學海本、崇文本作“宮風”。按，恐當作“宮風”。詩句變宮風漸緊，變宮者，《禮記集說》卷四二：“應鍾為變宮，蕤賓為變徵。此音所以有七也。應鍾陰之終，蕤賓陰之始。則應鍾變陰而將之陽，蕤賓變陽而至於陰。此應鍾、蕤賓所以為變也。”《月令解·孟冬之月》“律中應鍾”疏云：“應鍾者，月建亥之律也。孟冬氣至則應鍾之律應。《周語》云：‘應鍾均利器，用俾應復。’《漢志》云：‘言陰氣應無射，該藏萬物而雜陽閡種也。’”此聯當指詩歌風格為變宮之時，時令已到了孟冬，陰氣達到極致，霜風淒緊，吹得海邊的浪濤將崖岸的枯藤春打得稀爛。

舂，鮑本作“春”，據學海本改。

［6］爐，學海本作“鎔”。

［7］劍閣，在四川廣元，位於四川盆地北部邊緣，守劍門關險，是連接四川與陝西、甘肅之通道，戰略地位十分重要。

瞿塘，指瞿塘峽，又名夔峽。西起重慶市奉節縣之白帝城，東至巫山縣大溪鎮，全長約八公里。在長江三峽中，雖然它最短，卻最為雄偉險峻。

十二峰，指巫山十二峰，分別為登龍峰、聖泉峰、朝雲峰、神女峰、松巒峰、集仙峰、净壇峰、起雲峰、飛鳳峰、上升峰、翠屏峰和聚鶴峰。

[8] 悶，學海本作“問”。按，以下句之“閒”字來看，作“悶”佳，都為形容詞，且表示了作者之煩悶心情，與前面之“西投知己誤恩容”正相合。

文，學海本闕。

文翁坊，即今成都文廟街，因漢代文翁創建石室而得名。

杜甫宅即杜甫草堂，在成都浣花溪畔。

[9] 臥龍，《三國志·蜀志·諸葛亮傳》：“時先主屯新野。徐庶見先主，先主器之。謂先主曰：‘諸葛孔明者，臥龍也。將軍豈願見之乎？’”此聯自傷不能像諸葛亮一樣建功立業。

## 卓絶篇

陳羽秀才題破吳王夫差廟，汪遵先輩詠絶萬里長城，程賀員外因《詠君山》得名，時人呼為“程君山”，劉象郎中因《詠仙掌》得名，時人呼為“劉仙掌”[1]。已上名公稱為卓絶，千百集中無以加此。陳秀才《題夫差廟》云：“姑蘇臺上千年木，刻作夫差廟裏神。幢盖寂寥塵土滿，不知簫鼓樂何人[2]。汪先輩《詠史詩》曰：“秦築長城比鐵牢，蕃戎不敢過臨洮。雖然萬里連雲際，不及堯階三尺高。”程員外《詠君山》曰：“曾遊方外見麻姑，說道君山此本無[3]。元是崑崙山頂石，海風飄落洞庭湖[4]。”劉郎中《詠仙掌》[5]曰：“萬古亭亭倚碧霄，不成奇尅不成招[6]。何如掬取蓮池水，洒向人間救旱苗。”

[1] 陳羽，唐末人。《唐才子傳》卷三：“陳羽，江東人，貞元八年禮部

侍郎，陸贄下第二人登科，與韓愈王涯等為龍虎榜，後仕歷東宮衛佐。”

程賀，唐末人。《全唐詩》卷六六七：“程賀，中和二年登進士第。”

劉象，唐末人。《全唐詩》卷七一五：“劉象，京兆人，天復元年登第。”

[2] 幢，學海本、崇文本作“幡”。

[3] 麻姑，傳說之仙女也。葛洪《神仙傳·麻姑傳》：“漢孝桓帝時，神仙王遠，字方平，降於蔡經家……與經父母、兄弟相見。獨坐久之，即令人相訪（麻姑）……麻姑至……是好女子，年十八九許。於頂中作髻，餘發垂至腰。其衣有文章，而非錦綺，光彩耀目，不可名狀。人拜方平，方平為之起立。坐定，召進行廚……麻姑自說云：‘接侍以來，已見東海三為桑田。向到蓬萊，水又淺於往者會時略半也，豈將復還為陵陸乎?’方平笑曰：‘聖人皆言海中復揚塵也。’……麻姑鳥爪。蔡經見之，心中念言，背大癢，時得此爪以爬背，當佳。方平已知（蔡）經心中所念，即使人牽經鞭之。謂曰：‘麻姑神人也，汝何思謂爪可以爬背耶?’但見鞭著經背，亦不見有人持鞭者……宴畢，方平、麻姑命駕，升天而去，簫鼓、道從如初焉。”李白《短歌行》：“蒼穹浩茫茫，萬劫太極長。麻姑垂兩鬢，一半已成霜。”

[4] 元，學海本、崇文本作“云”。

[5] 仙掌，漢武帝為求仙，在建章宮神明臺上造銅仙人，舒掌捧銅盤玉杯，以承接天上的仙露，後稱承露金人為仙掌。漢張衡《西京賦》：“立脩莖之仙掌，承雲表之清露。”唐王維《和賈舍人早朝大明宮之作》：“日色纔臨仙掌動，香煙欲傍袞龍浮。”唐杜牧《早雁》詩：“仙掌月明孤影過，長門燈暗數聲來。”

[6] 倚，學海本作“倚”，誤。

## 改名達

梁震先輩，蜀川人也，初名靄[1]。僖宗在蜀日，方修舉業。時劉象先輩隨駕在蜀，震以所業贄於劉。劉略吟味震詩，曰：“據郎君少年，才思清秀。儻隨鄉賦，成器非遥。若不改名，無因顯達。何以故[2]？緣靄字雨下從謁，雨下謁人，因甚得見？此後請改為震，震字，雨下從辰。辰者，龍也。龍遇水雨變化[3]。燒尾之事，不亦宜乎[4]。”震後果得上第，名聞諸侯。高令公季昌召赴荆南，以筆硯籌畫見託，終身不就賓席，慮因玷污前名[5]。至今南楚之間獨步而已。

[1] 梁震，《五代史補》卷四“梁震裨贊”條云：“梁震，蜀郡人。有才略，登第後寓江陵。高季興素聞其名，欲任為判官。震恥之，然難於拒，恐禍及。因謂季興曰：‘本山野鄙夫，非有意於爵禄。若公不以孤陋，令陪軍中末議，但白衣從事可矣。’季興奇而許之，自是震出入門下，稱前進士而已。”

初，鮑本作“比”，據學海本改。

[2] 何，鮑本作“向”，據學津本、學海本、崇文本改。故，鮑本無，據學海本補。

[3] 雨，學海本、崇文本作“而”。按，作“而”字文意更暢。

[4] 燒尾，唐封演《封氏聞見記·燒尾》：“士子初登榮進及遷除，朋僚慰賀，必盛置酒饌音樂，以展歡宴，謂之燒尾。説者謂虎變為人，惟尾不化，須為焚除，乃得成人，故以初蒙拜受如虎得為人，本尾猶在，體氣既合，方為焚之，故云燒尾。一云新羊入群，乃為諸羊所觸，不相親附，火燒其尾則定。”

[5] 季，鮑本作“李”，據學海本、崇文本改。按，高季昌，即高季興。《新五代史·南平世家·高季興》：“高季興，字貽孫，陝州硤石人也。本名季昌，避後唐獻祖廟諱更名季興。”

## 鑒冤辱

梁朝彭城王劉中令知俊制置同州日，因築營墻掘得一物，重八十餘斤，狀若油囊[1]。召賓幕諸將問之。或曰“地囊”，或曰“飛簾”，或曰“金神七殺”。獨劉參謀失名曰：此寃辱也。古者囹圄之地，即有此焉。昔王充據守洛陽，修河南府獄，亦獲此物，而某遠祖記之，乃是寃枉囚人死魄入地，聚為此物，凝結不消。縱鼓鑄不燃，浸沃不溼，刃之不入，擊之轉堅，經千百年間而不腐爛。但於清夜致之酒食，許以伸寃，當有黑氣衝天，不異豐城之劍氣也[2]。此非吉瑞之兆，實為竄逐之徵。公一一試之，皆如其說。遂復深瘞[3]，尋易營基。後有拔城背主奔秦之兆，亦由見怪之驗也。

[1] 油囊，塗有桐油可盛液體之布袋。唐張說《蘇摩遮》詞之三：“油囊取得天河水，將添上壽萬年杯。”

劉知俊，唐末五代人，詳見《舊五代史·梁書·劉知俊傳》。

同州，《元和郡縣圖志》卷二：“（同州）《禹貢》雍州之域，春秋時其地屬秦，本大荔戎國，秦獲之，更名曰臨晉。魏文侯伐秦，秦築臨晉……七國時屬魏。始皇併天下，京兆、馮翊、扶風並内史之地。及項羽滅秦為塞國，立司馬欣為塞王。及漢王定三秦，以為河上郡。復罷為内史。武帝更名左馮翊。魏除左字，但為馮翊郡。晉因之。後魏永平三年改為同州，《禹貢》云：漆沮既從，灃水攸同。言二水至此，同流入渭城，居其地，故曰同州。”

[2] 豐城，《元和郡縣圖志》卷二九：“（豐城縣）本漢南昌縣地，晉武帝太康元年移於今縣南四十一里，名豐城，即是雷孔章得寶劍處也。”

豐城劍，《藝文類聚》卷六〇引雷次宗《豫章記》：“吳未亡，恒有紫氣見斗牛之間。張華聞雷孔章妙達緯象，乃要宿，問天文。孔章曰：惟牛斗之間有異氣，是寶物之精在豫章豐城。張華遂以孔章為豐城令，至縣掘深二丈，得玉匣長八尺，開之，得二劍。其夕，斗牛氣不復見。孔章乃留其一匣而進之。劍至光耀煒曄，煥若電發。後張華遇害，此劍飛入襄城水中。孔章臨亡，戒其子，恒以劍自隨。後其子為建安從事，經淺瀨，劍忽於腰間躍出，遂視見二龍相隨焉。”

［3］瘞（yì），埋也。《廣韻·祭韻》：“瘞，埋也。”《詩·大雅·雲漢》：“上不奠瘞，靡神不宗。”陸德明釋文：“瘞，埋也。”

# 【鑒誡録卷一〇】

## 歸生刺

歸處訥者，歸侍郎融之曾孫也。多遊秦隴，言足是非[1]。在事者無不以金帛酒食彌縫之，畏其詠也[2]。或見人衣鮮華，即念詩曰："昂藏騎馬出朱門，服色鮮華不可論。盡是殺人方始得，一絲絲上有寃魂。"黄巢犯京後，守亮、守信等悉為楊軍容復恭義兒，勢奪諸侯，亦一時之威也[3]。歸有不平之色，詠《𢌿漢》以刺之[4]曰："草頭灰面惡形儀，盡是軍容表裏兒[5]。昔日水牛攀角上，而今細馬劈腰騎。錢多内藏猶嫌少，位等三公尚厭卑。更有一般堪笑處，鍍金牙齒咬銀匙。"又詠《奸漢》云："輕脣利舌傍侯門，送諂承顔日日新。愛與大官添弟子，能將小藥獻夫人[6]。秤頭不放分毫過，對酒常如割骨貧。更有一般奸太𡃝，聚錢唯趁買金銀[7]。"又《代村婦詠邊將》曰："紫袍金帶不須誇，動便經年鎮海涯。爭似我家田捨堉，朝驅牛去暮還家。”又有石校書欽若，本東川人，文章四六，與王超齊名。天復初應舉，值大駕東遷，蜀路不通，干戈繼起，遂客寄天水，荏苒一紀有餘。後知父亡，方乃舉慟，廣於寺院追薦懺罪而已。歸與石遽因小隙，荼毒詠之，石氏聲名因兹減價。詩曰：“十二年来匿父喪，三千之罪譴莫當[8]。如今追薦應無益，已被牛頭煮幾場。”

［1］秦隴，指甘肅、陝西地區。

是非，此處指用語言褒貶評論。《史記·太史公自序》：“孔子知言之不用，道之不行也，是非二百四十二年之中，以為天下儀表。”

［2］彌縫，設法遮掩以免暴露。唐吴兢《貞觀政要·論擇官》：“互相姑息，惟事彌縫。”

［3］守亮、守信，《新唐書·楊守亮傳》：“楊守亮，曹州人，本姓訾名亮，與弟信俱從王仙芝為盜。亮身長七尺餘，色如鐵。仙芝死，又事徐唐莒，劫剽洪、饒二州。楊復光平江西，得其兄弟，養為假子。以信養於弟復恭家，曰守亮、守信。”

楊復恭，唐末之宦官，詳見《舊唐書·楊復恭傳》。

軍容，乃“觀軍容使”之簡稱。

［4］虺，音 huǐ，即蝮蛇，一種色如泥土之劇毒蛇，此處形容楊守亮和楊守信像毒蛇一樣惡毒。

［5］表裏兒，即“假子”，養子也。

［6］小藥，此處指沒有多大治病功效但能安神養顔之類保健藥。

［7］太煞（shà），崇文本作“大膽”。按，煞，甚、極之意，辛棄疾《洞仙歌》：“春未到雪裏先開，風流煞。”

［8］莫，學海本作“難”；崇文本作“誰”。

# 高僧論

伏牛上人、一鉢和尚，皆悟達之士也[1]。一居岩岫，永離囂塵。著述《三傷》，指諭《一鉢》。廣開法席，大扇迷徒[2]。聾瞽聞之，往往解悟。王蜀乾德初，有小軍使陳失名妻高氏，即高駢相公諸院之孫。先於法門寺受持不殺戒二十餘年，後届蜀，因與男娶婦，親族勸令屠宰，高亦從之[3]。旬日之中得疾，頗異，不録人事，口但荒言[4]。既而三宿還魂，備述幽適之事[5]。初遇黑衣使者追入岐府，城隍廟神峩冠大袖，與一金甲武士對坐。使者領高見神。

［1］伏牛，《宋高僧傳·習禪篇第三》载："釋自在，俗姓李。吳興人也……及諸方參學，從南康道一禪師法席……元和中居洛下香山，與天然禪師為莫逆之交……往隋州開元寺示滅。年八十一。則長慶元年也。"

一鉢，不詳。按《景德傳燈録》云："一鉢歌（別録云杯渡禪師作）。"則疑"一鉢"非和尚之名，恐作者誤舉也。

［2］席，學津本、學海本作"廟"。

法席，佛家語，謂講經之坐席，亦謂講經之法壇。《藝文類聚》卷七七引梁簡文帝《與廣信侯書》曰："伏承净名法席，親承金口辭珍，鹿苑理愜，鷲山微妙。"《廣弘明集·梁陸雲〈御講般若經序〉》："大衆趨法席以沸諠，聽鳴鐘而寂静。"

徒，學海本、崇文本作"途"。

迷徒，謂迷失正道之人。《敦煌變文集·維摩詰經講經文》："若非勤誘迷徒切，爭得舟航嶮浪開。"《敦煌變文集·佛説阿彌陀經講經文》："上從諸佛求真法，下化迷徒出苦津。"

[3] 受，崇文本作“守”。

受持，佛家語，谓领受在心，持久不忘。《百喻经·妇诈称死喻》：“如彼外道，聞他邪說，心生惑著，謂為真實，永不可改，雖聞正教，不信受持。”《舊唐書·張廷珪傳》：“若人於此經中受持，及四句偈等，為人演說，其福勝彼。”

[4] “不錄人事，口但荒言”句中“不錄”、“荒言”之詞不見於文獻，按，此句猶言高氏不省人事，胡言亂語。

[5] 適，學海本、崇文本作“冥”。按，此處當以“冥”為勝。佛家多以幽冥謂地府，此處當為高氏數幽冥之事。《文選·曹植〈王仲宣誄〉》：“嗟乎夫子，永安幽冥；人誰不沒，達士徇名。”呂向注：“幽冥，地下也。”白居易《祭弟文》：“豈幽冥道殊，莫苦拘礙；將情爽遷散，杳無覺知。”

武士言語紛紜，訴高破戒，仍扼腕罵高曰：“吾護戒鬼將也，為汝二十餘年食不受羨，寢不遑安[1]。豈期一起殺心，頓隳戒行。命雖未盡，罪亦頗深。須送冥司，懲其僭犯。”城隍神迴問高曰：“汝更脩何善，贖此過九[2]？”高平生常念《上生經》，至此蔑然遺忘，祇記得《三傷頌》、《一鉢謌》，合掌向神厲聲而念[3]。神與武士聳爾立聽，顏色漸怡，誦至了終，悉皆涕淚，謂高曰：“且歸人世，宜復善心。”高氏拜辭未終，颯然起生[4]。乃知大善知識所著句義，與佛齊功[5]。今並錄其全篇，仍亦書其靈驗，採之真識，非取伽談[6]。

[1] 食不受羨，寢不遑安，羨，學津本作“美”；學海本無“受”、“安”二字；崇文本無“受”、“遑”二字。

[2] 過九，猶過失、過錯。

[3] 厲，學津本、學海本作“勵”。

[4] 悉皆涕淚，謂高曰：“且歸人世，宜復善心。”高氏拜辭未終，颯然

起生，崇文本無。生，學海本作“坐”。

［5］善知識，指正直而有德行，能教導正道之人。又作知識、善友、親友、勝友、善親友。反之，教導邪道之人，稱為惡知識。據《大品般若經》之《常啼品》載，能説空、無相、無作、無生、無滅之法及一切種智，而使人歡喜信樂者，稱為善知識。《華嚴經·入法界品》記述善財童子於求道過程中，共參訪五十五位善知識（一般作五十三位善知識），即上至佛、菩薩，下至人、天，不論以何種姿態出現，凡能引導衆生捨惡修善、入於佛道者，均可稱為善知識。此處指高僧，即伏牛上人、一鉢和尚。

［6］伽，學海本作“迦”。

伏牛上人《三傷頌》，其一曰：傷嗟壘巢燕，雖巧無深見。修營一箇窠，往復幾千轉。雙飛碧水頭，對語虹梁畔[1]。身緣覓食疲，口為銜泥爛。驅馳九夏初，方産巢中卵。停騰怕饑渴，撫養知寒煖。憐惜過於人，銜蟲餧皆徧。父為理毛衣，母来將食饘[2]。一旦翅翼成，分飛不相管。世有少智人，懇力憂家眷。男女未成長，顔色已衰變[3]。燕子燕子聽吾語，隨時且過休辛苦。縱使窠中千箇兒，秋風纔動終須去[4]。世人世人不要貪，此語是藥思量取[5]。饒你平生男女多，誰能伴爾歸泉路。

［1］虹梁，即屋樑也。《文選·班固〈西都賦〉》：“因瓌材而究奇，抗應龍之虹梁。”李善注：“應龍虹梁，梁形如龍，而曲如虹也。”唐黄滔《水殿賦》：“蘭橈桂檝之駢闐，行辭洛口；鴛瓦虹梁之岌嶫，坐徹夷門。”

［2］饘，學海本作“眩”。

饘，本謂稠粥。《説文·食部》：“饘，糜也。”《禮記·檀弓上》：“饘粥之食。”正義：“厚曰饘，稀曰粥。”此處謂嚼碎之食，蓋因其嚼碎若稠粥，故借以名之。

［3］已，學津本、學海本、崇文本作“亦”。

［4］窠，學海本、崇文本作“巢”。

［5］語，學津本、學海本、崇文本作“言”。

其二曰：傷嗟鷄刀鳥，夜夜啼天曉。墜翼柳攀枝，垂頭血沾草。身隨露葉低，影逐風枝裊。一種情相生，爾獨何枯槁。驅驅飲啄稀，役役飛騰少。不是官所差，都緣業所造[1]。亦似世間人，貪生不覺老。喫着能幾多，强自縈煩惱。咄哉無眼人，織絡何時了[2]。祇為一六迷，遂成十二到[3]。鷄刀鷄刀林裏叫，山僧山僧床上笑。有人會意解推尋，不假三祇便成道[4]。

［1］差，學津本作“嗟”。

［2］織絡，亦作“織路”。謂奔走往來，猶如穿梭織布。《後漢書·張衡傳》：“庸織絡於四裔兮，斯與彼其何瘳？”李賢注：“織絡，猶經緯往來也。”《文選·張衡〈思玄賦〉》作“織路”，李善注：“謂涉路東西有似於織也。”唐權德輿《奉和張僕射〈朝天行〉》：“日日披誠奉昌運，王人織路傳清問。”

［3］六迷，譬喻迷於眼、耳、鼻、舌、身、意等六根所緣之色、聲、香、味、觸、法等六塵，而生貪、嗔、癡（無明）、慢、疑、見（惡見）等六煩惱，不解實相性空，永墮輪回之道，更無由證成佛道。

十二，謂十二類生，即卵生、胎生、濕生、化生、有色、無色、有想、無想、非有色、非無色、非有想、非無想等。此句謂執迷色相，不悟真如，永墮輪回之域，不能成佛。

［4］三祇，似指“三學”。《翻譯名義集》曰：“道安法師云：世尊立教，法有三焉：一者戒律，二者禪定，三者智慧。”此學佛之通學也。此句謂如能從“鷄刀林裏叫”中體悟真如，則不需戒、定、慧三修即可成佛。

其三曰：傷嗟造蜜蜂，忙忙採花蕊。接翼入芳叢，分頭傍煙水。抱蕊唼香滋，尋花戀春餌。驅馳如有縈，盤旋若遭魅。蹭蹬遇絲羅，飄零餵螻蟻[1]。才能翅翼成，方始窠巢備。惡人把火燒，哀鳴樹中死。蜜是他人蜜，美自他人美[2]。虚忙百草頭，於身有何利。世有少智人，與此恰相似。祇緣貪愛牽，幾度虚沈墜。百歲處浮生，十年作童稚。一半悲與愁，一半病與悴[3]。除折算將来，能得幾多子。更將有漏身，自翳無生理。永不見如来，卻緣開眼睡[4]。蜜蜂蜜蜂休役役，空哉終是他人喫。世人世人不要貪，留富他人有何益。

［1］蹭蹬，指道路險阻難行，北魏楊衒之《洛陽伽藍記·正始寺》："若乃絕嶺懸坡，蹭蹬蹉跎。泉水紆徐如浪峭，山石高下復危多。"唐儲光羲《赴馮翊作》詩："蹭蹬失歸道，崎嶇從下位。"

［2］蜜，學津本、學海本、崇文本作"將"。

自，學海本作"是"。

［3］悴，憂也。《說文·心部》："悴，憂也。"《廣韻·至韻》："悴，憂愁。"

［4］卻，學津本、學海本、崇文本作"都"。

一鉢和尚歌曰：阿剌剌，鬧聒聒，總是悠悠造未撻[1]。如饑喫鹽加得渴，枉却一生頭戛戛。究竟不能知本末，抛却死屍何處脱[2]。閒事到頭須結撮，火落身上當頭撥。莫待臨時呼菩薩[3]。大丈夫兒須豁豁，莫學癡人受摩捋[4]。也緊裹也擺撥，也學柔和也麄糲[5]。亦解剃頭亦披褐，也學凡夫作生活。直言向君君未達，更作長歌歌一鉢。多中少，少中多，莫笑野人一鉢歌。

［1］按，《景德傳燈錄》載"一鉢歌"，其文字和此文出入不大，文句更為完整，若此文有不可通處，可互相參考。其文多俗詞俚語，不大易懂。宋贊寧《宋高僧傳·唐洛京伏牛山自在傳》："一鉢和尚者，歌詞叶理激勸憂思

之深。然文體涉里巷，豈加三傷之典雅乎。”

阿剌剌，即阿喇喇，細語不休之意。宋釋重顯《賦沖雲鷁送僧》：“南北東西相對看，千里萬里阿喇喇。”《金陵報寧語錄》三：“東西南北，土曠人稀，天上天下，唯我獨尊，阿喇喇。”

鬧聒聒，多語喧擾之謂也。《佛日普照慧辯楚石禪師語錄》卷四：“十方世界鬧聒聒，山河大地衹一撮。”《滁州琅琊山開化禪院語錄》：“百川倒流鬧聒聒。”

悠悠，猶為世俗；一般。晉陶潛《飲酒》詩之十二：“擺脱悠悠談，請從余聽之。”五代王定保《唐摭言·師友》：“僕以禮處足下，則足下長者，僕心未忍；欲以故人處足下，則慮悠悠之人，以僕為詭。”

按，此句言世俗之人熱衷名利，往來爭論不休，俱為未明佛法真諦，造化不到，是以世俗皆處苦海之中。

［2］末，學海本作“來”。

按，此言世人雖處苦中，卻不識苦之根源，猶追名逐利，則苦海更益深重，欲解脱苦海，則恰似如饑食鹽。

［3］呼，學津本作“吽”，吽，“叫”之或體。學海本作“叫”。

結撮，猶謂總結。唐湛然《法華玄義釋籤》：“豈能委明二十一種單複開合、適時破會、逗物之妙、結撮始終耶?”唐湛然《維摩經略疏》：“是故寶積至佛土净。最後結撮正要。明净土之因。”

按，此句上疑脱一句。

［4］豁豁，犹豁然，開悟貌。唐慧琳《一切經音義》释“豁然”曰：“歡栝反，《廣雅》‘豁，空也’；《字書》‘豁，大也’；《玉篇》‘大度量也’；說文‘作豁，形聲字也’；考聲‘作豁豁，開也’。”

摩捋，順手撫摩之義。《爾雅·釋蟲》：“强醜捋。”郭璞注：“以腳自摩捋。”郝懿行義疏：“捋者，摩捋也。米中小黑甲蟲，好以腳自摩挲。”

［5］按，“繫裹也擺撥”中疑脱一字。

麄糲，即粗糲也。麄，《集韻·模韻》：“麤，俗作‘麄’。”《玉篇·麤部》：“麤，不精也。”《說文·米部》：“粗，疏也。”段玉裁注：“《大雅》：‘彼疏斯粺。’箋云：‘疏，麤也，謂糲米也。’麤即粗。”

緑持此鉢度婆娑[1]。青天寥寥月初上，此時境空含萬象。幾處浮生自是非，一源清净無来往。莫謾將心學水泡，百毛流火無事交。不如静坐真如地，頭上從他鵲作巢[2]。萬代金輪聖王子，祇這真如是靈覺[3]。菩提樹下度衆生，度盡衆生不生死。真丈夫，無形無相大毗盧[4]。塵滅勞盡真如在，一顆圓明無價珠。眼不見，耳不聞，無見無聞無不聞。從来一鉢無言說，今日千言强為分。强為分，須諦聽[5]，人人總有真如性。恰似黄金在鑛中，錬去金砂金體净[6]。真是妄，妄是真，為求真妄更無人。

[1] 按，此句上有脱文。

婆娑，佛家語，亦作娑婆。丁福保《佛學大辭典》：“又作沙訶，娑訶樓陀。新云索訶。堪忍之義，因而譯曰忍土。此界衆生安忍於十界而不肯出離，故名為忍。又諸菩薩行利樂時，堪受諸苦惱之義。又此界衆生有貪嗔癡等煩惱之過，衆生忍之，故名。又作雜惡、雜會。以是為三惡五趣雜會故也。此為三千大千世界之總名，一佛攝化之境土也。”

[2] 真如，真者真實之義，如者如常之義，諸法之體性離虚妄而真實，故云真，常住而不變不改，故云如。

[3] 靈覺，謂衆生本具之靈明覺悟之性。梁簡文帝《七勵》：“慈照無礙，化湛靈覺，散漓弘淳，拯澆敦樸。”王勃《釋迦佛賦》：“是知靈覺無盡，神理莫聞。”

[4] 毗盧，毗卢舍那，又作毗盧遮那，鞞嚧杜那，毗盧折那，吠嚧遮那。佛真身之尊稱也。解此者諸家不一。准天台以毗盧舍那與盧舍那及釋迦，如其次第配於法報應三身。毗盧舍那，譯曰遍一切處。盧舍那，翻曰净滿。

[5] 諦聽，謂細聽。《魏書・崔光傳》：“十一月疾甚，勑子姪等曰：‘諦聽吾言，聞曾子有云：人之将死，其言也善。’”白居易《霓裳羽衣歌》：“當

時乍見驚心目，凝視諦聽殊未足。”

［6］金砂金體凈：學海本、崇文本作“真金金鉢凈”。

將心不用生煩惱，衣食隨時養色身[1]。好也著，惡也著，一切不貪無染著。亦無惡，亦無好，一際坦然平等道。麄亦湌，細亦湌，莫學凡夫相上看。亦無麄，亦無細，上方香積無根蒂。坐亦行，行亦坐，生死樹是菩提果。亦無生，亦無死，三世如来總如此。離即著，著即離，實相門中無實義[2]。不可離，不可著，何處更求治病藥。語時默，默時語，語默尋蹤無定所。亦無語，亦無默，莫喚東西作南北。嗔時喜，喜時嗔，我自降魔轉法輪[3]。亦無嗔，亦無喜，水不離波波是水。慳時捨，捨時慳，不離内外與中間。亦無慳，亦無捨，寂寂寥寥無可把。苦時樂，樂時苦，祇箇修行斷門戶。亦無苦，亦無樂，本来自性無纏縛[4]。

［1］生，學津本、學海本作“心”。

色身，佛家語，即肉身之謂也。《金剛經·離色離相分》：“如來說具足色身，即非具足色身。”陳雄注引《壇經》：“皮肉是色身。”《楞嚴經》卷一〇：“由汝念慮，使汝色身。”

［2］實相，佛家語，謂宇宙之本然。慧皎《高僧傳·義解·支遁》：“追蹤馬鳴，躡影龍樹；義應法本，不違實相。”《法華經·方便品》：“惟佛與佛，乃能究盡諸法實相。”

［3］法輪，佛家語，喻佛語，亦即謂佛之說法，運轉不息，圓通無礙，能破眾生之煩惱。佛陀成道之初，所謂之“三轉法輪”，即三度宣講“苦、集、滅、道”之四諦。《四十二章經》：“（世尊）於鹿野苑中，轉四諦法輪，度憍陳如等五人而證道果。”唐黄滔《龜洋靈感禪院東塔和尚碑》：“於是迓乞歸於院，將以弘張法輪，式救迷津。”

［4］自性，指自體之本性。法相家（唯識家）多稱為自相。即諸法各自

具有真實不變、清純無雜之個性，稱為自性。

垢即净，净即垢，兩邊惡境無前後。亦無垢，亦無净，大千同一真如性[1]。藥是病，病是藥，到頭兩事渾捻却[2]。亦無藥，亦無病，正是真如靈覺性。魔是佛，佛是魔，如影隨形水上波。亦無魔，亦無佛，三界比来無一物[3]。凡即聖，聖即凡，色裏膠清水裏鹹[4]。亦無凡，亦無聖，萬行掃除無一行。真中假，假中真，自是凡夫起惡塵。亦無真，亦無假，若不呼時誰應者。本無姓，本無名，祇麽騰騰信脚行。有時市廛並屠肆，一葉蓮花火上生[5]。也曾策杖遊京洛，身似浮雲無住著。究竟從来是寄居，他方處處無纏縛。

[1] 大千，即大千世界之謂也。大千世界，略稱大千界、大千。為古代印度人之宇宙觀。古代印度人以四大洲及日月諸天為一小世界，合一千小世界為小千世界；合一千小千世界為中千世界；合一千中千世界為大千世界。今之俗語乃襲用佛教"大千世界"一詞，轉用於形容人間之紛紜諸相。小千、中千、大千並提，則稱三千大千世界。

[2] 捻，學海本、崇文本作"忘"。

[3] 界，學津本、學海本作"教"。

[4] 清，學海本作"情"。鹹，崇文本作"鹽"。

[5] 廛，原本作"壥"，據學海本、学津本改。按"壥"或為"鄽"之形訛。

若覓戒，三毒藥病何時瘥[1]。若覓禪，我自縱横大可憐。不是狂，不是顛，在世間中出世間。時人不會此中意，打著南邊與北邊。若覓法，雞足山頭問迦葉[2]。見說傳衣在彼中，無心不用求某甲[3]。若覓修，八萬浮圖何處求。祇知黄葉上啼哭，不覺黑雲遮日頭。莫怪狂言無次第，篩羅漸入麄中細。祇這麄中細也無，即是圓明真實諦。亦無真，但有名聞即是塵[4]。若向塵中解真實，便是當来出世人。無造作，獨行獨坐空索索[5]。無涅槃，本来生死不相干。直須省，莫謾將身入空井。無去来，也無明鏡掛高臺，儂家見解祇如此，不用將心算劫灰[6]。

［1］三毒，指貪欲、嗔恚、愚癡（又稱貪嗔癡、淫怒癡、欲嗔無明）三種煩惱。又作三火、三垢。一切煩惱本通稱為毒，然此三種煩惱通攝三界，係毒害衆生出世善心中之最甚者，能令有情長劫受苦而不得出離，故特稱三毒。此三毒又為身、口、意等三惡行之根源，故亦稱三不善根，為根本煩惱之首。法顯《佛國記》："我今但欲殺三毒賊。"梁武帝《游鐘山大愛敬寺》："二苦常追隨，三毒自然燒。貪癡養憂畏，熱惱坐焦煎。"

［2］雞足山，《清一統志》卷三："雞足山，在賓川州西北一百里，與太和縣鄧川州接界……李元陽《遊記》：葉榆水東，陸行八十里，見一山聳出，平頂南向，餘三方各有山一支。蓋一頂而三足，故名雞足山。頂有迦葉石門洞天，謂此山乃佛大弟子飲光迦葉守佛衣以俟彌勒處……有石門及七十二寺，仙靈所居，絶頂五更見日出之光，偉觀非一。"

迦葉，此處為禪宗之祖，初傳佛法之人，西土二十八祖之始祖。《文選·王中〈頭陀寺碑文〉》："以法師景行大迦葉，故以頭陀為稱首。"李善注："大迦葉比丘，是釋迦牟尼佛大弟子。"《五燈會元·七佛·釋迦牟尼佛》："世尊在靈山會上，拈花示衆，是時衆皆默然，唯迦葉尊者破顔微笑。世尊云：'吾有正法眼藏，涅槃妙心，實相無相，微妙法門，不立文字，教外別傳，付囑摩訶迦葉。"

雞足山頭問迦葉，嘗言佛陀涅槃，迦葉抱金襤袈裟，攜舍利佛牙，入定雞足山，辟華首門為華化道場。雞足山遂為佛教名山，歷代多有僧人信衆朝拜。

［3］傳衣，禪林用語。禪宗為表傳法之信，故自釋尊以來各祖師均有傳承其法衣（袈裟）之傳統。後世禪林亦承襲之，在門下選出優秀之弟子，而將教法傳之，為表徵記，亦授與僧衣，故又稱此種僧衣或袈裟為信衣。此外，

傳授教法，亦稱傳衣。由於衣與鉢乃僧尼必須攜帶之法具，故歷來被當作師徒相與授受之具，而傳法即稱為“傳衣鉢”。至後世，亦泛稱各種學術藝能之授受為傳衣鉢。《景德傳燈錄》卷三載，弘忍傳法於慧能時曰：“昔達磨初至，人未知信，故傳衣以明得法，今信心已熟，衣乃爭端，止於汝身，不復傳也。”後遂不再傳衣，但仍沿此習稱。

[4] 真實諦，二諦“真諦與俗諦”之真諦，謂真實不虛之理。又作勝義諦、第一義諦，即出世間之真理。衹這麄中細也無，即是圓明真實諦。亦無真，但有名聞即是塵：學海本、崇文本無。

[5] 索索，空虛、空乏貌。寒山《詩》一六七：“房房虛索索，東壁打西壁。其中一物無，免被人來惜。”

[6] 劫灰，謂劫火之餘灰。慧皎《高僧傳·譯經·竺法蘭》：“昔漢武穿昆明池底，得黑灰，問東方朔。朔云：‘不知，可問西域胡人。’後法蘭既至，衆人追以問之，蘭云：‘世界終盡，劫火洞燒，此灰是也。’”

## 魚還肉

天復初，任可芝任戎州刺史日，有魚人趙阿奴善釣大魚，常於馬湖江垂巨索大釣，號曰“掣拔”，中釣者皆百斤不啻[1]。嘗謂人曰：“願釣千斤之魚，豁男子平生之志，即改業矣[2]。”人或語曰：“此非江左，焉有此魚？”對曰：“非我所欲，負命者上鉤。”其年秋，忽獲一鮥子魚，果重千斤，背上自然有字，其文金色，觀者感傷[3]。趙阿奴因此從軍，遂改釣業。其大魚背上字云：三曾到楊州，五轉歸馬湖[4]。身上千斤肉，今還趙阿奴。

[1] 戎州，南朝梁大同十年（544）置，治僰道縣（今四川省宜賓市西南）。轄境相當於今四川省宜賓、南溪、屏山等市縣。

馬湖江，今金沙江下游自四川省雷波縣至宜賓市一段，因流經古馬湖縣境而得名。

鈞，學津本、學海本、崇文本作“鉤”。按，鈞亦有鉤義，如《莊子·田子方》：“文王觀於臧，見一丈夫鈞，而其鈞莫鈞；非持其鈞有鈞者也，常鈞也。”《淮南子·説林訓》：“無餌之鈞，不可以得魚。”

[2] 豁，舒展。杜甫《自京赴奉先詠懷五百字》：“蓋棺事則已，此志常覬豁。”

[3] 鮥子魚，鮥（luò），一種很小的鱘魚。五代馬縞《中華古今注·鱧魚》：“今宜都郡自京門已上，江中通出鱏鱣之魚。有一魚狀如鱣小，建平人謂之鮥子，即此魚也。”

[4] 楊州，今通作“揚州”。

# 求冥婚

傳言鬼神所憑，有時而信，故黄龍入夢，不為無神[1]。豕人立啼，顯彰有鬼[2]。蜀有曹孝廉第十九名晦，因遊彭州導江縣灌口，謁李冰相公廟[3]。覩土塑三女儼然而艷，遂指第三者祝曰：願與小娘子為冥婚，某終身不媾凡庶矣。遂呵卦子擲之，相交而立。良久，巫者度語曰：“相公請曹郎留著體衣一事，以為言定。”曹遂解汗衫留於女座[4]。巫者復取女紅披衫與之，曰：望曹郎保惜此衣，後二紀當就姻好。曹亦深信，竟不婚姻。縱遇國色，視之如糞土也。果自天祐甲子終於癸未二十年間，曹稍覺氣微，又疑與神盟約數，乃自沐浴，儼然衣冠，俟神之迎也。是日至暝，車馬甚盛，駢塞曹門，同街居人競来觀矚。至二更，鄰人見曹升車而去，莫知其由[5]。及曉視之，曹已奄然矣[6]。議者以華嶽靈姻，咸疑謬說。苧蘿所遇，亦恐妖稱[7]。今曹公冥婚，目驗其異。於戲！自投鬼趣，不亦卑乎[8]。

［1］龍，鮑本作“能”，學海本、崇文本作“熊”。按，當作“龍”。

神，學海本作“人”。

黄龍入夢，見《舊五代史·僭偽傳·李景傳》：“景，本名璟，及將臣於周，以犯廟諱，故改之。㳒之長子也，《釣磯立談》云：‘烈祖一日晝寢，夢一黄龍出殿之西楹，矯首内向，如窺伺狀。烈祖驚起，使人偵之，顧見元宗方倚楹而立，遣人候上動静，於是立嫡之意遂決。’”

［2］豕人立啼，《左傳·莊公八年》：“遂田於貝丘，見大豕。從者曰：‘公子彭生也。’公怒曰：‘彭生敢見，射之！’豕人立而啼，公懼，墜車，傷足喪屨。”孔穎達正義曰：“公見大豕，而從者見彭生，皆妖鬼。”

［3］廉、第、名，學海本作“標”、“弟”、“如”；四庫本“十九”下有“子”字。

導江縣，地名，治所在今都江堰。《元和郡縣圖志》卷三二：“（導江縣）本漢郫縣地，武德元年於灌口置盤龍縣，尋改為灌寧縣。二年又改為導江縣，取《禹貢》岷山導江之義也，屬成都。垂拱二年割屬彭州。”

灌口，地名，在今都江堰。《太平寰宇記》卷七三：“灌口鎮，鎮城西有玉女神祠，祠之西有蜀守李冰祠。”

［4］於，學津本作“與”。

［5］鄰人，學津本無。

［6］奄然，气息微弱貌。《舊唐書·秦彦傳》：“死者十六七，縱存者鬼形鳥面，氣息奄然。”

［7］華嶽靈姻，《類説》卷二八：“韋子卿舉孝廉，至華陰廟。飲酣，遊諸院，至三女院，見其姝麗，曰：我擢第回，當娶三娘子為妻。其春登第，歸次渭北，見二黄衣人，曰：大王遣迎韋郎。子卿愕然。又曰：華嶽金天大王也。俄見車馬憧憧，廊宇嚴麗。見一丈夫金章紫綬。酬對既畢，擇日就禮，女子絶豔，真神仙也。後七日，神曰：可歸矣。妻曰：我乃神女，固非君匹，使君終身無嗣，不可也。君到宋州，刺史必嫁女與君。但娶之，我亦與君絶，

勿洩吾事，事露即兩不相益。子卿至宋州，刺史果與論親，遂娶之。神女嘗訪子卿，曰：君新獲佳麗，相應稱心。子卿躊躇不自安。女曰：戲耳已。約任君婚娶，豈敢反相恨耶？然不可得新忘故。後刺史女抱疾，二年治療罔效。有道士妙解符禁，曰：韋郎身有妖氣，使君愛女所患。自韋而得以符攝子卿，鞫之，具述本末。道士飛黑符追神女，女曰：某女子之身，深處深閨，婚嫁之事，父母屬配。道士又飛赤符召嶽神責曰：君以嶽鎮之尊，何事將女嫁與生人？仍遣使君女病。神曰：子卿願娶吾女，自知非人之匹，令其别娶。尊師詳此一節，豈有圖害之意耶？拂衣而去，道士告神女曰：罪雖非汝，然為神鬼敢通生人，略示懲責。乃杖三下而斥去之。後踰月，刺史女病卒，子卿忽見神女曰：囑君勿洩，懼禍相及，今果如言。袒而示曰：何負汝，使至是乎？子卿視之三痕隱然。神女叱左右曰：不與死手，更待何時？從者拽子卿捶扑之，其夜遂卒。"

苧蘿所遇，《雲溪友議》卷上"苧蘿遇"條："王軒少為詩，寓物皆屬詠，頗聞淇澳之篇。遊西小江，泊舟苧蘿山際，題西施石曰：嶺上千峰秀，江邊細草春。今逢浣紗石，不見浣紗人。題詩畢，俄而見一女郎振瓊瑺，扶石笋，低佪而謝曰：妾自吳宫還越國，素衣千載無人識。當時心比金石堅，今日為君堅不得。既為鴛鸞之會，仍為恨别之詞。後有蕭山郭凝素者，聞王軒之遇，每適於浣溪，日夕長吟，屢題歌詩於其石，寂爾無人，乃鬱怏而返。進士朱澤嘲之，聞者莫不嗤笑。凝素内恥，無復斯遊。澤詩曰：三春桃李本無言，苦被殘陽鳥雀喧。借問東隣效西子，何如郭素擬王軒。"

[8] 於戲，學津本、學海本、崇文本作"嗚呼"。

於戲，犹於乎。嘆詞。《史記·三王世家》："皇帝使御史大夫湯廟立子閎為齊王。曰：'於戲，小子閎，受兹青社！'"司馬貞索隱："於戲，音嗚呼。戲，或音羲。"

## 見世報

天祐中，秦州劉自然主押義軍案，因連帥李中令繼崇點鄉丁而西捍蜀師[1]。有成紀縣百姓黃知感詣劉求免，自然許之[2]。自然之妻謂其夫曰："黃知感之妻美髮，儻得為妾之髢，即與免之[3]。"知感得劉指蹤，與妻平議[4]。黃妻可謂賢也，語其夫曰："妾今幸以弱質得附於君，髮有再生，人死永別矣[5]。君若南征不返，妾有美髮何為？"言訖攬髮翦之，知感亦懷痛切。既迫於差點，遂獻於劉。劉亦貪殘，猶為不足。春獲其免，秋復差行。軍須急難，莫敢申雪。於是沒於金沙之陣，劉亦是歲云亡。黃妻但有靈祠，陳狀呪詛[6]。

[1] 主押，主管，掌管。《新唐書·逆臣·安祿山傳》："天寶元年，以平盧為節度，祿山為之使，兼柳城太守，押兩蕃、渤海、黑水四府經略使。"

丁，學海本作"子"，誤。按，點鄉丁猶抓壯丁也。

[2] 成紀縣，古縣名，西漢時置，治今甘肅省靜寧縣西南，開元二十二年（734）移治今秦安縣西北。

[3] 髢，假髮。《莊子·天地》："有虞氏之藥瘍也，禿而施髢，病而求醫。"

[4] 蹤，學海本、崇文本作"歸"。按，作"歸"佳，指歸者，主旨，意向。《三國志·吳志·諸葛瑾傳》："與權談說諫喻，未嘗切愕，微見風彩，粗陳指歸，如有未合，則捨而及他。"

平，學海本、崇文本作"子"。按，作"平"義長。平議，論議，評論。此處意謂商量。漢王符《潛夫論·交際》："平議無埻的，譏譽無效驗。"《三國志·魏志·鍾繇傳》："此大事，公卿群僚，善共平議。"唐玄奘《大唐西域記·憍薩羅國》："其後僧徒忿諍，就王平議。"

[5] 別，學津本、學海本、崇文本作"絕"。

[6] 但有，學津本作"但於"；學海本、崇文本作"日於"。按，作"日於"義長。

後黄家牝衛忽生一駒，及堪乘騎，方覺左脇下有“劉自然”之字，多般辨驗，字益分明[1]。邑人傳之，遂達廉問蜀平秦之後，王太尉宗儔制置元戎乃召其妻子識認[2]。劉之長子曰：“某父平生惟好酒肉，但能飲酒食肉，是某父也。”驢遂飲酒數升，啖肉數臠，仍以頭揩昵其子，淚下如綆[3]。劉子請備百千贖之，黄妻竟為不可。出入鞭打，以報夫讎。劉子恥於姻親，鬱咽而卒。後累經喪亂，無復聞焉。故王梵志曰：“欺狂得錢君莫羨，究竟還是輸他便。不信但看槽上驢，衹是改頭不識面[4]。”

［1］牝衛，母驢。衛，驢的别名。《爾雅翼・釋獸》：“（驢）一名為衛。或曰，晉衛玠好乘之，故以為名。”

［2］乃，學津本、學海本、崇文本無。

［3］臠（luán），量詞。用於塊狀之肉。《淮南子・說林訓》：“嘗一臠肉，而知一鑊之味。”

［4］王梵志其人其事，見項楚先生《王梵志詩校注・前言》。另，該書第七四五頁收有此詩並有詳細注釋，可參看，文繁不引。

又寶雞縣市令樊旭初喫犬肉，臨老尾生，每因校料之時，取笑縣曹人吏[1]。其妻偶因夫醉，以刀斷之，忽作狗號數聲，奄然而卒。又金州義軍將全景暉能禁毒虺，兼好食之，其妻忽産大蛇，九頭一尾。又有室女忽生一子，身有蛇鱗，因此鄉親皆禁忌[2]。

［1］寶雞縣，即古陳倉縣，春秋時為秦邑，秦時置縣，治今陝西省寶雞市東，唐至德二年（757）方改為寶雞縣。

市令，掌管市場之官，《新唐書・百官志》：“市令一人，從九品上，掌交易，禁姦非，通判市事。”

校料，或指算計物品數量。《唐大詔令集・光啟三年七月德音》：“應江淮四道運粮所有沉覆損米損船綱官所由舡尸及元發州縣合陪填者，並從放免，更不得校料追徵。”

取笑，此處當用為被動語態，指被縣曹人吏取笑，方有後文被妻斷尾一事。

［2］皆，學海本作“悉舍”。

## 攻雜詠

陳裕秀才下第遊蜀，誓棄舉業，唯事屑喙，覩物便嘲[1]。其中數篇，亦堪採擇。雖無教化於當代，誠可取笑於一時。《詠渾家樂》云：“晨起梳頭午不休，一窠精魅鬧啾啾。阿家解舞清平樂，新婦能拋白木毬[2]。著綠桃牌吹觱篥，賜緋盟器和梁州[3]。天晴任你渾家樂，兩下還須滿舍愁。”又：“北郡南州處處過，平生家計一驢馱。囊中錢物衣裝少，袋裏燕脂胡粉多。滿子面甜糖脆餅，蕭娘身瘦鬼常娥。怪来喚作渾家樂，骨子貓兒盡唱歌[4]。”《過舊居》云：“昔日顔回宅，今為裹飯家。不聞吟秀句，衹見［食南］油麻（餔字字書所無，疑有誤[5]。豉汁鍋中沸，粕餻案上葩[6]。朝朝唯早起，槍從自排衙[7]。”有一秀才忽贖酒家青衣為婦[8]，裕嘲之曰：“秀才何事太忩忩，琴瑟無媒便自通[9]。新婦旋裙纔離體，外姑託布尚當胷。菜團箇箇皆鉗項，粳米頭頭盡翦鬃。一自土和逃走後，至今笑却親家翁。”

［1］屑喙，猶口舌，戲謔、嘲諷之屬。

［2］清平樂，唐代教坊曲名，又名《清平樂令》、《憶蘿花》、《醉東風》。

［3］桃，學津本作“挑”。

籧篨，見“屈名儒”條下注。

盟器，明器之謂也，即古時之隨葬品。《孔子家語·曲禮公西赤問》：“其曰盟器，神明之也。”《魏書·刁沖傳》：“輀車止用白布為幔，不加畫飾，名為清素車。又去挽歌、方相，並盟器雜物。”

梁州，唐時教坊曲名。顧況《李湖州孺人彈箏歌》：“獨把《梁州》凡幾拍，風沙對面胡秦隔。”

[4] 貓，學海本作“描”。

[5] 餔，學海本、崇文本作“餔”。

學津本、學海本無小注。

油麻，即芝麻。宋沈括《夢溪筆談·藥議》：“胡麻直是今油麻，更無他說，予已於《靈苑方》論之。其角有六稜者，有八稜者，中國之麻，今謂之大麻是也。有實為苴麻，無實為枲，又曰麻牡。張騫始自大宛得麻油之種，亦謂之麻，故以胡麻別之，謂漢麻為大麻也。”

[6] 豉，一種用豆類發酵而成之食品。《說文·豆部》：“豉，配鹽幽尗也。”《釋名·釋飲食》：“豉，嗜也，五味調和，須之而成，乃可甘嗜也。”

粕餻，一種米粉所做之糕點，一作“粕糕”。

葩，學海本、崇文本作“爬”。

[7] 早起，學海本、崇文本作“起早”。

[8]“家”下學津本有闕一字。婦，學海本作“活”。

青衣，即婢女。蔡邕《青衣賦》：“暾暾青衣，我思遠逝，爾思來追。”唐谷神子《博異志·許漢陽》：“漢陽束帶上岸投謁，未行三數步，青衣延入內廳，揖坐云：‘女郎等易服次。’”

[9] 忩忩，匆忙貌。《三國志·吳志·孫和傳》：“權登白爵觀見，甚惡之，敕據晃等無事忩忩。”《敦煌變文集·維摩詰經講經文》：“忩忩獨自入城門，行止因由請宣唱。”

又《詠大慈寺齋頭鮮於闍梨[1]》云：“酒肉終朝沒闕時，高堂大捨養肥屍。行婆滿院多為婦，童子成行半是兒。面折掇齋窮措大，笑迎搽粉阿尼師[2]。一朝若也無常至，劒樹刀山不放伊[3]。”又大慈寺東北有池號曰放生池，蜀人競以三元日多將鵝鴨放在池中，裕因謁主池僧不遇，當門書一絶句，自此放生稍息矣：“鵝鴨同群世所知，蜀人競送放生池[4]。比來養狗圖雞在，不信闍梨是野貍[5]。”裕後《詠深沙一絶》，因暴疾而終，亦由神折天年，抑又神其靈也[6]。詩曰：“瞋眉努目强乾嗔，便作閻浮有力神[7]。禍福豈由泥漢擔，燒香供養弄蛇人[8]。”

［1］闍梨，即闍黎，阿闍梨之省稱，即高僧之謂也，亦泛謂僧。徐陵《諫仁山深法師罷道書》：“曠濟群品，為天人之師，水陸空行，皆所尊貴，言必闍黎和尚，書輒致敬和南，遠近嗟詠，貴賤顒仰。”《梁書·侯景傳》：“初言隱伏，久乃方驗，人並呼為闍梨，景甚信敬之。”

［2］搽，學海本、崇文本作“塗”。

面折，當面批評、指責。《史記·汲鄭列傳》：“黯為人性倨，少禮，面折，不能容人之過。”《南史·劉苞傳》：“苞居官有能名，性和直，與人交，面折其非，退稱其美。”

掇，疑為“啜”。啜，食；飲。《墨子·節用中》：“飲於土塯，啜於土形。”唐韓愈《送窮文》：“子飯一盂，子啜一觴。”

尼師，即尼姑。《資治通鑒·後唐莊宗同光二年》：“寶貨山積，惟用寫佛經，施尼師而已。”

［3］無常，佛教語，謂世間一切事物不能久住，都處於生滅變異之中。漢牟融《理惑論》：“萬物無常，有存當亡。今欲學道，度脱十方。”《百喻經·伎兒作樂喻》：“無常敗滅，不得久住，如彼空樂。”

劒樹，佛教語。劒輪地獄中之景象。見《長阿含經·地獄品》。唐司空圖《十會齋文》：“無緣則三道寶階，如登劒樹；有願則十方净域，便越塵區。”

刀山，佛教語。地獄中之酷刑之一。《三昧海經·觀佛心品》：“獄卒羅刹驅蹙罪人令登刀山，未至山頂，刀傷足下乃至於心。”唐陳集源《龍龕道場銘》："六趣輪迴，劒葉與刀山競起。"

［4］競送放生池：學海本、崇文本作"放生來北池"。

［5］不信，學海本、崇文本作"不那"。

比來，從前；原來。《北齊書·段榮傳》："吾每與段孝先論兵，殊有英略，若使比來用其謀，亦可無今日之勞矣。"《敦煌變文集·醜女緣起》："比來醜陋前生種，今日端嚴遇釋迦。"

［6］深沙，即深沙大將。《佛光大辭典》："指除滅諸難之神。又稱深沙神、深沙神王、深沙大王、深砂童子、深砂菩薩。唐代玄奘西行求法，渡越流沙，遭遇危難，傳說當時有一深沙大將守護之。或謂其為多聞天、觀音等之化身。在密教中，有關其形相，一般所傳有二，一呈神王形，左手執青蛇，右手屈臂，揚掌置於右胸前；另一為二手合捧鉢，鉢盛白飯。或謂深沙大將乃毗沙門天手下之大將，為七千藥叉之上首，其形相，頭為火炎，口為血河，以髑髏為頸瓔珞，以畜皮為衣，以象皮面為袴膝，以小兒為腹臍，足踏蓮花。又據深沙大將儀軌載，有三使者，天上使者凈滿、虛空使者縛斯大仙、下地使者水火雷自在王，能滅除三災、三種執著。"

按，觀詩文意，此所詠深沙為上述第一種形象，則當有密教於此時此地傳弘之據。

［7］瞋，學津本、學海本、崇文本作"橫"。

閻浮，亦謂之閻扶，大樹名。《長阿含經》："閻浮提，有大樹王，名曰閻浮，圍七由旬，高百由旬。"沈約《內典序》："聖跡彪炳，日煥於閻浮；神光陸離，星繁於凈剎。"

［8］泥漢擔，原本作"泥擔漢"，據學津本、學海本、崇文本改。泥漢，即泥塑之佛像。

弄蛇人，即深沙大將。

## 蜀才婦

吴越饒營妓，燕趙多美姝，宋産歌姬，蜀出才婦[1]。薛濤者，容姿既麗，才調尤佳，言謔之間，立有酬對[2]。大凡營妓，比無校書之稱[3]。自韋南康鎮成都日，欲奏之而罷，至今呼之。故進士胡曾有贈濤詩[4]曰："萬里橋邊女校書，枇杷花下閉門居[5]。掃眉才子知多少，管領春風總不如[6]。"濤每承連帥寵念，或相唱和，出入車輿，詩達四方[7]。中朝一應銜命使車，每屆蜀求見濤者甚衆[8]。而濤性亦狂逸不□□□□□遺金帛往往上納[9]。韋公既知且怒，於是不許從官。濤乃呈十離詩，情意感人，遂復寵召[10]。當時見重如此。

[1] 營，學津本、學海本作"貢"。按，作"營"義長，營妓亦作"營伎"。古代軍中之官妓。《漢武外史》："漢武始置營妓，以待軍士之無妻者。"

[2] 容姿既麗，學津本"容"下闕二字；學海本、崇文本作"容色豔麗"。

[3] 比，學海本、崇文本作"初"。按，比有"先前"意。《呂氏春秋·先識》："臣比在晉也，不敢直言。"故二者可通。

[4] 韋南康，即韋皋，唐德宗曾封其為南康郡王，故稱。其事跡詳見《舊唐書·韋皋傳》。

欲奏之而罷至今呼之故，崇文本作"令人樂籍呼為女校書"。按，後者義長且前後銜接較佳。

[5] 枇杷，鮑本作"琵琶"，據學津本、學海本、崇文本改。

[6] 掃眉才子，掃眉者，畫眉也，故稱才女為掃眉才子。

[7] 輿，鮑本作"魚"，據學津本、學海本、崇文本改。

連帥，本指古代十國諸侯之長，《禮記·王制》："十國以為連，連有帥。"後泛指地方高級長官，此處即用此義。

[8] 中朝一應銜命使車，鮑本缺前三字，學海本、崇文本闕前六字，今據四庫本補。指朝廷所有奉命來蜀的官員。

[9] 不□□□□□，崇文本闕"不"後六字。四庫本此句作"所有見遺金

帛往往上納”。按，“不”後或為“羈所有見”，則整個句子為：而濤性亦狂逸不羈，所有見遺金帛往往上納。

［10］濤乃呈十離詩，崇文本作“濤乃呈十離詩以獻”。十離詩，四庫本作“五離詩”，當時因為此文衹引了五首的原因。按，據宋曾慥《類說》卷三四，十離詩詩題分別為：犬離主，筆離手，馬離廐，鸚鵡離籠，燕離巢，珠離掌，魚離池，鷹離架，竹離亭，鏡離臺。另外，十離詩為多書收納，文字小異，此處不一一對勘。

《犬離主》：“出入朱門四五年，熟知人性足人憐[1]。近緣咬著親情客，不得紅絲毯上眠。”《魚離池》：“戲躍池中四五秋，常搖朱尾弄銀鈎[2]。近緣戲觸紅蓮折，不得隨波自在游[3]。”《鸚鵡離籠》曰：“慣向侯門養此身，飛来飛去羽毛新。近緣出語無方便，不得籠中再喚人。”又《竹離叢》曰：“蓊鬱栽成四五行，常持堅節覆秋霜[4]。近緣春笋鑽堦破，不得垂枝對畫堂。”又《珠離掌》曰：“一顆明珠内外通，分明皎潔水精宫。近緣一點瑕相累，不得朝朝在掌中[5]。”

［1］熟知人性足人憐，學海本、崇文本作“毛香足净主人憐”。

［2］戲，學海本、崇文本作“跳”。按，後句有“戲”字，則前作“跳”佳。

搖，學海本、崇文本作“將”。

［3］自在游，學海本、崇文本作“更一游”。

［4］栽，學津本、學海本、崇文本作“裁”，或形近而誤。

［5］朝朝，學海本、崇文本作“終宵”。

又女郎張窈窕，少年居蜀，下筆成章，當時詩人雅相推重，有《上成都在事》[1]詩曰：“昨日賣衣裳，今朝賣衣裳。衣裳渾賣盡，羞見嫁時箱[2]。有賣愁仍緩，無時心轉傷。故園胡虜隔，何處是蠶桑[3]。"□□兜寺近有尼海印，才思清竣，不讓名流，有《舟夜》一章，頗佳[4]。詩曰："水色連天色，風聲益浪聲[5]。旅人歸思苦，魚叟夢魂驚。舉棹雲先到，移舟月逐行。旅吟詩句罷，猶見遠山橫[6]。"

[1] 在，學海本、崇文本作"從"。

[2] 羞見，學海本、崇文本作"空卻"。

[3] 蠶桑，學海本、崇文本作"梓桑"。按，若從鮑本，則蠶桑不能與故園為對，若從學海本等，則梓桑與賣衣無涉，《唐詩紀事》卷七九作"何處事蠶桑"，文意暢達，當從之。

[4] □□兜寺，學津本"兜"上闕一字；學海本、崇文本作"又悲光寺"。

竣，學津本作"俊"，學海本作"峻"。

[5] 水，學海本作"野"。

益，學海本、崇文本作"夾"。

[6] 橫，鮑本作"行"，據學津本、學海本改。按，作"行"字與上一"行"字重，且"遠山行"文意不明，故據改。

# 【附錄一：五代十国年表[1]】

| | | |
|---|---|---|
| 十國 | 907—979 年 | 共 73 年 |

（一）

| | | |
|---|---|---|
| 吳 | 892—937 年 | 共 46 年 |
| 楚 | 896—951 年 | 共 56 年 |
| 閩 | 897—946 年 | 共 50 年 |
| 吳越 | 893—978 年 | 共 86 年 |
| 前蜀 | 891—925 年 | 共 35 年 |
| 後蜀 | 925—965 年 | 共 41 年 |
| 南唐 | 937—975 年 | 共 39 年 |
| 南漢 | 905—971 年 | 共 67 年 |

① 本年表摘自萬國鼎編《中國歷史紀年表》，中華書局，1978 年 11 月第 1 版。

| | | |
|---|---|---|
| 北漢 | 951—979 年 | 共 29 年 |
| 南平（荊南） | 907—963 年 | 共 57 年 |

## （二）

1. 舊史所謂五代及宋的名稱，用【　】；所謂十國，用（　）；此外諸國，用〔　〕。

2. 表中所載，除注明者外，均係元年。

3. 年號之後，括弧內的數字，是該年號使用的年數。

| 甲子 | 公元 | |
|---|---|---|
| 丁卯 | 907 | 【後梁】太祖開平（5） |
| | | 〔晉〕李克用天祐四年（仍用唐昭宗年號） |
| | | （吳）楊渥天祐四年 |
| | | （楚）馬殷，用後梁年號 |
| | | （前蜀）王建天復七年（用唐昭宗年號） |
| | | （吳越）錢鏐天祐四年，四月後用後梁年號 |
| | | （南漢）劉隱，用後梁年號 |
| | | （閩）王審知，用後梁年號 |
| | | （南平）高季昌，後改名季興。南平未建元 |
| | | 〔契丹〕太祖（10） |
| 戊辰 | 908 | 〔晉〕李存勗天祐五年（—19 年） |
| | | （吳）楊隆演天祐五年（—15 年） |
| | | （前蜀）武成（3） |
| | | （吳越）自稱天寶（4） |
| 辛未 | 911 | 【後梁】乾化（5） |

| | | |
|---|---|---|
| | | （前蜀）永平（5） |
| 癸酉 | 913 | 【後梁】末帝（未改元） |
| 乙亥 | 915 | 【後梁】貞明（7） |
| 丙子 | 916 | （前蜀）通正（1） |
| | | 〔契丹〕太祖神冊（6） |
| 丁丑 | 917 | （前蜀）改國號漢，天漢（1） |
| | | （南漢）劉龑乾亨（9） |
| 戊寅 | 918 | （前蜀）光天（一作光大）（1） |
| 己卯 | 919 | （前蜀）王衍乾德（6） |
| | | （吳）武義（2） |
| 辛巳 | 921 | 【後梁】龍德（3） |
| | | （吳）楊溥順義（6） |
| 壬午 | 922 | 〔契丹〕天贊（5） |
| 癸未 | 923 | 【後唐】莊宗同光（4） |
| | | （吳越）用後唐年號 |
| | | （楚）用後唐年號 |
| | | （閩）用後唐年號 |
| 甲申 | 924 | （吳越）自稱寶大（2） |
| 乙酉 | 925 | （前蜀）咸康，滅於（後唐） |
| | | （南漢）白龍（3） |
| 丙戌 | 926 | 【後唐】明宗天成（5） |
| | | （吳越）自稱寶正（7） |
| | | 〔契丹〕太宗天顯（12） |
| 丁亥 | 927 | （吳）乾貞（2） |
| 戊子 | 928 | （南漢）大有（15） |
| 己丑 | 929 | （吳）太和（6） |

| | | |
|---|---|---|
| 庚寅 | 930 | 【後唐】長與（4） |
| 癸巳 | 933 | （閩）王延均龍啓（2） |
| 甲午 | 934 | 【後唐】愍帝應順，末帝清泰（3） |
| | | （後蜀）孟知祥明德（4） |
| 乙未 | 935 | （吳）天祚（2） |
| | | （閩）永和（1） |
| 丙申 | 936 | 【後晉】高祖天福（9） |
| | | （閩）王昶通文（4） |
| 丁酉 | 937 | （南唐）李昪昪元（7），受（吳）禪 |
| 戊戌 | 938 | （後蜀）孟昶廣政（28） |
| | | 〔契丹〕會同（10） |
| 己亥 | 939 | （閩）王曦永隆（6） |
| 壬寅 | 942 | （南漢）劉玢光天（2） |
| 癸卯 | 943 | （南漢）劉晟應乾，乾和（16） |
| | | （南唐）李璟（一作景）保大（15） |
| | | （閩）王延政以建州稱帝，國號殷，天德（3） |
| 甲辰 | 944 | 【後晉】開運（3） |
| 丙午 | 946 | （南唐）滅（閩） |
| 丁未 | 947 | 【後漢】高祖天福 12 年 |
| | | 〔遼〕世宗天祿（5） |
| 戊申 | 948 | 【後漢】乾祐（3），隱帝（未改元） |
| | | （吳越）用後漢年號 |
| | | （楚）用後漢年號 |
| 辛亥 | 951 | 【後周】太祖廣順（3） |
| | | （北漢）劉旻乾祐四年（一7 年） |
| | | （吳越）用後周年號 |

| | | |
|---|---|---|
| | | （楚）稱臣於南唐，用其年號。滅於南唐 |
| | | 〔遼〕穆宗應曆（—19年） |
| 甲寅 | 954 | 【後周】顯德（7），世宗（未改元） |
| 乙卯 | 955 | （北漢）劉承鈞乾祐八年（—9年） |
| 丁巳 | 957 | （北漢）天會（1—12） |
| 戊午 | 958 | （南漢）大寶（14）劉鋹（未改元） |
| | | （南唐）中興，交泰。後改用後周年號 |
| 己未 | 959 | 【後周】恭帝（未改元） |
| 庚申 | 960 | 【宋】太祖建隆（4） |
| | | （南唐）用宋年號 |
| | | （吳越）用宋年號 |
| 癸亥 | 963 | 【宋】乾德（6） |
| | | （南平）納地歸宋 |
| 乙丑 | 965 | 【宋】滅（後蜀） |
| 戊辰 | 968 | 【宋】開寶（9） |
| 己巳 | 969 | （北漢）劉繼元天會十三年（—17年） |
| | | 〔遼〕景宗保寧（11） |
| 辛未 | 971 | 【宋】滅（南漢） |
| 甲戌 | 974 | （北漢）廣運（6） |
| 乙亥 | 975 | 【宋】滅（南唐） |
| 丙子 | 976 | 【宋】太宗太平興國（9） |
| 戊寅 | 978 | （吳越）納地歸宋 |
| 己卯 | 979 | 【宋】滅（北漢） |
| | | 十國悉亡。 |

# 【附錄二：知不足齋本·跋（一）】

歐陽公《五代史》較溫公《通鑒》反略，表兄竹垞先生盡搜十國遺書，仿裴氏注《三國志》，《鑒誡錄》其取裁之以也。天籟閣圖書近時散軼殆盡，茲覩此本，古色蒼然，於揚州書局採入《全唐詩》數十篇，因書於後。查嗣瑮。

康熙己巳春日，華隱徐嘉炎從竹垞十兄借觀。時因編輯《全唐詩》，取資甚多。

王士禎阮亭甫假觀手錄一通，因較正訛謬數十字。

鋐在維揚書局，適吾師竹垞先生亦來客於此，因得借觀。遂書一通，其紙板傷損處，皆手自補綴歸之。時康熙乙酉十月朔，汪士鋐記。

《鑒誡錄》十卷，後蜀何光遠輝夫撰。晁公武《郡齋讀書志》稱"纂輯唐以來君臣事跡可為世鑒者。前有劉曦度序"。今觀其書，多載可笑詩文，直小說家爾。每題以三字標目，與蘇鶚《杜陽雜編》略同。是冊猶宋槧，卷首書"重彫足本"，惟劉序失之。吾鄉墨林項氏藏書也。濟南王先生貽上見而愛之，曾手錄一部。康熙丁亥八月既望竹垞老人識，時年七十有九。

己丑夏五，竹垞先生來真州，持以見賜。愧不能藏，復影錄一本奉還，曹寅。

右宋槧《鑒誡錄》十卷，今歸長州程君叔平。頃從叔平借觀，重校一過，凡兩日而竟。復得訛謬七十餘處，餘從闕疑者尚多也。乾隆乙巳九月十日，漏下三鼓，試方於魯石綠錠子書。時寓桐鄉金氏之素行堂，懷玉識。

十三日，鮑君以文復攜一本來，互相參校，又得誤處三十餘條。其從《全唐詩》採入者，間有異同，仍闕而不補，以存其舊。甚矣，讎勘之難如掃落葉也。鮑君行將刊入叢書，以供天下，即以此為祖本。叔平其珍之。懷玉億孫甫。

# 【附錄三：知不足齋本·跋（二）】

宋刻《鑒誡錄》十卷，明萬曆初藏於項氏天籟閣，國朝歸秀水朱氏。本出麻沙，坊賈重雕，謬誤特甚。因後有康熙間諸名宿題識，又經漁洋山人手校，遂為此書增重。乾隆乙巳，吳郡程君叔平厚價收之，擕示金君鄂巖德輿，適予與方君蘭如薰、趙君味辛懷玉同集於桐華館，得寓目焉。並以家藏抄本互相讎比，正訛補闕，十得八九。較漁洋所改，不啻過之。叔平囑予刊入叢書，以廣其傳，忽忽十有九年，始踐宿諾。而蘭如、鄂巖已相繼下世，味辛又遠宦山左，俱不及預棗梨之役。回視桐華館，遂如黃公酒壚，邈然有河山之感矣。刊成，寄示叔平，相與致慨。然叔平公世之心繫，切盼是書之成久矣。感念之餘，又當欣然開卷也。嘉慶癸亥十月二十四日，通介老人鮑廷博識。

# 【附錄四：學津討源本·跋】

右《鑒誡錄》二冊，項墨林家藏，時萬曆元年秋七月既望重裝于天籟閣。

歐陽子《五代史》較溫公《通鑒》反略。表兄竹垞先生盡搜十國遺書，仿裴氏注《三國志》，《鑒誡錄》其取裁之一也。天籟閣圖書近時散軼殆盡，茲覩此本，古色蒼然，于揚州書局採入《全唐詩》數十篇，因書於後，查嗣瑮。

王士正阮亭甫假觀，手錄一通，因較正訛謬數十字。

康熙己巳春日，華隱徐嘉炎從竹垞十兄借觀，時因編輯《全唐詩》，取資甚多。

己丑夏五，竹垞先生來真州，持以見賜。愧不能藏，復影錄一本奉還，曹寅。

鋐在維揚書局，適吾師竹垞先生亦來客於此，因得借觀，遂書一通，其紙板傷損處，皆手自補綴歸之。時康熙乙酉十月朔，汪士鋐。

《鑒誡錄》十卷，後蜀何光遠輝夫撰。晁公武《郡齋讀書志》稱“纂輯唐以來君臣事跡可為世鑒者，前有劉曦度序”。今觀其書，多載可笑詩文，直小說家爾。每題以三字標目，與蘇鶚《杜陽雜編》略同。是冊猶宋槧，卷首書“重彫足本”，惟劉序失之。吾鄉墨林項氏藏書也。濟南王先生貽上見而愛之，曾手錄一部。康熙丁亥八月既望竹垞老人識，時年七十有九。

何輝夫《鑒誡錄》十卷，載唐五代及蜀事，雖小說家而軼事遺文足資採掇，俳諧中亦往往可取為鑒戒。竹垞先生得項氏家藏之本，以為猶是宋槧。王阮亭先生曾校訛謬數十字。國初以來諸老輩或借觀或影寫或手抄，甚為寶愛。今是本亦從天籟閣本影寫，余購得而付諸梓雲虞山張海鵬識。

# 【附錄五：郡齋讀書志】

《鑒誡錄》十卷

右後蜀何光遠撰。字輝夫，東海人，廣政中纂輯唐以來君臣事跡可為世鑒者。前有劉曦度序。李獻臣云不知何時人，考之不詳也。（卷一三小說類）

# 【附錄六：四庫全書總目提要】

《鑒誡錄》十卷

蜀何光遠撰。光遠，字輝夫，東海人。孟昶廣政初，官普州軍事判官。其書多記唐及五代間事，而蜀事尤多。皆近俳諧之言，各以三字標題，凡六十六則。趙希弁《讀書後志》以為“輯唐以來君臣事跡，可為世鑒者”，似未睹其書，因其名而臆說也。舊本前有劉曦度序，亦見希弁志。《宋史·藝文志》遂以劉曦度《鑒戒錄》三卷、何光遠《鑒誡錄》三卷，分為二書，益舛誤矣。書中間有夾注，如“判木夾”一條云：“此答木夾書，元是胡曾與路巖相公鎮蜀日修之，非為高駢相公也，何光遠誤述。”“危亂黜”一條云：“據《禪月詩集》中，此詩自哭涪州張侍郎，非張拾遺，何光遠錯舉證也。”“四公會”一條云：“此篇元在《本事詩》中，敘說甚詳，何光遠重取論說，又加改易，非也。”皆駁正光遠之說，不知出自何人。此本析為十卷，有朱彝尊跋，稱“從項元汴家宋本影寫”，則猶宋人所分也。今觀所記，如“徐后事”一條所載王承旨詩，

《後山詩話》以為花蕊夫人作。“蜀門諷”一條所載向瓚嘲蔣鍊師詩，《南唐近事》以為廬山道士，其語大同小異，猶可曰“傳聞異詞”。“鑒宛辱”一條，全剽襲《殷芸小說》東方朔辨怪哉蟲事，案，小說已佚，此條見《太平廣記》四百七十三。已為附會。“鬼傳書”一條，不知《水經注》有梁孝直事，更屬粗疏。至“逸士諫”一條，稱昭宗何后荒於從禽。考《新唐書·后妃列傳》，昭宗奔播岐、梁間，后侍膳，無須臾去。《舊唐書》亦云“后於蒙塵薄狩之中，嘗侍膳羞，不離左右”，安得有畋遊之事？且昭宗寄命强藩，不能自保，又安能縱后畋遊，恒至六十里外？殊為誣誕。“灌鐵汁”一條，稱秦宗權本不欲叛，乃太山神追其魂，以酷刑逼之倡亂，是為盜賊藉口，尤不可以訓。特以其為五代舊書，所載軼事遺文，往往可資採掇，故仍錄之小說家焉。

# 【附錄七：中國善本書提要】

《重雕足本鑒誡錄》十卷

一冊（《四庫總目》卷一百四十）　（北圖）

鈔本［十行二十四字（18．8×13．4）］

蜀何光遠撰。下書口刻“知聖道齋鈔校書局”八字，檢《知聖道齋讀書跋》卷二頁六上，有是書跋云：“余鈔是書，慾採一二入《五代史記注》，餘都無足取”云云，今此本無之，蓋脫去也。書題與宋刻本同，當從宋刻轉錄。卷內朱筆校改之處，余則未暇追尋所據為何本也。卷內有：“朱印學勤”、“修伯”、“結一廬藏書印”、“徐坊之印”等印記。徐坊一印，在余為初見，殆即近人徐梧生与？

**圖書在版編目（CIP）數據**

鑒誡錄校注 /〔五代〕何光遠撰；鄧星亮，鄔宗玲，楊梅校注．—成都：巴蜀書社，2010.12

ISBN 978-7-80752-741-1

Ⅰ.鑒… Ⅱ.①何…②鄧…③鄔…④楊… Ⅲ.筆記－中國－五代（907～960）－選集 Ⅳ.K243.106.6

中國版本圖書館 CIP 數據核字（2010）第 246150 號

JIAN JIE LU JIAO ZHU

**鑒 誡 錄 校 注** 〔五代〕何光遠撰 鄧星亮 鄔宗玲 楊梅 校注

責任編輯 童際鵬
特邀審稿 崔艷紅
封面設計 張 科
出 版 四川出版集團巴蜀書社
成都市槐樹街 2 號 郵編 610031
總編室電話：（028）86259397
網 址 www.bsbook.com
發 行 巴蜀書社
發行科電話：（028）86259422 86259423
經 銷 新華書店
印 刷 成都翔川印務有限責任公司
版 次 2011 年 5 月第 1 版
印 次 2011 年 5 月第 1 次印刷
成品尺寸 210mm×148mm
印 張 8.75
字 數 270 千
書 號 ISBN 978-7-80752-741-1
定 價 20.00 元

本書如有印裝質量問題，請與發行科聯系調換